भागो नहीं दुनिया को बदलो

भागो नहीं दुनिया को बदलो

राहुल सांकृत्यायन

राधाकृष्ण प्रकाशन

पहला संस्करण 1945 में किताब महल, इलाहाबाद से प्रकाशित

ISBN : 978-81-19989-25-6

भागो नहीं दुनिया को बदलो

पहला राधाकृष्ण संस्करण : 2024

मूल्य : ₹995

प्रकाशक
राधाकृष्ण प्रकाशन प्राइवेट लिमिटेड
जी-17, जगतपुरी, दिल्ली-110 051
शाखाएँ : अशोक राजपथ, साइंस कॉलेज के सामने, पटना-800 006
पहली मंजिल, दरबारी बिल्डिंग, महात्मा गांधी मार्ग, प्रयागराज-211 001
1, अनमोल सोराबजी संतुक लेन, धोबी तलाव, मरीन लाइंस, मुम्बई-400 002
वेबसाइट : www.radhakrishnaprakashan.com
ई-मेल : info@radhakrishnaprakashan.com

मुद्रक
बी.के. ऑफसेट
नवीन शाहदरा, दिल्ली-110 032

BHAGO NAHIN DUNIYAN KO BADLO
by Rahul Sankrityayan

तनिक अरज

पहिली छाप

इस किताब की भाखा देख के कितने ही पढ़ने वाले अचरज करेंगे, लेकिन उमेद है, कि वह नाराज नहीं होंगे; काहे से कि यहाँ उन्हें ऐसे सैकड़ों सबद मिलेंगे, जिनको उन्होंने माँ का दूध पीने के साथ सीखा है और अब भी वह ऐसे ही फिर मीठे लगते होंगे, लेकिन मैंने इस पोथी को भाखा फैलाने के खयाल से नहीं लिखा। एक बरस पहले जो कोई कहता, कि तुम इस भाखा में एक किताब लिखोगे, तो मुझे विसवास न होता। मैंने छपरा-बलिया की भाखा में आठ छोटे-छोटे नाटक लिखे, और मैंने देखा कि बातों को रखने में कोई कठिनाई नहीं है। उस भाखा में मैं इस पोथी को लिख सकता था, लेकिन फिर वह चार-पाँच जिलों ही के काम की होती। लेकिन इस तरह की हिन्दी में लिखना बहुत मुसकिल मालूम होता था। तो भी मैंने सोचा कि जिन लोगों के पास मैं अपनी बातों को पहुँचाना चाहता हूँ, उनके लिए ऐसी ही भाखा में लिखने की कोसिस करनी चाहिए। पोथी लिखते बखत मेरे दिल में हमेसा इस बात का खयाल रहा है, कि जिन्होंने प्राइमरी तक हिन्दी पढ़ी है, वह इसे समझ पायें। इस काम में सन्तोखी और दुखराम ने मेरी बड़ी मदद की है, जो यह मेरे सामने न रहते, तो मैं बहक जाता। मेरी जनम भाखा बनारसी (कासिका) है, लेकिन 31 बरसों से छपरा में ज्यादा रहने के कारण मुझे वहीं की भाखा का ज्यादा ग्यान है। बनारसी बोलने-लिखने में गलती कर जाता हूँ, तो भी भाषा लिखते बखत मुझे बनारसी और छपरही भाखाओं से बहुत मदद मिली है। किसी समय मैं साल से बेसी बुन्देलखंड में रहा था और उस भाखा ने भी मुझे जरूर मदद की। इसके बाद सबसे बेसी मदद सिरी सत्यनारायन दूबे (सेठवी) से मिली। मैं बोलता जाता था, और वह कागज पर उतारते जाते थे। कागज पर उतारने के साथ-साथ वह सबदों के बारे में अपनी राय देते जाते थे, जिससे भाखा और आसान बन सकी; वह भी राय देने में बहक जाते, जो उनके सामने गाँव की पुरबहिया (अहिरिन) भौजाई न होती इस तरह फैजाबाद जिले की अवधी भाखा से भी मदद मिली। तो भी हिन्दी पढ़ने वालों के थोड़े से जिलों की मदद मिली। हो सकता है, इस पोथी में कुछ ऐसे सबद भी

आ गए हों, जो पश्छिम में कुछ जिलों में न चलते हों। मैंने अपने जान ऐसे सबदों को न लेने की कोसिस की।

राजनीति को थोड़े में पढ़े-लिखे आदमियों के हाथ में देकर अब चुप बैठा नहीं जा सकता। ऐसा करने से जनता को बराबर नुकसान उठाना पड़ा। जनता को वोट देने का अख्तियार दे देने से काम नहीं चलेगा, उसे अपनी भलाई-बुराई भी मालूम होनी चाहिए और यह मालूम होना चाहिए कि राजनीति के अखाड़े में कैसे दाँव-पेंच खेले जाते हैं। इस पोथी में इस बात के समझाने की मैंने थोड़ी-सी कोसिस की है। लोगों को, इससे कुछ फावदा होगा या नहीं, इसे मैं नहीं कह सकता। और इतना बड़ा काम एक पोथी से हो भी नहीं सकता। मुझे उमेद है कि मेरे दूसरे भाई अपनी मजबूत कलम से और अच्छी किताबें लिखेंगे; तब ज्यादा काम हो सकेगा।

हो सकता है किसी-किसी भाई को पोथी पढ़ते बखत कुछ सबद कड़े मालूम हों—दुखराम भाई की कोई-कोई बातें देह में तीर जैसी लगती हैं, लेकिन दुखराम जैसे किसान को हम वैसी ही भाखा में बोलते सुनते हैं। तो भी जो किसी भाई के दिल में चोट लगे तो मैं छमा माँगता हूँ। मैं किसी एक आदमी को दोसी नहीं मानता। आज जिस तरह का मानुख जाति का ढाँचा दिखाई पड़ता है, असल में सब दोस उसी ढाँचे का है। जब तक वह ढाँचा तोड़कर नया ढाँचा नहीं बनाया जाता, तब तक दुनिया नरक बनी रहेगी। ढाँचा तोड़ना भी एक आदमी के बूते का नहीं है, इसके लिए उन सब लोगों को काम करना है, जिनको इस ढाँचे ने आदमी नहीं रहने दिया।

आखिर में मैं एक बार फिर सिरी सत्यनारायन दूबे (सेठवी) को धन्यवाद देता हूँ, कि उन्होंने रात-दिन लगा के बारह दिनों (17 मई—28 मई) में लिख डालने में अपनी कलम से मुझे मदद दी।

—राहुल सांकिर्ताएन

परयाग
28 मई, 1944

तीसरी छाप

तीन बरिस पहले मैंने इस पोथी को लिखा था। तब से अपने देश में बहुत बड़ा फेर-फार हुआ है। उस बखत भी मैं देखता था कि लड़ाई के पीछे हिन्दुस्तान को गुलाम बनाकर रखा नहीं जा सकता, सो बात अब आँख के सामने है। गुलामी गई मुदा गरीबी बाकी है। गरीबी दूर करके हिन्दुस्तान को एक बलवान देश बनना है। रूस और अमिरिका के बाद तीसरी जगह अपने देश को लेनी है। मुदा, यह मुँह से कहने से ही नहीं होगा। इसकी खातिर समूचे देश में पंचेती खेती, नये ढंग की खेती और कल-कारखाने छा जाना चाहिए और जल्दी-से-जल्दी। कुल पच्चीस बरिस हमारे पास हैं। इसी बीच हमें यह कुल मंजिल मारना है। यह तभी हो सकता है कि सब जगह सेठों के 'लाभ-सुभ' को हटाकर देस की भलाई को सामने रखा जाय। सेठ और सेठ के पायक लोग लम्बी-लम्बी बात करके भरमाना चाहते हैं और देस की भलाई का बहाना करके। हमें बात नहीं, काम देखना है। काम में देख रहे हैं कि लड़ाई के बखत भी सेठ लोगों ने दोनों हाथों से नफा बटोरा और आज भी उन्हीं की पाँच अँगुरी घी में है। खाली चीनी पर से आँकुस (कन्टरोल) उठाने से कई करोड़ रुपया सेठों की थैली में चला गया। कपड़ा और अनाज पर से आँकुस उठाने पर और बहुत करोड़ रुपया सेठों और चोरबाजारी बनियों की थैली में जायेगा। कब तक थोड़े से आदमियों के हाथ में देस का सारा धन और देस की सारी जिनगी बटुरती जायगी? और ऊपर से जो बेसी नफापर बड़ा एकमटिकस (इनकमटैक्स) भी सेठों पर से उठा लिया गया है। सेठों के लिए सब काम फुर्ती से हो रहा है, शो हमारे सामने है।

दूसरी ओर जनता की भलाई के काम में आज-कल आज-कल हो रहा है। जिमींदारी उठाने की बात खटाई में पड़ी हुई है। कमेरों के खिलाफ खूब हथियार चलाया जा रहा है और उनको फोड़कर आपस में लड़ाने की तदबीर की जा रही है। बाहर से कमेरों के परघट दुसमन बारयाम उछल-कूद रहे हैं। मुदा, एक ही भरोसा है "जिसको सालिगराम को भूनकर खाने में अबेर नहीं हुई,

उसे बैंगन भूनने में कितनी देर लगेगी?" जनता की तागत बहुत बढ़ गई। जनता के सेबकों की भी तागत बहुत बढ़ी है। कुछ जनसेबकों को एक होने का बखत आ गया है। घर के भीतर कमुनिस, सोसलिस, फरवडबिलाकी, करन्तिकारी, सोसलिस आपस में चाहे लड़ो, मुदा बूझ लो कि अकेले चना भाड़ नहीं फोड़ सकता। जो सब लोग आपस में मिलकर काम नहीं कर सकते हैं तो कमेरों के पंचैती राज (समाजवादी प्रजातंत्र) का सपना दूर बहुत दूर चला जाएगा।

लड़ाई के बाद अब क्या करना चाहिए, यही बात इस छाप में बढ़ा दी गई है। और पहले की बहुत-सी पाँती और एक समूचा अधियाए निकाल दिया गया है।

परयाग
16-1-48

—राहुल सांकिर्ताएन

चौथी छाप

सात बरस बाद चौथी छाप निकल रही है। पोथी के खतम हो जाने पर भी इतना देर लेखक और परकासक दोनों की ढिलाई के कारन हुई। इस छाप में भी बहुत सी बातें घटा-बढ़ा दी गई हैं।

—राहुल सांकिर्ताएन

क्रम

अध्याय-1

दुनिया नरक है

और जगह जाने की क्या जरूरत है, सामने देखते नहीं, यह दुनिया नरक नहीं तो क्या है?—दुखराम ने सन्तोखी से कहा। अभी दोनों की बात यहीं तक थी कि एक तीसरा जवान आया, जिसे दोनों ने 'आओ भैया' कहकर पास बैठने के लिए कहा। अब फिर उनकी बात शुरू हुई। भैया ने ही पहले कहा—कहो क्या बात हो रही थी, मैं सुनूँ।

सन्तोखी : यही दुखराम दुनिया का रोना रो रहे थे, दुनिया नरक है नरक।

भैया : तो इसमें कोई सक है? देखते नहीं हमारे गाँव में पचास घर हैं, लेकिन उनमें कितने घर हैं, जो पेट भर खा सकते हैं?

दुखराम : मैं समझता हूँ, पाँच से अधिक नहीं।

भैया : और वह पाँच भी सूखा-रूखा घास-पात खाकर किसी तरह पेट भर लेते हैं, बाकी पैंतालिस घरों में किसी को एक साँझ खाने को मिलता है, किसी को दो दिन पर मिलता है। चैत में जब फसल कटती है, तो एकाध महीना पेट भर खा लेते हों। छोटे-छोटे बच्चों को देखते नहीं, कैसे उनका पेट कमर से सटा हुआ है! और किसी के लिए होगा कभी-कभी सूखा-अकाल, लेकिन हमारे यहाँ के लोगों के लिए तो सदा ही अकाल रहता है, उन्हें सदा ही भूखा रहना पड़ता है।

भैया : जानते हो लोग जो इतना बिमार पड़ते हैं, वह भी भूखे ही रहने के कारन।

दुखराम : क्यों नहीं भैया! पेट में जब अन्न नहीं रहता, तो जान पड़ता है, आग भभक उठी है और सारे शरीर में लहर बनने लगता है।

भैया : ठीक कहा दुक्खू भाई! जब शरीर को अन्न नहीं मिलता, तो वह दुर्बल हो जाता है। और सुना नहीं है 'दुर्बलोदैव घातकः'। कोई भी आसपास से बीमारी जा रही हो, दुर्बल आदमी को देखते ही उसका मन ललचा जाता है। अकाल में जितने लोग भूखे मरते हैं, उससे तिगुने बीमारी से मर जाते हैं। अभी जो बंगाल में अकाल

पड़ा था, जानते हो वहाँ कुछ ही महीनों में साठ लाख आदमी मरे, जिनमें भूखे मरने वाले 20 लाख से ज्यादा न होंगे। मालूम है साठ लाख के अकाल-मरने के सुनने से तुम्हें वह रोमांचकारी दुख नजर नहीं आएगा, जो मरने से पहले उन पर बीता।

—क्या ऐसी बीती भैया?

भैया : कुछ न पूछो, यदि वह रात को सोते और सबेरे मरे पाए जाते, तो इतना दुख न होता। लेकिन उन्हें लाज छोड़नी पड़ी। सुना होगा तुमने, कलकत्ता की सड़कों पर पचास-पचास हजार भूखे नर-नारी बाल-बच्चे पड़े हुए थे। वह ऐसे लोग नहीं थे, उन्हें भीख माँगने की बान थी। कितने ही उनमें पढ़े-लिखे भी थे, कितनी ही औरतें ऐसी थीं, जिन्होंने घर की चौखट से बाहर पैर नहीं रखा था।

सन्तोखी : और वह भी घर से निकल कर शहर की सड़कों पर चली आईं।

भैया : सारा बड़प्पन, सारा पर्दा-पानी तीन ही दिन चलता है, चौथे दिन जब भूख से अंतड़ियाँ तिलमिलाने लगती हैं, तो सब लाज-सरम इज्जत-पानी हट जाता है। फिर एक-दो आदमी के ऊपर आफत आई हो, तो हो सकता है, लाज-सरम के मारे आदमी घर में बैठा ही बैठा जान दे दे। लेकिन बंगाल में यह एक घर की बात नहीं, एक गाँव की बात नहीं, जिले की बात नहीं थी, बल्कि एक सूबे के दो-दो, तीन-तीन करोड़ आदमियों पर यह आफत आई थी। अन्न परान से भी महँगा था। पहले लोगों ने जेवर बेंचकर रुपये-दो-रुपये सेर का चावल खरीदा, लेकिन जेवर कितने लोगों के पास था? लोगों ने खेत बेंचा। खेत अन्न देते, लेकिन तीन महीने बाद—तब तक घर के लोग जिएँ कैसे? इसलिए लोगों ने अपने खेतों को माटी के मोल बेंचा। बैल, गाय बेंचा, घर भी बेंच दिया, तब भी अन्न दुर्लभ था, खरीदने के लिए पास में कुछ भी नहीं था। करोड़-करोड़ आदमी कुएँ, तालाब में डूबने के लिए तैयार नहीं हो सकते थे। जानते हो न जीने का मोह?

सन्तोखी : हाँ भैया! जीने के लिए आदमी क्या नहीं करता?

भैया : वे लोग जीना चाहते थे। सुना कि कलकत्ता बड़ा शहर है। वहाँ देस-देसाउर से अन्न आता है। वहाँ जाने से क्या जाने, जीने का कोई रास्ता निकल आए। इसलिए घर-के-घर खाली हो गए। लोग भूखे-प्यासे कलकत्ता की ओर चल पड़े। सारे बंगाल के लोग कलकत्ता कैसे पहुँच सकते थे? भूखों के शरीर में इतनी ताकत कहाँ पर थी, कि साठ-सत्तर मील से ज्यादा चल सकें। कितने ही रास्ते में मर गए, कितने ही कलकत्ता की सड़कों पर भी पहुँच गए। जानते हो न कलकत्ता की बरखा?

दुखराम : भैया! वहाँ तो जान पड़ता है, बारहों महीने बरखा रहती है।

भैया : लेकिन यह सन् 1943 के बरखा के महीने थे; जबकि भूखे नर-नारी कलकत्ता की गलियों में पहुँचे। कितनोंके पास तन ढाँकने के लिए कपड़ा नहीं था।

वह शरीर में फटे बोरे लपेटे थे। मूसलाधार बरखा बरसती रहती थी और सड़क पर, पगडंडियों पर ये भीगते रहते थे।

सन्तोखी : क्या वहाँ धरमसाला-मुसाफिरखाना नहीं है?

भैया : धरमसाला-मुसाफिरखाना दो-चार हजार के लिए हो सकता है, लाख-लाख आदमियों के लिए धरमसाला कहाँ तैयार है? कलकत्ता में भी सब को कहाँ खाने को मिलता? लड़के और सयाने भी कूड़ों पर से बीनकर दाना खाते थे, सड़क पर फेंके सूखे टुकड़ों को भी कुत्तों के मुँह से छीन लेते थे। जीवन का लोभ ऐसा ही है। आदमी कैसे भी हो, जीना चाहते हैं। मैं समझता हूँ, नरक में भी आदमी इसी तरह जीने की इच्छा रखेगा।

दुखराम : भैया! इससे बढ़कर और नरक क्या होगा?

भैया : हाँ, मुर्दे सड़कों पर पड़े रहते थे, कोई उठानेवाला नहीं मिलता था। यह कलकत्ते की बात थी, देहात में तो और भी बुरी हालत थी, क्योंकि वहाँ कोई पूछताछ करने वाला न था, न डाक्टरी महकमा, न डाक्टर, न मुर्दों की तसवीर खींचकर अखबारों में छापनेवाले। लाखों आदमी दिल मसोसकर चुपचाप अपने गाँवों में मर गए। और जानते हो, कलकत्ता की सड़कों पर कुत्ते-बिल्ली की मौत मरने वाले ये लोग कौन थे?

दुखराम : नहीं भैया! बताओ, बंगाली रहे होंगे।

भैया : हाँ, बंगाली। इनमें थे बाम्हन, इनमें थे कायथ, इनमें थे ग्वाले, इनमें थे सेख, इनमें थे सैय्यद, सब जाति, सब धरम के लोग थे। भूख ने सबको एक जैसा पंथ का भिखारी बना दिया। इतना ही नहीं, भूख ने उनसे इज्जत बेंचवा दी।

सन्तोखी : क्या कहा भैया! इज्जत बेंचवा दी!

भैया : हाँ, जान पड़ता है, इज्जत भी आदमी तभी रखता है, जब पेट में दो दाना पड़ता है। जवान लड़कियाँ, जवान बहुएँ और अधेड़ औरतें एक वक्त के भोजन के लिए अपनी इज्जत बेंच रही थीं। कलकत्ता की सड़कों पर इज्जत बेंची जा रही थी, चटगाँव, नवाखाली, बरीसाल की गलियों में इज्जत बिक रही थी, बाजारों में ही नहीं हर जगह इज्जत बिक रही थी। अन्न इज्जत से बहुत महँगा था। माँ अपनी बेटी की इज्जत का सौदा करती थी। पति अपनी स्त्री की इज्जत बेंच कर कुछ लाने का इशारा करता था। कलकत्ता में कितनी नारियाँ खानगी (बेसवा) बनने के लिए मजबूर थीं, जानते हो?

सन्तोखी : बहुत होंगी।

भैया : बहुत कहने से वह दिल दहलाने वाला नजारा हमारे सामने नहीं आता। किसी ने हिसाब लगाकर बतलाया था कि एक समय तीस हजार औरतें अपनी इज्जत से चावल बदल रही थीं।

दुखराम : इससे तो एक ही बार आँख मूँद लेना अच्छा होता।

भैया : लेकिन यह एक आदमी के आँख मूँदने की बात नहीं थी, करोड़-करोड़ आदमी कैसे बिना हाथ-पैर हिलाए मरने के लिए तैयार हो जाते। इसी लिए भूख ने उनसे इज्जत बेंचवाई, जो कभी इज्जत के लिए मरते थे। सात लाख आदमी मर गए, क्या उससे कम हैं, यह लाखों औरतों का इज्जत बेंचना?

सन्तोखी : यह उससे भी बुरा है।

भैया : और जब फसल हुई, लोगों को थोड़ा-थोड़ा अन्न मिला, तो बरसात बीतने भी न पाई कि मलेरिया ने आ घेरा। घर-के-घर बीमार पड़ गए, कोई पानी देने वाला नहीं रह गया। किसी-किसी गाँव में दो-तिहाई आदमी मलेरिया और महामारी में मर गए। घर-के-घर सूने हो गए। मुर्दे सात-सात दिन तक घर के भीतर सड़ा किये।

सन्तोखी : जीता ही देस मसान हो गया।

भैया : तो देखा न सन्तोखी भाई! इससे बढ़कर नरक कहाँ होगा, जहाँ इस तरह घुल-घुल कर आदमी को मरना हो और बेइज्जत बे-पानी। वह तो बंगाली की बात है, अभी 1944 में जान रहे हो, बिहार में क्या हो रहा था?

दुखराम : बिहार में भी कुछ हुआ भैया?

भैया : कुछ नहीं, बहुत। चम्पारन, मुजफ्फरपुर, दरभंगा के सिरिफ तीन जिलों में और वह भी सिरिफ तीन-चार महीने में एक लाख से ऊपर आदमी हैजा और मलेरिया से मर गए।

सन्तोखी : मरना-जीना भगवान के हाथ में है।

दुखराम : जो मरना-जीना भगवान के हाथ में होता, तो दवा-दारू करने की जरूरत न होती। फिर सन्तोखी भाई! तुम्हें खाने की जरूरत नहीं, जो भगवान को जिलाना होगा, तो तुम्हें हवा पिलाकर भी जिला देंगे!

भैया : कोई आदमी बहुत बूढ़ा, शरीर से मजबूत होकर मरता है, तो उसके लिए कहा जा सकता है, कि बुढ़ापे को कोई नहीं रोक सकता, बूढ़े को मौत से कोई नहीं बचा सकता। लेकिन बूढ़ों को भी बीमार पड़ने पर हम भाग के ऊपर छोड़ नहीं देते। उसकी दवा करते हैं, पथ्य देते हैं। बिहार के तीन जिलों में एक लाख से अधिक आदमी मर गए, वह बूढ़े नहीं थे। बीमारी ने इसलिए उन्हें धर दबाया, कि साल-साल तक आधा पेट और भूखे रहते-रहते उनके शरीर में सकती नहीं रह गई थी। मलेरिया के कीड़ा ने जब उनके ऊपर धावा बोल दिया, तो इन्हें रोकने के लिए भीतर ताकत कहीं रह गई। हैजा के कीड़े जब पानी के रास्ते या साँस से होकर भीतर पहुँचे, तो उन्हें निकालने के लिए उनके पास कोई ताकत नहीं बची रही थी। तन्दुरुस्त आदमी को बीमारी कम लगती है।

सन्तोखी : बीमारी न होने से आदमी तन्दुरुस्त होता है?

भैया : नहीं, सन्तोखी भाई! यह बात नहीं है। पुस्टई वाले खान-पान से आदमी तन्दुरुस्त होता है और तन्दुरुस्त होने पर बीमारी उसके पास नहीं आती।

दुखराम : तो अन्न ही मूल हुआ?

भैया : अन्न ही मूल है, अन्न ही परान है, अन्न के मिलने से जीवन रहता है, अन्न के मिलने से इज्जत बचती है।

दुखराम : तो जो अन्न मिले, तो दुनिया का आधा नरक खतम हो जाएगा।

भैया : हाँ, दुक्खू भाई! इस बात को गाँठ में बाँध रखो। हम आगे बतलाएँगे, कि क्यों अन्न रहते भी अन्न नहीं मिलता, पथ्य रहते भी पथ्य नहीं मिलता, दवा रहते भी दवा मुअस्सर नहीं होती।

सन्तोखी : 'सन्तोखं परम् सुखम्' हमने तो यही सुना था।

भैया : तुम्हारे ऊपर भी वह आ सकती है, आती तो देस में कौन बच सकता? कल बंगाल की पारी थी, आज मिथिला-तिरहुत की और बिहान हमारी-तुम्हारी भी बारी आ सकती है। 'सन्तोखम् परम् सुखम्' को उसने लिखा होगा, जिसे कभी भूख से पाला न पड़ा होगा। उसका पेट भरा होगा। वह निश्चिंत सोया रहा होगा। लेकिन इतने ही से दुनिया का नरक होना पूरा नहीं हो जाता।

दुखराम : हाँ, खाना-कपड़ा तो मूल है लेकिन और भी पचासों चिन्ताएँ हैं, पचासों विपदाएँ हैं।

भैया : ठीक है दुक्खू भाई! चिन्ता की कुछ मत पूछो। माँ-बाप हैं, घर में चार बीघा खेत है, किसी तरह गुजारा चल जाता है। फिर हो जाते हैं चार लड़के और चार लड़कियाँ। अब चार बीघे खेत से दस मुँहों का काम कैसे चल सकता है? फिर जैसे-जैसे उमर बीतती जाती है, वैसे-वैसे मुँह भी बढ़ते जाते हैं, आहार भी बढ़ता जाता है। लड़कों का ब्याह करना, गरीब होने पर लड़की खरीदने ही में खेत बिक जाएगा, इज्जतदार होने पर एक ही लड़की के ब्याह में सारा खेत चला जाएगा। फिर परिवार को भी भूखा रहना पड़ेगा। दो हाथ की चादर सिर ढाँको तो पैर नंगा, पैर ढाँको तो सिर नंगा।

दुखराम : चार बीघा क्या चालिस बीघा वालों को भी चिन्ता खाये जाती है।

भैया : क्यों न खाएगी? चार लड़के हुए, तो दूसरी पीढ़ी में दस-दस बीघा रह जाएगा, मानो उनको जो एक पीढ़ी या पन्द्रह साल के लिए कम कुछ चिन्ता हुई, लेकिन तीसरी पीढ़ी में तो फिर दो-दो बीघा खेत और आठ-आठ लड़के-लड़कियाँ। जिसके घर में आज दाल भी है, तो नमक नहीं है।

दुखराम : और फिर भैया गाँव में आधे से अधिक तो ऐसे घर हैं, जिनके पास खेती-पथारी भी नहीं है। दिन भर मजदूरी करते हैं, शाम को जो सूखा-रूखा मिल गया तो लड़कों-बालों के मुँह में अन्न पड़ा। रोज कमाना, रोज खाना। एक दिन गाड़ी बैठ गई, तो हाहाकार। तीस दिन मजूरी भी तो नहीं मिलती और साल में छः महीना भी करने के लिए काम नहीं रहता। सिरिफ बोने, काटने के वक्त काम रहता है।

भैया : मजूर-पेसा आदमियों की तो और आफत है। जेठ, आसाढ़, सावन का दिन काटना मुश्किल हो जाता है जो महुआ उस साल रहा, तो कुछ अवलम्ब लगा।

दुखराम : और महुआ भी तो अब नोहर (दुर्लभ) हो गया है। कहाँ पैसे का दो सेर और कहाँ वह भी अब चार आना सेर लग गया। आम की गुठली जमा करके कुछ दिन रोटी पकाते-खाते थे, और अब उसके खाने वाले इतने अधिक हैं कि सबको गुठली कहाँ से मिलेगी?

भैया : दुक्खू भाई! इसे भी क्या कोई जीना कहोगे? यह नरक की जिन्दगी नहीं तो और क्या है? फिर देखते नहीं, मजूर-घरों की क्या दशा है? फूस की छत भी उन्हें ठीक से मुवस्सर नहीं। एक बार छा पाए, तो चाहे सड़-गल जाए और बरसात का आधा पानी भीतर हो जाता हो, लेकिन फिर उनको नया करना मुश्किल है। कितनी छोटी छत, कितना छोटा दरबार, भीतर सीड़, बाहर नाबदान और कूड़े-करकट की बदबू! यह क्या आदमियों के रहने लायक घर है? इन्हीं सड़ी झोपड़ियों में बच्चे पैदा होते हैं। जब वह आँख खोलते हैं, तो उनके आसपास क्या दिखलाई पड़ता है। गरीबी का नंगा नाच, तिलमिलाती अंतड़ियाँ, सूखा मुँह, नंगा बदन!

दुखराम : आजकल के जमाने में बीस-बीस रुपये की साड़ी कौन खरीदेगा? फटा-चीथड़ा भी तो नसीब नहीं होता। जान पड़ता है, टाट भी पहिनने को नहीं मिलेगा।

भैया : हाँ, और बच्चा नंगा-भूखा शरीर और वही गरीबी चारों ओर देखता है। सूखे थनों से दूध निकालना चाहता है। इस पर भी जो हमारे देश के आधे बच्चे बचपन ही में मर जाएँ तो बड़े अचरज की बात है।

दुखराम : हाँ! भैया सतमी के बच्चों को नहीं देखा? दो-तीन बरसों के भीतर उसका लड़कों से भरा घर खाली हो गया।

सन्तोखी : मैं समझता हूँ, बच्चों के लिए अच्छा ही हुआ? पेट भर खाना किसे कहते हैं, क्या इसे उन्होंने कभी जाना? जाड़े में बेचारे जो किसी के कोल्हू आड़े में आग तापने जाते, 'ऊख चुराकर ले जाएगा' कह कर दुतकार दिये जाते मानो वह आदमी नहीं कुत्ते थे। कोदों का पुवाल या ऊख की पत्तियों में घुस कर रात बिता देते। भूख लगती, तो किसी के द्वार पर खड़े होते। दया आई, तो किसी ने एक कौर दे दिया नहीं तो फिर फटकार। जड़ैया (मलेरिया) में सब गिर जाते, तिल्ली बढ़ती,

पेट फूल कर कुंडा जैसा हो जाता, मुँह पीला और आँखें फूल जातीं। फिर एक-एक करके पके पत्ते की तरह झड़ने लगते! क्या यह आदमी का जीवन है?

भैया : अब समझा न, यह नरक का जीवन है। तुम समझते होगे कि शहर के साफ कुर्ता-धोती पहनने वाले बाबू लोग अच्छी जिन्दगी बिताते होंगे?

दुखराम : हाँ, भैया! हम तो ऐसा ही समझते हैं—वह तो पान भी खाते हैं, सिनेमा भी देखते हैं, हम लोगों को देख कर गन्दा-गँवार कह कर हट जाते हैं।

भैया : उन सफेद कपड़ों के भीतर ही भीतर कितना धुँआ उठ रहा है, यह तुम्हें नहीं मालूम है दुक्खू भाई! पहिले कभी जमाना था, कि विद्या का मोल जियादा था, इन्ट्रैन्स भी नहीं पास होते थे, कि लोग वकील, मुन्सिफ, सदरआला हो जाते, लेकिन अब एम.ए., बी.ए. पास कर साठ-साठ रुपल्ली की नौकरी के लिए इधर-उधर मारे-मारे फिरते हैं। सेर भर का आटा, सेर भर का चावल, पाँच रुपया सेर घी, तीन रुपया मन ईंधन, बताओ साठ रुपये में तो अकेले आदमी का पेट भी नहीं भर सकता। फिर दुकान का किराया तिगुना। पैर पसारने पर इस दीवार से उस दीवार पहुँच जाएँगे, ऐसी-ऐसी कोठरियों का किराया दस रुपया महीना। कपड़े का दाम भी चौगुना। फिर बाबू अकेले नहीं होते, माता-पिता अपने पैर पर खड़ा करने से पहिले लड़के का ब्याह कर देते हैं और पचीस बरस के होते-होते बाबू के चार-पाँच बच्चे भी हो जाते हैं। अब बताओ साठ रुपये में वह क्या अपने खाएँ, क्या बीबी और बच्चों को खिलायें? कहाँ से घर भर के लिए कपड़ा ले आएँगे? मकान का किराया कैसे देंगे? लड़कों की फीस कहाँ से आएगी? यदि लड़के-लड़कियों को पढ़ाया नहीं, तो उन्हें भीख भी नहीं मिलेगी। फिर लड़कियों के ब्याह के लिए दहेज का रुपया कहाँ से आए? उनके घर-के-घर तपेदिक में उजड़ जाते हैं। ठीक से खाना नहीं, चिन्ता के मारे दिन-रात कलेजा सुलगता रहता है, दवा का भी ठिकाना नहीं। इतने कमजोर शरीर में तपेदिक क्यों न घुसे? ठीक कहता हूँ दुक्खू भाई! बाबू लोगों के घर साफ हो गए।

दुखराम : मैं तो समझता था भैया! कि बाबू लोग बहुत अच्छी तरह से होंगे, खूब लोगों से रुपया ऐंठते हैं।

भैया : सौ में पाँच तो सब जगह अच्छे मिल जाएँगे। जानते नहीं हो, वकालत पास करके कचहरी में आधे लोग सिर्फ मक्खी मारने जाते हैं। इधर-उधर से माँग-जाँच के पैसे-दो पैसे का पान खाकर मुँह पर रोब और रोशनी लाना चाहते हैं? लेकिन दुक्खू भाई! रोशनी मुँह में खैर-चूना लपेटने से नहीं आती। जब आदमी को पेट भर खाने को मिलता है, निश्चिन्त रहता है, रोशनी अपने आप झलकने लगती है। तुम समझते होगे कचहरी के मुहर्रिर, थाना के मुंशी जी-जिनसे तुम्हें भी कभी पाला पड़ा होगा।

दुखराम : हाँ भैया! वह तो अपने बाप से भी पैसा लिए बिना नहीं छोड़ते, हड्डी पेर कर पैसा निकालते हैं।

भैया : तो उनका ऐसा करना क्या हद दरजे का कमीनापन नहीं है? गरीब आदमी किस्मत का मारा न्याय पाने के लिए थाना कचहरी जाता है और उसे जेवर बेंचकर, खेत रेहन रखकर रुपया लाने के लिए कहा जाता है।

दुखराम : देह बेंचकर देना पड़ता है भैया! क्या करें, नहीं तो जेल भेज दें, मुकदमा खराब कर दें।

भैया : यह तो पाप की कमाई है न दुक्खू भाई! लेकिन आदमी क्यों ऐसा करता है! इसलिए न कि तनखा से उसका पेट नहीं भरता। उसे अपने बाल-बच्चों को पढ़ाना है और सबसे बड़ी आफत है आजकल लड़कियों का ब्याह करना। बाबू लोगों के लड़के बिना पढ़ी-लिखी लड़की से ब्याह नहीं करते, इसलिए लड़की को भी पढ़ाना पड़ता है।

सन्तोखी : बनारस में हमारी अगरवाल बिरादरी के हैं एक भाई जिनकी लड़की ने एम.ए., बी.ए. पास किया है।

भैया : हाँ, कोई-कोई लड़कियाँ एम.ए., बी.ए. भी पास कर लेती हैं। माँ-बाप तो चाहते हैं, कि बारह-तेरह ही वर्ष में ब्याह हो जाए, लेकिन जानते हो न लड़कों का मोल-भाव? तिलक दहेज नहीं जुटता, आज-कल करते दिन बीत जाता है। लड़की पढ़ने में लगी है, वह कहते हैं, चलो तब तक पढ़ती रहे। फिर जानते हो न विद्दा का चसका। जब आँख पर पट्टी बँधी रहती है, तो मरद हो चाहे मेहरी; उसको दुनिया-जहान का कोई पता नहीं रहता, लेकिन विद्दा आँख खोल देती है। कुछ पढ़-लिख लेने पर लड़की को विद्दा के घर में सजाकर रखें। जगमग-जगमग करते रतन दिखायी देने लगते हैं। उसे खुद और पढ़ने का लोभ होता है और जब बेचारी एम.ए., बी.ए. पास कर लेती है, तो ब्याह होना और मुश्किल हो जाता है।

सन्तोखी : क्यों भैया? तब बाबू लोगों को बहुत पढ़ी-लिखी से ब्याह करने के लिए उतावला होना चाहिए।

भैया : घबराते हैं, घबराते। मेहरी जो एम.ए., बी.ए. तक पढ़ी होगी, उसके दिमाग में गोबर नहीं न भरा रहेगा? वह खुद अदब से बात करेगी, लेकिन बाबू को भी अदब सीखना होगा। वहाँ 'ढोल गँवार सूद्र पसु नारी' से काम नहीं चलेगा, झूठा रोब भी नहीं गाँठा जा सकेगा।

दुखराम : एम.ए., बी.ए. की क्या बात कर रहे हो भैया! हमारी बुधुआ की माई को नहीं देखते, बलिस्टर बन जाती है बलिस्टर! मुँह से बात नहीं निकलने देती। उसके सामने हम क्या ढोल गँवार की बात कर सकते हैं?

भैया : इसी से समझ जाओ, ज्यादा पढ़ी-लिखी औरतों को ब्याहने से बाबू-भैया लोग क्यों घबराते हैं। अभी पचास-पचास बरस तक कुँवारी बैठी रहने वाली मेहरिया देखी जाने लगी हैं, आगे न जाने क्या होगा?

दुखराम : तो माँ-बाप के लिए भी बड़ी चिन्ता है।

भैया : कुफुत है कुफुत, तीस ही पैंतिस बरस में बाबू लोग बूढ़े हो जाते हैं, इसी सब चिन्ता के कारन। लड़कियाँ तो ब्याहे बिना जवानी बिताने लगती हैं और लड़कों का जल्दी ब्याह कर देने के लिए लड़की वाले घेरने लगते हैं। बाप को ऐसे ही गिरस्ती चलाना मुश्किल है, ऊपर से लड़के की बहू बनकर एक और घर में पहुँच जाती है।

दुखराम : और वह अकेली भी तो नहीं रहती।

भैया : बस बरस ही भर बाद से घर में नये-नये मुँह आने लग जाते हैं। जितने मुँह थे, उन्हीं के खाने का ठिकाना न था। अब पोता-नाती और बढ़ने शुरू होते हैं। फिकर की बात क्या पूँछते हो? हर बखत मन परेसान रहता है, फिर घर में बिना बात ही का झगड़ा क्यों न होता रहे? मेहरी मर्द से लड़ती है, बाप बेटा से लड़ता है, और सब आपस में लड़ते हैं। मार-पीट, गाली-गलौज क्या कोई बात उठा रखते हैं? सारा मुहल्ला सुनता है, ज्यादा सिर-विर फूटा या किसी ने अफीम-संखिया खा ली, तो जेल की भी हवा खानी पड़ती है। यह घर नरक नहीं तो क्या है?

सन्तोखी : हाँ भैया! मेरे भी सहर में कुछ रिस्तेदार हैं। हमको तो गाँव का गँवार समझ कर नाक-भौं सिकोड़ते हैं, लेकिन मैं जानता हूँ, कि चूनाकली किये उनके सफेद घरों, धोबी के घर से आए बगुले के पर जैसे धुले कपड़ों के भीतर आग धाँय-धाँय जल रही है, चिन्ता के मारे परेशान हैं, व्यौपार मन्दा, दिवाले का डर, सिर पर महाजन, घर में लड़की सयानी। क्या करें बेचारे, यही सोचते हैं कि किसको लूटें, किसको मारें।

भैया : देखा न दुक्खू भाई! जो सफेद दिखाई देता है, उसके भीतर भी ढोल की पोल है। साठ-सत्तर पाने वाले बाबुओं की बात नहीं, जो चार सौ-पाँच सौ पाने वाले बड़े-बड़े हाकिम हैं, उनके घरों में भी नरक की आग धाँय-धाँय जल रही है।

दुखराम : चार-पाँच सौ रुपया महीना जो पाएगा, उनको क्या दुःख होगा भैया?

भैया : चार-पाँच सौ पाने वाले के घर में मेहरी बच्चे मिला कर चार-पाँच आदमी तो होंगे। कितना ही बच्चा पैदा करने से हाथ रोकें, लेकिन घर में इतने से कम परानी कहाँ होंगे।

दुखराम : हाथ रोकने की बात क्या है भैया! बाल-बच्चा देना भगवान के हाथ में है।

भैया : भगवान अपने कितने ही कामों से इस्तीफा दे चुके हैं, हमारे सामने नहीं, उन लोगों के सामने, जो भगवान की नस-नाड़ी पहचानते हैं। एक बुन्द पुरुष का

और एक बुन्द तिरिया का मिलाकर बच्चा पैदा होता है। आजकल बहुत से तरीके निकल आए हैं, जिनके इस्तेमाल से दोनों बुन्द मिलने ही नहीं पाते। लेकिन अभी हमारे देश में पुरुषों में न हो, लेकिन तिरियों में पूत की लालसा बेसी होती है। इसलिए चार-पाँच सौ पाने वाले हाकिम के घर में भी चार-पाँच परानी तो होते ही हैं। बेचारों को आदमी का धरम छोड़ना पड़ता है भैया?

सन्तोखी : धरम क्यों छोड़ना पड़ता है भैया?

भैया : माँ-बाप ने पढ़ाया-लिखाया कि लड़का कमाएगा, तो बुढ़ापे में उसकी भी खबर लेगा। एक उदर से पैदा हुए भाई-बहनों ने समझा था कि ये हमारे हाड़-माँस हैं; लेकिन हाकिम बनते ही लड़के की आँख बदल जाती है। उसे साहब से हाथ मिलाना है, उसे कलट्टर साहब के सामने पूँछ हिलाना है। अच्छा कोट चाहिए, अच्छा बूट चाहिए, नहीं तो दरसन मिलना मुश्किल हो जाएगा। यहीं से लिबास और लिफाफा बढ़ना शुरू होता है। पाँच सौ में चार सौ तो बँगला-भाड़ा, टोप-कोट, घोड़ा-गाड़ी या मोटर ही पर खर्च हो जाते हैं। आजकल तो बात ही मत पूछो। फिर बताओ सौ रुपये में अपने खाएँ, बीबी-बच्चों को खिलाएँ या नौकर-चाकर को।

सन्तोखी : तो वहाँ सचमुच लिफाफा ही है।

भैया : लिफाफा मत कहो, सन्तोखी! वहाँ भी नरक की आग धाँय-धाँय कर रही है। बेचारे माँ-बाप की भी आशा तोड़ते हैं, भाई-बहन की ओर से भी तोता-चसम बनते हैं; सिरिफ अपना और अपने अंडे-बच्चे का खयाल करते हैं। तुम्हीं बताओ बचे सौ रुपये में वह और क्या कर सकते हैं? वह मजदूर हैं, पढ़े-लिखे आदमी से जानवर बनने के लिए, लोग कहते हैं कि पहले दरजे की खुदगरजी और कमीनापन है। लेकिन बेचारे करें तो क्या करें? जो लिफाफा में काम करें तो बड़े अफसर घिन की नजर से देखेंगे, फिर आगे की तरक्की-वरक्की की आशा गई। नहीं तो घूस-रिसवत लें।

सन्तोखी : इतनी-इतनी तनख्वाह पाने वाले हाकिमों को रिसवत नहीं लेनी चाहिए।

भैया : मैंने लेखा-जोखा बतलाया न? उसी से लेना पड़ता है? पाँच सौवाले भी लेते हैं, पाँच हजारवाले भी लेते हैं और पच्चीस हजारवाले भी, इस दुनिया में घूस-रिसवत का बाजार ही सबसे तेज है। सब इसे जानते हैं, सब एक-दूसरे की आँख में धूल झोंकना चाहते हैं—कहीं-कहीं इस घूस-रिसवत का नाम है बड़ा-बड़ा भोज और मेम साहब की अँगुली में हजारों की अँगूठी, लाखों की मोती-रतनमाला।

सन्तोखी : भैया! मैं क्या सुन रहा हूँ?

भैया : चुपचाप सुनते जाओ, बड़े घरों की बड़ी पोल, बड़ी फिकर, बड़ी दोजख की आग। सब जानते हैं, घूस-रिसवत बुरी चीज है। कभी-कभी पकड़े जाने पर सबसे

बड़ी मछलियों को तो कुछ नहीं होता, लेकिन छोटी-मझोली मछलियों पर हाथ उठाना पड़ता है, आखिर न्याय का ढोंग तो कुछ दिखलाना ही पड़ेगा। दुक्खू भाई! तुम खुद समझते हो, जो सौकी आमदनी पर डेढ़ सौ खर्च करने के लिए मजबूर है और उसे घूस-रिसवत, जैसे भी हो तैसे, पूरा करना चाहता है, उसका चित्त सान्त होगा या असान्त, वह भयभीत होगा या निरभय?

दुखराम : वह भीतर ही भीतर काँपता रहेगा भैया!

भैया : फिर उसकी जिनगी सुख की जिनगी नहीं हो सकती, चाहे उसके मुँह पर मुसकुराहट दीख पड़ती हो, चाहे उसके चारों ओर सुन्दरताई फैल रही हो। इन बड़े लोगों के लड़के-लड़कियाँ बड़े ठाट में पलते हैं। लड़कियों को इन्द्रपुरी की परी बनाने का उदजोग बचपन ही से शुरू हो जाता है। जवानी में पैर रखते-रखते वह अप्सरा भी बन जाती है, लेकिन कितना महँगा सौदा!

सन्तोखी : सहर में जाता हूँ, तो मैं भी कभी-कभी इसे देखता हूँ! मेरी ही जाति के चौधरी हैं, उनकी ओर उँगली कौन दिखला सकता है। लेकिन जान पड़ता है सील-संकोच, धरम-करम से उन्हें वास्ता नहीं।

भैया : लेकिन सन्तोखी भाई! तुम समझ रहे हो कि वह अपने मन से ऐसा करते हैं। नहीं ऐसा नहीं। बड़े दामाद चाहिए, दामाद अप्सरायें पसन्द करते हैं, नाच-गाना, हाव-भाव चाहते हैं। जो यह सब बातें लड़की में न हों तो उसे कौन पूछेगा? इतना होने पर भी तो कितनी ही लड़कियों को कुँआरी ही जिनगी बिता देने के लिए मजबूर होना पड़ता है?

सन्तोखी : नहीं भैया! मैं यहाँ तुम्हारी बात को नहीं मानता। जो साहब-बहादुर बन जाते हैं, उनमें बराबर एक-दूसरे की औरत मंगा ले जाने का रोग होता है।

भैया : रोग से तुम्हारा मतलब है महामारी? लेकिन ऐसी कोई महामारी नहीं है। यह लोग हैं तो हमारे देश के, लेकिन इनका दिमाग सातवें आसमान पर रहता है। कलट्टर हो गए, पन्द्रह सौ रुपये में अपनी देह और आत्मा को बेंच दिया, इसके लिए उन्हें सरम होनी चाहिए थी; लेकिन यह हमारे भाई...काले साहब गोरों का भी कान काटते हैं और हम लोगों को जंगली, उजड्ड, गँवार समझते हैं। हम भी आदमी हैं, हम भी समझते हैं, आखिर "हित अन-हित पसु पंछिहु जाना" हम उनसे घिना करते हैं।

सन्तोखी : यह बात ठीक कहीं भैया।

भैया : और जब आदमी के दिल में घिना हो जाती है, तो सदा छिद्दर ढूँढ़ने लगता है, और जरा भी छिद्दर मिल गया, तो बात का बतंगड़ बना डालता है। मैं मानता हूँ कि इनमें कभी-कभी एक-दूसरे की औरत को भगाने की बात भी देखी जाती है।

लेकिन वह भी क्यों? उन्हें अप्सरा बनाओ, उन्हें बिलायत वालों के लिखे गन्दे-गन्दे उपन्यास पढ़वाओ या सिनेमा की रामलीला दिखाओ। पुरुखों को तो कचहरी के दफ्तर में कुछ कामं भी रहता है, इनकी तिरियों को तो कोई काम भी नहीं रहता। काम करने लगें तो मक्खन के से हाथ कहाँ रहें? बेकार रहने का मतलब है, दिल में हमेशा खुराफात पैदा करना। इसके बाद दूसरे भी लोग होते हैं। किसी के पास दो हजार की मोटर है, तो किसी के पास दस हजार की। किसी के पास इतना पैसा नहीं, कि नैनीताल-मंसूरी जाएँ और कोई वहाँ जाकर 50 रु. खर्च कर सकता है। किसी के लिए 20 रु. की साड़ी खरीदना मुश्किल है और कोई दो सौ की साड़ी ले सकता है, जो सिनेमा सुन्दरियों के शरीर पर देखी जाती हैं। यह निठल्लापन, लोभ और उपन्यासों की कामुकता का कारन है, जिनसे तिरियों के भागने की नौबत आती है। इनके घरों की लड़कियों की तो और दुरदशा है। वह सिरिफ माता-पिता के भरोसे पर पति नहीं पा सकतीं, इसीलिए उन्हें अप्सरा की तरह सजना पड़ता है।

सन्तोखी : यह ठीक कहा भैया! हमने अब तक सुना था कि महावर पैर में लगाया जाता है, लेकिन अब सुनते हैं कि इनके घर की लड़कियाँ ओंठ में भी महावर लगाती हैं।

भैया : इनका सारा जीवन नाटक है सन्तोखी भाई! और सुख का नाटक सायद सौ में दो-चार का, बाकी सबका ही दुख का नाटक है। लड़कों को पढ़ाया लिखाया, बी.ए., एम.ए. कराया। बंसी फेंकी जा रही है कि कोई कलट्टर, मजिहटर या लाख-दो-लाख वाला आदमी फँसे, लेकिन यह सब के भाग की बात तो नहीं है। उनके लड़कों की तो और बुरी हालत है।

दुखराम : लड़कों का मिजाज तो बाप से बढ़-चढ़ कर होता है।

भैया : यही मिजाज तो उनके लिए और घातक होता है। यह पान-फूल की तरह पाले-पोसे जाते हैं। मेम लोगों के स्कूल में पढ़ने के लिए भेजे जाते हैं, वह नहीं हुआ तो देवफोफी-समाज वालों के स्कूलों में जाते हैं।

दुखराम : देवफोफी-समाज क्या है भैया?

सन्तोखी : अरे सखी समाज की तरह कोई होगा?

दुखराम : यह सखी समाज क्या है सन्तोखी भाई?

सन्तोखी : अरे तुम तो गाँव से बाहर कहीं जाते भी नहीं।

दुखराम : वही एक बार कलकत्ता गया था, बरस दिन चटकल में काम किया, बीमार होकर घर पर आया, बचने की उम्मीद नहीं थी। अब यही पुरुखों के गाँव में मट्ठा पाट-पाट कर चाहे आधा पेट खाएँ, चाहे भूखे रहें।

सन्तोखी : अयोध्या में एक बार हम गए थे, हमारे बनारस के रिस्तेदार थे, महात्मा का दरसन कराने ले गए। लेकिन महात्मा को देखकर देह में आग लग गई। मेहरा की तरह सोलहों सिंगार करके बैठे थे। आँख में मोटा-मोटा काजल, सिर में टीका, मटक-मटक कर चलना, मीठा-मीठा बोलना। मैंने उनसे पूछा, "वह महात्मा कहाँ हैं?" उन्होंने मेरा हाथ पकड़ कर कान में कहा, "चुप, यही तो महात्मा हैं।" पीछे बतलाया कि यह महात्मा राम जी से मिल चुके हैं। राम जी रोज इनके पास आते हैं।

दुखराम : धत्तेरे की! राम जी राजा रहे, उनको हजार-हजार जोरू मिल जातीं, लेकिन सीता जी को छोड़कर किसी की ओर नज़र उठाकर नहीं देखा, वह भला इन जनखे मर्दों के पास आएँगे! मैं होता, सन्तोखी भाई! तो कुछ तो जरूर बोल उठता।

सन्तोखी : कुफुत तो मुझे भी हो गई थी, क्या करता रिस्तेदार का खयाल करके चुप रह गया। ये लोग अपने को सखी कहते हैं।

दुखराम : तो यही है सखी समाज, और देवफोफी समाज भी इसी तरह का क्या कोई है भैया?

भैया : कुछ फरक है, सखी समाज काले भाई लोगों की करतूत है और देवफोफी समाज गोरे लोगों की।

सन्तोखी : किरिस्तान का धरम तो नहीं है?

भैया : नहीं सन्तोखी भाई! वह सतनजा है सतनजा। कुछ हिन्दू धरम-से लिया, कुछ किरिस्तान से लिया, कुछ मुसलमान से लिया! लेकिन इतना ही रहता तो कुछ काम चल जाता।

सन्तोखी : तब तिननजा ही न रह जाता। सतनजा कैसे बना भैया?

भैया : अरे इन्होंने ओझा-सोखा, भूत-परेत, चुड़इल-डाइन सब मिलाकर बहुत बड़ा धरम खड़ा कर दिया।

दुखराम : बहुत बड़ा धरम, वह तो ताड़ से भी बड़ा धरम होगा। तो पढ़े-लिखे लोग यह ओझा-सोखा, भूत-परेत वाली बात मानते हैं?

सन्तोखी : देवफोफी सुना नहीं है, देवता लोगों से बात करने की फोफी है, इसलिए न भैया! नाम देवफोफी पड़ा है?

भैया : नाम तो वह लोग थेयोसोफी कहते हैं, लेकिन मतलब वही देव-फोफी का।

सन्तोखी : देवफोफी का भी अपना स्कूल है भैया?

भैया : देवफोफी के स्कूल में मामूली घर के लड़के थोड़े ही पढ़ सकते हैं, बड़े घर के लड़के जाते हैं। हवा-बतास, धूप-घाम से बचाकर उनको रखा जाता है।

दुखराम : तब तो एक ही झकोरा में मुरझा जाएँगे।

भैया : मुरझा तो जाते ही हैं। हाकिम के लड़के हैं तो हाकिम भी तो हजारों हैं और सब के घर में दो-दो, चार-चार लड़के हैं। एम.ए., बी.ए. तो किसी तरह ठोंक-पीटकर खुशामद-बरामद करके बना लिए जाते हैं लेकिन सबको नौकरी कहाँ से मिले!

सन्तोखी : तब बैठे-बैठे मक्खी मारते होंगे।

भैया : मक्खी मारना भी तो इन्होंने नहीं सीखा। लड़की होते तो शायद कभी भाग भी खुल जाता। राजकुमारों की तरह पाले गए, मिजाज आसमान पर रहा। पढ़-लिखकर तैयार हुए, तो बड़ी नौकरी मिली नहीं। पचास-पचीस की मुहर्ररी पर मन ही नहीं जाता। बाप के मत्थे खाएं। पेंसिन ले ली, तो घर का चलाना और मुश्किल और दो-चार बेटा-बेटी में लटक गए बस।

दुखराम : जीते ही नरक।

सन्तोखी : तो मालूम होता है सब जगह यही हाल है।

दुखराम : हम तो अपना ही दुख देखकर दुनिया को नरक कहते थे।

भैया : नहीं दुक्खू भाई! नरक की आग घर-घर जल रही है, किसी का घर आज बचा हुआ है तो कल नहीं बच पाएगा।

सन्तोखी : शायद राजा-महाराजा लोग अच्छी हालत में होंगे, उनके पास बहुत धन...

भैया : बहुत रानी-महरानी, रंडी-मुंडी, नौकर-चाकर होते हैं, इसीलिए उनके यहाँ बैकुंठ है, यही न कहते हो सन्तोखी भाई? लेकिन जानते हो न? इन्दौर निकाले गए, अल्वर के महाराज निकाले गए, नाभावाले न जाने कहाँ जाकर मरे। और अब तो सभी गद्दी से अलग।

दुखराम : बिल्लायत के बादसाह तो बहुत सुख से होंगे भैया?

भैया : मैं कब कहता हूँ कि सौ में दो-चार आदमी भी सुखी न मिलेंगे। लेकिन कल के लिए निश्चित, ऐसा सुख तो दोरंगी दुनिया में कहीं नहीं है। तुमने सुना नहीं है दुक्खू भाई! अभी बहुत दिन की बात तो नहीं है, बिलायत के बादसाह एडवर्ड निकाल दिये गए।

सन्तोखी : हाँ, हाँ। आजकल जो बादसाह हैं, इन्हीं के तो बड़े भाई थे और सिर्फ ब्याह करने के कसूर में।

दुखराम : ब्याह करने में कौन कसूर था?

भैया : कसूर तो नहीं था। बेचारा कुँआरा था, अपने मन की स्त्री से ब्याह करना चाहता था।

दुखराम : साहब लोग तो अपने मन का ब्याह करते ही हैं, फिर इसमें क्या बुराई थी?

भैया : साहब लोग कर सकते हैं, लेकिन बादशाह नहीं।

दुखराम : कलकत्ता में सुना था कि टोप-टोप सब एक जाति होती है।

भैया : बिलायत में राजा का खून दूसरा होता है और परजा का दूसरा।

दुखराम : तो राजा का खून लाल नहीं सुनहले रंग का होगा?

भैया : खून तो सबका ही लाल होता है लेकिन कोई समझता है हमें भगवान ने दाहिने हाथ से बनाया है और दूसरे को बाएँ हाथ से।

सन्तोखी : तो साहब लोगों में भी बेवकूफों की कमी नहीं है?

भैया : चालाकों की कमी नहीं है कहो, इसे मैं पीछे बताऊँगा। जैसे हमारे घर-घर में नरक बन गया है, वैसे ही बिलायत में भी है।

सन्तोखी : सुनते हैं कि अरबों रुपया हर साल हिन्दुस्तान से दूर बिलायत जाता था, फिर वहाँ के लोग इतने तकलीफ में क्यों?

भैया : वह सब रुपया बिलायत के चारों करोड़ आदमियों में नहीं बाँटा जाता। वहाँ पाँच सौ-छः सौ परिवार हैं जो करोड़पति, अरबपति हैं। ताल-तलैया, ऊसर-डाबर, नदी-नाला, सबका पानी बहकर समुद्र में चला जाता है, वैसे ही दुनिया के बहुत से भाग का और हिन्दुस्तान का भी धन पाँच-छः सौ परिवारों के पास चला जाता है! बिलायत में तो गरीबी और असह हो जाती है। 1930-31 में तीस-तीस, चालीस-चालीस लाख आदमी बेरोजगार हो गए थे, दस-पाँच लाख आदमी तो वहाँ बराबर ही बेरोजगार रहते हैं। वहाँ बेरोजगार रहने का मतलब और भी सांसत। बारह आने में जहाँ एक प्याला चाय और एक टुक्का रोटी मिले, वहाँ नातेदार-रिश्तेदार भी कैसे किसी की खातिर कर सकते हैं। लोग बुरी तरह मरते हैं।

दुखराम : जैसे बंगाल में साठ लाख आदमी मर गए।

भैया : नहीं, वैसा हो तो दूसरे ही दिन उन छः सौ परिवारों के महलों-दरबारों को लोग जमीन से खोदकर फेंक दें। इक्के-दुक्के करके हजारों आदमी मरते हैं। कोई रेल के नीचे कटकर मरता है, कोई गैस का पाइप खोलकर नाक पर रखकर मर जाता है, कोई टेम्स नदी या समुन्दर में अपने कूद मरता है। छः सौ परिवार और उनके साथी-समाजी घबड़ा कर खैरात बाँटने लगते हैं!

दुखराम : खैरात खाके जीना तो और बुरा है।

भैया : बुरा है, वह भी नरक का जीवन है, लेकिन जीवन बहुत प्रिय है, नरक वाले भी जीवन को छोड़ना न चाहते होंगे।

दुखराम : तो घर-घर मट्टी का चूल्हा है, किसी के यहाँ सोने का चूल्हा नहीं है?

भैया : हाँ बेसी मट्टी का चूल्हा है, और जिनके पास आज सोने का चूल्हा है, उनके बेटे-पोतों के लिए ठिकाना नहीं है कि मट्टी का चूल्हा मिलेगा।

दुखराम : तो मैंने ठीक कहा न, दुनिया नरक है?

भैया : नरक है लेकिन, बनाने से नरक बनी है।

अध्याय-2

दुनिया क्यों नरक है?

दुखराम : सन्तोखी भाई, कल रात तो बहुत देर हो गई थी, लेकिन भैया ने बात खूब बतलाई।

सन्तोखी : हम लोगों को दुक्खू भाई! दुनिया जहान का क्या पता है। हम तो गूलर के कीड़े हैं, हमारी दुनिया बस उतनी ही बड़ी है। लेकिन भैया रजबली कितना समझा-समझाकर बतलाते हैं। नरक-नरक तो हम सुनते चले आए थे।

दुखराम : लेकिन सुना न भैया ने क्या कहा था?

सन्तोखी : हाँ, कि दुनिया नरक बनाने से बनी है। अच्छा अब सावधान हो जाओ भैया आ गए!

भैया : कहो, दुक्खू भाई! रात को तो सोने का बखत बहुत कम मिला होगा।

दुखराम : बखत ही कम मिला था भैया! फिर दो घड़ी दिन गिरे तक हल चलाते रहे, हल छोड़कर एक घंटा सो लिए हैं। तुम्हारी बात सुनने का बहुत मन रहता है भैया।

भैया : मैं किस्सा-कहानी नहीं कहता दुक्खू भाई! दुनिया नरक है, यह तो बहुत दिन से सुनते आए हैं, लेकिन अब जानना है कि यह दुनिया नरक क्यों बनी है? किसने बनाई? इसके बाद हमें यह भी जानना होगा, कि दुनिया अच्छी कैसे बनाई जा सकती है।

सन्तोखी : हाँ भैया! हम वही सुनना चाहते हैं, और हमारी तागत क्या है, लेकिन जो बन पड़ेगा करेंगे। सुना है, जब कन्हैया जी ने गोबरधन उठाया था, बाल-गोपालों ने भी अपनी-अपनी लाठी लगा दी थी।

भैया : कन्हैया जी का गोबरधन नहीं है सन्तोखी भाई! यह है दुक्खू भाई का छान (छप्पर)।

दुखराम : दस-पाँच का हाथ लगने से छान भी उठ जाती है भैया।

भैया : बस यह बात है सन्तोखी भाई! लाखों हाथ लग जाएँगे, तो बिगड़ी दुनिया बन जाएगी। लेकिन पहले तो यह देखना है कि दुनिया नरक कैसे बनी है! घाघ की कविता सुनी है न।

गेहूँ के रोटी जड़हने के भात।
गल-गल नेमुआं औ घिउ तात।
तिरछी नजर परोसे जोय।
ई सुख सरग पैठिले होय।

दुखराम : हाँ भैया! गेहूँ की रोटी, महीन चावल का भात, गरम घिउ हरख-प्रसन्न से अपनी इस्त्री परोसकर खिलाए, नेमूँ न भी रहेगा तो भी यही दुनिया बैकुंठ हो जाएगी।

भैया : तो दुनिया को बैकुंठ बनाने के लिए कौन चीज की जरूरत है! पेट भर खाने को मिले अच्छा अन्न, घर भर को लाज ढाँकने, जाड़ा-गर्मी से बचने के लिए कपड़ा मिले; घरनी के मुँह पर चिन्ता और फिकिर की छाँह न पड़े। इतना हो जाने पर दुनिया नरक नहीं रह जाएगी?

दुखराम : चिन्ता न रहे, घर भर को सुन्दर कपड़ा-खाना मिले, फिर क्या चाहिए भैया?

भैया : दुक्खू भाई, हमारे गाँव के बगल में यह गड़ही है न?

दुखराम : हाँ भैया! यह भी नरक है। जब माघ-फागुन में पानी सूख जाता है, तो गाँव भर के पाखाने की जगह बन जाती है, गाँव भर की छुतहर हाँड़ी और सब गन्दी-गन्दी चीज इसी में फेंकी जाती है, असाढ़ में पानी जो खूब जोर का नहीं बरसा, तो सब बज-बज करने लगता है।

भैया : अभी हम बज-बज की बात नहीं कहते, यह गड़ही बनती क्यों है?

दुखराम : हम लोग घर बनाने के लिए मट्टी जो निकालते हैं।

भैया : तो यह जो पास में ऊँचे-ऊँचे घर खड़े हैं। इसीलिए न यह जमीन गड़ही बन गई? इसी तरह तुमको जो खाना नहीं मिल रहा है, नंगा रहना पड़ता है वह क्यों? तुम जितना गेहूँ अपने खेतों में पैदा करते हो, जो सब तुम्हारे पास रह जाए तो गेहूँ की रोटी मिलेगी कि नहीं?

दुखराम : मिलेगी! हम एक साल की कमाई दो साल तक खाएँगे। लेकिन हमारे पास गेहूँ रहने कहाँ पाता है? खलिहान में उतनी बड़ी रासि देखते हैं, लेकिन बैसाख बीतते-बीतते घर में चूहे डंड पेलने लगते हैं, न जाने कहाँ वह रासि अलोप हो जाती है?

भैया : कहाँ अलोप हो जाती है, क्या तुम जानते नहीं हो? जो सब रासि तुम्हारे पास रहे, तो कुछ गेहूँ को सुक्खू अहीर को देकर तुम घी भी ले सकते हो,

कुछ से अपने लिए कपड़ा भी खरीद सकते हो! लेकिन आधे से बेसी को बेचकर तो तुम मालगुजारी भी नहीं दे पाते, फिर जमींदार की हर हकूमत, जरिबाना-तलबाना, पटवारी-मुन्सी को घूस-रिसवत, थानेदार को माल-मलीदा, कचहरी के वकील-मुख्तार को मुँह-सुँघाई, और सैकड़ों तरह के दूसरे खर्च किये बिना तुम्हारी जान नहीं बचेगी।

दुखराम : और आजकल तो और पचास तरह के डंड लगे हुए हैं। सरकार को चन्दा दो, नहीं तो तहसीलदार साहब आँख निकाल लेंगे, थानेदार एक सौ दस में चालान करने की धमकी देंगे। एक आफत है हम लोगों के सिर पर?

भैया : तो तुम्हारे सामने की परोसी थाली खींच ली जाती है न?

दुखराम : हाँ भैया! यही कहना चाहिए। परोसी थाली तो खींच ली ही जाती है।

भैया : दुनिया में जितना धन है, उसको पैदा करते हैं कमेरे लोग। किसान न हों तो मट्टी का सोना कौन बनावे?

भैया : हाँ, गेहूँ सोना से भी बढ़कर है। अनाज न रहे तो सोना खाकर कोई नहीं जी सकता है, न सोना पहनकर जाड़ा काट सकता है।

भैया : मजूर न रहें तो चटकल-पटकल में सूत कौन कातेगा? ताँत (करघा) कौन चलाएगा? किसान कपास पैदा करता है, उसी का भाई मजूर कपड़ा तैयार करता है। लेकिन दोनों को तन के ढाँकने के लिए कपड़ा भी नहीं मिलता।

दुखराम : बीस रुपया जोड़ा धोती कौन खरीदेगा भैया?

भैया : बीस रुपया नहीं कुछ ही दिन पहले तीस रुपया जोड़ा धोती बिकती रही है! आध सेर कपास लगा होगा, किसान को बारह आना दे दिया! मजूर ताँत पर दिन में दो जोड़े से भी बेसी कपड़ा बुन सकता है। महँगाई मिला के साठ रुपया महीना मिलने पर धोती के दामों में से उसे एक रुपया मिला।

सन्तोखी : बारह आना, एक रुपया, एक रुपया तो भैया! बीस रुपया के धोती जोड़ा में पौने दो रुपया न मजूर किसान को मिला, बाकी सवा अठारह रुपया?

भैया : बाकी का हिसाब समझ लोगे तो पता लग जाएगा कि इस दुनिया को नरक किसने बनाया। लड़ाई से पहिले यह धोती जोड़ा साढ़े तीन-चार रुपये में मिलता था, उस वक्त किसान मजूर को दस-बारह आना मुश्किल से मिलता था, बाकी तीन-सवा तीन रुपया उड़ जाते थे।

सन्तोखी : पहले तीन-सवा तीन रुपया उड़ जाते थे, अब अठारह-अठारह रुपये और धोती के बनाने वाले हैं मजूर-किसान!

भैया : किसी चीज के पैदा करने में जो देह चलाता है, खून-पसीना एक करता है, वह है कमकर, कमेरा, कारीगर। घर के लोग काम कर रहे हों और कोई आदमी छाँह में होवे, तो उसे क्या कहेंगे दुक्खू भाई?

दुखराम : जाँगरचोर कहेंगे, कामचोर कहेंगे, देहचोर कहेंगे और क्या कहेंगे भैया? घर के लोग खून-पसीना बहा रहे हों और वह छाँह में बैठा सोवे, वह भी कोई आदमी है?

भैया : और, दुक्खू भाई! जो वह कहीं संझा को आकर कहे कि हम तो बासमती का भात खाएँगे, दाल में एक छटाँक घी डालकर, और उसके साथ आध सेर सजाव दही भी चाहिए, नेबुआ भी चाहिए, और छम-छम करके कोई गोरी परोसने के लिए आए। तब क्या कहोगे दुक्खू भाई?

दुखराम : कहने की बात पूछ रहे हो भैया? उस कामचोर से एक भी बात नहीं कहेंगे, उसका दोनों कान पकड़ेंगे, गाँव के सिवाने के बाहर ले जाएँगे और गाल पर खूब जोर से दो-दो थप्पड़ लगाएँगे। फिर कहेंगे—"कामचोर, जा मुँह काला करके चला जा, फिर हमारे घर की ओर मुँह नहीं करना।"

भैया : तुम्हारा बेटा जीवे दुक्खू भाई। तुमने ठीक किया और ठीक कहा। किसान मजदूर, कमकर हैं, कामचोर नहीं हैं, उनके पल्ले पड़ा एक रुपया बारह आना और सवा अठारह रुपया कामचोर के हाथ में गया, जो बासमती का चावल खाते हैं, जिनकी थाल में गोरी छम-छम करके घी और सजाव दही परोसती है। वह तुमसे माँगने नहीं आते, तुम्हारे सामने हाथ नहीं पसारते कि तुम उनका कान पकड़ कर गाँव की सीमा के बाहर कर आओ।

सन्तोखी : भैया! हम लोग तो छोटी-छोटी दौरी-दुकान करते हैं, रुपये पर एक पैसा मिल गया तो उसी को बहुत समझते हैं। लेकिन एक असली काम करने वालों को दो रुपया थमाकर अठारह रुपया अपनी जेब में रख लेना यह रोजगार नहीं है भैया! यह तो सीधी लूट है!

भैया : लेकिन यह अठारहो रुपया एक आदमी के जेब में नहीं जाता सन्तोखी भाई! इसमें बहुत लोगों को हिस्सा मिलता है।

दुखराम : चोरी का माल अकेले नहीं न पचता।

भैया : अच्छा तीन का हिसाब बताएँ कि तेरह का?

दुखराम : तीन-तेरह क्या भैया?

भैया : अरे यही लड़ाई के पहले एक-एक जोड़े पर तीन रुपये की लूट थी और अब तेरह की।

दुखराम : पहिले तीन के ही बारे में बतलाओ भैया। पहिले हथौड़े की मार सह लें, फिर घन की सहेंगे।

भैया : तीन रुपये में आते तो सभी कामचोर के पास हैं, लेकिन उनमें से चार आना चला जाता है कल-मशीन बनाने वालों के पास! जानते हो न? कल-मशीन बिलायत से बनकर आती है?

दुखराम : तो यह चार आना कल-मशीन बनाने वाले मजदूरों के पास चला जाता है?

भैया : दुक्खू भाई! क्या तुम समझ रहे हो, बिलायत में सतयुग चल रहा है? दुनिया भर में सबसे जियादा जो परान देकर काम करते हैं, वही सबसे जियादा भूखे-नंगे रहते हैं। बिलायत के मजूरों की तनखाह बेसी है, उनको एक दिन का दस-पन्द्रह रुपया मिल जाता है।

दुखराम : जनु हमारे यहाँ का एक महीना और वहाँ का एक दिन बराबर है।

भैया : तो तुम समझते हो कि उनके पास रुपया रखने की जगह भी नहीं रह जाती होगी?

दुखराम : हाँ भैया। दो-दो ढाई-ढाई सौ रुपया महीने में जिसके घर आता हो, उसके घर में तो तोड़े का तोड़ा रुपया गँज जाता होगा।

भैया : तोड़ा गाँजने वाले दूसरे हैं, वे सब बिलायत के कामचोर हैं। मैंने बतलाया नहीं था, कि बारह आना में तो वहाँ एक प्याला चाय और एक टुक्का रोटी मिलती है, और यह लड़ाई से पहले की बात कह रहा हूँ।

दुखराम : तो क्या बेचारों के पास बचता होगा?

भैया : तो धोती जोड़े का चार आना जो बिलायत जाता है। उसमें से एक आना कल बनाने वाले मजदूरों को मिलता है, और तीन आना वहाँ के कमचोरों की जेब में।

सन्तोखी : तीन रुपये में चार आने का हिसाब तो मालूम हुआ, बाकी पौने तीन का?

भैया : चार आना और देना-पावना सूद-साद में चला जाता है, आठ आना में सरकारी टिकस, खुदरा बेंचने वालों के नफाको रख लो, बाकी दो रुपया सीधा चटकल के मालिक के जेब में जाता है।

दुखराम : तब भी भैया! बहुत है। मैं तो किसान हूँ, एक साल कलकत्ता में पटकल में काम करके मजदूरों के भी दुख को जानता हूँ। कमेरों को दस-बारह आना मिले और सेठ लोग दो रुपया अपनी जेब में रख लें, यह क्या कम लूट है, लेकिन तेरह रुपये की लूट के सामने तो यह कुछ भी नहीं है। यह कैसे हुई भैया!

भैया : लड़ाई के पहले जिस धोती जोड़े का दाम चार-साढ़े चार रुपये था, अब चौदह हो गया। वह इस तरह से हुआ, सरकार ने कलवाले मालिकों से कहा कि बहुत भारी लड़ाई हमारे सर पर आई, उसके लिए हमें खर्च चाहिए, लड़ाई के कारन तुम्हें भी बहुत ज्यादा नफा होगा, इसलिए हम तुमसे टिकस लेंगे।

सन्तोखी : एकम टिकस न भैया!

भैया : हाँ इनकम टिकस, लेकिन लड़ाई वाला एकम टिकस। सरकार ने कहा कि रुपये में पौने पन्द्रह आना हमारा और पाँच पैसा तुम्हारा।

दुखराम : लेकिन यह सोरहो आना तो हम लोगों के ही मत्थे न पड़ा?

सन्तोखी : जो-जो कपड़ा पहिनता है, उसी के मत्थे पड़ा, इसमें भी कोई पूँछने, की बात है।

भैया : सरकार ने यह तो कह दिया कि सोलह आने में पौने-पन्द्रह आना हमारा और पाँच पैसा तुम्हारा लेकिन यह नहीं हुकुम दिया कि धोती 4 रु. जोड़ा ही बेंचनी पड़ेगी।

सन्तोखी : तो मिल वालों का हाथ खुला छोड़ दिया?

भैया : चार रुपये की धोती बेंचते तो साढ़े-उन्नीस आना सरकार के पास चला जाता; और पटकल वाले को मिलता दस पैसे। उसने धोती जोड़े का दाम आठ रुपया लगा दिया। अब उसको मिलने लगा पाँच आना। फिर उसने सोचा कि जितना ही दाम बढ़ाओ, उतना ही हमारा पैसा ज्यादा होगा। सोलह रुपये करने में उसको दस आना मिलता। सरकार को भी नुकसान नहीं था, उसे भी सात रुपया छः आना मिल जाता था।

दुखराम : अब मालूम हुआ भैया! कैसे कपड़े को इतना महँगा कर दिया।

भैया : लासा या रबड़ तानने से बढ़ता है, लेकिन उसकी भी हद होती है! कोस-दो कोस तक कोई लासा को थोड़े ही तान सकता है?

दुखराम : कोस-दो कोस क्या हाथ-दो हाथ भी नहीं खींच सकते।

भैया : कारखाने वालों ने नफा कमाने के लिए चीजों का दाम चौगुना-पचगुना कर दिया। अब तुम्हीं बताओ, सोलह रुपया जोड़ा खरीदने में एक छोटी-मोटी भैंस बेंचनी पड़ती न? दस सेर का गेहूँ बेंचते तो चार मन गेहूँ घर से निकालना पड़ता। किसान गँवार होते हैं, उनको समझ नहीं होती, सब कहा जाता है; लेकिन जब वह देखते हैं, कि बजार में जिस चीज पर भी हाथ लगाते हैं, उसी का दाम चौगुना-पचगुना है, तो वह गेहूँ को दस सेर का कैसे बेचते? गेहूँ का दाम भी महँगा होने लगा। जब ढाई-दो सेर का होने लगा, तो पहिले उन लोगों में घबराहट हुई, जो कि न किसान हैं, न सेठ हैं, न सरकार। अनाज महँगा होना उसके लिए उतना बुरा नहीं होगा,

जिसको देना-पावना बेबाक करके खाने भर को घर में अन्न रह जाता है। लेकिन जिसके घर में बैसाख में ही अन्न नहीं रह जाता, वह क्वार तक कैसे काटेगा? बंगाल में यही हुआ, चावल रुपये का दो सेर, नहीं बैसाख में दो रुपये सेर हो गया। अब तुम बताओ, जिसके पास बैसाख में ही अनाज खतम हो जाता है, वह दो रुपये सेर अनाज खरीद कर कितने दिनों तक खा सकता है?

दुखराम : घर में दस परानी हुए तो पेट जिलाने के लिए भी तीन सेर चावल चाहिए। छः रुपया रोज लगाने पर तो अषाढ़ ही तक हल-बैल, घर-दुआर, जर-जमीन सब बिक जाएगी।

भैया : सब बिक जाएगी, तब घरवाले क्या करेंगे?

दुखराम : वही भैया जो तुमने कहा है, लाज-सरम भी चली जाएगी, इज्जत भी बिक जाएगी, और तब भी नैया पार होगी कि नहीं, इसमें भी सक है।

भैया : तो जो साठ लाख आदमी बंगाल में मर गए, उसका कारन तुम्हें मालूम हुआ? उनका खून किसकी गरदन पर है?

दुखराम : कारखाने वालों और सरकार के ऊपर, उन्होंने ही अन्धेर-गरदी की तभी न अन्न का दाम बढ़ा।

भैया : दो गरदन तो तुमने ठीक बतलाई लेकिन एक गरदन अभी और बाकी है। नहीं बल्कि एक मद कहो, यह चोरबाजार का मद है।

सन्तोखी : साहू लोग की बाजार लगती है यह तो सब जानते हैं, क्या चोरी की भी बाजार होती है भैया?

भैया : होती है और सरकार बहादुर के राज में दिन-दहाड़े लग रही है। कपड़े के कारखाने वालों ने देखा, यह तो दस आना हमारे हाथ में थमाकर सात रुपया छः आना सरकार ले लेती है, क्यों न हम अपने माल को चोरी-चोरी बेच लें। लाखों गाँठों को बेंचने का सवाल था, सेर-दो सेर चीनी नहीं थी कि लुका-छिपा से काम चल जाता।

सन्तोखी : लेकिन सरकार ने तो कारखाने वालों का हाथ खुला छोड़ दिया था?

भैया : खुला छोड़ दिया था कि जितना चाहें दाम रखें, लेकिन दाम को बिक्री खाते में लिखना पड़ता, फिर धोती पीछे दस आना और सात रुपये छः आना का हिसाब रहता। मालिकों ने सोचा, बिना खाता-बही पर लिखे माल बेंच डालो।

दुखराम : न रहेगा बाँस न बजेगी बाँसुरी।

भैया : उन्होंने जाली बही-खाते रखे, बहुत अधिक माल को चोरी-चोरी बेंचा, इसी को कहते हैं चोर-बाजार। तुम कहोगे बही-खाता जाली बनाना और सरकारी टिकिस

अदा करने में धोखा देना यह तो बहुत भारी कसूर है। लेकिन जहाँ करोड़ों का वारा-न्यारा हो, वहाँ लाखों की घूस-रिसवत चलती है। फिर कौन है जो घर आई लक्ष्मी को लौटाएगा? हजार-दो हजार नहीं एक लाख एक मूठ घूस दिया जाता है! बताओ कितने मिलेंगे इनकार करने वाले? कालों ही के बारे में नहीं कहता, गोरे साहबों की भी बात पूँछ रहा हूँ।

सन्तोखी : तब तो भैया! सब का इमान-धरम डिग गया होगा?

भैया : लाख ही नहीं सन्तोखी भाई! करोड़ का भी घूस चला है, उसने हिमालय की सबसे ऊँची चोटियों तक को भी ढाँक दिया है। लोग टुक-टुक देखते रहे, सब जानते हुए भी; लेकिन करें क्या? किसके पास फरियाद ले जाएँ?

दुखराम : चोर बाजार वालों ने कहर किया भैया!

भैया : इन कपड़े और दूसरी चीजों के कारखाने वालों ने करोड़ों रुपये बना कर मालामाल हो गए। कितनों ने तो पाँच सौ पाने लायक नौकर पन्द्रह सौ रुपये में रखा, पाँच सौ उसे दिया, डेढ़ हजार की रसीद लिखाई और एक हजार अपनी जेब में रख लिया। बताओ इन करोड़पतियों को कौन पकड़ सकता है, यहाँ कागज-पत्तर भी ठीक है। फिर अनाज के चोरी के अपराध को तो कोई भूल ही नहीं सकता।

सन्तोखी : अनाज-चोरों ने क्या किया भैया?

भैया : जानते हो न! चैत में गेहूँ तैयार हुआ या अगहन में धान! घर आया, दो महीने के भीतर ही खाने या भूखे मरने के लिए जो कुछ अन्न घर में रह गया, वह रह गया, नहीं तो सब झार-झूरकर बनिए के पास चला गया। सन्तोखी दास! तुम भी अनाज खरीदते हो, बताओ उसे कितने महीने तक अपने घर में रखते हो?

सन्तोखी : महीने और घर में रखना! हमारे पास तो उतना पैसा भी नहीं होता। किरानावाले बड़े-बड़े सेठ हैं, हम उनके लिए अनाज खरीदते हैं। रुपये पीछे पैसा-दो पैसा बच गया तो बहुत है।

भैया : तुम्हारे सेठ लाखवाले होंगे।

सन्तोखी : हाँ, यही लाख-दो लाख का रोजगार होगा और क्या?

भैया : किराना के असली मालिक लाख-दो लाख नहीं पाँच-दस करोड़ का रोजगार करते हैं। चैत में तुमने खरीदा, तो बैसाख-जेठ में वह अनाज करोड़पति सेठों का हो जाता है। असाढ़-सावन में आठ सेर के भाव से खरीदा और दो सेर, तीन सेर कर दिया। अब यह दुगना-तिगुना नफा किसके पेट में गया।

सन्तोखी : उन्हीं करोड़पति सेठों के मुँह में।

दुखराम : लेकिन भैया! अन्न तो जीव का अहार है। अन्न को महँगा करके यह तो लोगों को जबह करना है। सरकार एक आदमी के खून करने पर फाँसी चढ़ा देती है फिर लाख-लाख के खून पर चुप क्यों है?

भैया : जब आदमी मरने लगे, हाय-हाय मचने लगी, तो सरकार ने भाव पक्का किया। लेकिन भाव पक्का करने से क्या होता है? अनाज तो करोड़पतियों के हाथ में था। जो एक करोड़ नफा हो तो बीस लाख घूस-रिसवत कौन नहीं दे देगा।

सन्तोखी : तो छोटे-छोटे बच्चों के बिलख-बिलख कर मरने का खयाल नहीं किया, पेट के लिए औरतों की इज्जत बेंचने का खयाल नहीं किया, खयाल किया तो एक अपने ही नफे का? छी! धिक्कार है। ऐसे पापियों को!

भैया : धिक्कार मत कहो सन्तोखी भाई! वे बड़े धर्मात्मा हैं। उनके बड़े-बड़े मन्दिर हैं, तिर्थों में सदाबरत और धरमशाला चलती है, गोसाला में चन्दा देते हैं। साधू-सन्त और पंडित-पाधा लोग सेठ की जय-जयकार मनाते हैं, मोलवी लोग सौदागर के लिए दुआ माँगते हैं।

दुखराम : तो इन कसाइयों में हिन्दू-मुसलमान दोनों हैं?

भैया : हाँ, सब अपने-अपने धरम के चौधरी हैं। हिन्दू सेठ दोनों साँझ ठाकुर जी का दरसन कर चरनामिरित लेते हैं, मुसलमान सेठ पाँच बेर नमाज पढ़ते हैं।

दुखराम : भैया रजबली! यह क्या है?

भैया : मुँह में राम बगल में छूरी और क्या? लाखों औरतों ने अपनी इज्जत बेची, खानगी बनी; लाखों बच्चों ने तड़प-तड़प कर जान दी, साठ लाख आदमी मर गए, लेकिन इन मोटी तोंदवालों के कान पर जूँ भी न रेंगी।

सन्तोखी : इनके कानपर न जूँ रेंगी, तो भगवान के कानपर तो जूँ रेंगनी चाहिए थी? राछस आततायी! साठ-साठ लाख आदमियों को तड़पा-तड़पा कर मार डालें! भगवान अब भी अवतार न लें तो कब लेंगे?

भैया : भगवान बहुत दूर रहते हैं सन्तोखी भाई! कौन समुन्दर में रहते हैं, मुझे तो याद नहीं आता।

सन्तोखी : छीर समुन्दर में भैया! सेसनाग के ऊपर सोते हैं और लच्छिमी चरन दबाती हैं।

भैया : एक तो दूर बहुत दूर छीर समुन्दर न जाने कहाँ है, भूख के मारे बोल भी न सकने वाली इन लाखों आदमियों की सिसकी की आवाज वहाँ तक पहुँचती भी कैसे? फिर वह सेसनाग पर सोये हैं, गुलगुल बिछौना पर नींद जल्दी आ जाती है? तिस पर से अपने नरम-नरम हाथों से लच्छिमी जी चरन दबा रही हैं, तो क्या मामूली नींद आएगी?

सन्तोखी : लेकिन भैया! प्रहलाद के ऊपर गाढ़ पड़ा, तो तुरन्त खम्भ फाड़कर निकल आए, ध्रुव ने पुकारा, तो तुरन्त दरसन दे दिया। द्रौपती की चीर खींची जाने लगी तो आके उसमें समा गए!

भैया : प्रहलाद और धुरुब राजा के लड़के थे, द्रौपती रानी थी। राजा-रानी कोई मरता, तो जरूर भगवान की नींद टूट जाती, वह नंगे पैर दौड़ पड़ते।

सन्तोखी : भगवान का राजा-रानी के साथ इतना प्रेम क्यों है भैया?

दुखराम : मूर्ख चपाट! तुमको इतना भी पता नहीं? हमारे-तुम्हारे बूते का है कि भगवान के लिए मन्दिर बनवा दें। जो उनके लिए बड़े-बड़े मन्दिर बनवाता है, छप्पन परकार का भोग बनवाता है, दान-दच्छिना देता है; भगवान उनके लिए अवतार न लेंगे तो क्या तुम्हारे-हमारे लिए लेंगे?

भैया : दुक्खू भाई! तुमने बड़ी कड़ी बोली मारी!

दुखराम : बोली की चोट गोली से भी बढ़कर होती है भैया! लेकिन सन्तोखी भाई का हम पैर पकड़ते हैं, वह हमारा अपराध जरूर छिमा कर देंगे?

सन्तोखी : नाहीं दुक्खू भाई! हम तुम्हारे ऊपर भला नाराज होंगे? हम दोनों लड़कपन के संघतिया।

भैया : तनिक कड़ा कहा लेकिन दुक्खू भाई, कहा तुमने बावन तोला पाव रत्ती ठीक ही।

दुखराम : भैया! और तनिक आँख खोलो, चारों ओर मालूम होता है किसी ने जकड़बन्द कर दिया है, साँस लेने की भी छुट्टी नहीं है। उधर सेठ लोगों की धरमशाला और सदाबरत, इधर अजोधिया जी का सखी समाज, फिर छीर-सागर के भगवान जो राजा-रानी के लिए नंगे पैर दौड़े-दौड़े आवें, पचास-पचास लाख गरीब कुत्ते की मौत मार डाले जाएँ, और वह सुगबुगाएँ भी नहीं।

भैया : लेकिन दुक्खू भाई! यहाँ हमारे सामने भगवान नहीं हैं कि उनको गाली-फदीहत दें। भगवान बेचारे का दुनिया के बनाने-बिगाड़ने में कोई हाथ नहीं है।

दुखराम : तो वह हैं किस वास्ते?

भैया : अभी हमें यह जानना है कि दुनिया को नरक किसने बनाया।

सन्तोखी : हाँ, ठीक तो है दुक्खू भाई! रजबली भैया ने तो कह दिया कि भगवान का दुनिया बनाने-बिगाड़ने में कोई हाथ नहीं। हम लोगों को यह जानना चाहिए कि दुनिया को नरक बनाया किसने? भगवान को लेकर हम क्या करें।

दुखराम : सच ही कह रहे हो सन्तोखी भाई! मुझे तो मालूम होता है कि भगवान-वगवान कोई नहीं है; वह केवल धोखा की टट्टी है।

भैया : भगवान के बारे में फिर किसी दिन पूछना, दुक्खू भाई! आज दुनिया को नरक बनाने वाले की बात सुनो। साठ लाख आदमियों को किसने मारा? कमेरा-कमकरों, किसान-मजूरों ने, या कामचोरों ने?

सन्तोखी : कामचोरों ने मारा। किसान मजदूरों ने तो अन्न-कपड़ा तैयार करके रख दिया था, लेकिन इन सेठों ने, इन घूसखोरों ने और अंधी लालची सरकार ने यह सब कहर किया। लेकिन इन कामचोरों के ऊपर साठ ही लाखों का खून नहीं चार हजार बरस से इनके दाँत में बेकसूरों का खून लगा हुआ है।

दुखराम : चार हजार बरस से? न जाने कितने करोड़ कितने अरब बेकसूरों का खून किया?

भैया : इन्हीं के जुलुम से यह दुनिया नरक हो गई है। मैंने पहिले ही नहीं पूछा था कि हमारे गाँव के पास में गड़ही कैसे बन गई? जो बड़े-बड़े कोठे-अटारी, मोटर-हाथी, लाव-लसकर, नौकर-चाकर और छप्पनछुरी का नाच तुम देख रहे हो, यह धन कहाँ से आता है? लाख रुपया महीना लाट साहब और दो लाख रुपया महीना दिल्ली के बड़े लाट पर जो खरचा होता है, यह कहाँ से आता है। पाँच-पाँच साल में एक चीनी की मिल खोलकर दस-दस लाख रुपया कमा लेना, यह कहाँ से आता है? यह चिकने-चिकने गाल और लाल-लाल ओंठ किसके खून से रँगे जाते हैं?

सन्तोखी : कहते हैं, धन-वैभव भगवान देते हैं।

दुखराम : सन्तोखी भाई! देखो हमारी-तुम्हारी बिगड़ जाएगी। चाहे तो पहिले ही भगवान के बारे में फैसला कर लो, नहीं तो भगवान का नाम अभी मत लो।

भैया : झगड़ो मत दोनों जने। सन्तोखी भाई जो कहते हैं, दूसरों की सुनी-सुनाई बात है। अच्छा दुक्खू भाई! जो हमारे गाँव में यह घर-दीवार उठी है, इसके बारे में कोई आकर कहे, कि यह सब माटी भगवान ने दी है; तो क्या जवाब दोगे?

दुखराम : पहिले जवाब नहीं दूँगा भैया, पहिले देखूँगा कि उसके आँख है कि नहीं। और आँख जो हुई, तो कान पकड़ कर ले जाऊँगा गड़ही के पास और कहूँगा—'देख आँख के अंधे' यह जो जमीन गड़ही गई है, वह इन्हीं घरों के कारण, यहाँ की माटी वहाँ गई है।

भैया : सन्तोखी भाई? किसी के आँगन में सोने का पेड़ नहीं है कि हिला दिया और आँगन भर गया। किसी के घर में हम सोने की बरखा होते नहीं देखते; फिर हम कैसे मान लें, कि जो यह भोग-विलास करोड़-करोड़ रुपये पर पानी फेरना हो रहा है, वह भाग और भगवान की ओर से उनके पास आता है? किसान ऊख पैदा करता है, मिलवाले ऊख का दाम कितना मन देते थे दुक्खू भाई?

दुखराम : एक बार तो चार आना मन भी नहीं दे रहे थे, फिर हम सब किसानों ने एका किया तब कुछ हल्ला-गुल्ला हुआ, रजबली भैया! तुमने ही तो मदद की थी? तब जाकर आठ आना मन हुआ था।

भैया : मन भर ऊख में जानते हो कितनी चीनी होती, चार सेर।

दुखराम : तो हमें आठ आना थमा के चार सेर चीनी ले लिया है? डाकू कहीं का।

भैया : तुम्हें भी लूटा और जो यह चार-चार आना मजूरी पर दस-दस घंटा खटते हैं, इन मजूरों को भी लूटा। उसका दस-बारह आना से बेसी नहीं खर्च हुआ।

सन्तोखी : और बेचा था डेढ़ रुपये पर न? जनु दूना का नफा!

दुखराम : जो जेठ-बैसाख की धूप में खून-पसीना एक करे, जो मशीन में हाथ-पैर कटावे, और देह भर कोइला-कालिख लगावे, उसको तो चार आना और आठ आना मिले और यह ठंडे-ठंडे घर में बैठे बिना हाथ-पैर डुलाए आधा हमारा लूट लें।

भैया : और जानते हो; वह लूट रहे हैं दस-दस बीस-बीस हजार किसानों को, सैकड़ों मजूरों को। तब न एक-एक साल में दो-दो तीन-तीन लाख का नफा करके रख देते हैं? जो यह कहें कि यह तीन लाख रुपया भगवान ने छीर सागर से भेजा है, तो यह मानने की बात है?

दुखराम : नहीं भैया! यह हमीं लोगों के खून को पीकर मोटे होते हैं।

भैया : यह जोंक हैं जोंक दुक्खू भाई!

दुखराम : जोंक! ठीक कहा भैया! यह जोंक ही हैं और कितनी होशियार जोंक हैं कि लाखों आदमी का खून पी रहे हैं और किसी को पता भी नहीं लगता। एक बात कहें रजबली भैया! मैं तो समझता हूँ कि जोंकों के छिपाने के लिए ही भाग भगवान को किसी ने गढ़ा है।

सन्तोखी : मैंने भगवान का जब नाम लिया, तो दुक्खू भाई! तुम नाराज हो गए?

दुखराम : अच्छा सन्तोखी भाई! जीभ लुटपुटा गई, क्षिमा करना। हम पीछे यह बात पूछेंगे।

भैया : जब से आदमियों में जोंक पैदा हुई, तभी से यह दुनिया नरक बनी।

दुखराम : जोंक माने कामचोर, जाँगरचोर, सेठ राजा, नवाब यही न?

भैया : हाँ, इन्होंने खून चूस-चूस कर किसानों को, मजूरों को गरीब बना दिया, उनको किसी लायक नहीं रहने दिया। सरकार में सब जगह यह कामचोर बैठे हैं, पलटन, पुलिस सब जोंकों की रच्छा के लिए बनी है।

दुखराम : जिसमें अपनी देह में लगी जोंक को भी हम निकाल कर फेंक न सकें।

भैया : जोंकों को निकालकर फेंक दोगे, तो वह जिएँगी कैसे? उनके हाथ-पैर भी नहीं, वह घासपात भी नहीं खातीं। उन्हें चाहिए तुम्हारा गरम-गरम खून! इसीलिए तो यह सब सरकार-दरबार बनाया गया है, यह लाव-लसकर रखी हुई है कि जिसमें तुम जोंकों को निकाल कर फेंक न सको। जिस दिन तुमने जोंकों को निकाल फेंका, उसी दिन यह दुनिया नरक से सरग हो जाएगी।

दुखराम : भैया रजबली! अब आँख कुछ-कुछ खुलती है, कितना बड़ा पट्टर बाँधा हुआ था।

भैया : एक पीढ़ी का नहीं डेढ़ पीढ़ी का पट्टर ; और हर पीढ़ी में जोंकों ने नया-नया पट्टर तुम्हारी आँखों पर चढ़वाया।

दुखराम : हाँ भैया, यह पट्टर उखाड़ फेंके बिना काम नहीं चलेगा।

सन्तोखी : इतनी जोंकें जिसके शरीर पर लगी हों, उसके पास कहाँ से खून बना रहेगा?

भैया : और जोंकें दिन पर दिन बढ़ती गईं सन्तोखी भाई! पहिले एक अँगुली की थीं, फिर दो अँगुली की और अब तो हाथ-हाथ भर की हो गई हैं।

दुखराम : पूरी भैंसिया जोंक, देख के डर लगता है, जब भैंस को लग जाती है, तो यह नहीं कि पेट भर खा के छोड़ दे।

भैया : पेट भी तो उनका सरीर के छोटे से कोने-अँतरे में नहीं होता।

दुखराम : हाँ, भैया, जोंक का तो सारा सरीर ही पेट होता है। जितना पीती हैं, उससे भी ज्यादा खून तो बाहर गिरा देती हैं, लेकिन भैया एक अँगुली की जोंक एक हाथ की कैसे बन गई?

भैया : बतलाता हूँ, लेकिन यह भी मन में रखना कि जैसे-जैसे जोंकें बढ़ीं, वैसे-वैसे दुनिया और नरक बनती गई। लेकिन एक समय था दुक्खू भाई, जब आदमियों में जोंकें नहीं थीं। और अब भी दुनिया का चौथा भाग है, जिसमें जोंकें नहीं हैं।

दुखराम : तब तो वहाँ नरक नहीं होगा भैया, लेकिन कैसी जगह है वह जहाँ जोंकें नहीं हैं।

भैया : रूस का और चीन का नाम सुना है न?

दुखराम : हाँ भैया, रूस का, चीन का नाम किसने नहीं सुना होगा? वही रूस न जहाँ गाँव का आदमी पीछे पाँच बीघा (3 एकड़) खेत और गाय बाँटी गई थी?

भैया : हाँ वही, लेकिन बाँटने की बात शुरू-शुरू में रही, पीछे तो उन्होंने गाँव के गाँव का सारा खेत साझे में जोतना शुरू कर दिया।

सन्तोखी : वही न भैया, जहाँ की लाल सेना की वीरता की खबर रोज अखबारों में सुनते रहे।

भैया : हाँ सन्तोखी भाई! जो लाल सेना नहीं रही होती और रूस बेजोंक वाला राज न रहा होता, तो आज दुनिया भर में रावन का राज हो गया होता। लेकिन रूस और रावन के बारे में फिर किसी दिन बात करेंगे। आज तो अभी जोंकों के बड़ा होने की बात थोड़ी सुन लो।

दुखराम : हाँ सुनाओ भैया!

भैया : हम जानते हैं रात ज्यादा हो गई है, फिर कतिक की भीड़ है। कल फिर दुक्खू भाई, हल नाधना पड़ेगा। पहिले जोंकें नहीं थीं, यह बहुत पुरानी बात है, लेकिन लाख दो-लाख बरस नहीं, किसी देश में जोंकों को पैदा हुए दो हजार बरस हुआ, किसी देश में चार हजार और ज्यादा से ज्यादा सात-आठ हजार समझ लो।

सन्तोखी : तो सात-आठ हजार बरस पहिले दुनिया में जोंकों का कहीं नाम नहीं था?

भैया : बिलकुल नाम नहीं था। जब आदमी इतना ही कमा पाता था कि दिन भर खाने से निश्चित हो जाए, तो जोंक कैसे पैदा हों? कलमुँहा और लालमुँहा बानरों को तुमने देखा है न दुक्खू भाई?

दुखराम : कलमुँहा बानर तो हमारे गाँव में बहुत हैं।

भैया : तो देखते हो न बानर पेड़ से तोड़कर या जमीन से बिनकर अपना पेट भरता है, वह जमा नहीं कर पाता। इसीलिए दूसरे की पैदा की हुई चीज को हड़पने वाली जोंकें वहाँ नहीं हैं।

दुखराम : हाँ भैया! उनमें जो सबसे बलिष्ठ हनुमान होता है, उसे हम लोग खेखर कहते हैं। लेकिन खेखर को भी आहार के लिए उतनी ही मेहनत करनी पड़ती है, जितनी दूसरे बानर-बानरियों को?

भैया : लेकिन जिस समय आदमी में जोंक नहीं थी, उस समय भी उसमें और बानरों में अन्तर था। आदमी अपने लिए पत्थर, सींग या लकड़ी का हथियार बनाता था। इन हथियारों से वह अपने शत्रुओं से लड़ता और अपने लिए सिकार या फल गिरा कर आहार जमा करता।

दुखराम : तो भैया! उस समय लोहे का हथियार नहीं था। तीर-धनुख भी नहीं था।

भैया : लोहा को तो दुनिया में पैदा हुए चौंतीस सौ बरस से ज्यादा नहीं हुआ।

दुखराम : और भैया, उससे पहले खाली सींग, लकड़ी पत्थर का हथियार चलता था?

भैया : नहीं, लोहा से पहले आदमी को ताँबे का पता लग गया था, लेकिन उसे भी पाँच हजार बरस से ज्यादा नहीं हुआ। और यह भी दुनिया भर में एक ही बार सब जगह नहीं हुआ, अकबर के दादा बाबर के हिन्दुस्तान में आने के पहले हमारे यहाँ बारूद का कोई हथियार नहीं था, दूर तक मार करने के लिए सिर्फ तीर-धनुख था। तीर के मुँह पर तिकोना लोहा लगा रहता जिसको लोग बिख से बुझाकर रखते थे। लेकिन जब तोप-बन्दूक आई तो तीर-धनुख का रिवाज उठ गया, लेकिन भील-संथाल लोगों में अब भी तीर-धनुख चलता है।

सन्तोखी : हाँ भैया, यह तो हम भी संथाल परगना में देख आए हैं।

दुखराम : तो पहले लोग सिकार और फल से ही गुजारा करते थे क्या?

भैया : हाँ दुक्खू भाई! पहिले सिकार-फल फिर लोग पशु पालने लगे।

दुखराम : गाय, घोड़ा, भेंड़, बकरी?

भैया : हाँ, पशु पालने लगे। और जानते हो सिकार एक दिन से ज्यादा रखा नहीं जा सकता। फल भी बहुत महीनों तक नहीं रह सकता। लेकिन पशु-धन को सालों तक रखा जा सकता है और जितने दिन रखें, वह उतने ही दिन और बढ़ते जाते हैं।

दुखराम : सूअर तो भैया साल में एक से बीस हो जाती...

सन्तोखी : और दूसरे साल बीस से चार सौ?

भैया : जो खाए-पकाए से बच जाए या मरे-वरे नहीं। हाँ, तो जब आदमी के पास पशु-धन हुआ, जो बरसों तक उसके पास रह सकता है; तब पहिले-पहल जोंक पैदा हुई। बलुक वह पूरे रूप में जोंक नहीं थी, वह बहुत कुछ आदमियों जैसी ही थी।

सन्तोखी : यह कौन जोंक थी भैया, राजा या सेठ या कौन?

भैया : अभी न राजा थे, न सेठ थे। वह पहिली जोंक थी पुरखा या पितर। जब आपस में झगड़ा-झंझट होता, तो एक पंचायत देखने वाले की जरूरत पड़ती थी। जब बाहर से झगड़ा होता, तो पल्टन चलाने के लिए एक नेता की जरूरत होती। यह दोनों काम जो आदमी करता, उसे पितर या महा-पितर कहते थे। अभी उसके सिर पर मुकुट नहीं था, अभी भी वह चटाई पर साथ बैठने वाला बिरादरी का चौधरी था। लेकिन उसके पास धीरे-धीरे पशु बढ़ रहे थे, धन बढ़ रहा था।

सन्तोखी : तो भैया पसु-पालने से पहिले ज्यादा दिन रहने वाला धन तो किसी के पास था नहीं, फिर धनी-गरीब का फरक भी नहीं रहा होगा?

भैया : पसु-पालने के जुग से पहिले मेरा-तेरा का सवाल ही नहीं था। एक जगह रहने वाले लोग साथ मिलकर सिकार मारते, साथ मिलकर फल जमा करते और साथ ही खाते-पीते थे।

दुखराम : माँ-बाप, बहन-भाई, चाचा-चाची, सब न साथ रहते होंगे? कितना बड़ा कुनबा रहता होगा।

भैया : अभी बाप नहीं बना था दुक्खू भाई!

दुखराम : बाप नहीं था, इसका क्या मतलब भैया?

भैया : ब्याह का रिवाज नहीं था। माँ को सब जानते थे।

दुखराम : माँ को क्यों नहीं जानेंगे? माँ के उदर से बच्चा पैदा होते देखा जाता है।

भैया : तो जंगल में गाय, घोड़े, भेड़, बकरी रहा करते थे, उन्हीं से कुछ को लोगों ने पालतू बनाया। आखिर रोज-रोज का सिकार मिलना तो आसान नहीं था। पसु पालने का काम मर्द ने शुरू किया, उससे पहले परिवार की मुखिया माँ होती थी। अब अधिक धनवाला पुरुख मुखिया हो गया।

दुखराम : जनुक तिरिया के राज की जगह मरद का राज, माता के राज की जगह पिता का राज शुरू हुआ।

भैया : अभी इतना ही समझो कि नारी को हटाकर मरद मुखिया बन गया! लेकिन अभी जोंक नहीं तैयार हुई थी। जब पसु धन और बढ़ा, भीतरी और बाहरी झगड़े और बढ़े; तब मुखिया का जोर बढ़ा, और कभी-कभी घर बैठे लोग उसके पास खान-पान पहुँचाने लगे। बस छोटे रूप में जोंक शुरू हो गई। मैंने बतलाया था न, कि जोंकों ने दुनिया को नरक बनाया।

दुखराम : हाँ भैया।

भैया : तो जोंकों का अवतार कैसे हुआ यह मैंने तुमसे कहा। लेकिन पूरा जोंक-पुरान आज नहीं कह सकता।

सन्तोखी : हाँ भैया, आज रात बहुत हो गई है।

भैया : कल रात को इसी बखत जोंक-पुरान की कथा होगी।

अध्याय-3

जोंक-पुरान

सन्तोखी : भैया। बेचारा दुखराम आज बड़ी देर तक हल चलाता रहा। कातिक की भीड़ है न, आता ही होगा।

भैया : वह देखो पेट पर हाथ फेरते दुक्खू भाई आ रहे हैं। कहो दुक्खू भाई! आज बहुत डकार लेते आ रहे हो।

दुखराम : क्या पूँछते हो भैया, आज मलकिन ने पूरी व खीर बनाई थी, हम गरीबों को छठे-छमाहे कभी कुछ अच्छा खाना मिल जाता है, तो अपने को धन्य-धन्य समझने लगते हैं।

भैया : जो जोंक न रहें तो छठे-छमाहे क्यों अच्छा-अच्छा भोजन मिल सकता है और तेल की पूरी और गुड़ की बखार नहीं खालिस घी की बनी पूड़ी और दूध-चीनी की बनी खीर।

दुखराम : हाँ भैया? यह हो सकता है, इतनी-इतनी जोंकें जो हमारे गेहूँ, घी-चीनी को छोड़ देंगी, तो क्यों नहीं हम मौज से खाएँ-पिएँगे?

भैया : तो कल हमने जोंकों का जनम बतलाया था? अब उसकी बाललीला, जवानी और मरने की घड़ी की बात सुनो।

सन्तोखी : मरने की घड़ी भी? क्या भैया जोंकों के मरने की घड़ी आ गई?

भैया : मैंने बतलाया नहीं कि दुनिया के चार भाग में से एक भाग रूस में अब जोंकें नहीं हैं। रूस में जोंकों के मरने की घड़ी आज से सत्ताईस बरस पहले बीत चुकी, चीन में अभी-अभी लेकिन बाकी तीन भाग में जोंकें अब भी हैं और बड़े जोर से। यही समझ लो सिर्फ एक सूबा में पाँच-छ: महीने के भीतर साठ-साठ लाख आदमियों की जान लेना बतला नहीं रहा है कि वह कितनी भयंकर है।

सन्तोखी : हाँ भैया! हम तो भगवान से रोज मनाते हैं कि कब यह जोंकें जाएँगी!

दुखराम : फिर सन्तोखी भाई, तुमने भगवान का नाम लिया।

सन्तोखी : दुक्खू भाई, नाराज मत हो। न हमने भगवान से अवतार लेने के लिए कहा और न पाव-पियादे दौड़ने के लिए। भैया की बात हमें ठीक मालूम होती है; भगवान इतनी गाढ़ी नींद में सोये हैं कि लाख-दो लाख बरस में भी उनके जागने की उमेद नहीं है।

दुखराम : यह सदा के लिए सो गए हैं सन्तोखी भाई! मैं तो यही मानता हूँ।

भैया : तो दुक्खू भाई जोंकों की बाल-लीला और पहले की कथा मैं बहुत संक्षेप में कहूँगा, पीछे की कथा को तुम्हें ज्यादा सुनना चाहिए।

दुखराम : हाँ भैया, पीछे ही की जोंकों से तो हमें पाला पड़ा है।

भैया : मैंने बतलाया था कि पहिले इसतिरी मुखिया होती थी, सारा परिवार उसका होता था, सबको ठीक रखना, सबकी देखभाल करना उसी का काम था। पचीस-पचास या सौ का जो भी परिवार होता, उसकी मुखिया या महामातर इसतिरी होती थी। कभी दो-दो परिवारों में खून-खराबी भी होती थी।

दुखराम : खून-खराबी क्यों होती थी भैया, वहाँ तो जोंकें नहीं थीं।

भैया : जंगल के लिए झगड़ा हो जाता था। जिसका परिवार बढ़ जाता, उसे अधिक सिकार, अधिक फल बटोरने की जरूरत पड़ती थी!

सन्तोखी : तो वे उन्हीं पत्थर, सींग और लकड़ी के हथियार से लड़ते होंगे?

भैया : वही तो उनके पास हथियार थे, उन्हीं से वे बैल, हरिन और भालू का शिकार करते थे, लेकिन जानते हो न जिसके पास आदमी ज्यादा, वही लड़ाई में जीतता था, हथियार तो सबके पास एक से थे। इस वास्ते बलवान परिवार से बचने के लिए कितने ही छोटे-छोटे परिवार एक हो जाते हैं। इसको कहा जाने लगा जन।

सन्तोखी : हम लोग तो एक जन, दो जन कहते हैं एक आदमी, दो आदमी के वास्ते।

दुखराम : और जन-मजूर भी कहते हैं, कमकर के वास्ते।

भैया : लेकिन पहले-पहल जन एक आदमी या मजूर के लिए नहीं बोला जाता था। उस बखत कई परिवारों को मिला कर जो एक बड़ा परिवार बनता उसी को जन कहते हैं।

दुखराम : मानो कई महामाइयों के परिवारों को इकट्ठा कर दिया जाता था।

भैया : हाँ, इसको जन कहते थे। जनवाले जुग में भी जोंकें नहीं पैदा हुई थीं। जोंकें तब पैदा हुईं जब पशुओं को पाल के मरद धनवाला बन गया, वह महापितर बन गया और दूसरों की कमाई उसे मुफत में मिलने लगी। धीरे-धीरे आदमी ने खेती

करना सीखा, फिर चमड़े का सीना, फिर सूत कातना और आखिर में कपड़ा भी बुनने लगा। अब उसके पास ऐसी चीजें आने लगीं कि जिन्हें वह बरस-दो बरस रख सकता था। सिले चमड़े को देकर खाने-पीने की चीजें बदल सकता था, कंबल से भी अपने मन की चीज बदल सकता था। उनके भीतर, यह महापितर के बड़े गिरोह के भीतर कभी-कभी झगड़ा-वगड़ा हुआ, कि उसका फैसला तो आपस ही में हो जाता था, लेकिन बाहर के लोगों से जब-तक लड़ाई होती थी। खेती सुरू करने के बाद तो आदमी घर में रहने लगा।

सन्तोखी : पहिले क्या घर में नहीं रहता था?

भैया : पहिले सिकार और फल के पीछे एक बन से दूसरे बन में घूमता रहता था। जब ढोर-डंगर पोसने लगा; तो जहाँ चराई का सुभीता होता, वहाँ चला जाता। लेकिन खेती शुरू कर देने पर वह कैसे जाता?

दुखराम : तो खेती आदमी के लिए खूँटा हो गई, अब वह बँध गया?

भैया : हाँ बँध गया, अब उसने अपने लिए घर बनाया। दूसरे गिरोह से बचने के लिए सब लोगों ने अपना घर पास में बनाया, जिसमें दुश्मन के लड़ने के लिए जल्दी एक-दूसरे की मदद कर सकें। पास-पास घरों का गाँव कहा गया, क्योंकि ग्राम का मतलब है झुंड।

दुखराम : घरों का झुंड, यही मतलब है न गाँव का?

भैया : हाँ, महापितरों के जुग में लड़ाई और बढ़ी, क्योंकि दुसमन को हराने से सब पसु, सारा धन उसे मिल जाता था। महापितर मुखिया था। उसको लूट का माल ज्यादा मिलता था और दूसरों को थोड़ा-थोड़ा।

सन्तोखी : तो धनी-गरीब का फरक और बेसी हुआ। हारे लोगों के बचे हुए आदमियों को क्या करते थे?

भैया : पहिले जो मरद मिलता, सबको मारते; जो औरत हाथ आती, उन्हें अपने में बाँट लेते।

दुखराम : तो मरद कोई नहीं बचने पाता था?

भैया : हाँ, मरद का परान नहीं छोड़ते थे। लेकिन पीछे खेती के काम के लिए, चमड़े-जूते के काम के लिए, कपड़ा-मिट्टी का बर्तन बनाने के वास्ते आदमियों की अधिक जरूरत पड़ने लगी।

दुखराम : बेसी माल तैयार हुआ तो बदल का खून बेसी हाथ लगेगा यही सोचकर न भैया?

भैया : हाँ, इसीलिए पहिले लड़ाई में हारे सतरू को कैदी बनाते थे, कौन उसे घर बैठाकर खिलाता। लेकिन जब देखा कि आदमी हाथ से मेहनत करके अपने खाने के दुगुना-तिगुना पैदा कर सकता है, तो हारे मरदों को कैदी बनाने लगे। इन्हीं को दास या गुलाम कहा जाता था।

दुखराम : तो यह गुलाम दूसरे लोगों में बाँट दिये जाते होंगे?

भैया : हाँ, अच्छे-अच्छे दास और दासी महापितर को मिलते, बाकी को और लोग बाँट-चोंट लेते।

सन्तोखी : तो यह दास-दासी भी ढोर की तरह ही हुए?

भैया : वह भी मालिक के धन थे, वह मालिक के लिए काम करते थे। यह जुग हुआ गुलामी का।

दुखराम : जनु तबसे गुलाम बनाने का रिवाज हुआ।

भैया : गुलाम को मालिक खाना-कपड़ा देता था। नहीं देता तो वह मर जाता, फिर उसका नुकसान होता। जानते हो न दुक्खू भाई! गुस्सा होने पर बैल को मारते हैं, लेकिन इतना नहीं मारते कि वह मर जाए।

दुखराम : हाँ भैया! कौन अपना नुकसान करेगा?

भैया : गुलामों के आने से अब कम्बल, जूता-चमड़ा और कई तरह की चीजें बहुत इफरात बनने लगीं। लोग उन्हें आपस में बदलने लगे। बदलने के सुभीते के लिए हाट लगने लगी। सब लोग अपना-अपना माल ले आते थे और जिसको जो लेना होता, उसे अपनी चीज से बदल लेते थे। लेकिन कभी-कभी हाट में, आदमी को अपने काम की चीज जल्दी नहीं मिलती या अपनी चीज के खाहिसमंद नहीं मिलते तो आदमी को बहुत हैरान होना पड़ता। सब काम-धन्धा छोड़कर दो-दो, तीन-तीन दिन हाट अगोरना पड़ता। फिर लोगों ने गाँव पीछे एक-दो आदमी के जिम्मे अपनी चीज लगा के छुट्टी ली। जो आदमी हाट अगोरता उसने दूसरों के लिए भी अपना काम-धन्धा छोड़ा, इसलिए सब लोग अपने माल में से उस आदमी को कुछ दे देते थे।

दुखराम : जैसे भँड़भूजा को भूनने के लिए हम लोग थोड़ा-थोड़ा अनाज दे देते हैं।

भैया : हाँ, तो पहिले तो हाट अगोरने वाला अपने गाँव के दो-चार घरों को जिम्मेवारी लेकर बैठता था और सो भी कभी-कभी। फिर वह गाँव भर की जिम्मेवारी लेने लगा, और बराबर हाट में बैठा रहता। उसका रूप अब कुछ-कुछ बनिया जैसा था। लेकिन अभी दो आदमियों की चीजों की अदला-बदली में वह खाली एक ओर का बिचवई था, फिर वह दोनों ओर का बिचवई बन गया।

जब उसके पास बेसी नफा जमा हो गया, तो वह हर तरह की चीज को अपने पास रखने लगा इन चीजों को महँगा किया और दूसरी चीजों को सस्ते में खरीदा, अब वह पूरा बनिया हो गया।

सन्तोखी : लेकिन रोजगार तो था चीज से बदलना ही न?

भैया : लेकिन जब ताँबा मिल गया, लोगों ने देखा कि उसकी धार पत्थर और हड्डी से ज्यादा तेज है, उसकी मार आदमी और पेड़ को काटकर गिरा सकती है, तो सभी लोग ताँबे के हथियार रखना चाहने लगे। लेकिन ताँबा पैदा होता था थोड़ा, चाहने वाले ज्यादा थे। एक-दूसरे ने चढ़ा-ऊतरी करके ताँबा का दाम चढ़ा दिया। दस मन गेहूँ के लिए दस सेर ताँबा काफी समझा जाने लगा। अब बहुत से लोग दस मन गेहूँ ढोकर ले जाने की जगह दस सेर ताँबा ले जाने लगे। एक छटाँक ताँबा भी पास रहने से अढ़ाई सेर गेहूँ ढोने का काम नहीं था।

सन्तोखी : तो ताँबा पैसे-रुपये का काम देने लगा।

भैया : हाँ, पहले-पहल पैसे-रुपये ने इसी रूप में औतार लिया। महापितर गुलामों के कमाए धन से और मोटी जोंक बन गया और इधर बनिया दूसरी जोंक तैयार हो गया।

दुखराम : उस बखत जोंकें न पैदा हुई होतीं भैया?

भैया : तो बहुत बुरा हुआ होता दुक्खू भाई! गाड़ी ही रुक जाती। आदमी पत्थर और सींग के हथियार ही चलाता और हारे दुसमन को बीन-बीन कर मारता रहता।

सन्तोखी : तो जोंकों ने कुछ फायदा भी किया था?

भैया : जो फायदा न पहुँचाया होता, तो जोंक पैदा ही नहीं होतीं। लेकिन देख रहे हो न, जोंकों की दो जाति अब तैयार हो गईं।

दुखराम : गिरोह का सरदार और बनिया, यही दोनों न भैया?

भैया : ठीक! गुलामों के जुग से हम और आगे बढ़े। महापितर या सरदार तो भी अभी साथ चटाई पर बैठने वाले चौधरी थे, लेकिन उसके पास धन ज्यादा था, लौंडी-गुलाम ज्यादा थे, वह खिला-पिला के बिरादरी के लोगों से भी कितने ही को फोड़ लेने में सफल हुआ। वही आगे चलकर राजा बन गया।

सन्तोखी : तो अब राजसी ठाट और हजार रनिवासों का युग आ गया।

भैया : अब बड़ी मोटी और भयंकर जोंक तैयार हो गई। वह सभी छोटी-बड़ी जोंकों को अपने छतरछाया में रखने लगी। लेकिन लोग तो समझते थे कि वह कल तक हमारी बिरादरी का चौधरी था, एक साथ चटाई पर बैठता था। राजा ने समझा कि हमारी नींव अभी मजबूत नहीं है। जाति का चौधरी होने से तैंतीसों कोटि देवता के

सामने बलि देना, पूजा करना, महापितर ही का काम था। वह ओझा भी था, पुरोहित भी था और जाति का चौधरी भी।

दुखराम : ओझा भी था! जोंक ओझा भी हो जाए, तो खैरियत नहीं।

भैया : ठीक कहा दुक्खू भाई! महापितर अपने काम की जो कोई बात करवाना चाहता, तो आँख लाल-लाल करके सिर हिला देवता के नाम से कह देता। और उस समय आजकल से बेसी देवता थे।

दुखराम : लोग भी बहुत सीधे-सादे रहे होंगे भैया?

भैया : बहुत सीधे-सादे लेकिन जब लड़ पड़ते, तो उनका दिल भी बहुत कठोर होता। लेकिन महापितर या जाति का बड़ा चौधरी एक खून की बिरादरी का ही अगुवा होता था। राजा की ताकत ज्यादा थी, हथियार भी चोखे थे। वह अपने धन का लोभ दिखा बिरादरी में बेसी फूट डलवा सकता था। उसको एक बिरादरी पर सन्तोख नहीं हुआ, वह कई बिरादरियों को हराकर उनका राजा बन गया।

दुखराम : तो जमात बढ़ती ही रही?

भैया : हाँ, माई से महामाई की जमात बड़ी थी, महामाई से पितर की जमात बड़ी थी, पितर से सैकड़ों गुलाम रखने वाले महापितर की जमात बड़ी हुई। महापितर से भी बड़ी जमात राजा की बनी। लेकिन महापितर तक कुछ भाई-चारा था। अब राजा ने बिरादरियों से अपने को ऊपर कहना शुरू किया। लेकिन लोग कैसे मान लेते, इसलिए उसने ओझा-सोखा से मदद ली। किसी बड़े होसियार ओझा को अपना पुरोहित बनाया। उसने देवता के नाम से राजा को देवता बनाना शुरू किया। इसके लिए राजा पुरोहित को भेंट चढ़ाने लगे।

दुखराम : तो भैया! पुरोहित एक और बड़ी जोंक पैदा हो गया।

भैया : देखा न दुक्खू भाई! कैसी हमारी-तुम्हारी आँख पर एक के बाद एक नये-नये पट्टर बाँधे जाने लगे।

सन्तोखी : जोंकों ने चारों ओर अपना जाल फैला दिया।

भैया : और कमेरे उस जाल में फँसने लगे। उनका बल घटने लगा। कमेरे देस भर में बिखरे हुए थे। उनका कोई मजबूत दल नहीं था। राजा ने लोभ देकर कमेरों के बहुत से लड़कों को सिपाही बना लिया।

दुखराम : इसी को कहते हैं काँटे से काँटा निकालना। कमेरे जिसमें कान-पूँछ न हिलाएँ, इसलिए उन्हीं के लड़कों के हाथ में तलवार दे दी।

भैया : दुनिया में राजा लोग खूब मजबूत होने लगे। अपना राज बढ़ाने के लिए, और

बेसी लोगों का खून चूसने के लिए एक-दूसरे से लड़ने लगे। फिर बड़े-बड़े राज कायम हुए। दूर-दूर के देसों पर हाथ फैलाए। पुरोहितों का बल और धन भी बढ़ा, व्यौपारियों का व्यौपार भी खूब चमका। इसी बीच में लोहा निकल आया और खूब तेज-तेज तलवारें बनने लगीं। पत्थर के रूप में पड़ा सोना-चाँदी भी अलग करके निखालिस रूप में तैयार होने लगा। असरफी, रुपया और ताँबे का पैसा बनने लगा। व्यौपार में और तरक्की हुई। लखपती सेठ जगह-जगह दिखलाई देने लगे! सेठ, पुरोहित और राजा का खूब गठबन्धन था।

दुखराम : चोर-चोर मौसियाउत भाई, सभी जोंकें मिलकर कमेरों का खून चूसने लगीं।

भैया : व्यौपारी, कारीगरों-किसानों के पैदा किये हुए धन को दुगुने-तिगुने दाम पर दूर-दूर देशों में ले जाकर बेंचने लगे। गंगा में बड़ी-बड़ी नाव, समुन्दर में बड़े-बड़े जहाज चलने लगे। बढ़िया कपड़ा, गहना और सौक की हजार तरह की चीजों की माँग बढ़ी। कमेरों मजूरों, किसानों को इतनी ही मजूरी मिलती, जिसमें उनका बंस खतम न हो जाए, लाख-दो लाख भूखे मर जाएँ, तो उसकी कोई परवाह नहीं, लेकिन देस के देस में कोई दिया-बत्ती जलाने वाला न रह जाए, इस बात को जोंकें पसन्द नहीं करतीं। जब जोंकें परजा पर दया करने की बात कहती हैं, तब उनका मतलब यही है कि चिराग न बुझ जाए।

सन्तोखी : उनका अपना मतलब पूरा होना चाहिए, दुनिया जाए चूल्हे-भाड़ में!

भैया : व्यौपार से बनियों को खूब फायदा होने लगा, जिसमें राजा को भी भाग मिलता। हर राजा अपने बनियों की सहायता करने के लिए तैयार रहता था। काठ के बड़े-बड़े जहाज कपड़े के बड़े-बड़े पाल उड़ाते समुन्दर को छान डालते थे। नफा की कुछ न पूछो। ढाका का मलमल विलायत में जाकर दुगुने-तिगुने नफा में बिकता था। योरुप के बनियों ने देखा कि इस व्यौपार से हमें भी नफा उठाना चाहिए। पहिले इटली वाले व्यौपार करने लगे, फिर पुर्तगाल वाले बनिये चढ़ दौड़े। उसके बाद हालैंड भी, फ्रांस भी, इंग्लैड भी कैसे पीछे रहते। सब जगह के बनियों ने अपनी-अपनी गुट्ट बनाई। उनके राजाओं ने मदद दी। वह काले लोगों के देस की ओर दौड़ पड़े। लेकिन जो समुन्दर में जहाज दौड़ाने और मोल-तोल करने की ही चतुराई से ही काम चल जाता, तो हिन्दुस्तान के बनिये भी पीछे नहीं रहते।

सन्तोखी : तो गोरों के पास और कौन सी बात थी भैया, जिससे वह दुनिया के राजा बन गए?

भैया : उनके पास बारूद का हथियार था, अच्छी-अच्छी तोपें, बन्दूकें, तमन्चे।

दुखराम : क्या हमारे देस के लोग बारूद नहीं जानते थे?

भैया : हमारे देस वाले तो नहीं जानते थे, लेकिन हमारे पड़ोसी चीनवाले जानते थे।

सन्तोखी : तो चीन वालों ने क्यों नहीं बारूद से काम लिया?

भैया : वह समझते थे कि यह आतिसबाजी के खेल के ही काम की है। चंगेज खाँ नाम का एक मंगोल सरदार था, उसने अपने घुड़सवारों की मदद से चीन को जीत लिया। बारूद की बन्दूक पहले-पहल उसी ने बनवाई। उसकी फौज दुनिया को जीतती हुई योरुप में घुस गई। मंगोलों से ही योरुप वालों ने बारूद का भेद पाया, उन्हीं से ही योरुप वालों ने किताब छापने का ढंग सीखा।

सन्तोखी : तो किताब छापने की विद्या योरुप वालों को पहले नहीं मालूम थी?

भैया : चीन छोड़कर किसी को नहीं, हिन्दुस्तान को भी नहीं मालूम थी। हमारे यहाँ भी उल्टा अच्छर खोदकर लोग अपनी-अपनी मुहर बनाते थे, लेकिन उन्हें यह सूझ नहीं आई कि पूरी किताब को लकड़ी पर उल्टा खोदकर छापा जा सकता है।

सन्तोखी : तो चीनी लोग लकड़ी पर उल्टा अच्छर खोदकर किताब छापते थे।

भैया : हाँ, फिर योरुप वालों ने सोचा कि एक लकड़ी पर एक किताब को उल्टा खोदने से अच्छा यह होगा कि एक-एक अच्छर उल्टा बनाकर रख लिया जाए और उतने ही अच्छरों के जोड़ने से तो बड़ी पोथी बन जाती है, इस तरह एक बार के बनाये उल्टे अच्छर बहुत-सी किताबों के छापने का दाम देंगे। लकड़ी का अच्छर टिकाऊ नहीं होता, इसी वास्ते उन्होंने सीसे का अच्छर बनाया।

सन्तोखी : तो योरुप वालों ने दूर तक सोचा?

भैया : बारूद के हथियारों के बारे में भी योरुप वालों ने बहुत दूर तक सोचा और अच्छे-अच्छे हथियार बनाए। आज-कल के इतने अच्छे-अच्छे हथियार तो नहीं। लेकिन उस समय जो हथियार दुनिया में बनते थे, उनसे यह बहुत अच्छे थे।

दुखराम : तो भैया, पत्थर-लकड़ी के हथियार से ताँबे की तलवारों का जमाना आया, फिर लोहे की तलवारें, तीर और भाले, फिर बारूद की तोपें ढलने लगीं?

भैया : लेकिन दुक्खू भाई! ताँबे, लोहे और बारूद के हथियारों पर जोंकों ने ही पूरा कब्जा किया।

दुखराम : तभी तो हजार आदमी की नकेल एक आदमी के हाथ में है।

भैया : बिलायत के व्यौपारी भी हिन्दुस्तान के व्यौपारी के साथ व्यौपार करने लगे। खूब दुगुना-चौगुना नफा कमाने लगे। हमारे यहाँ के राजा, नवाब आपस में लड़ रहे थे। उन्होंने बिलायत वालों के हथियारों को बहुत मजबूत देखा। वह गोरों को लड़ने के लिए किराये पर रखने लगे। गोरे व्यौपार भी करते थे और किराये पर लड़ते भी थे।

सन्तोखी : हमारे देस वाले अपनी ही क्यों नहीं उन हथियारों को बनाने लगे?

भैया : हमारे यहाँ तो सनातन धरम चलता है न? जो चीज जितनी ही पुरानी है, उतनी ही ठीक है। जब नाक तक पानी आ जाता है, तब सनातन धरम का नसा टूटता है। लेकिन "अब पछताए होत का जब चिड़ियाँ चुग गईं खेत"। हिन्दुस्तान वालों को एक-दूसरे के साथ खूब लड़ते देखा; फिर बिलायती बनियों की कम्पनी ने व्यौपार के साथ-साथ देश जीतने का काम भी अपने हाथ में ले लिया!

सन्तोखी : तो इस तरह हिन्दुस्तान में कम्पनी बहादुर का राज कायम हो गया?

भैया : हाँ, बिलायती बनियों के गुट को कम्पनी बहादुर कहते हैं।

दुखराम : मैं तो समझता था कि कम्पनी बहादुर कोई राजा है।

भैया : कम्पनी कहते हैं, गुट्ट को दुक्खू भाई। 1757 ई. से अंग्रेजों ने हिन्दुस्तान में अपने राज की नींव मजबूत कर ली।

दुखराम : राजा भी जोंक, बनिया भी जोंक, और जब वह आदमी राजा और बनिया दोनों हो, तो देश में कहाँ से खून बच पाएगा।

भैया : आज सौ बरस हुए, मरकस बाबा ने लिखा था कि हिन्दुस्तान के छः करोड़ आदमी जो कुछ साल भर में कमाते हैं, वह सब बिलायती कम्पनी बिलायत ढो ले जाती है।

सन्तोखी : छः करोड़ आदमी की सारी कमाई।

भैया : उस समय हिन्दुस्तान में बीस करोड़ से कम ही आदमी रहते थे; इसलिए हर तीन आदमी में एक आदमी बिलायत वालों के लिए कमाता था। और इस रकम में वह धन सामिल नहीं था, जो कम्पनी के नौकर घूस-रिसवत, चोरी-ठगी से जमा करते थे।

दुखराम : यह मरकस बाबा कौन हैं भैया?

भैया : मरकस बाबा के बारे में दुक्खू भाई! फिर हम किसी दिन बताएँगे। मरकस बाबा ही ने जोंक-पुरान का परदा खोला। उनके ही परताप से कमेरों की आँख का पट खुला। उन्होंने ही बतलाया कि दुनिया को नरक बनाने का कारन यही जोंकें हैं। उन्होंने ही रास्ता दिखलाया कि कैसे जोंकों से पिण्ड छूटेगा, और दुनिया नरक से सरग बनेगी।

सन्तोखी : तब तो मरकस बाबा कोई औतार हैं भैया?

दुखराम : किसके औतार हैं सन्तोखी भाई? उन्हीं के तो नहीं जो छीर सागर में सदा के लिए सो गए हैं।

भैया : सन्तोखी भाई का मतलब है कि बाबा बहुत भारी पर-उपकारी जीव रहे हैं और उनकी सूझ ऐसी रही, जैसी कि और आदमियों में देखने में नहीं आती।

सन्तोखी : हाँ भैया! यही मतलब है, क्या करें जो लबज लोग बोलते हैं, जान पड़ता है उसी में बहुत खामी है।

दुखराम : खामी ही नहीं बहुत धोखा है सन्तोखी भाई! और यह सब धोखा जोंकों का फैलाया हुआ है। अपने जान जोंकों ने हमें साँस लेने का भी कोई रास्ता नहीं छोड़ा था। लेकिन उनको क्या पता था कि कमेरों का पच्छ करने वाले मरकस बाबा दुनिया में पैदा होंगे। भैया! तो जो तुम हम लोगों के आँख का पट्टा खोल रहे हो, यह सब मरकस बाबा ही ने बताया है?

भैया : हाँ, दुक्खू भाई! दुनिया में इतना बड़ा नबज पहचानने वाला कोई बैद नहीं हुआ। उसने दुनिया के रोग का कारण बतलाया, फिर दवाई भी बतलाई। उस दवाई को दुनिया के चौथे भाग के लोगों ने खाया, वह आज निरोग हो गए हैं। मरकस बाबा ने यह भी बतलाया कि अब तक जितनी जोंकें पैदा हुई थीं, अब उन सब की कान काटने वाली सबसे बड़ी जोंकें दुनिया में आ गईं। इसको दो घड़े खून से सन्तोख नहीं हो सकता, इसके लिए समुन्दर का समुन्दर खून चाहिए।

सन्तोखी : वह सबसे बड़ी जोंक कौन है भैया?

भैया : पहले जनम होता है तब नाम रखा जाता है। सुनो जनम की बात। बिलायती बनिये हिन्दुस्तान में राज और व्यौपार दोनों करने लगे—बल्कि राज भी वह व्यौपार ही के लिए करते थे। हिन्दुस्तान का माल वह खरीद-खरीद कर और बहुत कुछ नजर-सौगात में ढो-ढोकर बिलायत ले जाने लगे। हिन्दुस्तान का कपड़ा सौ बरस पहिले भी बिलायत बहुत जाता था। हिन्दुस्तान के धन से बिलायत कितना धनी हो गया, यह इसी से समझ सकते हो, कि जहाँ 1814 ई. में बिलायत की सारी सम्पत्ति 30 अरब रुपया (230 करोड़ पौंड) थी, वहाँ 61 साल बाद 1875 ई. में बढ़कर 11 खरब 5 अरब रुपया (8500 करोड़ पौंड) हो गई। इस धन की जो इतनी बढ़ती हुई, उसमें थोड़ा ही बहुत और जगह से आया, बाकी अधिक भाग हिन्दुस्तान से गया।

दुखराम : माने अरब-खरब रुपया हमी लोगों के देह का खून न खींच करके गया?

भैया : इसे भी क्या पूछना है। कम्पनी बहादुर ने धरम कमाने के लिए थोड़े ही हिन्दुस्तान को अपने हाथ में लिया। बंगाल में कम्पनी का राज्य कायम होने के बाद 1764-65 ई. में जहाँ 1 करोड़ 6 लाख 34 हजार रुपया (8 लाख 81 हजार पौंड) मालगुजारी आई थी, वहाँ दूसरे ही साल वह दस गुना कर दी गई (14 लाख 70 हजार पौंड) और कम्पनी के 93 वर्षों के राज्य में मालगुजारी बीस गुना बढ़ गई। और जानते हो इसका फल? अकाल हर दूसरे-तीसरे साल दौड़ने लगे। कम्पनी बहादुर के राज कायम होने के छठवें ही साल (1770) में बंगाल में एक करोड़ आदमी भूखों मर गए।

दुखराम : भैया। तुम चाहे कुछ भी दबाओ और सन्तोखी भाई कितना ही नाराज हों, मैं तो समझता हूँ कि भगवान कहीं भी नहीं हैं, छीर सागर में भी नहीं हैं। कभी पैदा भी हुए हों तो उनको मरे-मिटे हजारों बरस हो चुके।

सन्तोखी : इतना तो मैं भी कहूँगा दुक्खू भाई कि एक-एक साल में एक-एक करोड़ या साठ-साठ लाख आदमियों को जोंकें चूसकर मार डालें, फिर भी भगवान अवतार न लें, तो उनके सब औतारों की कथा झूठी है।

भैया : हिन्दुस्तान से जो धन दुहा जाता था, उसमें कपड़े का भी बहुत भाग रहता था। बिलायत के कुछ व्यौपारियों ने सोचा कि यदि हम हिन्दुस्तान से भी सस्ता और अच्छा कपड़ा दे सकें, तो उल्टी गंगा बहा देंगे।

सन्तोखी : माने कपड़े के नइहर में कपड़ा बनाकर भेजेंगे।

भैया : इतना ही नहीं नइहर की रूई लेकर, क्योंकि बिलायत में कपास नहीं पैदा होती है। विचार करने वालों ने बुद्धि लड़ानी शुरू की। अठारहवीं सदी के अन्त पर भाप के इंजन का पता लग गया और कपड़े बुनने के करघे भाप से चलाए जाने लगे। मशीन की चीज हाथ की बनी चीज से सस्ती होती है।

दुखराम : यह क्यों होता है भैया। हम देखते हैं कि मिल की बनी चीज देखने में बुरी नहीं होती, मजबूत भी होती है, फिर सस्ती क्यों होती है?

भैया : आदमी का जाँगर (परिश्रम या मेनहत) जितना लगता है, चीज का दाम भी उतना ही होता है। गाढ़ा कपड़ा सस्ता होता है और बनारसी किमखाब बहुत महँगा, क्योंकि गाढ़े में आदमी का उतना जाँगर नहीं लगता जितना कि किमखाब में। अब हाथ के करघे पर पुराने ढंग से कपड़ा बुनने में एक आदमी पाँच गज से ज्यादा कपड़ा नहीं बुन सकता है और वह भी हाथ-सवा हाथ अरज का और कपड़े की मिल में एक आदमी दो से चार करघे तक सँभाल सकता है।

दुखराम : हाँ भैया, उसमें हाथ से ढरकी थोड़ा ही चलानी पड़ती है। सब वो अपने ही आप होता है, कहीं सूत टूट जाता है, तो उसे जोड़ देना होता है।

भैया : बुनाई कितनी तेजी से होती है। एक दिन में एक आदमी करघों के मुताबिक सौ, डेढ़ सौ, दो सौ गज तक कपड़ा बिन सकता है। 100 गज लेने पर भी हाथ के करघे से जितना काम 10 आदमी करेंगे, मशीन पर उतने काम के लिए सिर्फ एक आदमी चाहिए। अब तुम्हीं बतलाओ, 10 आदमी के जाँगर से बना कपड़ा सस्ता होगा या एक आदमी के जाँगर से बना उतना ही कपड़ा।

सन्तोखी : एक आदमी के जाँगर वाला भैया। क्योंकि उसमें मजूरी कम देनी पड़ेगी।

भैया : कलवाले कारखानों ने हाथ की कारीगरी को तबाह कर दिया, इसीलिए कल

लगाने से थोड़े ही आदमी ज्यादा काम कर सकते हैं। कुछ दिनों पहले जानते हो न, चीनी और गुड़ करीब-करीब एक भाव बिकते थे। वह इसीलिए कि मिलों में चीनी बनाने में बहुत कम आदमी लगते हैं। देखा नहीं है, एक ओर से बोझा का बोझा ऊख खींची जा रही है और पच्चीसों कलों में होते दूसरे छोर पर दानादार सफेद चीनी बोरे में बन्द होती जा रही है।

दुखराम : कल-मशीन से भैया, यह चीज बहुत सस्ती तैयार होती है, यह तो हम रोज देखते हैं।

भैया : सस्ती ही नहीं दुक्खू भाई! वह इतनी इफरात होती है कि अगर मिल वालों को सस्ती पड़ जाने से घाटा होने का डर न होता, तो थोड़े ही जोर लगाने से आदमी पीछे एक मन चीनी हर साल हिन्दुस्तान में बाँटी जा सकती है। कल मशीन ने आदमी के खाने, पहिनने, रहने की चीजों को इतना इफरात कर दिया है, कि जो जोंकें बाधा न डालें, तो दुनिया में एक भी आदमी भूखा-नंगा नहीं रह सकता, लेकिन इस बात को अभी हम आगे कहेंगे दुक्खू भाई! अभी तो यही हम बतला रहे थे कि सबसे बड़ी जोंक कैसे पैदा हुई। जब कल मशीनों को दिमाग वालों ने सोचकर बनाया, तो व्यौपारी तुरन्त दौड़ पड़े। उन्होंने सोचा कि अब धुनिया, जुलाहा, लुहार के पीछे दौड़ने की हमें कोई जरूरत नहीं, हम रूई खरीद कर कारखाने में लाएँगे और कल उसका एक सूत कातकर कपड़ा बना देगी। इसी समय रेल और जहाज वाले इंजन भी बन गए, इसलिए माल एक जगह से दूसरी जगह भेजना भी सस्ता हो गया। व्यौपारियों के पास करोड़ों की पूँजी थी, उन्होंने दिमाग वालों की सोची चीज को तुरन्त ले लिया और सब तरह के लाखों कारखाने खोल दिये। अब नफा का क्या ठिकाना? किसान से रूई खरीद रहे हैं, उससे भी कारखाने वाले को नफा रेल से भेजते हैं, रेल भी कारखाने वालों की है उसको भी नफा। जहाज से सामान बिलायत भेजते हैं उसका किराया लगता है; जहाज भी कारखाने वालों का, फिर कपड़े की मिल भी कारखाने वालों की है, उसका भी नफा है उन्हीं को। उसके बाद कपड़ा हिन्दुस्तान को लौटता है, वहाँ भी हर जहाज और रेल में हर जगह पूँजीपति का नफा धरा हुआ है। पुराने व्यौपारी इतना नफा नहीं कमा सकते थे क्योंकि वह सिर्फ तैयार माल को एक जगह से दूसरी जगह भेजते और आज के यह पूँजीपति कच्ची रूई में हाथ लगने से लेकर पग-पग पर नफा कमाते हैं।

सन्तोखी : यह ठीक कहा भैया? हम लोग रुपया पीछे पैसा-दो पैसा बहुत समझते हैं और यह तो बारह आने के कपास में बीस रुपये की धोती बेचते हैं, फिर इनके नफे का क्या पूछना।

भैया : बिलायत वाले पूँजीपति...

दुखराम : पूँजीपति क्या है, सो अच्छी तरह नहीं समझा भैया?

भैया : पूँजी तो समझते हो, दुक्खू, भाई?

दुखराम : रुपया-पैसा, जमा-पूँजी यही न भैया?

भैया : हाँ, यही रुपया-पैसा, लेकिन जो रुपया-पैसा कल-कारखाने में लगा है, जिसके कारण पूँजी वाला बारह आने की कपास को बीस रुपये में बेचता है, उसे पूँजी कहते हैं। और जो अपनी पूँजी से इन कल-कारखानों को खड़ा करते हैं, उन्हीं को कहते हैं, पूँजीपति। पूँजीपतियों के नफे के सामने व्यौपारियों का नफा कुछ नहीं है।

सन्तोखी : ठीक कहा भैया! जो मारवाड़ी सेठ लोग खाली व्यौपार करते थे, अब सब अपने चीनी-मिल, जूट-मिल, सीमेन्ट-मिल, कागज-मिल खोलते जा रहे हैं। अब उनका ध्यान कोई दूसरी ओर जाता ही नहीं।

भैया : बिड़ला, डालमिया, सिंघानियाँ एक ही पीढ़ी पहले खाली व्यौपारी थे, दूसरे कारखाने का माल खरीद कर बेचते थे, थोड़ा-सा उन्हें भी नफा हो जाता था। लेकिन अब देख रहे हो न? बिड़ला की कितनी ही चीनी की मिलें, कपड़ा और जूट मिलें, हिन्द बाइसिकिल कारखाना और मोटर का भी कारखाना है। पूँजीपति के नफे के सामने व्यौपारी का नफा कुछ भी नहीं है दुक्खू भाई!

दुखराम : मैंने तो एक ही बात गाँठ बाँध ली है। जो बारह आने के कपास को लेकर उसे 14 रुपये की धोती बना सकता है, उसके नफे के बारे में क्या कहना है।

भैया : बिलायत वाले पूँजीपति दुनिया भर का धन लूटकर अपने में गाँज रहे थे, इसे देखकर दूसरे मुल्क वाले कैसे चुप रहते? फ्रांस ने भी कारखाने खोले, अमिरिका ने भी कारखाने खोले, रूस ने भी कारखाने खोले।

सन्तोखी : जापान ने भी कारखाने खोले?

भैया : हाँ, जापान ने भी खोले लेकिन अभी हमको जो समझाना है, उसमें जापान का उतना काम नहीं है। बिलायत ने कारखाना खोला था। पहिले तो दुनिया में और किसी मुल्क में कारखाना खुले ही न थे, इसलिए 'चारों मुलक जगीरी में' उसी के था? लेकिन जब फ्रांस ने कारखाना खोला तो दुनिया में जिन-जिन मुल्कों को फ्रांसीसियों ने अपना गुलाम बनाया था, वहाँ फ्रांस के कारखाने का ही माल बिक सकता था। अमिरिका के पास अपना ही बहुत मुल्क है, इसलिए कितने ही साल तक माल बेचने के लिए उसे ग्राहक ढूँढ़ने की जरूरत नहीं थी। जर्मनी के लिए आफत थी। वह सबसे पीछे कारखाना खोलने लगा, लेकिन अपनी विद्या-बुद्धि से वह तेजी से बढ़ा। माल टाल का टाल जमा हो गया, बेचने के लिए दुनिया में जहाँ भी जाते, जवाब मिलता है—हटो-हटो, यह हमारा राज है। अफ्रीका में जाते, यही बात, हिन्दुस्तान में आते, यही बात। अब तुम्हीं बतलाओ, जो चुप लगा जाए तो उसका क्या मतलब होगा?

सन्तोखी : कारखाने बन्द हो जाएँगे, पूँजीपतियों का दिवाला निकल जाएगा और क्या होगा?

भैया : और यह समझो कि अब दुनिया में राजाओं का राज नहीं है?

दुखराम : क्यों भैया, राजाओं का राज नहीं है तो किसका राज है?

भैया : पूँजीपतियों का राज है, कल-कारखाने वाले करोड़पतियों का राज है। आज से तीन सौ बरस पहले (30 जनवरी, 1649 ई.) को बिलायत के व्यौपारियों ने अपने राजा चार्ल्स का सिर कुल्हाड़े से काट डाला था, उसी दिन से प्रभुता व्यौपारियों के हाथ में चली गई, लेकिन कारखानों के खुलने और पूँजीपतियों के पैदा होने में अभी डेढ़ सौ साल और लगने वाले थे, व्यौपारियों में से ही पूँजीपति पैदा हुए और पूँजीपतियों को सिर काटने भर से सन्तोख नहीं हो सकता था, बल्कि वह सिर काटने को नुकसान की बात समझने लगे।

दुखराम : नुकसान की बात क्यों मानने लगे?

भैया : जोंक हैं न! जोंकों को बहुत परदे की जरूरत होती है, नहीं तो—'उधरे अन्त न होहि निबाहू'। राजा के रहने पर खूब बड़ा-बड़ा दरबार लगेगा, झंडा-पताका निकलेगा, सहर सजाया जाएगा, हीरा-पन्ना जड़े मुकुटों को दिखलाकर लोगों की आँख चौंधियायी जाएगी, राजपुरोहित भगवान के नाम से उसके सिर पर मुकुट रखेंगे और अबूझ कमेरों की आँख में धूल झोंककर बतलाया जाएगा कि यहाँ कोई जोंक नहीं है, यह सब भगवान की दाया-माया है।

सन्तोखी : पूँजीपतियों ने माटी की मूर्ति बना के रखना चाहा।

भैया : हाँ, देखा नहीं आठवें एडवर्ड को किसने निकाला? यह वाल्डविन था वाल्डविन।

सन्तोखी : वाल्डविन कौन था भैया?

भैया : वाल्डविन इंग्लैंड का महामंत्री था। लेकिन उससे भी बढ़कर वह था गेस्ट, कीन आदि बड़ी-बड़ी कम्पनियों का करोड़पति, पूँजीपति।

दुखराम : तब तो भैया राजा कोई रहे, बिलायत के असली राजा तो यही पूँजीपति हैं।

सन्तोखी : और उस समय के हिन्दुस्तान के असली राजा?

भैया : जब बिलायत के राजा को ही उन्होंने गुड़िया बना दिया, तो हिन्दुस्तान के बड़े लाट, छोटे लाट, हैदराबाद, बड़ौदा, मैसूर के बारे में क्या पूछना है? यह सब उन्हीं के वरदान पर हिल-डुल रहे थे।

दुखराम : यह तो कठपुतली का नाच मालूम होता है।

भैया : ठीक दुक्खू भाई! है यह कठपुतली का नाच ही। सब सूत बिलायत के छः सौ परिवार पूँजीपतियों के हाथ में और 'सबहिं नचावैं राम गोसाईं।' तो मैं बतला रहा था कि जर्मनी ने अपने यहाँ कारखाने ठीक किये। माल को बेचने के लिए जिस देश में भी गए, वहाँ धक्का मिला। वहाँ के पूँजीपति चुप कैसे रहते? उन्होंने कहा कि जो खुशी से दरवाजा नहीं खोलोगे तो हम दरवाजा तोड़कर भीतर चले आवेंगे। यही कारन था जो 1914 में जर्मनी ने लड़ाई छेड़ दी। उसने सोचा था कि दुनिया के चार हिस्सा में एक हिस्सा भूमि और आदमी अंग्रेज लोगों के हाथ में हैं। जो उनको खतम कर दिया, तो सब जगह हमारा राज होगा, हमारा माल बिकेगा फ्रांस ने भी दुनिया का बहुत-सा हिस्सा घेर लिया है। उसके खतम होने पर हमारे माल के लिए और भी बाजार मिलेंगे।

दुखराम : तो भैया? गया के पंडे बन गए। जैसे वह जजमान के लिए लड़ जाते हैं, वैसे ही ग्राहकों के लिए ये लोग लड़ गए।

भैया : हाँ, यह ग्राहकों के लिए लड़ाई हुई। जितना ही अधिक ग्राहक मिलेंगे, उतना ही अधिक माल बेचेंगे और जो ग्राहक अपने ही गुलाम हुए, तब उनमें खाली कपास पैदा कराना जैसा सस्ता-सस्ता काम कराएँगे, और बारह आने का बीस रुपया बनाएँगे, पूँजीपति तभी इच्छा भर खून पीने पाएँगे। बल्कि इच्छा भर मत कहो, जो समुन्दर भर भी खून मिले, तो भी इन जोंकों की इच्छा पूरी नहीं होगी। और इन जोंकों के प्यास के लिए पहली लड़ाई में इतने लोग मरे और घायल हुए—

	मरे	घायल
अंग्रेजी राज्य	10,89,919	24,00,988
फ्रांस	30,93,388	40,90,000
जर्मनी	20,50,466	42,02,030
अमिरिका	1,15,660	2,05,700

दूसरी महालड़ाई में संसार में ढाई करोड़ नागरिक और 2 करोड़ 70 लाख सैनिक मारे गए, जिनमें सिरिफ जर्मनी में 33 लाख नागरिक और साढ़े बत्तीस लाख सैनिक मरे। रूस में 70 लाख नागरिकों और 1 करोड़ 36 लाख सैनिकों ने परान दिये। पहिली लड़ाई में 66 लाख जोंकों के लिए बलि चढ़े, तो इस लड़ाई में 5 करोड़ 20 लाख।

जोंक-पुरान के इन दो भयानक अध्यायों से अभी उन्हें सन्तोख नहीं है, वह तीसरे महालड़ाई को अणुबम से लड़ना चाहती हैं, जिनकी ताकत हिरोसिमा वाले बम से बीस गुना से भी अधिक है। एक बम से दस लाख नरनारी तो वहीं खतम हो जाएँगे।

अध्याय-4

जोंकों के दुसमन मरकस बाबा

दुखराम : आज तो भैया मरकस बाबा के बारे में कुछ बताओ।

सन्तोखी : हाँ भैया, जोंकों की बात सुन करके तो हमारा दिल खौलने लगा। उनके सामने गाय-भैंस की देह में लगने वाली जोंकें तो कुछ भी नहीं।

भैया : देखा न सन्तोखी भाई, जोंकों की सकल-सूरत चाहे कितनी ही देखने में सुन्दर हो, उनके आसपास कितनी ही दया-धरम की बात चलती हो, लेकिन चारों ओर की धरती खून से लथपथ रहती है।

सन्तोखी : इनके बड़े-बड़े महलों के नीचे न जाने कितनी जिन्दा लासें पड़ी हुई हैं और पग-पग पर उनके खून की प्यास बढ़ती ही गई है।

भैया : हाँ, पहिले बिरादरी-बिरादरी की छोटी-मोटी लड़ाई होती थी, फिर राजाओं की बड़ी-बड़ी लड़ाई हुई। लेकिन इन जोंकों की लड़ाइयों के सामने तो पहले की लड़ाइयाँ कुछ भी नहीं। अभी जो इतनी बड़ी लड़ाई हो चुकी है सो भी उन्हीं जोंकों के कारण। जब से जोंकों का त्रास बढ़ा तभी से कितने ही दया रखने वाले महात्मा सोचने लगे, कि कैसे दुनिया का दुख कटे। उन्होंने सोचा कि जब तक धनी-गरीब रहेंगे, तब तक लोगों को सुख-चैन नहीं मिलेगा, क्योंकि धनी होते ही हैं बहुत से लोगों को गरीब बनाकर। जो धनी-गरीब का भेद मिटा दिया जाए, तो दुनिया में इतना दुःख नहीं रह जाएगा।

दुखराम : क्यों भैया, ऐसे महात्मा लोग दुनिया में पहिले भी पैदा हुए हैं?

भैया : पैदा हुए, लेकिन उन्हें ठीक से नबज नहीं मालूम हुई। वह रोग के असली कारन का पता नहीं लगा सके।

दुखराम : कारन का पता नहीं लगेगा तब दवा कैसे बताएँगे?

भैया : खून के भीतर के रोग को पानी से धोने से क्या होता है? अढ़ाई हजार बरस पहले हमारे देस में बुद्ध नाम के एक महात्मा हुए थे?

सन्तोखी : नहीं बौधावतार भैया?

दुखराम : बस सन्तोखी भाई! मालूम पड़ता है कि औतार तुम्हारे मुँह से नहीं छूटेगा। कौन औतार? किसका औतार? कहीं उसका पता भी है? बिलायती बनियों ने एक बरस में एक करोड़ आदमियों को मार डाला, लेकिन औतार का कहीं पता नहीं। जोंकों ने साठ लाख आदमियों को तड़पा-तड़पा कर मार डाला, लाखों तिरियों से इज्जत बेंचवाई, तब भी उस औतार का पता नहीं! छोड़ो औतार की बात। औतार होता है राजाओं-रानियों के लिए। दुनिया भर की जोंकों को बचाने के लिए हमें औतार से कोई मतलब नहीं।

भैया : लेकिन दुक्खू भाई! बुद्ध ने अपने को किसी का औतार नहीं कहा, वह मानुख थे और मानुखों का हित चाहते थे। उन्होंने सोचा कि सारी दुनिया को धनी-गरीब का भेद मिटाने के लिए तैयार करना मुस्किल होगा, राजा और सेठ दोनों बड़ी-बड़ी जोंकें खिलाफ हो जाएँगी; इसलिए उन्होंने चाहा, जो थोड़े से समझदार और त्यागी आदमी अपने भीतर से धनी-गरीब का भेद मिटाकर अपने सुन्दर जीवन से दिखला दें, तो क्या जानें दूसरे लोग भी पसन्द करें और उसी रास्ते पर चलें।

सन्तोखी : तो बुद्ध ने ऐसे लोगों की जमात बना ली थी, जिसमें धनी-गरीब का कोई भेद न था!

भैया : हाँ, ऐसे औरत-मरदों की जमात बनाई थी, जिसमें न कोई धनी था न गरीब। उनका घर-द्वार, खटिया-बिछौना, खाना-पीना, सब साझे में रहता। बाँभन हो या चंडाल, उनके भीतर कोई जात-पाँत का भेद न था, सब एक साथ खाते, एक साथ सोते और एक-दूसरे के दुख-सुख में सरीक होते।

दुखराम : बड़ी सुन्दर जमात बनाई थी भैया!

भैया : लेकिन जोंकों का इससे क्या बिगड़ा। बड़ी-बड़ी जोंकों ने इस जमात के लिए बड़े-बड़े महल बनवा दिये, गाँव और जमीन दे दी, खाने-पीने का आराम कर दिया। फिर कहने लगे, यह तो महात्मा लोग हैं, संसार-त्यागी भिच्छु संन्यासी हैं, इनमें सब समरथ हैं।

सन्तोखी : माने उनके चारों ओर दीवार घेरकर उसी में उनको बन्द कर दिया, जिसमें उनके आचरन का दूसरों पर कोई असर न पड़े।

भैया : और असर नहीं पड़ा क्योंकि लोग समझने लगे, ऐसा जीवन तो साधू-संन्यासी ही बिता सकते हैं, वह सारी दुनिया के लिए सम्भव नहीं। इस तरह बुद्ध की दवा सारी दुनिया के लिए नहीं रह गई और फिर जोंकों ने उस जमात को बिगाड़ना शुरू किया। बुद्ध ने कहा था कि जिस किसी को कुछ दान देना हो तो सारी जमात (संघ) को दे, एक आदमी को नहीं। लेकिन बुद्ध के देह छूटने के बाद जोंकों ने बड़ा-बड़ा

दान जमात के नाम नहीं, आदमी के नाम देना सुरू किया। जमात में फूट पड़ गई, धनी-गरीब का भेद फिर सुरू हो गया, जोंकों का बाल भी बाँका न हुआ। जैसे बुद्ध ने हमारे देश में किया, वैसा दूसरे देशों—चीन, ईरान, योरुप में भी कितने ही महात्मा पैदा हुए, जिन्होंने धनी-गरीब का भेद मिटाना चाहा, पर कोई सफल नहीं हुआ। अन्त में कल-मसीन की विद्या का पता लगा। व्यौपारियों ने कारखाने खोल लिए। एक-एक कारखाने में एक छत के नीचे हजार-हजार, दो-दो हजार मजूर काम करने लगे। कारीगरों का रोजगार कलों ने चौपट कर दिया। धुनिया, जुलाहा, बढ़ई, लोहार, रंगरेज, कुम्हार, लहेरा, ठठेरी कल की चीजों के सामने सब को हार माननी पड़ी, सब का घर उजड़ा और कारखाने में मजूरी करना छोड़ जीने का कोई रास्ता नहीं दिखाई दिया। लाखों मजूर बिलायत के कारखानों में मजूरी करने लगे। मालिक तो मजूर नहीं चाहते, गुलाम चाहते हैं। गुलामों को चाहे मारो-पीटो, उसको कहीं ठौर नहीं है। उसकी देह तो मालिक के हाथ में बिक चुकी है। मजूरों के साथ भी मालिक ऐसा ही सलूक करना चाहते थे। जब चाहा किसी को नौकर रख लिया, नाराज हुए तो निकाल दिया। लेकिन कारखाने वाले मजूरों का घर तो पहले ही उजड़ गया था, अब मालिक निकालने पर जाएँ तो कहाँ जाएँ? अपने भाई मजूर के ऊपर जुलुम करते देखा, दूसरे मजूरों का भी दिल पसीज गया। वह भी समझने लगे जो आज इसकी गति है, वही कल हमारी होगी। मजूरों में एका होने लगा, उन्होंने कहा कि हमारे भाई को काम से निकालना ठीक नहीं, निकालोगे तो हम काम नहीं करेंगे।

दुखराम : हड़ताल करेंगे।

सन्तोखी : हड़ताल क्या दुक्खू भाई?

दुखराम : सब तुम्हीं समझ लोगे? मजूर कारखाने का काम छोड़ देते हैं, इसी को हड़ताल कहते हैं।

भैया : पूँजीपति जोंकों को यह पता नहीं था। उन्होंने समझा कि जिनका घर-द्वार नहीं, ठौर-ठिकाना नहीं, उनकी क्या मजाल है, कि हमें आँख दिखाएँ। लेकिन उन्हें यह नहीं समझ में आया, कि जिन कल-कारखानों ने उनके घरों में करोड़ों की बरसा की, उन्होंने इन हजारों मजूरों को एक जगह कर दिया, एक नाव में बैठा दिया अब सबका अच्छा-बुरा भाग एक ही तरह का था। एक के ऊपर संकट पड़ने पर दूसरे चुप कैसे रह सकते थे? मजूरों की बिरादर बन गई। उन्होंने हड़तालें की। हड़ताल करने पर उनके बाल-बच्चों को भूखा मरना पड़ता, लेकिन मालिक का भी लाखों का नुकसान होता। सरकार भी मालिकों की, पुलिस और पलटन भी पूँजीपतियों की। सबने मजूरों को एक ओर से दबाया। कितने ही गोली से मरते, कितनों को ही जेलखाना भेजा जाता और कितने ही भूख के मारे तड़पते;

लेकिन यह एक दिन की आफत तो नहीं थी, कि मजूर सिर नवा देते। 'बुढ़िया में मरने का डर नहीं था, डर था जम के परच जाने का'। हारते, तकलीफ सहते भी मजूरों की बहुत-सी माँगों को पूँजीपति मानने के लिए मजबूर थे। यह अठारह सौ ईसवीं से कुछ पहिले और कुछ पीछे की बात है। इसके बाद ही आज से सवा सौ वर्ष पहले (5 मई, 1818 ई.) मरकस बाबा का जनम जर्मनी में हुआ। राइनलैंड इलाके के ट्रेवेज नगर में उसके पिता एक यहूदी वकील थे। मरकस यह खानदान का नाम था! बाबा का नाम था कारल।

दुखराम : पूरा नाम कारल मरकस हुआ न भैया?

भैया : हाँ लेकिन दुनिया में मरकस नाम ही को सब जानते हैं।

दुखराम : और यहूदी क्या हैं?

भैया : यहूदी एक जाति है, जिसमें बड़े-बड़े पूँजीपति भी हैं। बड़े-बड़े पंडित भी हैं, लेकिन सबसे अधिक मजूर हैं। ये दुनिया में हर जगह बिखरे हुए हैं। 1951 बरस पहले कुछ यहूदियों ने चुगली करके ईसा मसीह को फाँसी चढ़वा दिया, इसी वास्ते ईसा मसीह के मानने वाले किरिस्तान लोग यहूदियों से घिनाते हैं। मरकस बाबा के पिता वकील थे। जब मरकस बाबा छः ही बरस के थे, तभी उनके पिता यहूदी धरम छोड़कर ईसाई हो गए थे। मरकस बाबा लड़कपन ही से बुद्धि के बड़े तेज थे।

दुखराम : तेज न होते, तो जोंकों के चार हजार बरस के जाल को तोड़ पाते?

भैया : मरकस बाबा अपने सहर के इसकूल में पढ़े। कभी-कभी अपने पिता के मीत एक तालुकदार से सतसंग होता। तालुकदार विद्वान थे और विद्या का आदर करते थे। इसकूल की पढ़ाई खतम करके सत्रह बरस की उमर में वह बोन सहर के विस्सविद्यालय में वकालत पढ़ने लगे लेकिन एक साल बाद मरकस बाबा का मन उचट गया। तब वह जर्मनी के सबसे बड़े सहर बर्लिन के विस्सविद्यालय में चले गए। वकालत पढ़ना छोड़ दिया, अब वह पढ़ने लगे इतिहास, कविता और दरसन।

दुखराम : दरसन क्या है भैया?

सन्तोखी : दरसन भी नहीं जानते? रोज हम लोग दरसन-परसन करते हैं?

दुखराम : तो इस दरसन-परसन में पढ़ना क्या है? यह कोई दूसरा ही दरसन होगा। सखी-समाज वालों को जैसे भगवान दरसन देते हैं, वैसे दरसन तो नहीं हैं भैया!

भैया : हाँ, कुछ वैसा ही है। है तो यह अँधेरी कोठरी में काली बिल्ली का पकड़ना, बलुक खाली अँधेरी कोठरी में काली बिल्ली को पकड़ना। लेकिन इसको लोग समझते हैं कि वहीं पहुँचकर विद्या का ओर होता है।

दुखराम : यहाँ भी तो जोंकों की माया नहीं है भैया?

भैया : बहुत भारी माया है। दरसन वाले कहते हैं, कि दुनिया सब माया है।

दुखराम : उनके सामने जब थाली परोस कर रख दी जाती है, तो वह अपना हाथ उधर फैलाते हैं कि नहीं?

भैया : फैलाते हैं, खाते हैं, मौज करते हैं।

दुखराम : बस-बस, हो गया भैया! यह भारी धोखा है। जोंकों का बड़ा भारी जाल है। जोंकों का छप्पन परकार तो छिनाएगा नहीं। उनका सराब और परियों का नाच चलता ही रहेगा। वह लोगों का खून पी-पीकर साल में करोड़-करोड़ आदमी मारते रहेंगे। उनके भोग-विलास में यह दरसन कोई दखल नहीं देगा। वह बस यही चाहता है कि जोंकों के जुलुम को लोग माया समझें। दुनिया को नरक बनाने का सारा कसूर जोंकों का है, लेकिन वह लोगों को बतलाना चाहते हैं, कि यह सब माया है।

भैया : तुम्हारा कहनी ठीक है दुक्खू भाई! लोगों को भूल-भुलैया में डालने के लिए हिन्दुस्तान में दरसन वाले ग्यानी पैदा हुए, योरुप में भी पैदा हुए। मरकस बाबा ने जवानी में दरसन पढ़ा, तो अच्छा ही किया। जब मरकस बाबा उन्नैस साल के थे, तभी कांट और फिखटे जैसे चोटी के पंडितों का दरसन उन्हें थोथी कल्पना मालूम होने लगा। फिर मरकस बाबा को एक और दरसन के पंडित हेगल की किताब पढ़ने को मिली। हेगल की यह बात मरकस बाबा को बहुत पसन्द आई, कि दुनिया जो यह चित्तर-विचित्तर दिखाई दे रही है, वह इसीलिए कि वह हर छन बदल रही है। दुनिया की कोई चीज छोटी से छोटी या बड़ी ऐसी नहीं जो न बदले। हमारे यहाँ भी हेगल से चौबीस सौ बरस पहले बुद्ध महात्मा ने यही कहा था।

दुखराम : चौबीस सौ बरस पहले! और बुद्ध महात्मा भी तो धनी-गरीब का भेद मिटाना चाहते थे। वह भगवान को मानते थे कि नहीं भैया।

भैया : नहीं बिलकुल नहीं। वे कहते थे कि 'है' कहकर जिसे हम पुकारते हैं, वह सभी चीजें छिन-छिन बदलती हैं। जो बदलती नहीं, ऐसी दुनिया में कोई चीज नहीं है।

दुखराम : बुद्ध महात्मा से जो सन्तोखी भाई पूछते कि भगवान है कि नहीं, तो क्या जवाब देते?

भैया : पहले सन्तोखी भाई से पूँछते कि भगवान बदलते हैं कि नहीं, माने बिलकुल मर जाते हैं कि नहीं और फिर उनकी जगह कोई दूसरा बिलकुल नया भगवान पैदा होता है कि नहीं? पहले बुद्ध महात्मा सन्तोखी भाई से यह सवाल करते।

दुखराम : सन्तोखी भाई बताओ तुम क्या जवाब देते?

सन्तोखी : जो भगवान को मानता है, उन्हें जनम-मरन से मानता है।

भैया : तो ऐसी चीज के बारे में बुद्ध महात्मा कहते, कि वह अफीमची की पिनक है। ऐसी चीज दुनिया में कोई नहीं हो सकती?

दुखराम : तो सब चीज बदलती रहती है, दुनिया में न बदलने वाली चीज कोई नहीं है, यही बात मरकस बाबा को पसन्द आई न भैया?

भैया : हाँ, बरलिन से फिर मरकस बाबा जेना सहर के विस्सविद्यालय में चले गए और तेईस बरस की उमर में विद्या-पारंगत होने के लिए उनको डाक्टरी की पदवी मिली।

दुखराम : दवाई देवे वाले डाक्टर भैया?

भैया : ग्यान के डाक्टर दुक्खू भाई! मरकस बाबा ने ग्यान तो सब पढ़ लिया, लेकिन दुनिया में देखा, सब जगह नरक की आग धाँय-धाँय जल रही है। उनकी कलम में बज्जर की ताकत थी। उनकी नजर इतनी पैनी थी कि गहरी से गहरी जगह में घुस जाती थी। विस्सविद्यालय से पढ़ कर निकलने के बाद मरकस बाबा एक अकबार के सम्पादक हो गए?

दुखराम : सम्पादक क्या है भैया?

भैया : अखबार के सब लेखों के परखने और रास्ता दिखलाने के लिए मुक्ख लेख लिखने की जिसपर जिम्मेदारी हो, उसे ही सम्पादक कहते हैं। इसी सम्पादक के रहते समय मरकस बाबा को मजदूरों की दुख-तकलीफ जानने का और मौका मिला। फिर दो साल तक उन्होंने उसके कारन ढूँढ़ने और दवाई का पता लगाने के लिए खूब सोचा, खूब पढ़ा, खूब गुना। जब मरकस बाबा पच्चीस बरस (1835) के थे तभी अपने एक दोस्त को खत लिखा था—"बटोर ने और व्यौपार करने का जो ढंग दुनिया में चल रहा है, मानुख जाति को गुलाम बनाने और खून चूसने का जो ढंग चल रहा है, वह सारे समाज की जड़ को भीतर ही भीतर जल्दी-जल्दी कुतुर रहा है; जितनी जल्दी-जल्दी आदमियों की तादाद बढ़ रही हैं, उससे भी जल्दी-जल्दी वह कुतुर रहा है, इस घाव को पुराना (जोंकों वाला) ढंग भर नहीं सकता, क्योंकि उसके पास भरने की कोई ताकत ही नहीं। वह (जोंकों का ढंग) तो सिरिफ भोग करना और अपने जीना, बस इतना ही जानता है।" मरकस बाबा ने उसी साल अपने पिता के दोस्त तालुकदार की लड़की, जेनी से ब्याह किया।

दुखराम : जोंक की लड़की से विवाह किया?

भैया : जोंक आदमी से पैदा हुई है। और जोंकों में भी कोई-कोई आदमी पैदा हो सकता है कि नहीं?

दुखराम : हो सकता है भैया!

भैया : जेनी उसी तरह की आदमी थी। जोंकों के घरों में उसने जन्म लिया। तेईस-चौबीस बरस तक जोंकों के सुख और भोग में पली, लेकिन बाकी सारा जीवन उसने कितनी तपस्या की, कितना कष्ट सहा, उसको सुनकर रोआँ खड़ा हो जाता है। पच्चीस बरस के ही मरकस बाबा हो पाए थे, कि जर्मन सरकार उनके विचारों को जानकर घबराने लगी। जानते हो न दुनिया भर की सरकारें जोंकों की सरकार है। जोंकों के स्वास्थ को बचाना ही उनका सबसे पहला काम है। जर्मन सरकार ने मरकस बाबा को जेहल में डाल देना चाहा। लेकिन बाबा और जेनी दोनों उनके हाथ में नहीं आए, फ्रांस की राजधानी पेरिस में चले गए।

दुखराम : चाबस (शाबस)! बाबा जर्मन जोंकों के पंजे से बच गए।

भैया : लेकिन जर्मन जोंकों की सरकार ने फ्रांस की सरकार पर दबाव डालना शुरू किया, और डेढ़-दो साल बाद फ्रांस की सरकार ने उन्हें अपने देस से निकल जाने का हुकुम दिया। बाबा को वहाँ से (1845 में) बेल्जियम के सहर ब्रूसेल्स में जाना पड़ा। दो बरस बेल्जियम में रहे। बड़ी गरीबी की जिन्दगी बिताई। जेनी को सब काम अपने हाथ से करना पड़ता, बाबा खाली जोंकों से कमेरो की मुक्ति कैसे हो, इसी पर सोचते और लिखते रहे। 1843 में "न्याव वालों की सभा" (जिसे पहले ही विदेस में भागे जर्मन मजूरों ने कायम किया था) की बड़ी सभा लन्दन में हुई, उस सभा में मरकस बाबा और जिनगी भर के साथी, ऐङ्गल बाबा भी बुलाए गए। मरकस बाबा से वहीं सभा वालों ने कहा, कि हम लोगों का एक ढिंढोरा-पत्तर (घोषणा-पत्र) लिख दीजिए, जिससे जोंकों को भी पता लग जाए कि कमेरे क्या करना चाहते हैं; और दुनिया भर के कमेरों को भी पता लगे कि दुनिया के इस नरक को ढहाने के लिए उनको क्या करना है, जोंकों को देह से छुड़ाने के लिए कौन-सा रास्ता पकड़ना है। मरकस बाबा ने बत्तिस साल की उमर में यह ढिंढोरा-पत्तर लिखा, जो हिन्दी में भी 'कमूनिस्ट घोषणा' के नाम से छप गया है। बीस-पच्चीस पन्ने की इस छोटी सी पोथी में जो तागत है, वह दुनिया की किसी बड़ी-से-बड़ी किताब में भी नहीं देखी गई। दुनिया के कमेरों की आँख खोलने में इस ढिंढोरा-पत्तर जितना काम किसी ने नहीं किया। किताब खतम करते हुए बाबा ने कहा, "कमेरों! अपने पैर की बेड़ियों को छोड़कर तुम्हारे पास गँवाने के लिए रखा ही क्या है? (जोंकों को खतम कर देने पर) यह सारा संसार तुम्हारा है। सभी देशों के कमेरों! एक हो जाओ।"

दुखराम : वाह रे बाबा, आज तू मिलता, तो अपने आँसुओं से तेरे पैर पोंछता।

भैया : अगले साल (1848) फ्रांस में बड़े जोंक राजा के तखत को उलट दिया गया। दुनिया के मुकुटधारी काँपने लगे। फ्रांस के लोगों ने पंचायती राज कायम किया। मरकस बाबा को सरकार के मुखिया ने (1 मार्च, 1848 को) बड़े आदर भाव से आने के लिए बिनती की। बाबा पेरिस सहर में आए। जर्मनी में भी कमेरों ने जोंकों

के खिलाफ बगावत की। उसके एङ्गल बाबा और दूसरे कई साथियों को बाबा ने जर्मनी भेजा और अपने भी राइनलैंड इलाके में पहुँच गए। वहाँ से कमेरों को रास्ता दिखलाने के लिए एक अखबार निकाला। जोंकों की सरकार दब गई थी, इसलिए मरकस बाबा की ओर उसने हाथ नहीं बढ़ाया। डेढ़ बरस अखबार निकालने में बाबा की और जेनी माई के पास जो कुछ भी कौड़ी-पैसा था, सब चला गया। जर्मन जोंकों की सरकार का फिर कुछ हौसला होने लगा, इसलिए बाबा और जेनी पेरिस चले आए। लेकिन पेरिस के कमेरों ने जोंकों के स्वभाव को ठीक से पहचाना नहीं। उन्होंने जोंकों को अँगूठे से दबाया। खून निकल जाने से वह सुटुक कर पतली हो गई। कमेरों ने समझा, अब कुछ नहीं कर सकती, इसलिए उन्हें उठाकर फेंक दिया।

दुखराम : जोंकों का जीव बड़ा कड़ा होता है भैया! उनको जब तक गत्तर-गत्तर काट-चींथकर न फेंका जाए, तब तक वह मरती नहीं।

भैया : पेरिस में फिर जोंकों का जोर बढ़ गया और 1849 में मरकस बाबा को फ्रांस से निकल जाने का हुक्म हुआ। बाबा और जेनी कमेरों की भलाई के लिए सब दुख सहने के लिए तैयार थे। घर छूटा, देश छुड़ाया गया और जिस देस में भी जाते वहाँ की जोंकें उनके पीछे जातीं। अब वह लन्दन चले गए। 1839 से 1883 तक के लिए (चौंतीस बरसों के लिये) लन्दन ही मरकस बाबा का घर बना।

दुखराम : लन्दन तो सबसे बड़ी-बड़ी जोंकों की राजधानी है, वहाँ मरकस बाबा को कैसे जगह मिली?

भैया : जोंक सरकारों का आपस में भी झगड़ा है, यह तो सैंतीस साल पहले वाली लड़ाई और पिछली लड़ाई से तुम्हें मालूम है। इसलिए भी अपने मुद्दई जर्मनी और फ्रांस की जोंकों के दुसमन मरकस को अपने यहाँ रहने देने में उन्हें कोई हरक्कत नहीं मालूम हुई, और सारे अंग्रेजों के गुलाम देसों का इतना अधिक धन आता था कि अपने यहाँ के मजूरों को वह कुछ दे-दिवाकर सन्तुष्ट कर देते थे। मरकस बाबा ने बड़ी-बड़ी पोथियाँ लिखीं। दुनिया भर के कमेरों पर उनकी नजर रहती थी।

दुखराम : हिन्दुस्तान के रहने वाले हम कमेरों के बारे में बाबा ने कुछ सोचा और लिखा?

भैया : हाँ दुक्खू भैया! बाबा के सामने आज से 61 साल पहले भी हिन्दुस्तान का कोई रोग छिपा नहीं था। बाबा ने उस वक्त लिखा था—काहे अंग्रेज हिन्दुस्तान के मालिक बन गए? मुगल सुबेदारों ने मुगलाई राज-संगठन तोड़ा। सूबेदारों की तागत को मराठों ने तोड़ा। मराठों की तागत को (पानीपत की लड़ाई में) अफगानों ने तोड़ा और जब यह सभी सबके खिलाफ लड़ रहे थे, तो अंग्रेज चढ़ दौड़े और उन्होंने सबको दबा दिया। (क्यों दबा सकें?) यह देस सिर्फ हिन्दू, मुसलमानों में ही

बँटा नहीं, बल्कि खौम-खौम और जाति-जाति में बँटा है। यहाँ के समाज का ढाँचा इस तरह कसकर बाँधकर रखा गया है, कि आदमी-आदमी के बीच बिखराव और बेमेलपन फैला है। जो देस, जो समाज ऐसा हो, वह हार के लिए, गुलाम होने के लिए नहीं बना तो किस लिए बना। चाहे हिन्दुस्तान का पुराना इतिहास हम न भी जानते हों तो भी इस बात में कोई दो मत नहीं है कि इस छन भी हिन्दुस्तान अंग्रेजों की गुलामी में जकड़बन्द है। और उस जकड़बन्दी का काम करती है हिन्दुस्तानी फौज जिसका खर्च भी हिन्दुस्तान ही देता है। ऐसा भारत गुलाम होने से कैसे बच सकता है?

दुखराम : भैया? बाबा ने सचमुच हम लोगों के रोग को पहचाना।

भैया : बाबा ने एक और भी बात लिखी है। उन्होंने हिन्दुस्तान के पुराने जमाने में गाँव का जो पंचायती इन्तजाम था, उसके बारे में कहा, ये सुन्दर (गाँव के) प्रजातंत्र सिर्फ पड़ोसी गाँव से अपने गाँव की सीमा की रच्छा के लिए मुस्तैदी दिखा सकते थे, लेकिन अपने राजाओं की मनमानी को रोकने की उनमें जरा भी ताकत नहीं थी।

दुखराम : क्यों भैया! गाँव का पंचायती राज क्या बुरा था?

भैया : पंचायती राज को बुरा कोई नहीं कहता। बाबा ने भी वही कहा। जो कनैला की कोई जमीन या तालपोखरी का हक भदया छीनने लगे, तो कनैला वाले कितना मन से लड़ेंगे?

दुखराम : भैया! गाँव का बच्चा-बच्चा लाठी लेकर दौड़ पड़ेगा। भला कोई घर बैठा रह सकता है? न जाने कितनी बार कनैला नरेहता से लड़ा, उसने उमरपुर का दाँत खट्टा किया, भदया को सिवाना में घुसने नहीं दिया।

भैया : बाबा यही कहते हैं कि जब देस में इतना बिखराव हो जाता है कि लोगों को सारा देस तो भूल जाता है, याद रहता है सिर्फ अपना गाँव; तो गाँव की सीमा की रच्छा भले ही हो जाए, लेकिन देस की सीमा की रच्छा नहीं हो सकती। क्योंकि लोग अपने को उतना ही मन से देस का वासी नहीं समझते, जितना मन से कि गाँव का वासी समझते हैं। इसीलिए हिन्दुस्तान की सीमा की रच्छा की जिम्मेदारी सिर्फ राजाओं की रह गई। राजाओं का जुलुम और मनमानापन लाखों गाँवों के पंचायती राज्यों में बँटे हिन्दुस्तानी लोगों के रोकने की चीज नहीं रह गया। गाँवों की पंचायतों ने कारीगरों को हजारों बरस पुराने उसूलों और रुखानियों से चिपके रहने दिया, किसानों को हँसुओं-फलों से एक कदम भी आगे नहीं बढ़ने दिया; जबकि दूसरे मुलुक वाले अपने जुल्मी राजाओं की गरदन कुल्हाड़े से काट रहे थे, उस वक्त सब जुलुम, सब अन्याय बरदास करते हिन्दुस्तानी लोग कहते थे—"कोउ नृप होइ हमैं का हानी।" इससे वह यही दिखलाते थे, कि हमारा हाथ-पाँव बँधा हुआ है,

हम कुछ नहीं कर सकते। हमारे इस गाँव-गाँव के बिखराव, जाति-जाति के बिखराव, धरम-धरम के बिखराव ने हमें बिलकुल कमजोर बना दिया। हम हिल-डोल नहीं सकते। हम समय देखकर अपने को बदल नहीं सकते। हम अचल मुरदा बने रहना चाहते थे, लेकिन जो कोई दूसरा न छेड़ता तब न? मुसलमानों ने राज किया, उससे पहिले उसको और यूनानियों ने भी राज किया था, लेकिन हिन्दुस्तान के समाज के पुराने ढाँचों, गाँव-गाँव के अलग-बिलग संगठनों और जाति-पाँति को कोई नहीं तोड़ सका। लेकिन वह काम अंग्रेजों ने किया। उन्होंने मुरदे को खूब झकझोरा। वह बिलकुल मुरदा नहीं था। उन्होंने हजारों बरस से चले आए हमारे चरखों को तोड़ डाला, पुराने करघे को बिदा किया। यह सब कैसे किया? अपने यहाँ के मिल के बने सस्ते कपड़ों को भेजकर। बाबा ने लिखा—"अंग्रेजों ने कपास की जनम भूमि में कपड़े की बाढ़ ला दी! 1818 में उन्होंने जितना कपड़ा भेजा था, उससे 52 गुना कपड़ा 18 बरस बाद 1836 में अंग्रेजों ने हिन्दुस्तान भेजा। 1837 में मुस्किल से दस लाख गज बिलायती मलमल हिन्दुस्तान में आया था, लेकिन दस ही बरस बाद 1847 में 6 करोड़ 40 लाख गज से ऊपर मलमल हिन्दुस्तान आया। लेकिन इसी बीच में ढाका सहर उजड़ गया। वह डेढ लाख की जगह सिर्फ 20 हजार की बस्ती रह गई। इस तरह अपनी कारीगरी के लिए दुनिया भर में मसहूर हिन्दुस्तान के सहर बरबाद हो गए।"

दुखराम : जोंकों ने बड़ा जुलुम किया भैया?

भैया : बाबा ने भी लिखा था—"यह सब देखकर आदमी का दिल बियाकुल हो जाता है। हिन्दुस्तान जो अनगिनत पंचायती गाँव में सान्ती के साथ जिन्दगी बिता रहा था, उसके सारे संगठनों को जोंकों ने तितर-बितर कर दिया, लोगों को कस्टों के समुन्दर में झोक दिया। पीढ़ियों से चले आते जीविका कमाने के रास्ते बन्द कर दिये। यह ठीक है, कि गाँवों का पुराना पंचायती संगठन बहुत सुन्दर था, देखने में (दुधमुँहे बच्चे की तरह) बहुत ही भोला-भाला था। लेकिन यह भी याद रखना चाहिए, कि पूरबी देसों में (जोंकों को) मनमानी करने में सबसे बड़ी मदद इसी भोले-भालेपन ने दी। इसने आदमी के दिमाग को नन्ही-नन्ही कोठरियों में बन्द कर दिया। गप्पों और झूठे बिस्वासों को चुपचाप मानने के लिए वहाँ के लोगों को तैयार किया, उन्हें पुराने रिवाजों का गुलाम बनाया। हमें यह भी नहीं भूलना चाहिए कि एक छोटी-सी जमीन की टुकड़ी में ही जब सारी ममता बटुर गई हो, तो बिसाल देस का बिधंस क्यों नहीं होता? इसी छोटी ममता ने लोगों को कितना जुलुम सहने के लिए मजबूर किया। बड़े-बड़े सहरों में भयंकर हत्या करवाई, (जिसमें लाखों बालक-बूढ़े, नर-नारी गाजर-मूली की तरह काट डाले गए) हमें यह भी नहीं भूलना चाहिए, कि यह अपमान भरा जीवन, मुरदे कीड़े-मकोड़े का जीवन ही बिलकुल,

जड़ जीवन ही था, जिसको देखकर जंगलियों, अत्याचारियों, सत्यानासियों को वैसा करने की हिम्मत हुई। हमें यह न भूलना चाहिए, कि भारत की यह (गाँव-गाँव में) बिखरी छोटी-छोटी जमात भी सैकड़ों जातों में बँटी थी, गुलामी के रोग में फँसी थी। जहाँ मानुख का काम है ऊपर उठकर जो भी रास्ते में बाधाएँ आएँ उनको परास्त करना, वहाँ हिन्दुस्तानियों को परिस्थितियों का गुलाम बनना पड़ा। उसी के कारण मानुख समाज को जहाँ बहती गंगा की धारा की तरह बराबर बढ़ते रहना चाहिए था, वहाँ वह अचल बनकर जमाने के हाथ की कठपुतली बन गया। मानुख अन्धे जमाने का दास हो गया। जिस मानुख को जमाने का राजा बनना था, वह इतना पतित हुआ कि बानर हनुमान और कपिला गाय के सामने घुटने टेकने लगा।"

सन्तोखी : क्यों भैया! बाबा को हनुमानजी की पूजा और गोमूत पीने की बात मालूम थी।

दुखराम : खूब मालूम थी सन्तोखी भाई! और बाबा ने हम मूढ़ों के गाल पर खूब चपत लगाई। लेकिन यह चपत ऐसे माँ-बाप का थी, जिसका हृदय भीतर ही भीतर रो रहा हो।

भैया : बाबा ने और कहा, "हिन्दुस्तान में अंग्रेज जो समाज में उलट-पुलट कर रहे हैं उसके पीछे उनका एक बहुत ही नीचा स्वारथ छिपा हुआ है। लेकिन हम पूछेंगे कि क्या एसियावासियों के समाज को बिना उलटे-पुलटे मानुख जाति अपने पहुँचने की जगह पहुँच सकती है? अगर नहीं पहुँच सकती तो अंग्रेजों ने चाहे जितना भी पाप किया, उन्होंने अनजाने ही इस हितकारी उलट-पुलट को करने में सहायता की, फिर चाहे (हिन्दुस्तान में) टूट-टूटकर गिरती हुई पुरानी जिन्दगी को देखकर हमारा दिल कितना ही विकल क्यों न हो जाए, उसके खिलाफ हमारे दिल में कितनी ही आग क्यों न लग जाए; लेकिन उसने उलट-पुलट करके हिन्दुस्तान का नया इतिहास बनाने में मदद की है।"

दुखराम : बात तो भैया, बाबा ने सच्ची-सच्ची कह डाली, चाहे किसी के गले उतरे या न उतरे।

भैया : बाबा ने एक ओर जुगों से चले आए हिन्दुस्तान को लाखों गाँवों में छिन्न-भिन्न देखकर उसे पूरा कहा; गाँव संगठन और उलट-पुलट को आगे की भलाई के लिए जरूरी बतलाया। साथ यह भी कहा—अंग्रेजों ने तलवार से हिन्दुस्तान के ऊपर जो एकता जबरदस्ती लाद दी है, उसे बिजली के तार और भी मजबूत और बहुत दिन तक रहने वाली बना रहे हैं। अंग्रेज सरजन्ट जो हिन्दुस्तानी सेना को परेड सिखला रहे हैं, उसका संगठन कर रहे हैं; वही हिन्दुस्तानी सेना विदेसियों के हमले से ही देस को नहीं बचाएगी, बल्कि वह देस को छुटकारा दिलाने का काम भी करेगी। अखबार और छापाखाना नया-हिन्दुस्तान बनाने के बड़े ही जबरदस्त हथियार हैं

जो हिन्दुस्तानी अंग्रेजों से पच्छिमी विद्या सीख रहे हैं, वह राज चलाने के काम और पच्छिम के साइंस में भी चतुर हो रहे हैं, यह भी हित करने वाला है। भाप के इंजन ने हिन्दुस्तान से योरूप के साथ आने-जाने में सहायता की है। हिन्दुस्तान के मुख्य-मुख्य बन्दरगाह इंग्लैंड के बन्दरगाहों से जुड़ गए हैं, जिसके कारन अब हिन्दुस्तान अलग-बिलग नहीं रह सकता और वह जड़ताई को जड़मूल से उखाड़ फेंकेगा। वह दिन दूर नहीं है, जब भाप से चलने वाली रेल जहाज मिलकर इंग्लैंड को आठ दिन के रास्ते पर ले आ देंगे। उस समय हिन्दुस्तान भी पच्छिमी देसों का पड़ोसी देस बन जाएगा। बिलायत की राज करने वाली जमात ने हिन्दुस्तान में जो कुछ तरक्की का काम किया है, वह अनजाने और सिरिफ अपने स्वारथ से किया। बिलायती सरदार हिन्दुस्तान को जीतना चाहते थे, बिलायती थैलीसाह (बनिये) उसे लूटना चाहते थे और मिल साह (पूँजीपति) गलाकट्टी कर रहे थे।...अब मिलसाह सारे भारत में रेलों का जाल बिछाना चाहते हैं और ऐसा करके रहेंगे।...मैं जानता हूँ कि अंग्रेज मिलसाह (पूँजीपति) हिन्दुस्तान में रेल सिरिफ इसीलिए बिछाना चाहते हैं कि बहुत थोड़े खर्च में हिन्दुस्तान के कपास और दूसरे अच्छे माल को अपने कारखानों में ले आएँ; अंग्रेज ऐसे देस में कल-मशीन को ले जा रहे हैं जहाँ कोयला और लोहा मौजूद है। फिर कोयला लोहा के धंधे को आगे बढ़ने से कौन रोक सकता है?...हिन्दुस्तानियों में ऐसे बहुत लोग हैं जो कल-मशीन के इलिम को समझ सकते हैं, वह पूँजी भी जमा कर सकते हैं, उनमें बड़ा दिमाग भी हैं; यह इसी से मालूम है कि गिनती (हिसाब) जैसे इलिम में वे बहुत चतुर होते हैं; उनकी बुद्धि बड़ी तेज है।

दुखराम : बाबा ने देख लिया था कि हिन्दुस्तानी लोगों की आँख जरूर खुलेगी और वह अपनी विद्या को अपनी भलाई, अपनी मुकती के लिए इस्तेमाल करेंगे।

भैया : बाबा ने यह भी सोच लिया था कि हिन्दुस्तान को आजाद करने में, उसके आगे बढ़ने में बिलायत के कमेरों की भी सहायता जरूरी होगी।

दुखराम : बिलायत के कमेरों में भी क्या बाबा के मानने वाले लोग हैं?

भैया : बाबा ने उनकी आँख खोल दी है दुक्खू भाई! बिलायत में एक लाख तो बाबा के पार्टी के खास लोग हैं। वहाँ की जोंकें उस समय बहुत घबरा रही हैं कि लड़ाई खतम होते कहीं उनका भी तखता न उलट जाए। बाबा ने 91 बरस पहले लिखा था—जब तक खुद बिलायत में वहाँ के कमेरे अपने जोंक-राज को हटाकर अपना राज न कायम कर लें या खुद हिन्दुस्तानी ही इतने मजबूत न हो जाएँ कि अंग्रेजों के जुए को उतार फेंकें (तब तक हिन्दुस्तान के लिए वह सुन्दर दिन नहीं आ सकता)। चाहे कुछ भी हो थोड़े हों, या अधिक, दूसरे समय में वह दिन जरूर आएगा, जब बिसाल मनोहर हिन्दुस्तान देश का नया जनम होगा। वह देस जिसके नरम सुभाव वाले निवासियों में आज की गुलामी में भी एक तरह की सान्ति और अभिमान है।

आलसी से दिखाई देने पर भी जिन्होंने अपनी बहादुरी से अंग्रेजों को चकित कर दिया। जिनका देस हमारी भाखाओं का, हमारे धरमों का मूल स्रोत रहा; जिसके जाट अपनी बहादुरी में पुराने जर्मनों जैसे हैं, जिसके बाम्हन ग्यान में पुराने यूनानियों जैसे हैं, उस देस का जरूर उद्धार होकर रहेगा।"

सन्तोखी : बाबा क्या हिन्दुस्तान में आए थे भैया?

भैया : हिन्दुस्तान नहीं आए थे लेकिन सैकड़ों बरसों से अंग्रेज लोग हिन्दुस्तान के बारे में लिख-लिख कर जो ढेर किये थे, उस सबको बाबा ने पढ़ा, हिन्दुस्तान से जाने वाले आदमियों से बातचीत की; उसी से उनको सब बातें मालूम हुईं। हम कहते थे, कि बाबा को असली रोग और दवा का पता लगा। उन्होंने समझा कि रोग हैं यही जोंकें, जिनमें सबसे बड़ी है यह पूँजीपति, मिलमालिक, कारखाने वाले जो 75 पैसे का 20 रु. बनाते हैं और दुनिया पर राज करते हैं। बिलायत के मजूरों ने इन जोंकों से लड़ाई ठानी। जब पेट काटा जाए, बेकसूर आदमी निकाल बाहर किये जाएँ, तो भला वह कैसे चुप रहें? जोंकों का अपार धन, उनकी पलटन, पुलिस, धरम और पुरोहित सब कमेरों को पीस देना चाहते थे; लेकिन वे तीस-चालिस बरस से बराबर लड़ते रहे। तोंद पचकती देख जोंकों को कितनी बातें माननी पड़ीं। कमेरों का बल घटने की जगह और बढ़ता गया। बाबा ने समझा जोंकों की असली दवा यह कल-कारखाने के मजूर हैं। जो वह हजारों-लाखों गाँवों में बिखरे रहते, तो जोंकों का मुकाबला नहीं कर सकते। अपने कारखानों को चलाने के लिए जोंकों ने उन्हें सहरों में एक जगह जमा कर दिया। यह बड़ी तागत है। जोंकों ही ने मजूरों को अपने स्वारथ के लिए इकट्ठा किया और वहीं जोंकों को तबाह करेंगे।

दुखराम : हाँ भैया, चटकल-पटकल में लाखों मजूर काम करते हैं। जब मालिक कोई जुलुम करने लगते हैं तो सब एका करते हैं। दस-दस बीस-बीस दिन काम छोड़ने पर मजूरों को तो तकलीफ बहुत होती है, लेकिन मालिकों को झुकना पड़ता है।

भैया : झुकना क्यों न पड़े, जो मजूरों का एक रुपया जाता है, तो जोंकों का 19 रुपया। लेकिन बाबा ने कहा कि मजूरी बढ़वाने और छोटे-मोटे जुलुम को हटवाने से काम नहीं चलेगा, दुनिया भर के किसानों-मजूरों—सभी कमेरों को एका करके जोंकों का राज खतम करना होगा। पुलिस-पलटन, अदालत-कचहरी, कल-कारखाना सबको जोंकों के हाथ से छीन लेना होगा। हवा-पानी की तरह धरती-धन सब कुछ को सबका साझे का करना होगा; तब जाकर के दुनिया का यह नरक खतम होगा।

सन्तोखी : हाँ भैया? बाबा ने बड़े काम की बात बतलाई।

भैया : अब सुनो बाबा का बाकी जीवन चरित्तर। 31 साल की उमर में बाबा कहाँ-कहाँ की जोंक-सरकारों से बचते लन्दन पहुँचे। और वहीं 65 बरस की उमर में बाबा का देह छूटा। बाबा ने अमिरिका, योरुप सब जगह के मजूरों की जोंकों से लड़ने

में मदद दी, रास्ता बतलाने के लिए किताबें लिखीं। कोलोन के कमूनिस्टों के ऊपर मुकदमा चल रहा था।

दुखराम : कमूनिस्ट कौन हैं भैया?

भैया : बाबा के चेला लोगों को, बाबा के पार्टीवालों को कमूनिस्ट कहते हैं। दुनिया भर की जोंक कमूनिस्टों से बहुत डरती हैं। कमूनिस्टों ने कमेरों की लड़ाइयाँ खूब बहादुरी से लड़ी हैं, अपना सरबस होम दिया है। रूस से जोंकों का राज उन्होंने ही खतम किया।

दुखराम : तो भैया? हमारे देस में भी ऐसे कमूनिस्ट होने चाहिए। बाबा के चेला हम लोगों को रास्ता नहीं बतलाएँगे, तो हम कैसे लड़ पाएँगे।

भैया : हमारे यहाँ भी बाबा के चेला हैं दुक्खू भाई? लेकिन 40 करोड़ की आबादी में कुछ हजार कमूनिस्ट तो बहुत कम होते हैं न? सरकार ने अब भी दो-तीन हजार कमूनिस्टों को जेल में बन्द करके रखा है और जोंक और पुलिस दोनों उन्हें फूटी आँख से नहीं देखना चाहतीं; लेकिन वह रकतबीज की तरह बढ़ते रहेंगे। सहर-दिहात सब में छा जाएँगे। बाबा का पंथ कौन कमेरा है, जिसको पसन्द न होगा?

दुखराम : हाँ भैया! वह अभागा ही होगा। बाबा ने सब दुख-तकलीफ सहकर हमारे ही फायदा के लिए न काम किया।

भैया : बाबा ने कमूनिस्टों के मुकदमे के लिए किताब लिखीं, लेकिन छापने के लिए कागज नहीं था। उनके पास एक कोट बच रहा था, उसे भी उन्होंने बन्धक रख दिया।

दुखराम : तो बाबा बिना कोट ही के रह गए? सुनते हैं, बिलायत में हाथ चीरने वाला जाड़ा पड़ता है।

भैया : बाबा कष्ट सहने को तैयार थे। और जेनी माई की तकलीफ को सोचो दुक्खू भाई! एक तालुकदार की लड़की, बड़ी लाड़-प्यार में पली, वह भी बाबा के साथ गली-गली मारी-मारी फिरती रही, लेकिन उसने एक दिन भी अफसोस नहीं किया। बाबा इतने पंडित थे कि हजार-दो हजार कमा सकते थे और अपने बाल-बच्चों को आराम से रख सकते थे, लेकिन बाबा ने कमेरों की सेवा के लिए अपना जीवन दे दिया था। बाबा के दो लड़के, चार लड़कियाँ हुईं, लेकिन दोनों लड़के और एक लड़की ज्यादा दिन नहीं जी सके। बीमार पड़ते तो दवाई और पथ का पाना मुश्किल होता। बाबा ने कमेरों के लिए गरीबी की जिन्दगी बिताई, जोंकें उनको फूटी आँखों नहीं देखना चाहती थीं। गरीबी के कारन बाबा के तीन बच्चे मर गए; लेकिन बाबा ने सोचा, हजारों बरसों से जोंकें कमेरों के करोड़ों बच्चों को मार चुकी हैं, उन्हीं बच्चों में मेरे भी तीन बच्चे गए।

सन्तोखी : बाबा-जैसी तपेस्सा कौन करेगा भैया? दूसरे तपेस्सा करने वाले तो जोंकों की जड़ में पानी डालते हैं, जोंकों को मजबूत करते हैं।

दुखराम : बाबा ने भी जोंकों की जड़ में पानी डाला, लेकिन खूब खौलाकर गरम-गरम पानी।

भैया : बाबा के साथ एङ्गल बाबा ने भी बड़ी तपेस्या की। उन्होंने ब्याह नहीं किया, और कमा-कमाकर हर साल साढ़े तीन सौ गिन्नी मरकस बाबा को देते गए। जो एङ्गल बाबा ने यह तपेस्सा न की होती, तो बाबा के ऊपर और आफत आती। बड़े बाबा ने एङ्गल बाबा को एक चिट्ठी में लिखा था—'तुम्हारे बिना मैं कभी अपने काम को पूरा न कर सका होता। सिर्फ मेरे लिए तुमने अपनी जबरजस्त बुद्धि को बेकार जाने दिया और गलाघोंटू व्यौपारी जिनगी अपनाई।'

सन्तोखी : क्या एङ्गल बाबा व्यौपारी थे भैया?

भैया : हाँ, उनके बाप का कारखाना था, उसी को एङ्गल बाबा ने सँभाला, लेकिन वह कितना ऊब गए थे, यह उनकी इस चिठ्ठी से मालूम हो जाता है—"मैं किसी चीज को उतना नहीं चाहता, जितना कि इस व्यौपारी की जिनगी से भाग निकलने को।" बाबा के जीवन में ही (18 मार्च, 1871 में) पेरिस के कमेरों ने वहाँ से जोंकों का राज कुछ महीनों के लिए उठा दिया। कमेरों की तागत अभी उतनी मजबूत नहीं थी, इसलिए जोंकों ने फिर हजारों मजूरों को कतल करके अपना राज जमा लिया। लेकिन पेरिस के कमेरों ने जितना अच्छी तरह से अपना राज चलाया, उससे यह पता लग गया, कि कमेरे जोंकों को हटा सकते हैं और अच्छी तरह राज चला सकते हैं। पेरिस के कमेरों ने क्या गलती की थी, इसे बाबा ने लिख दिया था। फिर 46 वर्ष बाद जब रूस के कमेरों ने जोंकों का राज उलटा, तो उस बखत बाबा की वही सिच्छा बड़े काम आई। 41 साल तक कमेरों की लड़ाई लड़ते बाबा ने आखिर 65 साल की उमर में (14 मार्च, 1883 को) देह छोड़ा। लन्दन के हाईगेट के कबरिस्तान में अब भी बाबा की समाधि है। कौन होगा जो बाबा की समाधि पर फूल चढ़ाने की लालसा न रखता हो? बाबा के मरने पर एङ्गल बाबा ने लिखा था—"मानुख जात के पास जितने दिमाग हैं, उनमें सबसे बड़ा दिमाग आज खो गया। कमेरा-दल की लड़ाई चलती रहेगी, लेकिन वह दिमाग चल बसा, जिसकी ओर फ्रांस, रूस, अमिरिका और जर्मनी के कमेरे गाढ़ के समय आँख दौड़ाते थे और वह दिमाग सदा बहुत साफ दो-टूक सलाह देता था।"

दुखराम : धन्न है भैया! मरकस बाबा धन्न हैं, सती है जेनी माई।

भैया : सती जेनी की तपेस्सा की बहुत-सी बातें हैं, जिनको सुनने पर आँसू रोकना मुसकिल है। अब दुक्खू भाई, बाबा की मोटी-मोटी सिच्छा सुनो।

दुखराम : हाँ भैया! जरूर सुनाओ।

भैया : बाबा ने पहली बात यह बतलाई कि रोटी, कपड़ा, घर, आदमी को सदा से जरूरी रहे हैं, इनको पैदा करना मानुख का सबसे पहला काम रहा है। मानुख इनके पैदा करने के लिए नये-नये हथियार, नये-नये ढंग सोचता रहा है, जिससे रोटी, कपड़ा, घर के पैदा करने का ढंग बदलता रहा है। वह पहले सिकार करके जीता था, फिर खेती करने लगा, खेती से फिर कारीगरों की ओर बढ़ा, कारीगरी से व्यौपार होने लगा, व्यौपार से कारखाने के ढंगपर चला आया। पैदा करने का ढंग जैसे-जैसे बदलता गया, वैसे-वैसे मानुख की जमात भी बदलती रही और पहिली जमातबन्दी टूटती गई। सिकार और फल जमा करके जीविका करते समय माई का राज और सबका एक परिवार चलता था। लेकिन जब खेती आई, ताँबा आया, तब वह पुराना ढाँचा नहीं चल सकता था। रोटी-कपड़ा वगैरह पैदा करने के ढंग के बदलने के साथ ही मानुख समाज के ढाँचे को बदलने से रोका नहीं जा सकता। और जब ढाँचा बदलता है, तो उसका कानून, आचार-विचार सब बदलता है, आदमी का मन तक बदल जाता है। बाबा ने एक जगह लिखा है कि रोटी-कपड़ा इत्तादि के पैदा करने का ढंग बदल गया। और जहाँ मानुख पुराने ढर्रे को छोड़ना नहीं चाहता, पुराने ही तरह का मालिक-मिल्कियत का खयाल रखता है, वहाँ तो दोनों का संग्राम छिड़ जाएगा।

दुखराम : भैया! थोड़ा समझा के कहो।

भैया : देखो, जब कपड़ा चरखा और करघा से बनता था, घर-घर में लोग चरखा चलाते थे और गाँव का जुलाहा कपड़ा बुन देता था; उसी तरह बढ़ई, लोहार भी अपना-अपना काम करते थे। तब गाँव अपने काम की करीब-करीब सभी चीजों को पैदा कर लेता था, सबको चीज भी मिल जाती थी, सबको काम भी मिल जाता था। यह उस समय की बात है, जब रोटी-कपड़ा के पैदा करने का ढंग सिरिफ हाथ से किया जाता था। इसके बाद भाप की कल-मसीन बनी। कल-मसीन ने इतना सस्ता कपड़ा और चीज तैयार किया कि हाथ की कारीगरी चौपट हो गई।

दुखराम : यह तो देखा है भैया! हमारे देस के सब जुलाहे करघा छोड़-छोड़ के चटकल-पटकल में भाग गए।

भैया : तौ अब पौनी-परजा, मालिक-जजमान ओगैरह वाला गाँव का ढाँचा टूटने लगा कि नहीं?

दुखराम : बहुत टूट गया भैया! और टूटने के लिए लोग हाय-हाय करते हैं, कल-जुग को दोख देते हैं। लेकिन जान पड़ता भैया! यह किसी का दोख नहीं है। पाथर, ताँबा, लोहा, कल-मसीन जैसे-जैसे नई चीज, नया ढंग आदमी के हाथ में आता गया,

वैसे ही मानुख जाति का ढाँचा भी बदलता गया। टिटिहिरी के पैर रोपने से आसमान ऊपर नहीं टँगा रहेगा।

भैया : इसी तरह का एक और भी संकट आया है। कल-मसीन से अन्न भी बेसी पैदा किया जा सकता है। रूस और अमिरिका में नई-नई खाद और मोटर का हल लगाकर बिगहा पीछे चालिस-चालिस, पचास-पचास मन अनाज पैदा करते हैं और एक-एक खेत में नहीं समूचे देस में। इसी तरह चीनी, कपड़ा, लालटेन दुनिया की खाने-पहनने और रहने की सभी चीजें कल-कारखाने में इतनी पैदा की जा सकती हैं कि सारी धरती के दो अरब लोग एक साल की उपज से दो-दो साल तक खूब आराम से रहें। लेकिन हो क्या रहा है? दुनिया में गरीबी बढ़ रही है, लोग और ज्यादा नंगे-भूखे रह रहे हैं।

दुखराम : इसका कारण जोंकें ही हैं भइया?

भैया : हाँ, जोंकें ही हैं दुक्खू भाई। लेकिन उसको इस तरह समझो। अब एक-एक बढ़ई-लोहार अपना-अपना हथौड़ा-बसूला लेकर अलग-अलग काम तो नहीं कर सकता। कारखानों के कारण अब सभी साझे में एक-दूसरे से मिलकर करना होता है। यह छोटी-सी सुई जो बनकर आती है, वह भी सैकड़ों हाथों से तैयार होती है। काम साझे में—सब को मिलकर करना होता है, लेकिन चीजों की मालिक है जोंक! जोंक कहती है, यह हमारी चीज है, इसलिए हम 20) की चीज बनाने वाले मजूर को 75 पैसे देंगे, किसानों को उसके कपास का 1) देंगे। और बाकी दाम को वह अपने पास रखना चाहता है। लेकिन सुईवाली जोंक नफे में सुई अपने पास नहीं रखना चाहती। वह चाहती है कि उसका सब माल बिक जाए। लेकिन बिकने के लिए पैसा चाहिए। किसान को उसने 1) दिया, मजूर को 75 पैसे दिया, कमेरों के हाथ में कुल मिलाकर पौने दो रुपया गया। अब बताओ 20) की चीज वह कैसे खरीदें?

दुखराम : तो भैया! यही न हुआ कि जोंकें हमारे पास पैसा भी नहीं आने देतीं और बेसी माल पैदा करके खरीदने को कहती हैं।

भैया : हाँ, इसलिए तो जोंकों का दिवाला निकलता रहता है। जब माल बेसी हो जाता है और खरीदने वालों के पास पैसा नहीं रहता, तब भारी सस्ती लग जाती है। याद है न बीस-इक्कीस बरस पहले की बात?

दुखराम : मत कहो भैया? उस वक्त तो अनाज इतना सस्ता लग गया था कि बेंचकर जमींदार की मालगुजारी भी हम बेबाक नहीं कर सकते थे। कितनों की जमीन नीलाम हो गई। बड़ी साँसत हुई।

भैया : एक ओर लोग सस्ती होने पर भी पैसे बिना कपड़ा नहीं खरीद सकते थे और दूसरी तरफ कपड़ा गोदाम में सड़ रहा था। जब पहिले ही का कपड़ा गँजा हुआ है,

तो नया कपड़ा क्यों बनाया जाएगा? जोंकों ने उस मन्दी के दिनों में मजूरों को काम से निकाल दिया। कारखाने बन्द हो गए।

सन्तोखी : तब तो भैया! इन करोड़ों मजूरों के पास भी पैसा नहीं रहा कि माल को खरीदें। इससे तो माल गोदाम ही में सड़ेगा न, कौन उसे खरीदेगा!

भैया : इसी को कहते हैं कबीर साहब की उलटबाँसी 'पानी में मीन पियासी'। एक ओर उसी अमिरिका में बेरोजगार होने से करोड़ों मजूर भूखे मर रहे थे, दूसरी ओर अमिरिका की जोंकों की सरकार ने 1933 में पचास लाख सूअर खरीदकर मरवाकर फेंकवा दिये—भूखों को खाने के लिए नहीं दिया।

दुखराम : आततायी? जोंकों को क्या दाया-माया होगी?

भैया : डेनमार्क देस में हर हफ्ता 1500 गाएँ मारकर उनका मांस जमीन में गाड़ दिया जाता था। अरजनतीन देस में लाखों भेड़ों को मारकर नस्ट कर दिया गया? अमिरिका में लाखों मन गेहूँ को आग में झोंक दिया गया, जहाजों में भरी नारंगियाँ समुन्दर में फेंक दी गईं।

सन्तोखी : भैया! क्या दुनिया बौरा गई।

भैया : दुनिया की बात मत कहो, सन्तोखी भाई। दुनिया तो भूखों मर रही है। यह जोंकों का कसाईपन है। वह सोचते थे कि दो रुपया मन गेहूँ है, जो पचास लाख मन गेहूँ और बाजार में चला आया, तो वह और सस्ता हो जाएगा? फिर नफा कहाँ से मिलेगा; इसलिए पचास लाख मन गेहूँ या पचास लाख सुअरों को बरबाद कर दिया गया, जिसमें कि बाजार में बाकी जो चीजें वह भेजेंगे, उसका दाम ज्यादा मिलेगा।

सन्तोखी : हाँ भैया? बाजार में माल कम और गाहक ज्यादा हों तो दाम चढ़ जाता है।

भैया : यही दाम चढ़ाने के लिए जोंकों ने आदमी के मुँह का आहार, तन का कपड़ा सब चीज बरबाद किया।

दुखराम : और नये गाहक ढूँढ़ने के लिए जर्मन जोंकों ने सैंतीस साल पहिले लड़ाई छेड़ी।

भैया : और पिछली लड़ाई भी जोंकों ने उसी मतलब से छेड़ी है दुक्खू भाई! बाबा ने कहा था कि जैसे दुनिया भर की चीजें सब मिलकर पैदा करते हैं, उसी तरह सबको मिलकर उन चीजों का मालिक बनना चाहिए, तभी दुनिया में सुख-सान्ती होगी।

दुखराम : मिलकर मालिक बनना कैसे होगा भैया?

भैया : जैसे दुक्खू भाई! तुम्हारे घर में पचास परानी हैं, कोई खेती देखता है, कोई गाय-भैंस देखता है, कोई रसोई बनाता है, मतलब कि परिवार का हर आदमी

रोटी-कपड़ा आदि के लिए कोई न कोई काम करता है। घर में तो कायदा है न, कि सब लोगों के खाना-कपड़ा इत्तादि का काम किया जाए। अब तुम ऐसा कायदा चलाओ नहीं,—हम तो सबके काम की मजूरी देंगे और दो रुपया के काम की चार आना से बेसी नहीं। अब इसका फल क्या होगा? जितना काम लोगों ने किया है, उसका आठवाँ ही हिस्सा मजूरी में उनके पास होगा, वह सब चीज को खरीद नहीं सकेंगे। अब वही जोंकों वाली बलाय आएगी कि नहीं?

दुखराम : हाँ भैया! आठ भाग में सात भाग को खरीदने के लिए किसी के पास पैसा ही नहीं होगा, तब वह चीज सड़ेगी कि नहीं। लेकिन ऐसा परिवार कहाँ होगा।

भैया : हाँ, यह जोंकें ही कर सकती हैं। मरकस बाबा कहते हैं, कि यह नफा की बात उठा देनी चाहिए और लोग एक परिवार की तरह साथ ही चीज पैदा करें और साथ ही भोगें।

दुखराम : तब जोंकें कहाँ रहेंगी भैया?

भैया : इसीलिए तो बाबा कहते हैं, कि जोंकों का काम खतम हो गया, उन्होंने राजाओं की तागत को नस्ट करके कल-कारखानों का रास्ता दिखला दिया; अब उनका एक दिन भी जीना करोड़ों आदमियों को भूखों मारने और लड़ाइयों में कतल होने के लिए होगा।

दुखराम : यह बात बहुत पक्की है भैया।

भैया : दूसरी बात बाबा ने बताई, कि मानुख जाति में जब से जोंकें पैदा हुईं, तभी से जोंकों और कमेरों का झगड़ा शुरू हुआ और यह तब तक बन्द नहीं होगा, जब तक कि जोंकें खतम न हो जाएँगी। जोंकें अहिंसा और दया का ढोंग भले ही करें, लेकिन वह अहिंसा-दया पर कभी विसवास नहीं करतीं। सौ में पंचानबे कमेरे (मजूर) हैं और पाँच जोंकें हैं। उन्होंने पंचानबे आदमियों को पुलिस-पलटन-जेल के बल पर दबाकर रखा है। एड़ी से चोटी तक जोंकें हथियार से लैस हैं, उनका सारा राज-पाट, हिंसा, खून, लूट, झूठ और धोखा पर है। वे किसी साधू-महात्मा के वचन में आकर गले में कण्ठी बाँध लेंगी, यह सोचना पागलपन है। जोंकों को और बड़े हथियार से, और बड़े संगठन से, और बड़े त्याग से, कल-बल से पछाड़ना होगा, उनका हथियार छीनना होगा और पूरी तरह मीस-मास देना होगा।

दुखराम : देखता हूँ भैया। मरकस बाबा ने जो भी कहा है, वह एक-एक बात मेरे दिल में घुसती चली जा रही है। बाबा ने धोखेवाली बात नहीं कही है। सुनते हैं महात्मा गांधी तालुकदारों-जमींदारों, सेठों-साहूकारों को कंठी पहिनाना चाहते थे और कितने लोग तो कहते फिरते, कि गांधी महात्मा ने सेर-बकरी को एक जगह पानी पिला दिया। लेकिन मुझे यह बात तो धोखा की मालूम होती है।

बच्चा जब नहीं सोता है, तो माँ लोरी गाती है, जिससे वह सो जाए। मुझे तो यह लोरी ही जैसी मालूम होती है।

भैया : गांधी महात्मा के रास्ते के बारे में मैं फिर कहूँगा दुक्खू भाई! और गांधी बाबा ने कोई बात नहीं कही। महात्मा बुद्ध, ईसामसीह और भी सैकड़ों महापुरुख कण्ठी बाँधकर सेर को भेड़ बनाने की कोसिस करते रहे, लेकिन कोई सफल नहीं हुआ। जोंकों को कहीं कंठ भी है; कि उसमें कंठी बाँधी जाएगी? घोड़ा घास से यारी करेगा तो जिन्दा रहेगा? जोंकों को खतम कर देना बस यही एक रास्ता है।

अध्याय-5

वह देस जहाँ जोंकें नहीं

दुखराम : सन्तोखी भाई! देख रहे हो न कैसी-कैसी बात सुनने में आ रही है। हम लोग समझे थे, कि धनी-गरीब भगवान ने बनाया है; अब मालूम हो रहा है कि सब जोंकों का जाल है। इस जाल-फरेब से जोंकों को ही फायदा है। बढ़िया खाना खाते और बढ़िया कपड़ा पहनते हैं, और हम लोग जो ढेला फोड़-फोड़कर मर जाते हैं, भर पेट अन्न भी नहीं मिलता।

सन्तोखी : हम लोग छोटी-छोटी दुकान खोलकर जो दिन-रात चिन्ता में रहते हैं, यह भी तो जोंकों की ही ताबेदारी है। दिन-रात फिकर में हम मरते हैं और सब नफा जोकों के पास चला जाता है। जो चार की धोती चौदह रुपया पर दूकानदार बेंचता है, तो गिरस्त समझता है कि सब हमें लूट रहे हैं। सब गाली हम लोग सुनते हैं और जिसके पास पौने चौदह रुपया चला जाता है, उसको कोई नहीं पूछता।

दुखराम : वह तो कलकत्ता-बम्बई में बैठे हुए हैं; उनसे कौन पूछने जाएगा लेकिन मजूर उनकी भी खबर ले रहे हैं। अब मोटी तोंद ज्यादा दिन नहीं चलेगी! अच्छा, भैया रजबली आ गए।

भैया : दुक्खू भाई? कमेरों की जीत का रास्ता बहुत टेढ़ा-मेढ़ा है, उसको समझना-समझाना और भी मुस्किल है। मैं जो कुछ कहता हूँ, जो सोलह आना में आठ आना भी तुम्हारी समझ में आ जाए, तो बड़ी बात है।

दुखराम : आठ आना नहीं भैया, मैं तो पन्द्रह आना समझ रहा हूँ। बात तो सब याद नहीं रहेगी, लेकिन एक-एक चीज दिल में बैठती जा रही है।

भैया : याद होने की जरूरत नहीं है, बस दिल में बैठना चाहिए। मरकस बाबा ने बतला दिया था, कि पूँजीपति के राज में हर दसवें साल भाव गिर जाना, मन्दी पड़ना, करोड़ों मजूरों का बेकार होकर भूखों मरना, करोड़ों किसानों का अनाज के सस्ता होने से उजड़ जाना, और सबके ऊपर संसार भर को लड़ाई में झोंक देना यह बातें रोकी नहीं जा सकतीं। इन सबसे बचने का उपाय यही है, कि जोंकों की

सरकार को हटाकर कमेरों की सरकार बैठाई जाए, और देस भर को एक परिवार बना दिया जाए। बाबा ने जो रास्ता दिखलाया था, उसी से चलकर पेरिस के कमेरों ने जोंकों को उलट दिया। लेकिन पेरिस के मजूरों ने यह नहीं समझा कि किसानों को भी वही दुख-तकलीफ है; उन्हें भी हमें अपने साथ मिलाना है। किसान ज्यादा भोले-भाले होते हैं; गाँव में एक कोने में रहते हैं, दुनिया जहान का उन्हें पता नहीं रहता। अलग-बिलग रहने से उनका एक करना भी मुस्किल होता है। उनको पचास तरह से भड़काया जा सकता है। जोंकों ने इसी तरह भड़काया। मजूर बड़ी बहादुरी से लड़े लेकिन जोंकों ने सारे फ्रांस भर की पलटन को उनके ऊपर झोंक दिया। उसी समय (1870-71) जर्मन जोंकों ने फ्रांसीसी जोंकों की सरकार को हरा दिया था, लाखों सिपाहियों को कैद कर लिया था। लेकिन जैसे ही मालूम हुआ, पेरिस में मजूरों ने अपना राज कायम कर दिया तो वह घबरा गई। जर्मन जोंकों ने फ्रांस के सभी कैदी सिपाहियों को छोड़ दिया, जिसमें कि वह पेरिस में जाकर मजूरों के राज को बरबाद कर दें।

दुखराम : एक दूसरे के खून की प्यासी जोंकें आपस में मिल गईं, जैसे ही उन्हें कमेरों का डर मालूम होने लगा?

भैया : सैंतीस साल पहले जो महाभारत जर्मनों ने छेड़ा था, पता है न वह जर्मन जोंकों के फायदा के ही लिए। इस वक्त तक मरकस बाबा के एक परतापी चेला लेनिन पैदा हो गए थे।

दुखराम : लेनिन कौन थे भैया-कहाँ के थे?

भैया : लेनिन का जनम रूस में हुआ था। मजूरों-किसानों को उन्होंने मरकस बाबा का रास्ता बतलाया। मजूरों के ऊपर होने वाले जुलुम के लिए वह जोंकों से लड़ते रहे। जोंकों की सरकार और पुलिस ने उनके भाई को फाँसी चढ़ाया और उनको भी काला-पानी भेज दिया। लेनिन जहाँ भी रहते, वहाँ से कमेरों को रास्ता बतलाते रहते। जेहलखाना और काला-पानी में रखकर भी जोंकें उन्हें रोक नहीं सकती थीं। 39 वर्ष पहले (1905) लेनिन अगुआ बने और कमेरों ने जोंकों के खिलाफ तलवार उठाई। उस वक्त इनकी ताकत उतनी मजबूत नहीं थी, इसलिए जोंक-सरकार ने दबा दिया। हजारों को गोली से उड़ा दिया गया, उनसे भी ज्यादा जेलों में ठूँस दिये गए। जोंकें जीत गईं, कमेरे हार गए। लेकिन जोंकों का एक बार का हारना सदा के लिए उनका खतम हो जाना है, कमेरों का एक बार हारने से कुछ नहीं होगा, वह तो धूल झाड़कर फिर-फिर लड़ते रहेंगे। कमेरे लड़ते हैं रोटी-कपड़े के लिए, रोटी-कपड़े का जब दुख मिटेगा तभी न वह लड़ाई करना छोड़ेंगे!

दुखराम : जोंकों के राज में रोटी-कपड़ा सबको कहाँ से मिल सकता?

भैया : लेनिन महात्मा को रूस की जोंकें जो पकड़ पातीं, तो फाँसी चढ़ा देतीं, इसलिए वह रूस से बाहर चले गए; लेकिन उनके बहुत से साथी देस के भीतर रहकर कमेरों में काम करते थे। लेनिन उसको रास्ता बतलाने के लिए किताबें लिखते थे और लोग जोखिम उठाकर उन किताबों को रूस के भीतर ले जाते थे।

दुखराम : जोखिम क्या भैया!

भैया : पकड़े जाते तो फाँसी-डामल की ही सजा होती।

दुखराम : किताब कौन इतने खतरे की चीज थी, भैया?

भैया : मरकस बाबा और उनके चेला लोगों की किताबों से जोंकें तोप-बन्दूक से ज्यादा डरतीं। वह समझती हैं, गोला-गंठा तो गरीबों के लड़कों के ही पास रहता है। जोंकों के लड़के थोड़े ही पन्द्रह रुपये के सिपाही बनते हैं? इसलिए जोंकें समझती हैं कि जिस दिन गरीबों और उनके लड़कों को जोंकों के पाप का पता लग जाएगा, उस दिन फिर खैरियत नहीं। जब लेनिन महात्मा रूस से बाहर कभी लंडन, कभी फ्रांस, कभी स्वीटजरलैंड इत्यादि देसों में मारे-मारे फिर रहे थे, उनके साथ उनकी स्त्री कुरुपसकाया (क्रुप्सकाया) भी दुख झेल रही थीं। उसी वक्त 1914 में जर्मन जोंकों ने अपना माल बेचने का, कहीं रास्ता न देखकर दूसरी मोटी-मोटी जोंकों पर धावा बोल दिया। इंग्लैंड, फ्रांस और रूस और पीछे अमिरिका एक ओर हुए; जर्मनी-आस्ट्रिया एक ओर हुए। जर्मन जोंकें कमजोर रहीं, और उनके दुसमन जीत गए। लेकिन हमें जोंकों के हारने-जीतने की बात नहीं समझाना है। समझाना यह है कि कैसे रूस में लेनिन महात्मा और उनके कमेरे साथियों ने जोंकों का टाट उलट दिया।

दुखराम : हाँ भैया! यह हमारे बहुत काम की बात है।

भैया : रूस की जोंकें जर्मन जोंकों से भिड़ रही थीं। नफा-नुकसान तो जोकों का था, लेकिन लड़ने वाली जोंकें थोड़े ही होती हैं। जैसे भड़भूजा भाड़ में पत्ती झोंकता है, उसी तरह रूसी जोंकें अपने देस के कमेरों और उनके लड़कों को जर्मन-तोपों के मुँह में झोंकने लगीं। लेकिन जर्मन ज्यादा मजबूत थे। वह रूसियों को हराने लगे। रूसी जोंकें घबराने लगीं, उन्होंने और कमेरों को और उनके बच्चों को लड़ाई में भेजा। कितनों को तो बन्दूक भी नहीं दिया।

सन्तोखी : बन्दूक बिना लड़ते कैसे भैया?

भैया : जोंकों ने कहा कि वहीं जाके, जो सिपाही मरें, उनकी बन्दूकें ले लो। जोंकों के अपने लड़के नहीं न थे, गरीबों के लड़कों को भाड़ में झोंकने से क्यों हिचकिचाते! गरीबों के बच्चे समझने लगे, जोंकें उनके साथ चाल चल रही हैं। उधर लेनिन महात्मा भी किसानों, मजूरों और उनके लड़के सिपाहियों की आँख खोलने लगे—जोंकों-जोंकों की लड़ाई में नाहक गरीबों का बध कराया जा रहा है।

लेनिन महात्मा ने कहा कि जवानो! तुम्हारे दुसमन बाहर नहीं तुम्हारे घर की जोंकें हैं। बन्दूकें खूब हाथ में आ गईं, बन्दूकों का मोहड़ा फेर दो और घर की जोंकों को खतम कर दो।

दुखराम : मरकस बाबा के चेला लेनिन महात्मा भी कम नहीं थे?

भैया : लेनिन महात्मा बाबा के बड़े लायक चेला थे दुक्खू भाई? हाँ, तो मजूर-किसान उठ खड़े हुए। उन्हीं के लड़के सिपाही थे, सबको वह तेईस बरस से समझा रहे थे। अब (नवम्बर सन् 1917 में) उनकी बात समझ में आ गई। उस बखत पेतरोग्रात सहर रूस की राजधानी रही। उसी का नाम पीछे से बदलकर लेनिनग्राद हो गया। लेनिन महात्मा ने पेतरोग्रात में कमेरों की सरकार कायम की। पेतरोग्रात में लाखों मजूर कारखानों में काम करते थे। वह लेनिन महात्मा को खूब जानते थे और परान से भी अधिक प्यार करते थे। जब मजूर बन्दूक लेकर अपना लाल झंडा गाड़ रहे थे, तो जोंकों ने पलटन पर पलटन उनके खिलाफ भेजी। लेकिन सिपाही अपने भाई-बहनों को पहचानते थे, वह जोंकों की बात में नहीं आए। वह अपनी बन्दूक लिये दिये कमेरों के साथ मिल गए। पलटन के अफसर जोंकों के लड़के थे। लेकिन हजार सिपाही में दस अफसर क्या करते? अफसर सिपाही बन गए और उन्होंने कमेरों की पलटन पर गोली चलाई, लेकिन गोली जल्दी खतम हो गई और वह भी ठंडे हो गए। फिर जोंकों ने लड़ाई के मैदान से पलटनें मँगवाईं, और उन्हें कमेरों के साथ लड़ने के लिए भेजा। पचास-पचास हजार पलटन कूच करती चली आतीं, लेकिन जहाँ पेतरोग्रात राजधानी की सीमा में पहुँचतीं, जेठ की दुपहरिया में मक्खन की तरह पिघल कर लोप हो जातीं।

सन्तोखी : लोप कैसे हो जाती भैया?

भैया : लोप हो जाने का मतलब है कि सब सिपाही कमेरों की पलटन में मिल गए, अफसरों में जिन्होंने तीन-पाँच किया, वह वहीं मार दिये गए, बाकी भाग निकले। कमेरों के राज सँभालने की खबर जहाँ-जहाँ पहुँची, वहाँ-वहाँ जोंकों और कमेरों की सरकार ने तुरन्त कानून बना दिया, कि जितने तालुकदार-जमींदार, राजा-नवाब हैं, उनकी सारी जमींदारी आज से सारे रूस के कमेरों की हुई। जितने कल-कारखाने हैं, आज से जोंकें उनकी कुछ नहीं हैं, अब सारे कमेरे उनके मालिक हैं। जितने रेल, जहाज ओगैरह की कम्पनियाँ हैं, वह सब अब कमेरों की हैं; जितनी कोयले की खानें, तेल की खानें, हर तरह की खानें हैं, वह सब कमेरों की हैं। जितने बंक और उनके पास करोड़ों-अरबों का खजाना है, वह कमेरों का है। जोंकों के जितने महल-कोठा, अटारी, बाग, बँगले हैं, वह सब कमेरों के हैं।

दुखराम : तो मरकस बाबा ने जो बात बतलाई थी, उसे लेनिन महात्मा ने पूरा कर दिया।

भैया : हाँ, पूरा कर दिया। पेतरोग्रात राजधानी में आधे के करीब-करीब लोगों के रहने का कोई ठौर-ठिकाना नहीं था। लोग सड़ी-गन्दी गलियों में रहते थे। लाखों मजूर तो फटे टीन और कनस्तर की छतों-दिवारों वाली सूअर की खोभार जैसी छोटी-छोटी झोंपड़ियों में रहते थे। पाँच हाथ लम्बी, चार हाथ चौड़ी झोंपड़ियों में दस-दस आदमियों का परिवार रहता था। रूस का जाड़ा बहुत कड़ा तिसमें पेतरोग्रात तो और ज्यादा; सरदी के मारे वहाँ नदी, समुन्दर सब जमकर बरफ हो जाते हैं।

सन्तोखी : पत्थर जैसी बरफ?

भैया : सन्तोखी भाई? जो तुम जाड़ा में वहाँ पहुँच जाओ, तो साँस लेने से जो भाप नाक से बाहर निकलेगी, वह पहले पानी बनकर तुम्हारी बड़ी-बड़ी मूँछों में समा जाएगी और छन भर ही में मालूम होगा कि तुम्हारी मूँछें सीसे के भीतर जमी हुई हैं। इतनी सरदी पर भी मजूरों को उन्हीं टीनों की खोभारों में रहना पड़ता। उनके पास आग जलाने के लिए कोयला भी नहीं रहता।

दुखराम : जोंकों का कदम जहाँ गया, वहाँ नरक छोड़ और क्या होगा?

भैया : कमेरों की सरकार ने तुरन्त हुकुम निकाला और जोंकों के बड़े-बड़े महलों और कोठों को कमेरों के लिए खोल दिया। उन्होंने जोंकों से कह दिया कि जो कमेरों की सरकार के खिलाफ हैं, उनके ही ऊपर हम हाथ उठाएंगे। जो जोंक का धरम छोड़कर आदमी बनने के लिए तैयार हैं, उनको हम भाई मानेंगे और काम देंगे। जोंकों में जो मानुख बन गए, उनको उन्हीं के घरों की एक कोठरी दे दी और बाकी मकान में सूअर की खोभार से निकालकर कमेरों को ला बसाया। कमेरों का राज कायम होते ही रानियों, तालुकदारनियों और सेठानियों की लौंडियाँ काम छोड़कर अलग हो गईं।

सन्तोखी : जब जमीन, मकान, बंक का रुपया और कल-कारखाना सभी छीन लिया गया, तो लौंडियों को कैसे रखतीं।

भैया : नौकर-चाकर भी जोंकों को छोड़कर हट गए।

दुखराम : अब रानी भरती होंगी पानी!

भैया : बिना देह हिलाए हराम का पैसा थोड़े ही मिल सकता था? कमेरों की सरकार ने सबको काम देने का इन्तजाम किया। जब इंग्लैंड, फ्रांस, अमिरिका, जापान और दूसरे देशों की जोंकों को पता लगा, तो उनकी नींद हराम हो गई। रूस छोटा-मोटा देस नहीं है, दुनिया के छः भाग में एक भाग रूस का है। उसके पूरबी किनारे से पच्छिमी किनारे तक डाकगाड़ी से जाएँ तो 15 दिन 15 रात लगती है।

दुखराम : बम्बई से परयाग तो भैया? एक दिन एक रात ही में चले आते हैं, रूस बहुत भारी देस होगा।

भैया : हाँ, हिन्दुस्तान ऐसे सात देसों की धरती इकट्ठा जोड़ी जाए, तो रूस के बराबर होगी। इसलिए बाहरी देसों की जोंकें बहुत घबराईं, लेकिन साल भर तक वह बहुत नहीं कर सकीं, जब जर्मनी हार गया, तो जीतने वाली सारी जोंकें इतनी घबराईं, जितना कंस भी कन्हैया के पैदा होने से नहीं घबराया होगा। उन्होंने अपनी फौज, गोला-बारूद सब लेकर बोलसेविकों के ऊपर धावा बोल दिया।

दुखराम : बोलसेविक कौन हैं भैया?

भैया : रूस में मरकस बाबा के चेलों को बोलसेविक कहा जाता है।

दुखराम : तो बोलसेविक भी कमूनिस्तों की तरह हम कमेरों के आदमी हैं?

भैया : बोलसेविक और कमूनिस्त एक ही हैं। चर्चिल उस वक्त बिलायत का युद्ध-मंत्री था, वह तो बोलसेविकों को कच्चा खा जाना चाहता था।

दुखराम : यही चर्चिल न भैया? जो लड़ाई के समय बिलायत का महामंत्री था।

भैया : हाँ, वही जो चाहता था कि परलय तक हिन्दुस्तान की छाती पर कोदो दरें। उसने भी अपनी पलटन और गोला-बारूद रूस में उतारी। फ्रांस ने भी अपनी पलटन भेजी। अमिरिका ने भी। जापान ने भी। चौदह बादशाहों ने अपनी-अपनी पलटन कमेरों की सरकार को बरबाद कर डालने के लिए रूस भेजीं? क्यों भेजीं? क्या रूस के कमेरे किसी की एक अंगुल भी जमीन लेना चाहते थे?

दुखराम : दुनिया भर की जोंकों ने समझा कि जो धरती के छः भागों में से एक भाग की जोंकों को खतम कर कमेरों ने अपना राज्य कायम कर लिया, तो बाकी पाँच भाग के कमेरों का भी मन बिगड़ जाएगा, फिर बकरी की माँ कै दिन खैर मनाएगी?

भैया : बड़े संकट की बेला थी। दुनिया भर की जोंकें गला फाड़-फाड़कर चिल्ला रही थीं, अखबारों में छाप रही थीं, कि बोलसेविक अधरमी हैं, बच्चों को मार डालते हैं, बूढ़ों को नहीं छोड़ते। उन्होंने सभी औरतों को बेसवा बना दिया, मसजिदों-मन्दिरों को तोड़ दिया, हराम-हलाल की बात उठा दी इत्यादि हजारों झूठ फैलाए जाने लगे।

दुखराम : हिन्दुस्तान में भी भैया वह यही बात करेंगे, जोंकें समझती हैं कि कमेरे मूरख-अनपढ़ होते हैं, उन्हें झूठ-साँच कहकर मरकस बाबा के रास्ते के खिलाफ कर देंगे। भैया! हम लोगों को बहुत सजग रहना होगा। तुम भगवान की बात को दबा देते रहे, अब उसका फायदा मुझे मालूम हो रहा है। भगवान और धरम से हमें पहिले नहीं झगड़ना है। पहिले हमें जोंकों से निपट लेना है। कमेरे भाई बहुत दिनों से जाल में फँसे हैं, हम लोग धरम और भगवान के खिलाफ बोलने में ही ताकत लगा देंगे, तो जोंकें उन्हें बहकाने लगेंगी।

भैया : हाँ, दुक्खू भाई! सबकी जड़ यही जोंकें हैं, जड़ काटना अच्छा है कि पत्ता नोचना अच्छा?

दुखराम : जड़ काटना अच्छा है भैया?

भैया : लेकिन जोंकें सभी कमेरों की आँखों में धूल नहीं झोंक सकतीं, बिलायत के मजूरों को जब मालूम हुआ कि हमारे देस की जोंकें रूस के कमेरा राज का सत्यानास करने के लिए तोप-बन्दूक, गोला-बारूद भेज रही हैं, तो उन्होंने जहाज पर माल लादने से इनकार कर दिया। खलासियों-मल्लाहों ने जहाज छोड़ दिया। फ्रांस की पलटनें लड़ने के लिए रूस पहुँचीं और सभी कमेरों ने जान जोखिम में डालकर फ्रांसीसी सिपाहियों के पास पहुँच सब बात कही, तो पलटनें बिगड़ चलीं। अंग्रेजी पलटनों में भी यही बात दिखाई देने लगी। रूसी कमेरे अब जोंकों के लिए नहीं अपने लिए लड़ रहे थे, इसलिए जान पर खेलना उनके लिए खेल था। बाहर की जोंक सरकारों ने समझ लिया कि अपनी पलटन को जो वहाँ लड़ने के लिए भेजा, तो बोलसेविकों की बीमारी हमारे देस में चली आएगी। उन्होंने अपनी पलटनें लौटा लीं। लेकिन हाथ पर हाथ धरकर बैठते कैसे? रूसी जोंकों के कितने ही जरनैल और बच्चे कमेरों के राज से जहाँ-तहाँ लड़ रहे थे। बड़े-बड़े महन्त भी तो जोंक ही हैं न? उन्होंने धरम के नाम पर कितने ही किसानों को बहकाया। बिलायत और दूसरे मुल्कों की जोंक सरकारों ने सोचा कि रूसी जोंक जरनैलों और उनके आदमियों को ही सिखंडी बनाकर टट्टी की आड़ में सिकार करें। चर्चिल और दूसरे भी देशों के जोंक राजों के मंत्रियों ने जोंकें-जरनैलों को रुपये-पैसे, गोला-बारूद, हवाई जहाज आदि से खूब मदद की। जोंकें आखिर रूस में रह न सकीं; लेकिन चलते-चलते भी उन्होंने रूस को भयानक नरक बना दिया, सहर और गाँव तबाह कर दिये। जोंक-जरनैलों ने औरतों और बूढ़ों पर दिल खोल कर हाथ साफ किया।

दुखराम : वह तालुकदारों, राजा-नवाबों, सेठ-साहूकारों के लड़के थे न? वह सोच रहे होंगे कि अब हमें महल और अप्सराएँ फिर कहाँ मिलेंगी?

भैया : हाँ, और यह बात सभी जगह दुहराई जाएगी। जोंकें जल्दी हार नहीं मानेंगी। जोंक-जरनैलों ने खेती बरबाद कर दी, अनाज जला दिया। बाहर के किसी मुलुक से कमेरों की सरकार कोई चीज न मँगा ले, इसके लिए बिलायत और दूसरे मुलुकों के जहाज पहरा देते थे और जहाँ कोई जहाज कमेरों के लिए आता या जाता दिखाई देता उसे डुबा देते। जितने लड़ाई में नहीं मरे थे, उससे कई गुना ज्यादा आदमी-बच्चे-औरतें भूख के मारे मर गए—एक करोड़ से ज्यादा आदमी मरे।

दुखराम : जब बिना लड़ाई के बंगाल में साठ लाख आदमी बलि चढ़ गए, तो वहाँ के बारे में क्या पूछना है।

भैया : पाँच बरस तक (1917-22) रूस के कमेरों ने अपने यहाँ की जोंकों और बाहरवाली जोंकों के साथ लोहा लिया। लाखों ने हँस-हँस कर जान दी,

अन्त में जयमाला कमेरों के गले में पड़ी। लाल झंडा अचल हो गया और लाल पलटन के नाम से जोंकें घबड़ाने लगीं।

दुखराम : लाल झंडा और लाल पलटन क्या है भैया?

भैया : लाल झंडा तुमने देखा नहीं है दुक्खू भाई! कलकत्ता के मजूर भी जब कोई अपना जलसा या सभा करते हैं, तो लाल झंडा ही लेकर चलते हैं!

दुखराम : देखा तो था भैया, लेकिन मैंने समझा था महाबीरी झंडा है।

भैया : तुम्हारा चटकल के मुसलमान मजूर उस झंडे के साथ-साथ थे कि नहीं?

दुखराम : थे भैया! जुम्मन काका सुकरू भैया बहुत से थे। और अब मुझे समझ में आता है कि उस झंडे पर महाबीर जी की मूरत नहीं थी।

भैया : कमेरों का झंडा लाल और चौकोर होता है। रूस के झंडे पर हँसिया और हथौड़ा का चिन्ह बना रहता है। हँसिया है किसानों का हथियार और हथौड़ा है मजूरों का। झंडे का लाल रंग कमेरों का खून है।

दुखराम : अब मालूम हुआ लाल झंडे का मतलब। हमें भी अपने झंडे को खून लाल करना होगा। भैया, यह लाल रंग कमेरों का अपना लाल रंग है न?

भैया : हाँ, अपना रंग है। इसी वास्ते कमेरों की पलटन का नाम है लाल पलटन।

दुखराम : उस दिन भैया! तुमने अखबार में पढ़कर सुनाया, कि लाल पलटन के सामने भागते-भागते जर्मन जोंकों की फौजें अपने घर में घुस गईं।

भैया : हाँ, लाल फौज उनके घर में घुसकर जोंकों और उनकी सेना का संहार करती रही हैं। रूस में 182 कौमें बसती हैं।

दुखराम : तो वहाँ एक खौम नहीं है।

भैया : एक खौम नहीं है, लेकिन कमेरों का राज्य है न, इसलिए सभी 182 खौमें मेल से रहती हैं। बाहर की जोंकों ने बाकी खौमों को बहकाने में कोई कोसिस नहीं बाकी रखी। किसी को मुसलमान कहके बहकाया, किसी को किरिस्तान कहकर, किसी को यहूदी कहकर, किसी को बौद्ध कहकर अलग करना चाहा, लेकिन कमेरे-कमेरे सब एक हो गए। लेनिन महात्मा की पारटी ने लड़ाई से पहिले ही बात पक्की कर दी थी, कि रूस में 182 खौमें हैं, 182 भाषा हैं, चार-चार धरम हैं, काले लोग भी हैं, गोरे लोग भी हैं, लेकिन कोई छोटा-बड़ा नहीं है, सब बराबर हैं। जमीन-मकान, कल-कारखाना, रेलखाना सब 182 खौमों के हैं। जो किसी खौम को दबाया जाए, तो वह जब चाहे तब अपना देश अलग कर सकती है।

दुखराम : दिल साफ था भैया! छल-कपट की कोई बात नहीं थी।

भैया : इसलिए दुक्खू भाई 182 कौम में से किसी ने अलग होने का नाम नहीं लिया। बल्कि पाँच खौम बाहर से आकर मिल गई।

दुखराम : बड़ा भारी परिवार है भैया।

भैया : बीस करोड़ का परिवार है और सब एक-दूसरे के वास्ते परान देते। लड़ाई-झगड़ा करना खून चूसने वाली जोंकों का काम है, कमेरों को तो खूब मेहनत करके अधिक अन्न उपजाना, अधिक कपड़ा पैदा करना, अच्छा घर बनाना, सबके पढ़ने-लिखने का दवाई-दरपन का इन्तजाम करना है।

दुखराम : जिसमें सब खुसी रहें, कहीं नरक का निसान न रह जाए। दुनिया भर की जोंकों के मुँह पर कालिख पुत गया न भैया।

भैया : कालिख तो पुत गया, और उनका दिल भी थर-थर काँपने लगा। वे समझने लगीं, कि जब तक रूस में कमेरों का राज रहेगा, तब तक हमारी जान हर वक्त खतरे में है। लेनिन महात्मा पर उन्होंने गोली चलवाई, घाव तो भारी था, लेकिन उस वक्त वह बच गए, तो भी वह दिन पर दिन कमजोर होते गए, और कमेरों के राज के कायम होने से सात बरस बाद (जनवरी 1924) में मर गए।

दुखराम : हत्यारे पापी।

भैया : लेकिन दुक्खू भाई मरकस बाबा का रास्ता इतना कच्चा नहीं है, कि एक नेता के मार देने से वह खतम हो जाएगा। लेनिन महात्मा ने रूस के कमेरों को सिच्छा दी थी कि एक-एक कमेरा नर या नारी को राज चलाने का ढंग सीखना होगा। कमेरे लेनिन महात्मा की एक-एक बात पर जान देने के लिए तैयार थे। रूस की जोंक को तो अब कोई आसा नहीं रह गई थी, इसलिए बाहरी देसों की जोंकों ने दूसरा रास्ता लेना चाहा। रूस के कमेरों की बात को सुनकर हंगरी देस में भी कमेरों का राज कायम हुआ। लेकिन इंग्लैंड, फ्रांस और अमिरिका की जोंकों ने उसे दबा दिया। इटली में भी जब कमेरों ने जोर लगाया, तो राजा-तालुकदार, सेठ-महाजन काँपने लगे। उन्होंने एक गुंडे की पीठ ठोकी, जिसका नाम मुसोलिनी था और राज की लगाम उसके हाथ में दे दी। मुसोलिनी ने कमेरों का पच्छ लेने वाले एक-एक आदमी को चुन-चुनकर मारा। बिलायती जोंकें खूब खुश हुईं, उनके बड़े-बड़े मंत्री तक मुसोलिनी को बधाई देने इटली गए। मुसोलिनी ने लाखों कमेरों और कमुनिस्टों के खून की होली खेली, लेकिन दुनिया की जोंकों ने मुसोलिनी को महापुरुष और क्या कह-कह कर तारीफ की। जर्मनी के भी कमेरे जोंकों के पीछे पड़े। इसको देखकर भीतर और बाहर की जोंकें खूब घबराईं, वह चारों ओर आँख फाड़-फाड़कर सहारा ढूँढ़ने लगीं। जब जर्मनी में भी मुसोलिनी की तरह का एक दूसरा गुंडा हिटलर पैदा हो गया, तो जोंकों का दिल ठंडा हुआ।

बिलायत की जोंकों ने हिटलर की हिम्मत को खूब बढ़ाया। हिटलर कहता था कि दुनिया भर के सबसे बड़े दुसमन यही बोलसेविक हैं।

दुखराम : दुनिया भर के दुसमन नहीं, जोंकों के दुसमन हैं?

भैया : लैकिन दुक्खू भाई? सच्ची बात वह कैसे कहता? जर्मनी के करोड़पति पूँजीपतियों ने हिटलर के लिए थैली खोल दी, तालुकदार पहले कुछ सन्देह करते थे।

सन्तोखी : तालुकदार क्यों सन्देह करने लगे? पूँजीपति और तालुकदार तो एक ही तरह की जोंकें हैं।

भैया : बिलायत में जैसे बड़े-बड़े जमींदार, बड़े-बड़े पूँजीपति, कारखानेदार भी हैं, जर्मनी में अभी उतना नहीं हो पाया था। जर्मनी में नवाब-तालुकदार अपनी अकड़ में रहते थे और उनमें से बहुत कम कारखानेदार बनना चाहते थे। कारखानेदार पूँजीपति हिटलर की पीठ पर थे, इससे वह समझने लगे कि कहीं पूँजीपतियों का पलरा भारी न हो जाए। पूँजीपतियों के पास जो करोड़ों के कारखाने थे, उनके पास रुपये का बल था; तो जर्मनी के तालुकदार नवाबों के हाथ में सारी सेना थी। जर्मनी फौज के बड़े-बड़े अफसरों में सभी और छोटों में से भी अधिक तालुकदार घराने के लड़के थे। इधर पूँजीपतियों और तालुकदारों में अभी गठबन्धन नहीं हो पाया था, उधर कमकरों की ताकत बढ़ रही थी। बाहर की जोंकों ने भी समझाया, तालुकदारों ने भी झख मारा, और कमेरों के भारी खतरे को देखकर जर्मनी के प्रेसीडेन्ट एक बड़े तालुकदार हिन्डनबर्ग ने हिटलर के हाथ में राज दे दिया। अब गुंडा-राज पूरी तौर से अपना रूप दिखलाने लगा। कमेरों की सभाओं और जमात-बन्दी को खूनी हाथों से बन्द कर दिया गया। गोली और फाँसी से मारे जानेवालों की गिनती नहीं हो सकती थी। हजारों हजार मरद-मेहरारू नरक से भी बुरे जेलों में डाल दिये गए, जहाँ उनमें से अधिक भूखे रहकर या पागल होकर मर गए।

दुखराम : तो हिटलर सबसे बड़ा खूनी निकला भैया! और एक दिन एक सफेद टोपीवाले बाबू हिटलर को देवता बना रहे थे।

भैया : वह क्या, दुनिया भर की जोंकें हिटलर को देवता बना रही थीं। यह तो अंग्रेज, फ्रांसीसी और अमिरिका वाली जोंकों पर जब हिटलर ने हल्ला बोल दिया, तब उसे गाली देने लगे। लेकिन हिटलर को मजबूत करने में सबसे बड़ा हाथ बिलायती जोंकों का था। उन्होंने उसे खोलकर धन और वरदान दिया।

सन्तोखी : तो भैया, सिउजी से बरदान पाकर भस्मासुर उन्हीं के सिर पर हाथ रखने चला?

भैया : हाँ, सन्तोखी भाई! हिटलर ने जर्मनी के लोगों का कान भरना शुरू किया कि भगवान ने नीली आँखों और भूरे बालों वाली जाति को ही दुनिया में राज करने

के लिए पैदा किया है। ऐसी जाति जर्मनी से बाहर कहीं नहीं। जर्मनी ही वह आर्य जाति है, जिसे भगवान ने दुनिया का राजा बनाया।

सन्तोखी : तो हिटलर अपने को अरिया कहता है भैया।

भैया : हाँ, वह अपने को अरिया कहता है और सतिया (स्वास्तिक) का चिन्ह अपने झंडे पर लगाता है।

सन्तोखी : अब पता लगा, उस दिन महासय भड़ामसिंह उपदेसक बड़े जोर-जोर से कह रहे थे कि जर्मनी ने भी अरिया धरम को मान लिया।

भैया : लेकिन महासय भड़ामसिंह को यह मालूम नहीं है कि हिटलर हिन्दुस्तानियों को काला पसु जैसा मानता था, उसने अपनी किताब में लिखा कि हिन्दुस्तानी लोग सिरिफ गुलाम रहने के लिए पैदा भये हैं। वह तो फ्रांस और इंग्लैंड जैसे गोरे-गोरे लोगों को भी बरनसंकर कहता था!

दुखराम : बड़े-बड़े बहे जाएँ गरहा कहै कितना पानी, भड़ामसिंह अरिया समाजी हैं और हिटलर अरिया है। छि:! छि:!! भड़ामसिंह समझा होगा कि हिटलर और जर्मनी के अरिया बनाने की बात कहने से सारा हिन्दुस्तान अरिया समाजी बन जाएगा।

भैया : हिटलर ने जर्मनी के लोगों की आँखों में धूल झोंकने के लिए यह झूठी-मूठी बात गढ़ी थी। पहली लड़ाई में जर्मन हार गए थे, हिटलर ने हजारों स्वयं सेवकों को भूरी उरदी पहनाकर सड़कों पर परेड कराना सुरू किया। जोंकों और उनके पिट्ठुओं ने सोचा, कि राजा विलियम तो दुम दबाकर भाग गया, क्या जाने अब हिटलर के हाथ से जर्मनी का भाग फिर पलटे। इसमें कमेरों के नेताओं ने विस्वासघात करके मदद दी।

दुखराम : कमेरों के नेताओं ने कैसे धोखा दिया भैया?

भैया : इसमें हमेसा खतरा रहता है दुक्खू भाई! मरकस बाबा और लेनिन महात्मा दोनों कह गए हैं कि कमेरों को अपने नेताओं की सदा परख करते रहना चाहिए। जोंकों के पास करोड़ों का धन है, वह लाखों का घूसरिसवत दे सकती हैं। इसलिए जो कमेरे सजग नहीं रहेंगे, बेईमान नेता उनको धोखा दे देंगे। बिलायत में ऐसा ही हो रहा है। मजूर-नेताओं को हिन्दुस्तान के कमेरों का खयाल होना चाहिए था, क्योंकि हिन्दुस्तान और बिलायत दोनों जगह के कमेरे एक ही नाव पर बैठे हुए थे। जो बिलायत के कमेरों ने अपने यहाँ जोंकों का राज खतम किया, तो उनके पिट्ठू हिन्दुस्तान में राज नहीं कर सकते। जो हिन्दुस्तान पर जोंकों का राज मजबूत रहा तो बिलायत के कमेरे आजाद नहीं हो सकते। चौदह ही बरस पहले हमने असपेन देस में देखा कि जब वहाँ के कमेरे जोंकों का राज खतम करने लगे,

तो असपेन की गोरी जोंकों ने मराको (अफ्रीका) की काली फौज लेकर असपेन कमेरों पर धावा बोल दिया और जोंकों का राज फिर कायम किया।

सन्तोखी : तो भैया! तुम समझते हो कि जो कभी बिलायत के कमेरे अपने यहाँ से जोंकों का राज नहीं हासिल करते तो बिलायती जोंकें यहाँ से हिन्दुस्तानी फौज को अपने भाइयों के साथ लड़ने के लिए ले जातीं?

भैया : कमेरे जोंकों के भाई-बन्द नहीं हैं। जहाँ वे अपना महल, कल-कारखाना, करोड़ों रुपया हाथ से निकलते देखेंगी, तो जानते हो वे चुप बैठी नहीं रहेंगी। वह कोई बात उठा न रखेंगी।

दुखराम : हाँ भैया! जोंकों को न कोई लाज-सरम न दया माया; उनके लिए तो टका ही भगवान है।

भैया : जर्मनी के कमेरों के नेताओं में कुछ ने तो अपने को जोंकों के हाथ में बेच डाला, और कुछ हिजड़े थे। वह मरकस बाबा के नाम की माला जपते थे, इसलिए बहुत से कमेरे धोखे में पड़ गए। एक बार कमेरों के हाथ में राज आ गया तो उनको चाहिए था कि जोंकों का सब कुछ छीन लेते, उन्हें पीस-पीस कर रख देते लेकिन नकली सियारों ने कहना शुरू किया कि जल्दी मत करो, बहुत खून-खराबी होगी। धीरे-धीरे सब हो जाएगा। जर्मनी में कमूनिस्त भी थे, लेकिन कमेरों के दूसरे नेताओं ने कमेरों के भीतर फूट डाल दी थी। सब एक नहीं हुए, लोग कितने बरस तक इन्तजार करते!

दुखराम : और बीच में जोंकें चुप नहीं रही होंगी भैया!

भैया : चुप कैसे रहतीं? उनके मरने-जीने का सवाल था। उधर हिटलर ने जोंकों के पैसे से अपना बल बढ़ाया, इंग्लैंड की जोंकों से खूब मदद मिली। अन्त में तालुकदारों ने भी राज उसके हाथों में दे दिया। राज हाथ में आते ही उसने अपनी सेना और हथियार बढ़ाना सुरू किया। उसने कहा—मक्खन खाने से बन्दूक रखना अच्छा है। फ्रांस की जोंकें कुछ घबराईं क्योंकि पिछली लड़ाई में जर्मनी ने उनका बहुत नुकसान किया था, लेकिन बिलायत की जोंकों का हाथ बराबर हिटलर की पीठ पर रहा। उनको यह खयाल नहीं था कि कहीं हिटलर हमारे ऊपर न दौड़ आए। हिटलर ने राज सँभालते ही कमेरों को बेदरदी से दबा दिया लेकिन बिलायत की जोंकों की नजर रूस के कमेरों पर थी। उन्होंने समझा था कि जर्मनी में सात-आठ करोड़ आदमी रहते हैं, जो हिटलर ने सबको तैयार करके रूस पर हमला कर दिया, तो बोलसेविकों का राज नस्ट हो जाने से दुनिया भर की जोंकें चैन की बन्सी बजाएँगी। लेकिन रूस के कमेरों का नेता इस्तालिन वीर गाफिल नहीं था।

दुखराम : इस्तालिन वीर कौन है भैया!

भैया : लेनिन महात्मा का सबसे लायक चेला। लेनिन महात्मा के मरने पर उसी को रूस के कमेरों ने अपना अगुआ माना। इस्तालिन का मतलब है, लोहा फौलाद।

दुखराम : तो इस्तालिन वीर फौलाद ही जैसा होगा भैया!

भैया : उसका मनसूबा फौलाद ही जैसा है दुक्खू भाई! और उसके ऐसा दूर देखनेवाला तो आज दुनिया में कोई नहीं। उसने रूस के कमेरों से कहा, दुनिया की जोंकें चार बरस तक आपस में लड़कर बहुत कमजोर हो गईं, उन्होंने कमेरों के राजा को खतम करना चाहा, लेकिन वह उसे कर न सकीं। तो भी जैसे ही मौका मिलेगा वैसे ही वह कमेरों के राज का गला घोटने के लिए एक होकर दौड़ पड़ेंगी।

सन्तोखी : फिर इस्तालिन वीर ने क्या इन्तजाम किया भैया?

भैया : रोटी, कपड़ा और पढ़ने-लिखने के साथ-साथ अपने देस को कल-कारखाना से इतना मजबूत कर दिया, जिसमें जोंकों के हमला करने पर बाहर का मुँह ताकना न पड़े। पहिले तो राज हाथ में लेते ही लेनिन महात्मा ने और कामों के साथ यह काम जरूरी समझा कि रूस में जितने नर-नारी हैं उनमें कोई अनपढ़ न रह जाए। लेकिन पढ़ाई कौन भाखा में हो। दूसरे की भाखा में पढ़ाई हो तो भाखा ही सीखने में बहुत दिन लग जाएँगे। लेनिन महात्मा ने कहा कि हमारे यहाँ 182 खौम हैं। सौ में नब्बे, पंचानबे अनपढ़ हैं; लेकिन कोई खौम गूँगी नहीं है।

दुखराम : एकाध आदमी गूँगा हो सकता है, सारी की सारी खौम गूँगी कैसे होगी?

भैया : हाँ, उन्होंने कहा कि एक सौ बयासी खौमों की सबकी अपनी बोली है। बस जो बोली जो बोलता है, उसे उसी बोली की किताब पढ़ाना चाहिए। कमेरा राज से पहले पाँच-छ: खौमों को छोड़कर किसी की बोली में कोई किताब नहीं लिखी गई, न उनका कोई अच्छर था। पंडितों ने हरेक अवाज के लिए अच्छर चुना और फिर इसके बाद किताब लिख-लिखकर छापने लगे।

दुखराम : अपनी भाखा हो, तब क्या सीखने में देर लगेगी भैया! दूसरे की भाखा में पढ़ाई करने का नतीजा देख रहे हो न, हम चार दरजा हिन्दी पढ़े हैं? लेकिन घर में तो हिन्दी बोलते नहीं; हमारी अपनी बोली है, उसी को बोलते हैं। और बड़ी मीठी बोली है भैया! हम लोग जो बोली बोलते हैं, इसका नाम क्या है भैया?

भैया : आजमगढ़, गाजीपुर, बनारस, मिर्जापुर, जौनपुर, ये सब पुराने जमाने में कासी-देश कहा जाता था। इसलिए हमारे यहाँ की भाखा को कासिका कहना चाहिए।

दुखराम : हमारे यहाँ भी भैया, कासिका बोली में पढ़ाई होने लगे, तो क्या कोई अनपढ़ रह जाएगा? खाली अच्छर सीखना है। और अच्छर तो आदमी तीन दिन में सीख सकता है, लेकिन महतिमा ने ठीक कहा भैया! कि कोई खौम गूँगी नहीं है।

लेकिन हम लोगों को गूँगा बना दिया गया। हँसते, रोते, बोलते, गाते हैं हम अपनी कासिका में और हमको पढ़ाई जाती है अरबी-फारसी भाखा।

भैया : हिन्दी पढ़ना खराब नहीं है दुक्खू भाई! लेकिन सुरू ही से अपनी भाखा को छुड़ाके हिन्दी पढ़ाने का यही नतीजा होता है कि लड़के मिडिल पास कर जाते हैं, लेकिन तो भी न सुद्ध हिन्दी लिख सकते हैं न हिन्दी की बड़ी-बड़ी किताबें समझ सकते हैं। आठ बरस पढ़ना अकारथ ही गया न?

सन्तोखी : अपनी भाखा में पढ़ाई होगी तभी भैया, कोई मरद-औरत अनपढ़ नहीं रहेगा और सब किताब, अखबार पढ़-समझ लेंगे।

भैया : लेकिन महात्मा ने सोचा कि अब हमारा राज जोंकों का राज नहीं है। कमेरा लोगों को अपना राज चलाना है और जो कमेरा मरद-औरत अनपढ़ रहेंगे, तो राज-काज कैसे चलाएँगे? इसीलिए उन्होंने पंडितों को इस काम के लिए बैठा दिया। उन्होंने रोमन अच्छर क-ख बनाया और किताबें छाप-छाप कर इसकूलों में भेजना सुरू किया। लेनिन महात्मा और इस्तालिन वीर का कहना सुनते ही समूचे देस के लोग विद्दारथी बन गए। सत्तर साल के बूढ़े-बूढ़ियों तक ने अपने पोतों के साथ बैठकर अच्छर सीखा।

दुखराम : अपनी बोली में जो पढ़ने का इन्तजाम नहीं हुआ होता, तो बूढ़े-बूढ़ियों को छोड़ जवानों को भी पढ़ने की हिम्मत न होती। हमारे यहाँ देखो, न अपनी भाखा को तो कोई पूछता ही नहीं, हिन्दी पढ़ाई जाती है, लेकिन वह भी नाम करने के लिए, नहीं तो बड़ी-बड़ी पढ़ाई तो अंग्रेजी में होती है।

भैया : और अंग्रेजी चौदह बरस पढ़ने के बाद भी बहुत थोड़े ही आदमी लिख-बोल सकते हैं?

दुखराम : हमको तो मालूम होता है, जोंकें हमें पढ़ने देना नहीं चाहतीं। अपनी भाखा में पढ़ाई हुई तो सब मरद-औरत पढ़ जाएँगे, तब वह दुनिया जहान की बात जानने लगेंगे, फिर उनकी आँखों में धूल कौन झोंकेगा? हम लोग तो भैया, अपने ही देस में पराए हो गए हैं। न थाना में हमारी बोली, न कचहरी में, न इसकूल में, न इस्टेसन में, बेसी तो अंग्रेजी ही है। फिर जो हिन्दी-उर्दू है, उसमें जो चार आना भी हम लोग समझ जाएँ, तो धन भाग है। रूस में तो ऐसा नहीं होगा भैया?

भैया : वहाँ चार आना नहीं सोलहों आने समझ जाते हैं दुक्खू भाई! जौन इलाका में जो बोली लोग बोलते हैं, वहाँ उसी बोली में इसकूल लगता है। थाना, डाकखाना, कचहरी, इस्टेसन सब जगह वही बोली चलती है। अखबार भी उसी बोली में छपते हैं, सिनेमा भी उसी बोली में चलता है। जो कोई दूसरी बोली भी सीखना चाहता है, उसके सीखने का इन्तजाम है। 182 भाखा बोलने वाले सभी कमेरे तो अब सगे भाई हैं।

इसीलिए वह एक-दूसरे से बात भी करना चाहते हैं, इसके लिए रूसी भाखा को पढ़ना चाहिए, उसका भी इन्तजाम है।

दुखराम : उसी तरह जो हमारे यहाँ हिन्दी पढ़ना हो, तो कोई हरज नहीं। हम लोग सब कुछ अपनी कासिका भाखा में पढ़ें, ऊपर से हिन्दी भी कुछ सीख लें, तो अच्छा ही है; दिल्ली, बम्बई, कलकत्ता जाने पर बातचीत में सुभीता होगा।

भैया : अपनी बोली में पढ़ने का यह फायदा हुआ, कि आठ ही नौ बरस के भीतर वहाँ एक भी आदमी अनपढ़ नहीं रह गया।

दुखराम : हिन्दुस्तान से सात गुना बड़ा देस है न भैया? और बीस करोड़ आदमी बसते हैं। तो सारे रूस में सब कोई मूरख बेपढ़ नहीं है न?

भैया : इस बात को तो कई बरस हो गए।

दुखराम : यह बहुत बड़ा काम है भैया, अन्धे को आँख देना है।

भैया : जोंकें लोगों को अन्धा रखना चाहती हैं। जितने कल-कारखाने लड़ाई के वक्त टूट गए थे, जितनी रेल की सड़कें और खानें बिगड़ गई थीं, इस्तालिन वीर ने सबको फिर से तैयार करने को कहा। रूस के सारे मर्द-औरत सभी मिसतिरी-इन्जिनियर जुट गए और कमेरा-राज कायम हुए दस साल भी नहीं बीता, कि कल-कारखाना, रेल-खाना सब पहले इतना माल पैदा करने लगे। खेत भी फिर से आबाद हो गए, और उतना ही अनाज पैदा होने लगा। अब इस्तालिन वीर ने कहा, कि पैर बढ़ाके चलने से काम नहीं चलेगा, अब सारे देस को दौड़ना होगा, जिसमें हमारे देस में सब जगह हजारों नये बड़े-बड़े कारखाने खुलें; तेल, कोयला, लोहा इतना पैदा हो, कि कोई जोंकों का देस हमारा मुकाबला न कर सके। गाँव-गाँव में बिजली और पानी का नल लग जाए। और खेत में दिन में दस बिस्वा (कट्टा) जोतनेवाले हल नहीं तीस बीघा जोतने वाले मोटर के हल चलें। सिंचाई के लिए जहाँ नदी से नहर निकल सके वहाँ नहर निकलें, जहाँ धरती में पाइप गाड़ने से पानी निकले, वहाँ पाइप गाड़कर सींचने का इन्तजाम किया जाए।

दुखराम : लकड़ी के हल की जगह मोटर का हल। और वह इतना बेसी खेत जोतता है भैया?

भैया : मोटर के हल के सात-सात फार होते हैं और फार एक-एक हाथ गहरी जुताई करता है। तुम्हारे खेत में जितनी जंगली घास-कुसकास जमती है, उसकी जड़ खोदकर देखें कि वह धरती में कितने नीचे तक गई है, फिर फाल को उतना ही बड़ा लगा दें। एक बार खेत जोत देने पर सब घास जड़-मूल से निकल जाएगी, और तीन बरस तक खेत में कोई जंगली घास नहीं निकलेगी। गहरी जुताई का यह

भी फायदा है कि सीड़ बनी रहती है, गेहूँ-चने की जड़ धरती में नीचे तक पैठती है, और बरसा-बुन्दी कम भी हो, तो भी नीचे की सीड़ से काम चल जाता है। नई-नई तरह की खाद तैयार करने के लिए भी इस्तालिन वीर ने हजारों कारखाने खुलवाए। उन्होंने किसानों को समझाया, कि हजारों टुकड़ों में बँटे गाँव के खेतों में मोटर का हल नहीं चल सकता।

दुखराम : 30 बीघा रोज जोतने का मोटरवाला हल छोटे-छोटे कोले में कैसे चलेगा भैया?

भैया : इसीलिए इस्तालिन वीर ने किसानों से कहा—गाँव भर का खेत इकट्ठा कर दो, मेंड़ तोड़ दो, गाँव भर के लोग एक परिवार की तरह मिलकर साझे में खेती करें।

सन्तोखी : किसी के पास कम और किसी के पास बेसी खेत होता है भैया?

भैया : इस्तालिन वीर ने कहा, कि जो साझे की खेती में नहीं सामिल होते, उनको खेत अलग दे दो और गाँव के जितने लोग इकट्ठा खेती करना चाहते हों, उनके खेतों को एक जगह कर दो, और धरती से खेत बनाने का हक उन्हीं को हो। जियादा खेतवाले किसान कुछ समय अलग जोतते-बोते रहे, लेकिन उनके पास चार अंगुल खुरचनेवाला सतजुग से चल आया हल था। उनके पास खाद और सिंचाई का उतना इन्तजाम नहीं था; जबकि उनकी बगल के बड़े-बड़े खेतों में मोटर के हल चल रहे थे, पाइप से सिंचाई होती थी, कल खेत काटती और दाँवती थी। उन्होंने देखा कि बेसी खेत रहने पर भी हम उतना नहीं पैदा कर पाते, जितना साझीवाले किसान को मिलता है; फिर वे किसान भी आकर पंचायत के पैरों पड़े।

दुखराम : रूस में सब काम पंचायत से होता है भैया?

भैया : रूस में लोग अपने देस को अब रूस नहीं कहते, अब उसे सोवियत संघ कहके पुकारा जाता है। सोवियत का मतलब वही है जो हमारी भाखा में पंचायत का। वहाँ एक सौ बयासी खौमें बसती हैं, उनमें से एक है रूसी खौम; इसीलिए इस्तालिन वीर ने कहा कि हमें कई तरह के खौमों वाले देस को किसी खौम के नाम से नहीं पुकारना चाहिए दुक्खू भाई! हम आसानी से समझने के लिए रूस-रूस कहते रहे, नहीं तो अब उसका नाम है साम्यवादी समाज वाले पंचायती-प्रजातंत्र संघ।

दुखराम : सामवादी क्या है भैया?

भैया : मरकस बाबा ने जो सिच्छा दी है न, कि देस भर के कमेरों का एक साझा परिवार हो; और देस भर की धन-धरती का मालिक कोई एक आदमी नहीं बल्कि वही बड़ा परिवार। इसी सिच्छा पर जो चले उसे सामवादी कहते हैं।

दुखराम : पंचायती तो हम समझ गए लेकिन परजातन्तर क्या?

भैया : जहाँ राजा का काम न हो, पर प्रजा ही अपना राज चलाती हो, उसको प्रजातंत्र कहते हैं।

सन्तोखी : और संघ तो जमात को कहते हैं न भैया?

भैया : हाँ, वहाँ साम्यवादी पंचायती प्रजातंत्र एक-एक खौम का अलग-अलग है, और सब प्रजातंत्र एक जमात बन गया। इसीलिए संघ कहा गया।

दुखराम : तो वहाँ पक्का पंचायती राज है।

भैया : गाँव, जिला, देस और सारे 182 खौमों के, मुलुक का, इन्तजाम पंचायतें करती हैं। मरद हो चाहे औरत, सहर हो चाहे गाँव, अठारह बरस से बेसी जिसकी उमर है, वह वोट देकर पंचायत (सोवियत) चुनता है। गाँव के पंचायत में पच्चीस-तीस या चालिस मेम्बर चुने जाते हैं। फिर इन मेम्बरों की पाँच-छ: छोटी पंचायतें बना ली जाती हैं। इन छोटी पंचायतों में किसी का काम होता है आपसी झगड़ों का फैसला करना और पुलिस का इन्तजाम देखना, किसी का काम होता है, असपताल और बीमारों का ध्यान रखना, किसी का काम होता है इसकूल, सिनेमा, पुस्तकालय आदि का परबन्ध करना। किसी का काम होता है खेती-बारी का इन्तजाम करना।

दुखराम : तो भैया! सोवियत वालों ने इस कहानी को झूठ कर दिया 'साझे के सुई सगड़ाने से उठे। भैया! मुझे तो मालूम होता है कि जोंकों ने जान-बूझकर ऐसी-ऐसी कहावतें गढ़कर कमेरों के भीतर फैला दीं। कमेरों में एक के पास उतना धन और नौकर-चाकर है नहीं, कि उसके बल पर कोई बड़ा काम उठावें, साझे का काम करने से उनका बल बढ़ता, उसी को ताड़ने के लिए जोंकों ने कहावत गढ़ी छोटी-सी सुई भी साझे की होने पर बड़े-बड़े बाँस से उठाने की तदबीर सोची जाती है।

भैया : हाँ दुक्खू भाई! कमेरों को पैर फूँक-फूँक कर रखना है। हजारों बरसों से जोंकें राज कर रही हैं। उन्होंने हर जगह अपना जाल बिछा रखा है।

दुखराम : भैया ठीक कह रहे हो। मैंने ही न जाने कितनी बार दुहराया होगा और मैं समझता था कि यह कोई विधि-ब्रह्मा का बचन है; लेकिन अब न मालूम हो रहा है, कि जोंकों ने इसे गढ़कर हमारे भीतर फैला दिया जिससे मिलकर हम कोई काम कर न सकें।

भैया : जुलाहा अकेले ही न कपड़ा बुनता था, और चटकल-पटकल में कितने सौ जुलाहे एक साथ काम करते हैं। देखो साझेवाला काम कितना जोर से चल रहा है और अकेले काम करने वाले जुलाहे उजड़ गए।

दुखराम : तो भैया! सोवियत देस के किसानों और उनके गाँवों की सकल ही बिलकुल बदल गई होगी?

भैया : पहिली बात तो यह है, कि वहाँ अब छोटे-छोटे खेत नहीं रह गए हैं। तीन-तीन सौ, चार सौ बीघे के खेत हैं, जिनको जोतने के लिए पाँच लाख से ज्यादा मोटर हल और डेढ लाख से ज्यादा काटने-दाँवने वाली कल है।

दुखराम : और यह मोटर और कल कहाँ से आती है भैया?

भैया : 1928 ई. से पहिले रूस में एक भी मोटरहल नहीं बनता था, जोंकों के राज के समय कोई मोटर कारखाना नहीं था। लेकिन इस्तालिन वीर ने कहा, कि हमें सब चीजें अपने यहाँ बनानी होंगी, नहीं तो किसी वक्त बाहर की जोंकें गला दबाकर हमें मार डालेंगी। आज खाली एक गोर की सहर के कारखानों में हर साल एक लाख मोटरें बनती हैं। मोटरलारी, मोटरहल, हवाई जहाज, सब सोवियत के कारखानों में बनते हैं। हर बारह-बारह चौदह-चौदह गाँव पर एक-एक मसीन-मोटर हल का इस्टेसन, उसे बड़ा गाँव समझो दुक्खू भाई! उस गाँव में जितने लोग हैं सब मोटर मसीन चलाना, उनकी मरम्मत करना, बस यही काम करते हैं। गाँव की पंचायत अपने गाँव का लेखा करती है; कितना बीघा खेत एक हाथ गहरा खोदना है, कितना बीघा पौन हाथ और कितनी बार जोतना है। इसका हिसाब करके मोटर स्टेशन में जाते हैं। जोताई आदि की दर बँधी हुई है, दोनों ओर से कागज-पत्तर पर दसखत हो जाती है, फिर मोटर वाले आकर खेत जोत-बो देते हैं। छोटे-मोटे काम के लिए एकाध मोटर हल गाँव में भी होता है।

दुखराम : तो गाँव भर की साझे में खेती होती है। और काम कैसे बाँटा जाता है?

भैया : हर काम का नाप बँधा हुआ है। जैसे समझ लो एक आदमी को एक दिन में दस बिस्वा जोतना चाहिए, जो किसी ने पन्द्रह जोत दिया, तो एक ही दिन के काम के लिए उसे डेढ़ दिन समझा जाएगा; जो कोई पाँच बिस्वा ही जोत सका, उसका आधा ही दिन होगा। हर आदमी के काम का बहीखाता होता है, जिसमें रोज-रोज का काम लिखा जाता है।

दुखराम : तो बड़ा हिसाब-किताब रखना पड़ता होगा?

भैया : सैकड़ों आदमियों का काम, हिसाब-किताब नहीं रखा जाएगा, तो गड़बड़ी नहीं मचेगी? मान लो किसी घर में सौ औरत और एक सौ पचास मरद काम करने वाले हैं। दस-दस आदमी की एक टोली बन जाए, टोली अपना मुखिया बनाएगी। फिर दस-दस या पन्द्रह-पन्द्रह टोली की एक बड़ी जमात होगी, जिसको वहाँ बिरगेड कहते हैं। बिरगेड अपने में से सबसे लायक औरत या मरद को अपना मुखिया चुनता है, जिसको बिरगेडियर कहते हैं। टोली का मुखिया अपनी टोली के साथ काम करता है, लेकिन बिरगेडियर को बहुत काम देखना-भालना होता है। आज के काम में कितना हुआ, कितना नहीं हुआ, इसका हिसाब और

तन्देही करनी पड़ती है; इसलिए उसे और आदमियों के साथ अपने हाथ जोतने-बोने का काम नहीं करना पड़ता। लेकिन बिरगेडियर लोग उन्हीं कुदाल-फावड़ा चलाने वाले लोगों में से बनते हैं।

सन्तोखी : खाद, पानी, अच्छी जुताई, बीज का इन्तजाम होने से वहाँ पैदावार भी ज्यादा होगी?

भैया : देखते नहीं गाँव के गोएड़े के खेत में फसल कितनी पैदा होती है?

दुखराम : सुतर जाए तो मकई में तीन-तीन मोटी बाल लगती हैं भैया!

भैया : वहाँ भगवान के भरोसे पर खेती नहीं करते। कहते हैं जब आसमान से पानी नहीं बरसा तो धरती में तो पानी है ही। पाइप लगाकर धरती के भीतर के पानी से खेत सींच डालते हैं। और फसल कितनी होती है, यह इसी से समझ सकते हो कि एक-एक बीघा (2 / 3 एकड़) में बीस-बीस मन तक चीनी उन्होंने पैदा किया है।

दुखराम : एक-एक बीघा में बीस-बीस मन चीनी! हमने तो बीस मन गेहूँ भी पैदा नहीं होते देखा! वहाँ की ऊख बहुत मोटी होगी?

भैया : वह बहुत ठंडा मुल्क है दुक्खू भाई। वहाँ ऊख नहीं पैदा होती। हमारे यहाँ जैसे सकरकंद होता है, वैसे ही वहाँ एक चीज पैदा होती है, जिसको चुकन्दर कहते हैं। वह बहुत मीठा होता है; उसी से चीनी बनाई जाती है। ऊख की चीनी-जैसी वह भी मीठी, दानेदार और सफेद होती है। और कपास बीघा में बारह-तेरह मन खूब बारीक रेसावाला बिनौला निकालकर पैदा होता है। तीस-तीस मन प्रति बीघा धान पैदा कर लेते हैं और जानते हो न दुक्खू भाई! खाली हाथ से कुदाल चलाने से ही काम नहीं चलता। जब कुदाल के साथ दिमाग भी लगता है तो धरती सोना उगलने लगती है। वहाँ ऐसा-ऐसा गेहूँ निकला है कि एक बार बोने पर तीन-तीन साल तक फसल काटते हैं। धान का बीज ऐसे तैयार किये हैं, कि अगहनी धान कातिक ही में कट जाता है।

दुखराम : भैया! जो ऐसा बीज हमको मिलता, तो हमारी दस बीघा की धान की कियारी भी दोफसला हो जाती। चढ़ते कातिक में धान कट जाते, तो खेत जोत-जोतकर कातिक के अन्त में गेहूँ बो सकते हैं।

भैया : जोंकों का राज बिना हटाए यह नहीं हो सकता दुक्खू भाई! वहाँ जिस फसल को तीन-चार हफ्ता पहले काटना चाहते हैं, उसके बीज को भिगोकर बड़े-बड़े गोदामों में फैलाकर रखते हैं और जानकार पंडित गरमी-सरदी नापते रहते हैं। दो दिन वैसा करके फिर बीज को सुखा लेते हैं। हिन्दुस्तान में कहाँ उतने-उतने बड़े गोदाम, सरदी-गरमी नापने की कल और लाखों रुपये की दूसरी चीजें हैं। यहाँ भी सरकार ने जो बड़े-बड़े खेती के कालेज खोले हैं, उनमें पाव-आध सेर बीज तैयार

करके देखा गया है कि रूसी विदियामानों का कहना गलत नहीं है। लेकिन जोंकें अगर करोड़ों रुपये लगाकर देहात में वैसा इन्तजाम करने लगें तो उनकी तोंद ही पचक जाएगी।

दुखराम : ठीक कहा भैया। बिना जोंकों के हटाए हमारा दुख दूर नहीं हो सकता। जहाँ इतना अन्न, धन पैदा होता है, वहाँ के लोग तो बड़े खुसहाल होंगे।

भैया : खुसहाल? वहाँ किसी की हड्डी निकली दिखलाई नहीं पड़ती। आज जो अपने गाँव में तुम आधे लड़कों को हाड़-हाड़ निकले, फटी लँगोटी पहिने देखते हो, इसका वहाँ कोई पता नहीं। पहर भर रात से आधीरात तक जो मरद-औरत को यहाँ खटना पड़ता है, वह भी वहाँ नहीं है। बिरगेडियर को इस फसल में कितना काम करना है, यह पंचायत बता देती है और देखती रहती है। बिरगेडियर हर टोली को हफ्ते का काम बाँट देता है और देखता रहता है कि काम ठीक-ठीक चल रहा है कि नहीं? टोली भी अपने काम का हिसाब मिलाती रहती है। टोली-टोली में होड़ लगी रहती है। एक टोली जब पाँच दिन में सोहनी खतम करना चाहती है, तो दूसरी चार ही दिन में खतम कर चाबसी (साबासी) लेना चाहती है। फिर गाँव के दूसरे गाँव से, एक परगने से दूसरे परगने की होड़ रहती है कि कौन अपने काम को अच्छी तरह और जल्दी से खतम करता है।

दुखराम : गाँव-गाँव और परगने-परगने में होड़ (लागडाट) लगती है, हमारे यहाँ तो कुस्ती में कभी-कभी दौड़ने और कूदने में होड़ लगती है।

भैया : वहाँ जिला की ओर से लाल झंडा रखा जाता है कि जो परगना सबसे पहले काम करे, सबसे अधिक फसल पैदा करे, उसको लाल झंडा दिया जाए। इसी तरह गाँव के लिए भी लाल झंडा रहता है। मर्द-औरत सब जी तोड़कर काम करते हैं, कि झंडा उनके गाँव में आए। झंडा जब किसी गाँव को मिलता है, तो मेला लग जाता है, आसपास के गाँवों से हजारों मर्द-औरत अपने-अपने गाँवों की लारियों पर चढ़कर आते हैं।

दुखराम : तो वहाँ गाँव-गाँव में लारियाँ हैं भैया?

भैया : न अब वहाँ बैलवाले हल रह गए और न गाड़ियाँ। हर गाँव में आठ-आठ, सात-सात बड़ी-बड़ी लारियाँ रहती हैं। काम भी आदमी को 7 घंटे से बेसी नहीं करना पड़ता। और काम करने में आनन्द आता है दुक्खू भाई! लोग तरह-तरह का गाना गाते हुए काम करते हैं। खाने का वक्त हुआ तो किसी पेड़ के नीचे खाना लेकर लारी आ गई। सब लोग बैठ गए। रोटी-तरकारी, भात, माँस-मछली, दूध-दही सब तैयार है। परोसने वाले परोस रहे हैं, औरत-मर्द सब भोजन कर रहे हैं। एक ओर रेडियो बाजा लगा दिया, दुनिया भर की खबर और मीठे-मीठे गीत हो रहे हैं।

दुखराम : रेडिहा बाजा क्या है? क्या यह कोई फोनोगिलाफ है?

भैया : जानते हो न दुक्खू भाई! पत्थर हड्डी के हथियारों और तीर-धनुस के जुग से मानुख जाति अब बहुत आगे चली आई है। यह मानुख के दिमाग की करामात है लेकिन अफसोस है कि इस करामात का फायदा जोंकों ही को मिल रहा है। रेडियो बाजा होता है एक चौकोर बाकस लेकिन उसमें बिलायत, अमिरिका, रूस, कलकत्ता, बंबई, दिल्ली सब जगह का गाना और खबर चली आती है।

दुखराम : क्या वह तार की तरह से है भैया?

भैया : तार नहीं लगा रहता दुक्खू भाई। जो यहाँ कनैला में रेडियो बाजा आज आ जाए, तो यहीं बैठे-बैठे सब तुम्हें सुनाई देने लगेगा।

दुखराम : बड़े अचरज की बात है भैया! सोमारु राउत सुनेंगे तो कहेंगे कि इसमें जरूर कोई जादू है।

भैया : जादू नहीं है दुक्खू भाई! देखो हम तीन हाथ पर से बोल रहे हैं। हमारे मुँह से जो आवाज निकल रही है, वह तुम्हारे कान तक पहुँच रही है न?

दुखराम : हाँ, पहुँच रही है, मैं सुन रहा हूँ।

भैया : जो मैं सौ हाथ से बात करूँ, तो तुम्हें आवाज सुनाई देगी कि नहीं?

दुखराम : बहुत कम, और शायद नहीं भी सुनाई दे।

भैया : आवाज तो तुम्हारे कान में आती है दुक्खू भाई, लेकिन कान कुछ ऊँचा सुनता है, माने कान अच्छी तरह पकड़ नहीं पाता, कान की ताकत कमजोर हो जाती है। कान की ताकत और बढ़ा दी जाए या आवाज को और तेज कर दिया जाए, तब तुम सुनने लगोगे दुक्खू भाई! कलकत्ता, दिल्ली या मास्को, लंदन से जो आवाज निकलती है, वह हवा पर तैरती हमारे गाँव में भी पहुँचती है, लेकिन वह इतनी मन्द हो जाती है, कि हमारा कान उसे पकड़ नहीं पाता। रेडियो बाजा का यही काम है कि जो आवाज दुनिया भर से चलके हमारे यहाँ आई है, उसे पकड़े और फिर तेज करके फोनोगिलाफ बाजा की तरह निकाले। और कोई जादू-वादू नहीं है। रूस में किसान जब खाना खाने बैठते हैं, तो उस वक्त रेडियो बाजा गाना सुनाता है, देस-देस की खबरें सुनाता है और अब तो वह ऐसी तदबीर कर रहे हैं, कि आवाज ही नहीं रूप भी दिखलाई पड़ने लगे और लोग बैठे-बैठे मास्को और लन्दन का नाच और नाटक देखें।

दुखराम : क्या भैया! ऐसा भी होने लगेगा?

भैया : देखते नहीं दुक्खू भाई! दस हाथ पर खड़े रहते हो और तुम्हारा मुँह दरपन में दिखाई पड़ता है। इसी तरह रूपवाला बाजा भी तैयार हो गया है लेकिन अभी रूप उतना साफ नहीं आता। कुछ दिनों में वह भी ठीक हो जाएगा।

दुखराम : होगा भैया! लेकिन हम लोगों को तो रेडियो बाजा भी देखने को नहीं मिलता। कब जोंकों का नास होगा? और वहाँ भैया! सब मेहरारू काम करती हैं?

भैया : बड़े-छोटे सब घर की मेहरारू, यही न पूछ रहे हो दुक्खू भाई! लेकिन हमने बतलाया कि वहाँ कोई बड़ा-छोटा नहीं, कोई जात-पाँत नहीं, सब बराबर हैं, भाई-भाई हैं। जोंकों के राज में मक्खन जैसे मुलायम हाथ की तारीफ की जाती है, सोवियत में घट्टा पड़े कड़े हाथों की तारीफ होती है। जोंकों के मुल्क में कामचोर-देहचोर की इज्जत की जाती है, सोवियत में मेहनती मजूर-किसान काम करने वाले लोगों की इज्जत होती है। बीमार बूढ़े, बच्चों को वहाँ काम करना नहीं पड़ता। नहीं तो कोई रानी बनकर बैठे तो उसे दूसरे दिन भूखा मरना पड़ेगा।

दुखराम : तो रानी फूलमती कुँअरि के लिए तो आफत हो जाएगी, भैया?

भैया : इसीलिए न राजा-रानी, सेठ-सेठानी, महंथ-महंथिन, मोलवी-मोलवियानी सब एक ओर से मरकस बाबा की सिच्छा को बुरा कहते हैं, रूस को गाली देते हैं। लेकिन दुक्खू भाई! वहाँ जो काम करना पड़ता है, वह तकलीफ का काम नहीं होता। गाँव भर की औरतों को काम करना पड़ता है लेकिन बच्चा पैदा होने से महीना पहले से उन्हें छुट्टी मिल जाती है और बच्चा होने के बाद भी डेढ़-दो महीने छुट्टी रहती है। उस बखत भी दूध-दवाई, डाक्टर-दाई सबका खरच पंचायत की ओर से मिलता है। औरतें खेत काटने के लिए आती हैं, तो बच्चों का तम्बू पहिले ही पड़ जाता है। और दाइयाँ बच्चों को सँभाल लेती हैं। वहाँ बच्चों के लिए खिलौना रहता है, पालना रहता है, दाइयाँ कहानी सुनाती हैं।

दुखराम : तो वहाँ बच्चों को पीटा नहीं जाता?

भैया : बच्चों के पीटने का काम नहीं क्योंकि जब माँ-बाप काम करते हैं, तो बच्चे दाइयों के पास रहते हैं। जब काम नहीं रहता, तब बच्चों को ले आते हैं। उनके साथ खेलते हैं, कहानी सुनाते हैं, लाड़-प्यार करते हैं।

दुखराम : सपना जैसे मालूम होता है भैया!

भैया : सरग को किसी ने नहीं देखा, लेकिन हम हजारों साल से सरग के नाम पर ठगे जा रहे हैं। लेकिन मैं जिस सोवियत की बात कर रहा हूँ, वह सरग जैसी सपने की चीज नहीं। जोंकें हमारा रास्ता न रोंके, तो पाँचवें दिन उस देस में पहुँच सकते हैं और अब तो हमारे पड़ोस का चीन भी वैसा ही हो गया।

दुखराम : हवाई जहाज, सुनते हैं दो घंटे में कलकत्ते से चला आता है।

भैया : हवाई जहाज से नहीं दुक्खू भाई, दो दिन में रेल से पेशावरी और वहाँ से काबुल होते तीसरे दिन कमेरों के राज में पहुँच जाएँगे। किराया भी 40) से बेसी नहीं लगेगा।

दुखराम : तब तो भैया, बहुत नजदीक है।

भैया : नजदीक है लेकिन जोंकों ने हजार तरह की पहरा-चौकी बैठाई है जिसमें बाहर के कमेरे रूस को आँखों से न देख सकें, न वहाँ की बात ठीक तौर से समझ सकें। वहाँ के लोग बहुत खुसहाल हैं दुक्खू भाई! गाँव-गाँव इस्कूल हैं, असपताल, पुस्तकालय हैं, सिनेमाघर हैं।

दुखराम : सिनेमाघर भी हैं गाँव-गाँव में भैया?

भैया : हाँ! काम सब पंचायती होता है, इसलिए हर गाँव में एक इतना बड़ा घर होता है, जिसमें वहाँ के सारे नर-नारी बैठ सकें। उसी घर में सभा होती है। जो बड़े गाँव हैं, उनमें तो रोज सिनेमा का तमासा होता है लेकिन छोटे गाँवों में सिनेमा मोटर से घूमता रहता है। आज कनैला में आया, और दो तरह का तमासा यहाँ दिखलाया, फिर तीसरे दिन यहाँ से भदया चला गया, वहाँ भी दो तमासा दिखलाया। इसी तरह वह आगे बढ़ता गया, दूसरे हफ्ते दूसरी सिनेमा मोटर आई और वहाँ भी उसी तरह दो-दो तमासा दिखाती चली गई। गाँव में पंचायत की ओर से दूकान होती है, जिसमें पचासों तरह की चीजें बिकती हैं, और नफा का सवाल नहीं क्योंकि दूकान गाँव भर की है। गाँव भरके लोग मिलकर खेती करते हैं। जूता, मोजा सिलाई के भी कारखाने गाँव में होते हैं। जिसने भी जितना काम किया, सबका काम बही-खाता पर लिखा हुआ है और कितना पैदा किया वह भी सामने है। मान लो दस लाख रुपया का सामान गाँव में पैदा किया गया और दो लाख दिन गाँव भर के लोगों ने मिलकर काम किया, तो इसका मतलब एक दिन के काम का 5)। लेकिन 5 लाख में पहले साझे का खर्च, अस्पताल, दाई घर, पुस्तकालय, नाटकमंडली आदि के लिए दो लाख या जितना हो, निकाल दिया जाएगा। अब एक रोज के काम की 4) पैदावार हुई। गाँव में जिसने जितने दिन काम किया उसी के अनुसार पंचायत उन्हें पैसा दे देगी। उससे आदमी घर भर के लिए कपड़ा बनवाएगा, जूता खरीदेगा या फोनोगिलाफ बाजा खरीदेगा; मेला-तमासा देखेगा, खाना खाएगा।

दुखराम : गाँव भर का चूल्हा एक नहीं हो गया है?

भैया : कहीं-कहीं हो गया है, लेकिन बहुत जगह नहीं हुआ है। सहरों में ऐसा हुआ है।

सन्तोखी : सहरों की भी एकाध बात बतलाएँ भैया?

भैया : सहरों में जानते हो न सन्तोखी भाई, सब मकान-जमीन बड़ी-बड़ी जोंकों की होती है। राज सँभालते ही कमेरों की सरकार ने जोंकों की जायदात को छीन लिया। सहरों के सब घर कमेरों की सरकार के हैं। जो झोपड़ियाँ और गन्दी गलियाँ पहले थीं, उन सबको तोड़कर पाँच-पाँच, छः-छः तल्ला के बड़े-बड़े मकान बन गए। जोंकों के राज के समय राजधानी में तेरह लाख आदमी बसते थे, जिसमें आधे सुअर की खोभारों में रहते थे, आज उस लेनिन गराद की आबादी दुगुना से

भी अधिक तीस लाख है, लेकिन अब उन खोभारों का पता नहीं है। अब सबके लिए अच्छे-अच्छे मकान, चौड़ी सड़कें, जगह-जगह लड़कों के खेलने के लिए बगीचे तथा खेल के मैदान हैं। मकान की मरम्मत, बिजली-पानी का इन्तजाम लोगों की चुनी हुई छोटी-छोटी पंचायतें करती हैं। मुहल्ले-मुहल्ले के रसोईघर हैं, जिसमें हजार-दो हजार से दस-दस बारह-बारह हजार आदमियों का खाना बनता है। सिरिफ दाल-भात उबाल कर रख नहीं दिया जाता, बल्कि पचास-पचास साठ-साठ तरह के भोजन बनते हैं। जिन औरत-मर्दों को रसोई बनाने का काम है, वह रसोईघर में जाते हैं। सबेरे का जलपान और दोपहर का भोजन करा दिया बस छुट्टी, तिपहरी का जलपान और रात का भोजन बनाने का इन्तजाम आकर दूसरी टोली करेगी।

दुखराम : औरतों को तो वहाँ और भी आराम है भैया। हमारे यहाँ तो बेचारी पहर भर रात रहते ही चक्की पीसने लगती हैं, चौका-बासन करना, खाना बना के खिलाना, बीच में लड़का रोने लगा, तो उसे दो थप्पड़ लगाना, चावल कूटना, दाल दरना, फिर चौका-बासन करना, गोएँठे के धुएँ से आँख फोड़ते खाना बनाना, खिलाते-पिलाते आधी रात हो जाती है। बेचारियों को फिर पहर भर रात ही से जागना पड़ता है। वहाँ तो इतना काम नहीं करना पड़ता भैया!

भैया : वहाँ इतना काम कहाँ? बतलाया नहीं; सबेरे 6 बजे ड्यूटी पर गई तो बारह एक बजे तक उनकी छुट्टी। आटा पीसना; चावल कूटना तो कल मसीन का काम है। बरतन धोने के लिए भी बहुत जगह कल लगी हुई है; मसीन घूम रही है; एक ओर से बर्तन डालते हैं; एक साबुन लगा देती है; बुरुसवाली मसीन मल देती है; दूसरी मसीन गरम पानी से धो देती है; फिर साफ बर्तन दूसरी ओर से बाहर चला आता है। औरत ने जाकर छः-सात घंटे रसोईघर में काम कर दिया। अब उसे अपने लड़के को लाड़-प्यार करना; मित्रों से बातचीत करना; किताब पढ़ना या कोई और मनबहलाव का दूसरा काम करना होता है। घर के लोग चाहे रसोईघर के बड़े-बड़े मकानों में जाकर खाना खा सकते हैं और चाहें तो गरमागरम भोजन अपने घर में खा सकते हैं।

सन्तोखी : दुकान-उकान तो वहाँ भी होंगी भैया?

भैया : दुकान बहुत हैं सन्तोखी भाई, और इतनी बड़ी-बड़ी कि जिसमें हजार-हजार आदमी गाहकों को सौदा बेंचते हैं। लेकिन सब दुकानें पंचायती हैं, कमेरों के पंचायती राज की, चाहे छोटी-सी सिगरेट की दुकान हो चाहे बड़ी से बड़ी दूकान हो, जो लोग बेच रहे हैं, वह किसी साहू महाजन के नफा के लिए नहीं कर रहे हैं। सब लोगों की ड्यूटी है। घंटे से काम करना पड़ता है, वही छः-सात घंटा। फिर अपना मौज करें। बीमार होने पर डाक्टर मुफ्त, दवा मुफ्त, पथ मुफ्त और तनख्वाह भी नहीं कटती। बूढ़ा होने पर सबको पेन्सन।

सन्तोखी : तब काहे को वहाँ किसी को चिन्ता होगी।

भैया : चिन्ता बिलकुल नहीं! लड़के-लड़कियों को पढ़ने के लिए फीस नहीं देनी पड़ती, और सात बरस तक सबको पढ़ना होता है। दोपहर का खाना लड़कों को स्कूल से मिलता है और डाक्टर जैसा खाना बतलाए वैसा खाना। तीन बच्चों के बाद जितने बच्चे पैदा होंगे, उनका सब खर्च कमेरा सरकार देती है। सात रुपया रोज से कम किसी को मजूरी नहीं। जो घर में मरद-औरत दो ही कमानेवाले हों, तो भी चौदह रुपया रोज या सवा चार सौ रुपया महीना तो जरूर ही आएगा। बताओ उनको क्या चिन्ता हो सकती है?

सन्तोखी : तभी तो भैया! रूस वाले इतनी बहादुरी से लड़े? उन्होंने अपने हाथ से धरती पर सरग रचा, जर्मन जोंकों के रूस में बैठने का मतलब क्या होता, इसे वह अच्छी तरह समझते थे।

भैया : इस्तालिन वीर ने कह कर नहीं दिखाया करके दिखाया। सत्ताइस बरस से रूस के कमेरों का अगुआ है इस्तालिन वीर। मरकस बाबा ने जोंकों के जाल-फरेब को देखने के लिए आँख दी और लड़ने का ढंग बतलाया। लेकिन महात्मा ने कमेरों को लड़ने के लिए तैयार किया, फिर पाँच बरस तक लड़ाई लड़ी और दुनिया के छठे भाग से जोंकों का नाम मिटा दिया। इस्तालिन वीर ने सरग को धरती पर उतारा। गाँवों को बदल दिया। कारखानों से देस को भर दिया। लोगों को दिखला दिया कि जोंकों के हटाने से दुनिया नरक से सरग बन जाती है। लेकिन इस्तालिन वीर ने यह भी आगे से सोच लिया था कि जोंकों से हमें लड़ना पड़ेगा। इसीलिए अपने हथियार को मजबूत किया, हर नौजवारन के लिए फौज में दो-तीन बरस रहना लाजिम कर दिया। सब विद्दा सिखायी गई। करोड़ों की पलटन तैयार हो गई। मरद ही नहीं औरतों तक ने भी हथियार चलाना सीखा, हवाई जहाज उड़ाने लगीं। बच्चे बचपन ही से सौ-सौ डेढ़-डेढ़ सौ हाथ ऊँचे मीनारों पर से छतरी के सहारे कूद करके निडर होने लगे, जिसमें कि हवाई जहाज से कूदने में उन्हें भय न मालूम हो। मोटर के हलों को ऐसा बनाया कि थोड़े से हिस्से को हटाकर दूसरा रख देने से टंक बन जाता था।

दुखराम : टंक क्या है भैया?

भैया : टंक आज-कल की लड़ाई का बहुत जबर्जस्त हथियार है, जिस पर बन्दूक की गोली क्या तोप का गोला भी असर नहीं करता। उसके पहिए में रबड़ की टायर नहीं, मोटी जंजीर होती है। चारों ओर तीन अंगुल मोटे फौलाद की चद्दर लगी रहती है, भीतर ही तोप रहती है। वह ऊँची-नीची सब जमीन पर चला जाता है। बड़े-बड़े पक्के मकानों को तोड़ते हुए तो ऐसे घुसता जाता है, जैसे सूखे पत्तों के ढेर में हाथी। इस्तालिन वीर ने चढ़ाई के लिए कमेरों को पहले ही से तैयार कर लिया था।

सन्तोखी : इस्तालिन वीर का तो बहुत बड़ा दिमाग है भैया।

भैया : कमेरों के लड़कों में बहुत से ही बड़े-बड़े दिमाग पैदा होते हैं, लेकिन उनको काम करने का मौका ही नहीं मिलता। जब सारी दुनिया को पछाड़ने वाली हिटलरी फौज को लाल फौज ने तहस-नहस किया, उसे भगाकर जर्मनी के भीतर जाकर उसका सत्यानास कर दिया, तो सारी दुनिया में लाल फौज के महासेनापति वीर यूसुफ इस्तालिन का नाम लिया जाने लगा, सब उनकी बुद्धि और बहादुरी का लोहा मानते हैं लेकिन इस्तालिन वीर मजूरी करके खानेवाले एक चमार का लड़का है, और गोरे नहीं काले चमार का लड़का है। इस्तालिन ने चौदह बरस की उमर से ही जोंकों की जड़ काटने का काम सुरू किया। चौदह-चौदह बार उसे कालेपानी की सजा हुई, तो भी वह जेल से निकल भागता रहा और भेस बदलकर कमेरों में काम करता रहा। कमेरों ने रूस की जोंकों से पाँच साल लड़ाई लड़ी। उसके जीतने में लेनिन महात्मा के बाद जो सबसे बड़ा दिमाग था, वह इसी चमार के लड़के का था।

दुखराम : हमारे यहाँ भी भैया! हम कितनों को चमार कहकर, अछूत कहकर पशु बनाकर रखे हैं और उनके साथ जरा भी दया-माया की बात कहने पर पंडित लोग पोथी लेकर मारने दौड़ते हैं। जो जोंकें न रहें, तो इनमें भी न जाने कितने-कितने वीर बहादुर निकलेंगे, कितने दिमागवाले दिखाई पड़ेंगे।

अध्याय-6

भस्मासुर भूतनाथ पर चढ़ दौड़ा था

भैया : उस दिन दुक्खू भाई, तुमने ठीक कहा था। सचमुच ही हिटलर ने वही किया, जो भस्मासुर ने भूतनाथ के साथ किया। बिलायत की जोंकों ने हिटलर को अपना लाड़ला बेटा बनाया था। जब (30 जनवरी, 1933 को) जर्मनी का राज्य जोंकों के इस गुंडे के हाथ में आ गया...तो बिलायत की जोंकें फूली न समाती थीं। उन्होंने सोचा हमने हिटलर को इतना मजबूत कर दिया कि वह रूस के बोलसेविकों पर टूट पड़े और हमारा यह सबसे बड़ा दुश्मन बरबाद हो जाए। पिछली लड़ाई में जर्मनी ने जो खूनी जंग छेड़ा था, उसको देखकर अंग्रेज; फ्रांसीसी और उनके दूसरे मित्रों ने जर्मनी से ऐसी-ऐसी सरतें मनवाई थीं, जिसमें वह फिर सिर उठाने लायक न रह जाए। हिटलर एक ओर अपने देसवालों से कहता था कि हमें पंगु नहीं रहना चाहिए; दूसरी ओर बाहरी देसों की जोंकों को खुश करने के लिए वह बोलसेविकों के सत्यानास करने की बात करता था। जर्मनी और फ्रांस के सरहद पर राइन नाम की एक नदी है। जर्मनी ने यह सर्त मानी थी कि वह राइन के इलाके में कोई फौज नहीं रखेगा। और यह भी लोगों को जबरजस्ती फौजी विद्‌दा सिखाकर अपनी सेना को नहीं बढ़ाएगा। हिटलर ने कमेरों को अपनी तरफ खींचने के लिए झूठ बोलना सुरू किया कि हम भी अपनी खौम का सामबाद (जोंक बिना राज) चाहते हैं, कुछ लोग आसा रखते थे कि हिटलर कमेरों की भलाई के लिए कुछ करेगा लेकिन हिटलर तो जोंकों के हाथ की कठपुतली था, उसने तो कमेरों पर ही खूब जुलुम किया। इस पर झूठी आसावाले लोग तिलमिलाने लगे। फिर तो राज सँभाले डेढ़ बरस भी नहीं हुआ कि उसने 30 जून, 1934 को हजारों अपने ही साथियों को बड़ी बेदरदी से कतल करवा डाला। इनमें उसके ऐसे भी साथी थे जिनकी मदद के बिना वह इतना न बढ़ सकता था। बिलायत की जोंकें और भी खुस हुईं।

सन्तोखी : क्यों न खुस होतीं, उन्होंने सोचा होगा कि हिटलर के आसपास जो थोड़े-बहुत जोंकों के विरोधी रह गए थे, वह भी खतम हो गए।

भैया : हिटलर ने लगभग 9 महीने और तैयारी की और मार्च 1935 में जबरजस्ती सेना बढ़ाने वाली सर्त भी तोड़ दी। पड़ोसी फ्रांस बहुत घबराया। बिलायती जोंकें कहने लगीं कि जो हिटलर फौज न बढ़ाएगा, तो बोलसेविकों से लड़ेगा कैसे? हिटलर ने अब बड़े जोर-सोर से सेना और हथियार बढ़ाना शुरू किया। साल भर और बीता। 7 मार्च, 1936 को राइन के इलाके में उसने एक बहुत बड़ी फौज भेज दी। फ्रांस बहुत फड़फड़ाया। लेकिन बिलायती जोंकें समझने लगीं कि बोलसेविकों से लड़ने के लिए हिटलर को ऐसा करना ही चाहिए। दुनिया के लोग आँख मलमलकर देखने लगे। उन्हें साफ मालूम होने लगा कि अब फिर दूसरा महाभारत होगा। बूढ़े बाल्डविन बिलायत की जोंकों के बड़े सरदार वहाँ के महामंत्री थे। बुढ़ापे के कारण उन्होंने गद्दी छोड़ी और उनकी जगह पर जोंकों का सरदार नेबिल चेम्बरलेन 31 अगस्त, 1937 को बिलायत का महामंत्री बना। जोंकों का सरदार होने के लिए जितने गुनों की जरूरत है, वह सब इस आदमी में थे। और उसके साथी भी उसी की तरह एक से एक छँट थैलीसाह थे। साइमन, होर और हेलीफाक्स (जो पहले हिन्दुस्तान का बड़ा लाट इरविन था) सभी एक ही हाँड़ी के नहलाए हुए थे, "कोउ बड़ छोट कहत बड़ दोसू।"

सन्तोखी : इरविन वाइसराय। ऐसे ही ऐसे न हिन्दुस्तान में बड़ा लाट बन आते रहे।

भैया : और क्या जोंकें बेवकूफ थोड़े ही हैं, छँटे आदमियों को वह हिन्दुस्तान भेजती रहीं। चेम्बरलेन और उसकी गुट का यही मंत्री था "थैली माता थैली पिता, थैली बन्धू थैली सखा"। चेम्बरलेन ने हिटलर को और बढ़ावा दिया। वह समझ गया कि बिलायत की जोंकें हमारे रास्ते में कोई बाधा न डालेंगी। उसने 12 मार्च, 1938 को आस्ट्रिया के राज पर कब्जा कर लिया। बिलायत की कुछ जोंकें घबराईं, लेकिन उनके सरदारों की चंडाल-चौकड़ी तो आसा बाँधे हुए थी कि हिटलर बोलसेविकों के नास करने की बड़ी भारी तैयारी कर रहा है। हिटलर ने पाँच वर्षों में अपने सारे कारखानों को लड़ाई का सामान तैयार करने में लगा दिया, और नवजवानों को फौज में भरती कर लिया। उसके टंक, तोप, हवाई जहाज और लाखों की पलटन का तमाशा देखने के लिए बिलायत की भी जोंकें जर्मनी जाती थीं, और बहुत खुस होती थीं। छः महीने और बीते। सितम्बर 1938 में हिटलर ने अपने पूरब के पड़ोसी चेकोस्लोवाकिया पर लाल-लाल आँख की। चेम्बरलेन बिलायत से दो-दो बार उड़कर हिटलर के दरबार में गया। अन्त में 19 सितम्बर को उसने, दलादिए (फ्रांस) आदि जोंक सरदारों ने चेकोस्लोवाकिया की बलि दे दी। पहले हिटलर ने थोड़ा-सा हिस्सा लिया, फिर 15 मार्च, 1939 को सारे चेकोस्लोवाकिया को हड़प गया।

सन्तोखी : दूसरे-दूसरे मुल्कों को हिटलर हड़पता जा रहा था, तो क्यों बिलायती जोंकों को भय नहीं हुआ; आखिर यह देस भी तो जोंकों ही के थे।

भैया : चेम्बरलेन जैसे जोंक-सरदारों का खयाल था कि चेकोस्लोवाकिया से ही रूस नजदीक है, इसलिए बोलसेविकों को नास करने के लिए हिटलर को वह मिलना ही चाहिए। चर्चिल जैसी कुछ जोंकें घबड़ा रही थीं क्योंकि वह समझती थीं कि जर्मनी की तागत बहुत बढ़ जाने पर जो कहीं उसने हमारी ओर मुँह मोड़ा, तो कैसे जान बचेगी?

सन्तोखी : यह बात चेम्बरलेन और उसकी चंडाल-चौकड़ी की समझ में क्यों नहीं आई।

भैया : स्वारथी अन्धा होता है। चंडाल-चौकड़ी करोड़पतियों की गुट थी। चेम्बरलेन का बाप अपने समय में बिलायत का एक मंत्री था। उसका अपना एक लोहे का कारखाना था। 1900 ई. में दक्खिनी अफरीका में लड़ाई हो रही थी। चेम्बरलेन मंत्री भी था, उसने कारखाने की चीजों का दाम दुगुना-तिगुना कर दिया। फौज के लिए उसी के यहाँ से सामान खरीदा जाता। उसने दोनों हाथ से खूब लूटा। उस वक्त बिलायत में कहावत थी, "जितना ही अंग्रेज राज बढ़ता है, उतना ही चेम्बरलेन का ठेका बढ़ता है।" यह तो बाप चेम्बरलेन की बात हुई। बेटे चेम्बरलेन की भी सुनिए। उसके हथियार के एक कारखाने (बर्मिंघम स्माल आर्म्स) को 1938 में दो सौ गिन्नी नफा हुआ था, लेकिन उसी कम्पनी ने 1938 में साढ़े चार लाख गिन्नी नफा लूटा—इस वक्त चेम्बरलेन बिलायत का महामंत्री था।

सन्तोखी : सरम होनी चाहिए थी भैया! अपने ही सरकार का मुखिया और सरकारी खजाने से इतना-इतना रुपया अपने रोजगार को दिलवाना।

भैया : जोंकों के समाज में ऐसी बात को सरम नहीं कहा जाता। इसे कहते हैं ईमानदारी का व्यौपार? चेकोस्लोवाकिया पर हिटलर का जब दाँत गड़ गया था, उस वक्त चंडाल-चौकड़ी को थोड़ा डर तो लगा; लेकिन चेम्बरलेन, वाल्डविन, होर, साइमन बरसों से रुपया बटोरने में लगे हुए थे। तोप, बन्दूक, टंक, हवाई जहाज बनाने के लिए करोड़ों रुपया चाहिए और यह रुपये जोंकों की ही तोंद काटने से आते, इसलिए वह उसके लिए क्यों तैयार होते? उधर हिटलर के पास पलटन और हथियार अनगिनत थे; जबकि बिलायती सूमड़ों ने मुट्ठी बाँध ली थी और अपने कारखानों से चौगुने दाम पर खरीदे थोड़े से हथियार दिखलाने के लिए रख छोड़े थे। हिटलर जानता था कि यह लोग बंदरघुड़की देने से और अधिक कुछ नहीं कर सकते। अब हिटलर ने योरुप के एक बड़े भाग पर कब्जा कर लिया था। जर्मनी, आस्ट्रिया, चेकोस्लोवाकिया सभी देशों के हथियारों के कारखाने उसके लिए काम कर रहे थे। बीस बरस से सिर झुकाए हुए जर्मनों को यह सब जादू जैसा दिखाई पड़ने लगा। हिटलर ने जर्मन अरिया जाति को सारी दुनिया पर राज करने के लिए भगवान की ओर से भेजा गया कहा था, और साथ ही यह भी कि हर जाति में नेता भी भगवान ही भेजते हैं। हिटलर सारी मानुख जाति पर राज करने के लिए भेजा गया था।

जर्मन जाति को इसका गर्व होने लगा। हिटलर ने मक्खन की जगह बन्दूक बनवाने की बात कहकर जर्मनों को आलू खाने के लिए मजबूर किया। उसने दिलासा दिया था कि जब संसार भर पर जर्मन जाति का झंडा गड़ जाएगा, तब दुनिया के सभी लोगों का धरम जर्मन जाति के आराम और भोग के लिए काम करना होगा। हिटलर उतावला हो रहा था संसार विजय के लिए। अब उसके सामने दो रास्ते थे—एक तो अपने पहले कहे मुताबिक बोलसेविकों के ऊपर दौड़े और दूसरा रास्ता था बाहरी जोंकों के ऊपर झपटने का। फ्रांस, इंग्लैंड सब जगह की जोंकों ने पैसा बचा-बचाकर रखा था। फौज के मद में जो रुपया मंजूर भी किया था, उसे भी चौगुना दाम पर रद्दी-सद्दी हथियार देखकर ले लिया था। जोंकों के पास न हथियार था न पलटन जो हिटलर की फौज का सामना कर सकतीं। लेकिन बोलसेविकों के यहाँ आँख में धूल झोंकने की कोई बात नहीं थी, वह समझते थे कि दुनिया की जोंकें हमें खा जाने के लिए तैयार बैठी हैं। हमारी तभी रच्छा हो सकती है, जब हमारे पास अच्छे-अच्छे हथियार और पलटन हों। उन्होंने बीस बरस से बराबर इसके लिए तैयारी की थी। जिस वक्त जर्मनी को निहत्था बना दिया गया था और वह नाम मात्र के लिए थोड़ी सी पलटन रख सकता था। और जर्मन जरनैल टके-टके पर मारे-मारे फिरते थे उस वक्त बोलसेविकों ने उन्हे अपने यहाँ नौकर रखा और लड़ाई की विद्दा सिखाने के लिए कहा। यह जरनैल कई-कई साल रूस में रह चुके थे। उन्होंने वहाँ की लाल फौज को बहुत नजदीक से देखा था कि लाल फौज की ओर बढ़ना अक्लमन्दी नहीं है।

दुखराम : बेचारी जोंकें ताकती ही रह गईं।

भैया : पोलैंड, जर्मनी और रूस के बीच में पड़ता है। पोलैंड ने बीस साल से अपने यहाँ तालुकदारों का खूनी राज कायम कर रखा था और किसानों और मजूरों को हर तरह से पीसना ही अपना काम समझा था। हिटलर ने दो-चार मरतबे इन तालुकदारों को चाय पीने के लिए बुलाया, फिर क्या था, इनका मिजाज आसमान पर चढ़ गया। यह भी तीसमारखाँ बन गए। जब हिटलर ने चेकोस्लोवाकिया पर कब्जा किया, तो इन तलुकदारों ने भी बढ़कर एक परगना पर झपट्टा मारा। हिटलर मुस्कुरा रहा होगा, मेंढ़क मच्छर को निगलने के लिए मुँह बा रहा है; उसे यह मालूम नहीं कि उसकी पिछली टाँगें साँप के मुँह में है।

दुखराम : तो हिटलर पोलैंड लेने का निश्चय कर चुका था क्या?

भैया : हिटलर जानता था कि अब आगे का कदम ऐसा होगा कि बिलायत और फ्रांस की जोंकें चुप नहीं बैठ सकेंगी। वह फ्रांस पर हमला कर सकता था लेकिन फ्रांस की पलटन के बारे में बहुत लम्बी-चौड़ी बातें कही जाती थीं। अंग्रेज कहते थे कि दुनिया में तो दो ही पलटन हैं—धरती की पलटन फ्रांस के पास और समुन्दर की पलटन हमारे पास।

दुखराम : और धरती की सबसे बड़ी पलटन हिटलर से कितने साल तक लड़ी भैया?

भैया : तीन हफ्ता?

दुखराम : तीन साल भी नहीं, तीन महीना भी नहीं, तीन हफ्ता। और लाल पलटन के बारे में क्या कहते थे?

भैया : वह लड़ने वाली पलटन नहीं है, वह खाली तमासा देखने के लिए है। लेकिन आखिर में बिलायत और फ्रांस और दुनिया की सभी जोंकों को लाल पलटन का लोहा मानना पड़ा। बिलायती जोंकों के सरदार चर्चिल ने कहा कि लाल पलटन न होती तो हमारा कहीं ठौर-ठिकाना न रहता। लेकिन हिटलर ऐसा नहीं समझता था। वह सोचने लगा कि बाकी दो रास्ते हैं—पोलैंड की ओर दौड़ा जाए तो पश्चिम की जोंकें गला फाड़ती भले ही रहें, लेकिन वह मदद कुछ भी नहीं कर सकतीं। फ्रांस, बेल्जियम या हालैंड की ओर बढ़ने पर इन जोंकों को कुछ करने का मौका मिलेगा।

दुखराम : काँत (दाव) बैठा रहा था।

भैया : लेकिन पासा डालने से पहिले उसे कुछ और भी सोचना था। बोलसेविकों ने सुरू से ही दूसरी सरकारों को समझाया था कि दुनिया की सान्ती के लिए सबको मिलकर कोसिस करनी चाहिए। लेकिन जोंकों को सान्ती से क्या मतलब? जब तक अपने घर में नहीं लगती, तब तक आग देसन्तर होती है; लेकिन जब हिटलर का खतरा साफ दिखाई देने लगा, तब फ्रांस और इंग्लैंड ने रूस को अपनी ओर मिलाना चाहा रूस ने सोचा कि जोंकों का गुंडा ज्यादा खराब होता है, इसलिए इस गुंडे हिटलर को खतम करने के लिए कुछ किया जा सके तो अच्छा है। फ्रांस और इंग्लैंड ने अपने अफसर मास्को भेजे। लेकिन वह हिटलर से लड़ने के लिए बात करने गए थे बल्कि चाहते थे कि हिटलर उतावला होकर रूस पर दौड़ पड़े, लेकिन कमेरों के नेता कच्चे गुइयाँ नहीं थे। इस्तालिन वीर ने कह दिया कि हम दूसरे की आग में जलने के लिए तैयार नहीं हैं। जोंकों के मुखिया मास्को से खाली हाथ लौट आए। उधर हिटलर ने 23 अगस्त, 1939 को अपने विदेस मंत्री को मास्को भेजकर बोलसेविकों से कहा कि न हम तुम पर हमला करें न तुम हमारे ऊपर करो। कागज पर दोनों ओर की दस्तखत हुई। 11 दिन बाद 3 सितम्बर, 1939 को हिटलर ने पोलैंड पर हमला कर दिया। बिलायत और फ्रांस की जोंकों के लिए कोई चारा नहीं था। उन्होंने भी हिटलर के खिलाफ लड़ाई छेड़ दी, लेकिन पोलैंड के तालुकदारों को कोई मदद नहीं पहुँचा सके। कुछ ही दिनों में सारे पोलैंड को हिटलर ने ले लिया। लेकिन पोलैंड ने 21 साल पहिले रूस से कुछ जमीन को दबा लिया था। अब हिटलर की फौज ने उधर बढ़ना चाहा, तो लाल फौज ने आगे बढ़कर अपने पुराने इलाके को ले लिया। हिटलर मुँह ताकता रह गया।

बिलायती जोंकें बकने लगीं कि बोलसेविकों ने तो पोलैंड की जमीन ले ली और घायल पोलैंड की बेबसी को देखकर ऐसी कायरता दिखलाई। लेकिन इन जोंकों को यह कहने में जरा सरम न आई कि उन्हीं के सरदार लार्ड कर्जन ने रूस की सीमा जहाँ तक ठीक की थी, लाल सेना ने उतना ही लिया। हिटलर को इस तरह बढ़ते हुए देख बोलसेविकों को अपनी सीमा की रच्छा का पूरा खयाल करना ही था। रूस की पुरानी राजधानी और मास्को के बाद सबसे बड़ा सहर लेनिनग्राद खतरे में था, फिनलैंड की सीमा उससे 14 ही मील पर थी। फिनलैंड भी तालुकदारों के हाथ में था, जिन्होंने 40 हजार कमेरों के खून से अपने हाथ को रँगा था और जो हिटलर के छुटभैया बनने के लिए बराबर तैयार थे। सोवियत ने फिनलैंड से कहा कि इस सीमा को थोड़ा और पीछे हटाओ हम तुम्हारी बगल ही में तुम्हें तिगुनी जमीन बदले में देते हैं। लेकिन वह इसके लिए क्यों तैयार होने लगे? वह भी तो समझते थे कि जब तक पड़ोस में कमेरों का राज है, तब तक हमारी गद्दी की खैरियत नहीं। फिनलैंड ने जब किसी तरह बात नहीं मानी और सरहद की लाल फौज पर गोली भी चला दी, तब कोई रास्ता नहीं था। लाल फौज की फिनलैंड के तालुकदारों से लड़ाई छिड़ गई। उस वक्त चेम्बरलेन को फिर जोश आया।

दुखराम : हिटलर से लड़ने के लिए?

भैया : हिटलर से नहीं, रूस से लड़ने के लिए। लाख से ऊपर पलटन फ्रांस और इंग्लैंड से भेजी जाने वाली थी, लेकिन बीच ही में फिनलैंड का दिमाग ठंडा हो गया और उसने सोवियत की बात मान ली। कमेरों का राज कायम होने पर चार जातियाँ और बिछड़ गईं थीं, जिनमें एस्तोनिया, लतबिया, लिथुअनिया इन तीनों देशों की जोंकों ने अपने मतलब के लिए अपने देश को अलग किया था। वहाँ के कमेरों ने देखा कि उनकी सीमा के उस पार कैसा सरग तैयार हो रहा है। तीनों देसों से कमेरों ने अपने यहाँ की जोंकों को विदा किया और वोट देकर तय किया कि हम भी सोवियत राज में शामिल होंगे, और वे 1940 में सोवियत में सामिल हो गए। दक्खिन-पच्छिम में बेसराविया का इलाका था, जिसे रूमानिया की जोंकों ने दखल कर लिया था। सोवियत ने रूमानिया से अपनी जमीन लौटाने के लिए कहा, रूमानिया की जोंकें पसन्द नहीं करती थीं लेकिन करें क्या? बेसराविया को छोड़ना पड़ा। सोवियत में अब सब मिलाकर सोलह बड़े-बड़े पंचायती राज हैं।

दुखराम : नाम क्या-क्या हैं भैया?

भैया : (1) रूस, (2) उक्रइन, (3) बेलोरूसिया, (4) करेलोफीन, (5) एस्तोनिया, (6) लतविया, (7) लिथुवानिया, (8) मल्दाविया, (9) जार्जिया, (10) आरमेनिया, (11) आजुरबाई जान, (12) तुर्कमानिस्तान, (13) उज्बेकिस्तान, (14) ताजिकिस्तान, (15) किरगिजिस्तान, (16) कजाकिस्तान।

दुखराम : यह तो बड़े-बड़े परजातन्तर हैं और कितने ही छोटे-छोटे भी होंगे?

भैया : हाँ, लेकिन उनका नाम देने से क्या फायदा? कभी नकसा मिलेगा तो तुम्हें दिखला देंगे।

दुखराम : हिटलर ने आगे क्या किया भैया!

भैया : हिटलर चुप तो नहीं बैठ सकता था। वह जानता था कि जब तक फ्रांस और इंग्लैंड को नहीं पछाड़ते तब तक दुनिया के आधे भाग को हम अपनी जोंकों को चूसने के लिए नहीं दे सकते।

सन्तोखी : तो हिटलर भी जोंकों ही के लिए सब कुछ कर रहा था?

भैया : जोंकों का ही तो आखिरी नायक था। इंग्लैंड और फ्रांस की पूँजीपति जोंकों ने सौ बरस पहिले अपने यहाँ तालुकदारों (सामंतों) को पछाड़ने के लिए जनता की गुहार उठाई थी। काम बन जाने पर उन्होंने जनता को चूसने के सिवाय और कोई काम नहीं किया। लेकिन यह काम वह परदा डालकर करते आए थे और वोट और चुनाव का नाटक करते थे।

सन्तोखी : नाटक क्यों भैया?

भैया : जानते हो न, जोंकों के राज में वोट की बिक्री होती है। कोई करोड़पति संसद एसंबली के लिए खड़ा होगा, वह वोटरों को रुपया बाँटता फिरेगा। अपने दलालों को रुपया देकर वोट लेने की कोशिश करेगा। उसके सामने कोई किसान-मजूर कैसे खड़ा हो सकेगा।

दुखराम : उसकी जमा-पूँजी तो मोटर के तेल में ही बिक जाएगी।

भैया : इसीलिए मैंने कहा कि जोंकों के राज में ईमानदारी से वोट नहीं दिया जा सकता। लेकिन, कभी-कभी इस वोट से जोंकें घबराती भी हैं। जर्मनी में हिटलर ने कहा—नेता को भगवान चुनते हैं, इसलिए उसको किसी पाखंड की जरूरत नहीं, लेकिन तब भी अपनी गीत सुनाने के लिए वह कभी-कभी वोट का नाटक खेलता था। उसके गुंडे देखा करते थे कि कोई आदमी वोट देने से जी तो नहीं चुराता या गड़बड़ तो नहीं करता। जहाँ पता चला कि बेचारे पर आफत।

सन्तोखी : गुंडों को भी भैया, जोंकें ही पैदा करती हैं?

भैया : हिटलर ने डेनमार्क और नारवे जीता। फिर बेल्जियम और हालैंड को खतम किया और तीन ही हफ्ते में फ्रांस की जबरजस्त सेना ने भी हथियार रख दिया।

दुखराम : जबरजस्त सेना होने पर जल्दी हथियार क्यों रख दिया भैया!

भैया : सुना है, हिन्दुस्तान के किसी राजा का अफसर अंग्रेजों से मिल गया और उसने किले में बारूद की जगह भूसी भरवा दी थी।

दुखराम : इसी तरह का विश्वासघात फ्रांस में हुआ क्या?

भैया : फ्रांस का राज दो सौ जोंक परिवारों के हाथ में था। यही वहाँ के करोड़पति थे। फ्रांस में तीन बार कमेरों ने अपना जोस दिखलाया और आखिरी बार तो कई महीने पेरिस में राज भी किया। फ्रांस की जोंकों को डर था कि फिर कहीं कमेरे उठ खड़े न हों, इसलिए भीतर ही भीतर वह जरमन जोंकों से मिल गए। फ्रांसीसी बहुत बहादुर जाति है। वहाँ सिपाही डरना नहीं जानते, लेकिन उनके हथियार निकम्मे थे और जरनैल तो और भी निकम्मे थे। जो तीन हफ्ते में हिटलर ने फ्रांस को हरा दिया; इसमें हिटलरी फौज की बहादुरी उतना कारन नहीं थी, जितना कि फ्रांस की जोंकों का विसवासघात। फ्रांस के खतम होने के बाद तो अब जर्मन गुंडों को दौड़ लगाने की जरूरत थी। मुसोलिनी पहले ही गिद्ध की तरह ताक लगाए हुए था। अभी वह इंग्लैंड और फ्रांस के जंगी जहाजों से डरता था, लेकिन अब पीछे रहने का मतलब था, लूट में हिस्सा न पाना, इसलिए वह भी हिटलर के साथ मिल गया। हंगरी, रूमानिया और बोल्गारिया ने बिना लड़े ही हिटलर की गुलामी मान ली। यूगोसलाविया और यूनान को उसने पीस दिया। लड़ाई अफ्रीका में चली आई। अब सोवियत से बाहर का सारा योरुप हिटलर के हाथ में था। सभी मुल्कों के कल-कारखाने उसके लिए काम करते थे।

सन्तोखी : तो योरुप में कोई नहीं बच रहा था?

भैया : बच रहा था इंग्लैंड, क्योंकि वह योरुप से बाहर समुन्दर के बीच का टापू था। हिटलर के पास उतने जंगी जहाज नहीं थे। अपने हवाई जहाजों को वह भेजकर लन्दन और दूसरे सहरों को तहस-नहस करता रहा।

सन्तोखी : फ्रांस की जोंकें तो हिटलर के जूते चाटने लगीं लेकिन चेम्बरलेन का क्या हुआ?

भैया : जानते हो न जोंकों में भी बेसी धनी और कम धनी का फरक होता है। दोनों एक-दूसरे से घिना करते हैं। हाँ, जोंकों के धन पर कमेरे दाँत गड़ाने लगते हैं, तब सभी जोंकें एक हो जाती हैं। हिटलर और इंग्लैंड के बीच में एक पतली सी खाड़ी रह गई थी। बिलायत की जोंकें घबरा गईं। फ्रांस की दसा क्या हुई, इसको उन्होंने अभी-अभी देखा था। उन्होंने समझा सान्ती के समय जिस जोंक से काम चल सकता है, लड़ाई के समय उसी से काम नहीं चलता। चेम्बरलेन का पाप एक-एक करके गिनाया जाने लगा। बेचारे को गद्दी छोड़नी पड़ी और चर्चिल उसकी जगह महामंत्री बना।

दुखराम : चर्चिल भी तो जोंक था भैया!

भैया : बड़ी जोंक और हिन्दुस्तान के लिए तो काला साँप था। लेकिन इसके बारे में हम फिर किसी दिन कहेंगे। इतनी बात जरूर है, कि हिटलर को बहुत आगे बढ़ते देखकर चर्चिल पहिले से ही बोलने लगा था—हमें लड़ने के लिए तैयार होना चाहिए। जोंकों में वही आदमी था, जो इंग्लैंड को कुछ आसा दिला सकता था। वह पिछली लड़ाई का मंत्री था।

दुखराम : उसी ने न कमेरों के राज को खतम करने के लिए पलटन भेजी थी?

और वह बीस बरस तक सोवियत को गाली देता रहा। लेकिन बिलायती पारलियामेंट सभा में जोंकों का ही जोर था। इसलिए उसको महामंत्री बना दिया गया।

अध्याय-7

पागल सियार गाँव की ओर

भैया : दुक्खू भाई! बहुत नाम कहने से समझ में गड़बड़ मच जाती है। योरुप के छोटे-मोटे कितने देसों का नाम मैंने गिना दिया है। कहने से नकसा दिखाने में बात जल्दी समझ में आती। देखो जो कहीं नकसा मिल गया तो मैं ले आकर दिखाऊँ। लेकिन एक नाँव और सुन लो। अमिरिका नाम सुना है?

दुखराम : हाँ भैया! नाम सुना है सोमारू काका कहते थे कि परागराज में अमिरिका की पलटन आई थी। लेकिन भैया! अमिरिका अंग्रेजों की इतनी मदद क्यों करता था?

भैया : कमाके खानेवालों में सच्ची दोस्ती हो सकती है, लेकिन लुटेरों में कभी नहीं हो सकती। जब हिटलर इतना बढ़ने लगा, तो अमिरिका को भी भय लगने लगा। उसने समझा जो फ्रांस और इंग्लैंड को चित करके आधी दुनिया में हिटलर का कब्जा हो गया और फिर दलबल के साथ हमारे ऊपर झपटा, तो तेरह करोड़ आबादी का अमिरिका उसके सामने कितने दिनों तक टिकेगा? इसलिए अमिरिका पहिले ही से इंग्लैंड और फ्रांस को हथियार बेंच रहा था।

सन्तोखी : बेंचने में तो नफा ही है न भैया?

भैया : और खतरा भी। जो कहीं हिटलर जीत जाता, तब तो पहिले ही से उसे नाराज कर लिया न? अमिरिका के परधान रुजवेल्ट ने कई बार हिटलर को जली-कटी भी सुनाई।

दुखराम : दोनों की भेंट हुई थी क्या भैया?

भैया : दोनों के भेंट होने का क्या काम है दुक्खू भाई! रेडियो बाजा एक की बात दूसरी जगह पहुँचाने को तैयार ही है। अब सुनो, हिटलर क्या सोच रहा था? सारे फ्रांस और सारे योरुप के ले लेने के बाद अब वह सोचने लगा कि इंग्लैंड की ओर बढ़े या क्या करें। अमिरिका इंग्लैंड की ओर से लड़ाई में कूदने के लिए तैयार दिखाई पड़ता था। उसने सोचा जो मैं इंग्लैंड और अमिरिका से भिड़ गया तो समुन्दर पार

करने के लिए उतने जङ्गी जहाज नहीं हैं, अमिरिका की तागत बहुत बड़ी है। उसके पास इतने बड़े-बड़े कारखाने हैं, कि वह पतंग की तरह चुटकी बजाते-बजाते हवाई जहाज बनाता जाएगा। जर्मनों से करीब-करीब दूनी अमिरिका की आबादी है। वहाँ तक पहुँचना मुश्किल है। जो कहीं लड़ाई जियादा दिन चली, लड़ते-लड़ते जर्मनी बहुत थौस (निरधन) गया। और इधर बोलसेविक चुपचाप अपनी फौज बढ़ाते रहे, हथियार पर सान लगाते रहे, फिर तो सब कुछ कर-धर के भी हमें मरना ही होगा। बात यह थी कि बोलसेविकों की कोई ऐसी नीयत नहीं थी। हाँ, वह हिटलर की बात पर कभी विसवास नहीं कर सकते थे।

दुखराम : जब जोंकों पर ही विसवास नहीं कर सकते थे, तब जोंकों के गुंडे पर कैसे करते?

भैया : योरुप जीतने से हिटलर का दिमाग बढ़ गया। उसने सोचा—फ्रांस, बेल्जियम, जर्मनी, आस्ट्रिया, चेकोस्लोवाकिया के बड़े-बड़े गोला-बारूद बनाने वाले कारखाने हमारे लिए हथियार बना रहे हैं। हमारे सामने फ्रांस तीन हफ्ते नहीं ठहर सका। अब हमारी ताकत इतनी है कि बोलसेविकों को पीस सकते हैं। उसके जरनैलों में से कुछ ने समझाया कि लाल-पलटन के बारे में ऐसा सोचना अच्छा नहीं है। लेकिन जरनैलों की बात नहीं मानी।

दुखराम : क्यों मानेगा? भगवान ने दुनिया पर राज करने के लिए जरनैलों को भेजा था या हिटलर को?

भैया : हिटलर यह भी खयाल करता था, कि चारों खूँट तक विजयपताका गाड़े बिना मेरे लिए खैरियत नहीं। जो इतने दिनों तक मक्खन की जगह आलू खाते आए हैं, वह मुझे ही खाने लगेंगे। और इंग्लैंड, अमिरिका के हराने में कमजोर हो जाने पर हम फिर बोलसेविकों का कुछ नहीं कर सकेंगे।

दुखराम : और बोलसेविकों के हराने की आसा में जर्मनी वाले पचीसों साल तक न आलू खाने के लिए तैयार होंगे और न यही आसा थी कि हिटलर अमिरेत की घरिया पीकर आया है।

भैया : हिटलर के लिए कागज पर दसखत करना कोई चीज नहीं। वह कह ही चुका था, कागज पर दसखत की जाती है फाड़ने के लिए।

दुखराम : जोंकों का यही धरम है।

भैया : आखिर 28 जून, 1941 को हिटलर ने कमेरों की धरती पर हमला कर दिया। हिटलर ने जितनी तैयारी की थी, अभी लाल सेना उतनी तैयार न थी। लाल सेना को पीछे हटना पड़ा, और कभी-कभी तो दस-दस बारह-बारह मील एक दिन में पीछे हटना पड़ता। लाल सेना बहुत बहादुरी से लड़ी। कितनी ही बार ऐसा देखा गया कि

लाल सेना ने किले को तब तक नहीं छोड़ा, जब तक कि एक भी सिपाही जिन्दा रहा। लेकिन उसे अपार हानि उठानी पड़ी।

सन्तोखी : उस वक्त तो भैया! मैंने भी सुना था कि रूस कुछ ही दिनों में खतम हो जाएगा!

भैया : हिटलर ने खुद कहा था कि मैं तीन मास में रूस को पीस दूँगा। रूस के ऊपर हमला होते ही चर्चिल के जान में जान आई। चेम्बरलेन बेचारा तब तक मर गया था, नहीं तो न जाने उसे क्या होता। चर्चिल को अभी तक पूरी आसा नहीं थी। लेकिन अब उसे विश्वास होने लगा कि रूस के कारण इंग्लैंड बच जाएगा। हिटलर ने अपने दाहिने हाथ हेस को बिलायत भेजा। हेस जिस बड़ी जोंक के घर उतरना चाहता था, वहाँ से दूर किसी जगह में उसे हवाई जहाज से उतरना पड़ा। लोगों ने पकड़ लिया। बात पहले ही से खुल गई तब भी बिलायत की जोंकों को उसने बहुत समझाने की कोशिश की-हिटलर इंग्लैंड से दोस्ती करना चाहता है, वह सिर्फ बोलसेविकों को खतम करना चाहता है। वह पक्का वचन देने को तैयार है कि हम कभी इंग्लैंड और उसके राज की ओर आँख नहीं लगाएंगे। लेकिन आप लोग हिटलर से दोस्ती कर लें। उसने बहुत समझाने की कोशिश की कि बोलसेविक ही हम सबके सबसे बड़े दुसमन हैं। हिटलर के इस काम में सबको मदद देनी चाहिए।

दुखराम : तो बिलायती जोंकों ने हिटलर की बात क्यों नहीं मानी भैया! वह तो उन्हीं की भलाई की बात कह रहा था।

भैया : हिटलर की बात पर कैसे विश्वास कर लेते? चर्चिल जानता था कि जो रूस भी खतम हो गया, तो हम अकेले हिटलर से कभी नहीं बच सकते। उस वक्त अकेले लड़ना अपने ही हाथों अपने गले में फाँसी लगाना होगा।

सन्तोखी : यह तो ठीक है, लेकिन बिलायती जोंकें बोलसेविकों को भी तो अपना दुसमन समझती थीं।

भैया : रूस पर हमला होते ही चर्चिल ने रेडियो बाजा में तुरन्त कहा कि इंग्लैंड तन-मन से रूस के साथ है। साथ ही उसने कहा था कि बीस बरस में मैंने बोलसेविकों के खिलाफ जो कुछ कहा है, उसमें से एक अच्छर भी लौटाने के लिए तैयार नहीं। यह सब कहते हुए भी चर्चिल इतना जानता था कि बोलसेविक हिटलर की तरह दूसरे देसों में अपनी फौज भेजकर वहाँ के सहरों को उजाड़ कर बच्चों-बूढ़ों को मारकर रूस का राज कायम करने नहीं जाएँगे। इसीलिए चर्चिल ने उस बखत हिटलर के छुटभैया हेस की बात को ठुकरा दिया और इस्तालिन से हाथ मिलाया।

सन्तोखी : और हिटलर की फौज जोर से आगे बढ़ती गई।

भैया : जोर से बढ़ती गई। और मैं कहूँ सन्तोखी भाई! मुझे एक छन के लिए भी कभी मन में नहीं आया कि हिटलर लाल सेना को हरा सकेगा; किन्तु जितनी तेजी से वह मास्को और लेनिनग्राद की ओर बढ़ रहा था, उससे दिल घबरा रहा था। मास्को के बीस मील नजदीक पहुँचकर जब लाल पलटन की मार पड़ी और जिस बखत जोंक गुंडों को पीछे हटना पड़ा, तो लोगों को पता लगने लगा कि लाल पलटन ने पहिले से अपने लड़ने का ढंग सोच लिया था।

सन्तोखी : लेकिन भैया! लाल पलटन इतना पीछे क्यों हटती गई। पहिले ही क्यों नहीं पूरी ताकत से लड़ी?

भैया : सन्तोखी भाई, जो कोई आदमी जोर से बेल फेंक रहा हो और तुम सीधे अपनी हथेली के ऊपर ओड़ने (रोकने) जाओ, तो पत्थर की तरह चोट लगेगी; लेकिन तुम दोनों हथेली के बीच में उसको आने दो और जैसे ही हाथ को छुए वैसे ही हाथ को बित्ता-दो बित्ता पीछे हटा लो, तो फिर बेल का सारा जोर खतम हो जाएगा। इसी तरह लाल पलटन ने सोचा कि हिटलर अपनी सारी ताकत से हमला कर रहा है। कहाँ ज्यादा हमला करना है और कहाँ कम यह बात भी वही जानता है, इसलिए इस बखत सरबस की बाजी लगाकर लड़ने में हमारा नुकसान ज्यादा होगा। वह हिटलर की चोट को सहते हुए पीछे हट गई। लेकिन कहाँ पहुँचकर फिर पीछे नहीं हटना है, यह भी वह जानती थी। हिटलर ने गाल बजाया था कि रूस को तीन महीने में खतम कर दूँगा। मास्को पहुँचने का दिन तक धर दिया था और सिपाहियों में बाँटने के लिए ढेर के ढेर तमगे भी ढाल लिये गए थे। लेकिन मास्को के नजदीक पहुँचते ही जैसे लाल पलटन अपना पंजा बाहर निकालकर झपटी कि हिटलर को लाख के करीब बढ़िया जवान वाली अपनी मजबूत पलटन को मरवाकर पचासों मील पीछे हट जाना पड़ा। लेनिनग्राद से दस मील पर हिटलरी पलटन पहुँच गई। और नौ-सौ दिन तक घेरा डालकर बैठी रही, लेकिन मजाल था कि एक कदम आगे बढ़े। इन दोनों बातों ने बतला दिया कि लाल पलटन का पीछे हटाना हारे हुए जोधा का भागना नहीं था।

दुखराम : तो यह उसकी दाँव-पेंच न थी भैया?

भैया : हाँ, दाँव-पेंच थी। इस तरह हिटलर को जब सीधे मास्को पर चढ़ाई करने की उम्मीद न रही, तो वह आगे से घेर लेने के लिए बोरोनेज पर कचकचाके पड़ा लेकिन लाल पलटन ने उसका दाँत तोड़ दिया और वहाँ से भी हिटलरी गुंडों को पीछे हटना पड़ा। यह तीसरी जगह थी जिसने बतला दिया कि लाल फौज के तरकस में अभी बहुत तीर हैं।

दुखराम : सचमुच ही भैया? हिटलर और उसकी सेना गुंडों की सेना है, नहीं तो इस तरह बचन देकर तोड़ते।

भैया : बचन तोड़ने की ही बात नहीं दुक्खू भाई! हिटलर ने जो जुलुम रूस में किया है, वैसा कभी नहीं सुना गया। वीर का काम है लड़ने वाले से लड़ना, न कि बरस बरस के बच्चों को मारते जाना?

दुखराम : क्यों भैया? हिटलर ने बच्चों को भी मरवाया?

भैया : एक दो नहीं पचासों हजार। कितनों को बिखवाली हवा देकर मारा, कितनों को खून निकाल-निकालकर मारा।

सन्तोखी : क्या खून भी पीते हैं भैया?

भैया : यह पीने ही जैसा था। लड़ाई में जो बहुत घायल होते हैं, उनको ताजा खून पिचकारी से देना पड़ता है। सब जगह आजकल खून जमा करने का इन्तजाम है। जवान हट्टे-कट्टे आदमी के शरीर से खून लिया जाता है। दस सेर खून में से छटाँक-दो छटाँक खून लेने से कोई आदमी नहीं मरता। मैं भी तो तीन बार खून दे आया हूँ।

दुखराम : तो भैया! तुम्हें तकलीफ नहीं हुई?

भैया : तुमने कभी दवाई की सुई ली है दुक्खू भाई!

दुखराम : हाँ भैया! एक बेर तिल्ली (बरवट, पिलही) बढ़ गई थी, उसी के लिए चार-पाँच सुई ली थीं।

भैया : तो सुई लेने में तकलीफ हुई थी कि नहीं?

दुखराम : क्या तकलीफ होगी; जरा-सा छन्न-सा काँटा-सा लगा; और फिर सुई के पीछे पिचकारी में भरी दवा को नस में डाल दिया।

भैया : उसी तरह सुई चुभाकर पिचकारी में खून निकालने से कोई तकलीफ नहीं होती लेकिन जो ज्यादा खून निकाल लिया जाए तो आदमी मर जाता है।

दुखराम : तो राक्षसों ने ज्यादा-ज्यादा खून निकालकर बच्चों को मार डाला?

भैया : हजारों बच्चों को खून निकाल के मारा, हजारों बच्चों को गोली दाग के मार दिया, हजारों बेकसूर बूढ़ों को मारा। औरतों को तो लाखों की तादाद में मारा। हाथ बाँधकर लोगों को सहर के बाहर ले जाते और हुक्म देते कि खाई खोदो। खाई खोदने पर फिर तड़-तड़ गोली चला देते, और सब उसी खाईं में गिर जाते।

सन्तोखी : आदमी का दिल कैसे इतना राक्षस जैसा हो सकता है?

भैया : मैं भी सन्तोखी भाई! इन बातों पर विश्वास नहीं करना चाहता था। जानते हो न लड़ाई में झूठ-साँच भी बहुत चलता है, लेकिन जब लाल फौज ने हिटलरी गुंडों को पीछे ढकेलना शुरू किया और कमेरों के शहर और गाँव फिर आबाद

होने लगे तो उन खाइयों को खोदा गया। पिघली हुई बरफ के नीचे सैकड़ों लासें निकलीं। उनका फोटो लिया गया। मैंने उन फोटुओं को बम्बई में देखा, तो सच कहता हूँ दिल खौलने लगा। नन्हे-नन्हे बच्चे, दो बरस, तीन बरस, चार बरस के एक नहीं, दो-दो नहीं, पाँच-पाँच, सात-सात सौ मरकस सूखे पड़े हुए थे। औरतों को पेट फाड़कर बेइज्जती करके मारा गया। सैकड़ों बेकसूर आदमियों को फाँसी पर झुलाकर महीने-महीने तक सहर के चौरस्ते पर लटका के छोड़ दिया गया।

दुखराम : तो इन राच्छसों को गुंडा ही कहने से काम नहीं चलेगा, और कोई नाम ढूँढ़ना चाहिए।

भैया : उनका जुलुम भी ऐसा है दुक्खू भाई कि जुलुम कहने से वह पूरा समझ में नहीं आ सकता। लेकिन जब गुंडों ने इस तरह जुलुम करना शुरू किया, एक-एक सहर में चालिस-चालिस पचास-पचास हजार निहत्थे आदमियों को मार डाला, तो सोवियत-निवासियों ने भी जान पर खेलना शुरू किया। बारह बरस के लड़कों से सौ बरस के बूढ़ों तक ने जान हथेली पर रखकर गुंडों के साथ मुकाबला करने का निश्चय किया। जो इलाका जर्मनी के भी हाथ में चला गया था, वहाँ के कितने ही नर-नारी जंगलों में भाग गए। उन्हें तो अपने इलाके का कोना-कोना मालुम था, गाँव की गली-गली अँगुली पर थी। वह रात को जिस वक्त भी मौका मिलता, जर्मन पलटनियों पर छापा मारने लगे। छाप: मारके सिपाहियों के बन्दूक, मसीनगन सब छीन लेते थे। कुछ ही समय में सारा इलाका छापामारों से भर गया और जर्मनों को अपनी छावनियों से बाहर निकलने की हिम्मत न रही।

दुखराम : छापामार क्या भैया?

भैया : अपने दुश्मनों से बदला लेने के लिए वह बहादुर लोग दिन या रात को इक्के-दुक्के या गफलत में पाकर हमला करते, इसी को छापा मारना कहते हैं। इसीलिए इन बहादुरों को छापामार कहते हैं।

सन्तोखी : हाँ भैया! जब बराबर का जोर नहीं हो और एक के पास बड़े-बड़े हथियार और दूसरे के पास मुसकिल से कहीं एकाध बन्दूक हो, फिर यह छोड़ दूसरा रास्ता क्या था?

भैया : हाँ सन्तोखी भाई! जर्मनों के पास हजार-हजार पन्द्रह-पन्द्रह सौ मन के टंक थे, अनगिनत हवाई जहाज थे, बड़ी-बड़ी तोपें थीं, मिनट-मिनट में हजार गोली चलाने वाली मसीनगनें थीं। उधर लाल पलटन पीछे हट गई थी, और वहाँ रह गए थे गाँवों-सहरों के निहत्थे नर-नारी। किन्हीं-किन्हीं गाँवों में तो बन्दूकें भी न थीं क्योंकि जर्मन गाँव में पहुँचते ही बन्दूक छीन लेते थे, बाद में खाने-पीने की चीजें, रुपया-पैसा छीनते थे। लेकिन सोवियत के कमेरे जानते थे कि हमारे सरग में यह राछस घुस आए हैं। इनको सान्ति से नहीं बैठने देना होगा। कभी-कभी तो बिना

एक भी बन्दूक के छापामारों ने अपना काम सुरू किया। जंगल में से आकर कहीं अँधेरे में छिपे रहते। जोखिम तो था लेकिन गाँव के लोग जंगल में छिपे छापामारों के पास खाना पहुँचाते थे, गुंडे कहाँ-कहाँ हैं, इसकी खबर देते थे। गुंडे सिपाही चौबीस घंटा तो सजग नहीं रह सकते और न चौबीसों घंटा एक जगह एक हाते में बन्द रह सकते थे। छापेमार अचानक उनके ऊपर कुल्हाड़ा, कुदाल, भाला कोई चीज लेकर टूट पड़ते। चार गुंडों को मारा तो चार बन्दूक और गोली-गंठा मिला।

सन्तोखी : फिर तो सूद-मूर लेकर इसी तरह बढ़ता चलता जाएगा।

भैया : हाँ, दो बन्दूक छीनी, फिर दो बन्दूक लेकर छापे मारे और चार नई बन्दूकें हाथ में आईं। इस तरह सैकड़ों, हजारों बन्दूकें, मसीनगनें, हाथ के बम, पिस्तौल और बहुत से हथियार छापामारों के हाथ में चले आए। टंक और बड़ी तोप भी कभी-कभी पकड़ लेते थे लेकिन उनको जंगल में ले जाकर छिपाना आसान नहीं था। बाकी हथियारों को छापेमार खूब चलाते थे।

दुखराम : खूब जवाब दिया भैया! रूस के कमेरों ने और खूब बहादुरी दिखलाई। दुनिया चकित है दुक्खू भाई, उनकी बहादुरी से। जर्मन सिपाहियों ही को वह नहीं मारते, बल्कि रास्ते की सड़कों, पुलों, रेलों को तोड़ देते थे, जिसकी वजह से जर्मनों को सामान पहुँचाना मुश्किल होता था। उनके सामने से लाल पलटन लड़ रही थी और पीछे से लड़ रहे थे लाखों छापामार और छापामारिनें। इतने बहादुर लड़नेवाले साथी अंग्रेजों को मिले, तब उनका भी हौसला बढ़ा।

सन्तोखी : भैया, रूस के कमेरों की बहादुरी और उनको मरकस बाबा के रास्ते पर चलने की बात देखकर तो मैं समझता हूँ कि दुनिया भर के कमेरे उनके साथ प्रेम करते हैं। सगे भाई की तरह समूची दुनिया के कमेरे का दुख-सुख एक-सा है, और हैं भी वे सगे भाई। लेकिन अंग्रेज जोंकें जो अबकी बच गईं, यह अच्छा नहीं हुआ।

भैया : जब पहले जोंकों की लड़ाई थी, तो सन्तोखी भाई, मैं तुमसे क्या कहता था?

सन्तोखी : यही कि तालुकदारों के झगड़े से हमको मरने की जरूरत क्या? भले दोनों लड़ मरें।

भैया : हाँ, तो उस वक्त लड़ाई जोंकों-जोंकों की थी, बिलायती जोंकें दो सौ बरसों से हमारा खून चूस रही हैं, उन्होंने हमारी छाती पर कितना कोदो दला, उस सबको देखकर हम क्यों इन जोंकों की मदद करने जाते। लेकिन जब गुंडा हिटलर कमेरों के राज पर चढ़ दौड़ा, तो बिलकुल रंग बदल गया। पानी की नाली बह रही हो, तुम उसमें से अँजली भरकर पियोगे, प्यास बुझाओगे; लेकिन उस नालों में जैसे लाल जहर की पुड़िया डाल दी जाए, तो उस पानी का गुन बदल गया न?

दुखराम : हाँ भैया, हिटलर ने जिस दिन हमारे कमेरे भाइयों पर हमला किया, बच्चों को खून निकालकर मारा, निहत्थों को उनके हाथ कबर खुदा कर गोली चलवाई, तो दुनिया में कौन कमेरा-किसान-मजूर होगा जिसकी आँख से आग न निकलने लगे और हिटलर को कच्चा खा जाने के लिए तैयार न हो?

भैया : ठीक कहा दुक्खू भाई? हिटलर ने जिस दिन सोवियत के कमेरों पर हमला किया, उसी दिन दुनिया भरके मजूरों-किसानों पर हमला कर दिया। हिटलर जोंकों का सबसे बड़ा खूनी राज कायम करना चाहता था, उसने अपने यहाँ के किसानों-मजदूरों को पीसा। पहिले ही से हम यह सब जानते थे और हिटलर को फूटी आँखों भी देखना नहीं चाहते थे, लेकिन जब तक उसकी लड़ाई सिर्फ जोंकों से रही, तब तक जोंकों को छोड़कर दूसरी जोंक को हम कैसे पसन्द करते? लेकिन अब बात वैसी नहीं थी। जो हिटलर रूस को जीत लेता, तो दुनिया से मजूर-किसान-राज खतम हो जाता। हजारों बरसों से बड़े-बड़े महात्माओं और त्यागियों ने सपना देखा था कि एक ऐसा मानुख-समाज हो, जिसमें जोंकों का नाम न रहेगा। उनका सपना ठीक था, लेकिन वह ठीक रास्ता नहीं जान सके।

दुखराम : रास्ता तो भैया मरकस बाबा ही ने बतलाया।

भैया : हाँ, मरकस बाबा ही ने बतलाया। फिर पेरिस में लाखों मजूरों ने प्राण दिया कमेरा राज्य कायम करने के लिए; फिर रूस में करोड़ों कमेरों ने लड़ाई और भूख से जान दी, तब जाकर दुनिया में पहले-पहल एक मजबूत कमेरा-राज कायम हुआ। पचीस बरस में उसने दुनिया के छठे हिस्से को बहुत कुछ सरग-सा बना दिया। उसको देखकर दुनिया भरके कमेरों की हिम्मत बढ़ी कि हम भी किसी दिन जोंकों को निकाल बाहर करेंगे। जो रूस से कमेरा-राज खतम हो जाता, तो दुक्खू भाई! यह सारी दुनिया के कमेरों का नुकसान होता कि सिर्फ रूस ही वालों का?

दुखराम : सारी दुनिया के कमेरों का भैया! मैं तो जानता हूँ कि खूँट के बल से बछरू (बछड़ा) कूदता है। जब हमने रूस के कमेरा-राज के बारे में सुना, तो उसी से हमारी भी हिम्मत बढ़ी, और हम भी लाल झंडा लेकर कूदने लगे।

भैया : एक सड़ी मछली सारा तालाब गन्दा कर देती है, दुनिया में एक भी जोंक बच जाए, तो भी कमेरों के लिए खतरा है। और एक बार मानुख जाति में जोंकें इतनी भारी हार के बाद जो फिर पहिले की तरफ से सारी दुनिया पर छा गईं तो लाल झंडा फहराना सैकड़ों बरसों की बात हो जाएगी। दुनिया जोंकों के लिए अकंटक हो जाएगी।

भैया : इसलिए दुक्खू भाई, जिस दिन हिटलर ने सोवियत पर धावा बोला, उसी दिन मैंने अपने दोस्तों से कह दिया कि अब जोंकों-जोंकों की लड़ाई नहीं रही। हिटलर के हराने का मतलब है कि जोंकों के सबसे बड़े गुंडों को खतम करना;

ऐसे गुंडे को खतम करना जिसकी ओर सारी दुनिया की जोंकें आसा लगाए बैठी हैं। सोवियत की जीत दुनिया भर के कमेरों की जीत है।

सन्तोखी : यह बात साफ मालूम हो रही है भैया!

भैया : हिटलर ने जब मास्को लेनिनग्राद का रास्ता बन्द देखा, तो वह दक्खिन से बढ़ा और बढ़ते-बढ़ते वोल्गा गंगा के किनारे बसे स्तालिनग्राद सहर तक पहुँच गया। इस्तालिन वीर ने अपने लाल जरनैलों को हुक्म दिया कि अब एक कदम भी पीछे नहीं हटना है। और वह एक कदम भी पीछे नहीं हटे। यहीं पर हिटलर को सबसे बड़ी हार खानी पड़ी। उसके दो लाख सिपाही मारे गए और एक लाख सिपाहियों को लाल पलटन ने कैद किया। हिटलर की जो वहाँ हार नहीं हुई होती, तो वह होते बाकू की तेल की खानों को लेते ईरान में पहुँचता और फिर उसके बाद हिन्दुस्तान ही रह जाता था।

दुखराम : तब तो भैया इस्तालिनग्राद की लड़ाई रूस के ही कमेरों के लिए खतरे की चीज नहीं थी, बल्कि हिन्दुस्तान के लिए भी खतरा हो गया था।

भैया : फिर हिटलरी गुंडे हिन्दुस्तान भी आते। यहाँ भी लाखों औरतों की इज्जत लूटते, बच्चे-औरतों के खून से अपने हाथ रँगते और सैकड़ों सहर और गाँव जलाकर छार कर डालते। लेकिन लाल पलटन हिटलर का दाँत खट्टा करने के लिए तैयार थी। स्तालिनग्राद पर मार खाकर जो हिटलर पीछे की ओर भागा, तो भागता ही गया; फिर उसका पैर कहीं नहीं ठहरा। हिटलर एक हजार मील तक सोवियत की धरती में घुस आया था, लेकिन अब पिटाई सुरू हुई। पागल सियार गाँव की ओर आया। जब लाठी पड़ने लगी, तो अपनी माँद की ओर भागा। सोवियत की अंगुल-अंगुल धरती से पापी निकाले गए। अब वह अपनी धरती पर भागकर गए लेकिन लाल फौज ने इन सियारों को माँद में बैठकर भी जीने नहीं दिया। उसने तै किया था कि पागल सियारों में से एक को भी नहीं छोड़ेंगे।

दुखराम : और भैया, इन गुंडों ने जो बच्चों को मारा, औरतों की इज्जत बिगाड़ कर गोली मारी, इसका भी बदला खूब लेना चाहिए था। इन गुंडों को कुत्ते की मौत मारना चाहिए था।

भैया : लाल पलटन बदला लेती नहीं है दुक्खू भाई, लेकिन पागल बनकर नहीं। इस्तालिन वीर ने कह दिया कि जर्मनी के कमेरों को वहाँ की जनता को हम अपना दुसमन नहीं मानते। राछस आततायी हैं हिटलरी गुंडे, हम इन्हीं गुंडों को उनके किये का मजा चखाएँगे। फिर जर्मनी की जनता गुंडों के हाथ से छुट्टी पाएगी।

सन्तोखी : तब तो भैया, जर्मनी में भी अब जोंकों की खैरियत नहीं। वहाँ भी हिटलरी गुंडों के खतम होने के बाद कमेरों का ही राज कायम होना था, लेकिन बिलायत और अमिरिका की जोंकें इसको क्या पसन्द करने लगीं?

भैया : जोंकें क्यों पसन्द करने लगीं? लेकिन इस्तालिन वीर ने कह दिया कि वहाँ कैसा राज कायम हो, इसे वहाँ ही के लोगों पर छोड़ देना चाहिए। लाल पलटन अपने मन का राज कायम करने की कोशिश नहीं करेगी और न इंग्लैंड-अमिरिका को ऐसी कोसिस करनी चाहिए।

सन्तोखी : लेकिन भैया, बाहर की जोंकों ने जो मदद नहीं की और उधर जर्मनी की बड़ी-बड़ी जोंकें और उनके नायक हिटलरी गुंडे खतम हो गए, तो वहाँ कमेरों का राज छोड़ दूसरा कौन राज कायम हो सकता था?

भैया : लेकिन सन्तोखी भाई, इंग्लैंड-अमिरिका की जोंकें चुप तो नहीं रह सकतीं। सोवियत और लाल पलटन को देखने ही से उनका प्राण निकल रहा था, जो सात करोड़ के जरमनी में भी कमेरा-राज कायम हो गया, तो दुनिया में जोंकें कै दिन टिकेंगी?

दुखराम : तो क्यों नहीं भैया, जोंकों ने हिटलर से सुलह कर ली?

भैया : सुलह नहीं कर सकती थी सन्तोखी भाई! जिस दिन चर्चिल सुलह की बात भी जीभ पर लाता, उस दिन ही बिलायत के जोंकों की खैरियत नहीं थी। बिलायत के लोगों ने सैंतिस साल पहिले की लड़ाई में भी अपने लाखों बेटों को मरवाया, उस वक्त भी बिलायत की जोंकों ने उसके सामने बड़ी लम्बी-लम्बी बातें कही थीं, जिससे मालुम होता था कि अब कमेरों की जिन्दगी सरकारी जिन्दगी हो जाएगी। लेकिन जब वह लड़ाई खतम हुई, उसके बाद के इक्कीस सालों में उनकी जिन्दगी और अधिक नरक बन गई। तीस-तीस चालिस-चालिस लाख तक आदमी बेरोजगार हो गए, उन्हें भूखे मरना पड़ता और बाल्डविन चेम्बर लेन जैसी-जैसी जोंकों ने हजारों की जगह लाखों का नफा कमाया। जब तक हिटलर खतम नहीं हो जाता, तब तक बिलायती जोंकों को पैंतरा बदलने के लिए कोई जगह नहीं थी।

सन्तोखी : लेकिन हिटलर के खतम होने के बाद वह रूस से क्यों ना लड़ी?

भैया : तुम यही खयाल करके कह रहे हो न सन्तोखी भाई कि जोंकें नहीं चाहेंगी कि जरमनी जैसे बड़े मुल्क में कमेरों का राज हो, जिससे सारी दुनिया की जोंकों के आगे अँधेरा छा जाए। लेकिन इस लड़ाई का फल क्या हुआ, इसके बारे में हम किसी दूसरे दिन बतलाएँगे। अब तुमको यह जानना चाहिए कि क्या बात थी कि हिटलरी फौज के सामने फ्रांस की जैसी जबरदस्त सेना तीन हफ्ते भी नहीं ठहर सकी। हिटलर तीन महीने में रूस ले लेने की बात कहकर गाल बजाता ही रहा, लेकिन वह रूस की धरती छोड़कर अपने घर में भी नहीं लड़ सका?

सन्तोखी : भैया, गुंडे बहुत दिन तक कहाँ डट सकते थे। उनके सिर पर काल नाच रहा था।

भैया : ठीक है और इसका कारण यही हुआ कि पागल कुत्ता रूस की ओर दौड़ा।

मैंने बतलाया कि सोवियत के कमेरे कितने थे। लाल सिपाही तनखाह के लिए नहीं लड़ता था।

दुखराम : तनखाह के लिए लड़ते हैं जोंकों के सिपाही। जोंकें तनखाह छोड़कर कोई ऐसी चीज उनके सामने नहीं रखतीं, जिसके लिए वह जी-जान से लड़ें।

भैया : रूस में कमेरे अपने ही अपनी पंचायत चुनते हैं और यही पंचायत राज चलाती है। गाँव में भी 18 बरस से बेसी के मर्द-औरत वोट देकर पंचायत चुनते हैं, जिले की भी पंचायत वही चुनते हैं, अपने-अपने प्रजातंत्र की भी पंचायत उन्हीं को चुनना होता है। फिर हिन्दुस्तान ऐसे सात देशों के बराबर सारे सोवियत देश की सबसे बड़ी पंचायत यही चुनते हैं।

दुखराम : तो नीचे से ऊपर तक सब पंचायती ही काम है भैया?

भैया : हाँ, सब पंचायत है। सबसे बड़ी पंचायत (महासोवियत) के लिए तीन लाख आदमी पर एक आदमी चुना जाता है। उस पंचायत के दो हिस्से या घर हैं, एक घर के लिए हर तीन लाख पर एक आदमी चुना जाता है, दूसरे घर के लिए खौम का आदमी चुना जाता है, चाहे कोई खौम पचास ही हजार आदमियों की हो। रूसी खौम की आबादी बारह करोड़ के करीब है और हिन्दुस्तान के पड़ोस में रहने वाली ताजिक खौम चौदह ही लाख है, लेकिन दोनों पचीस ही पचीस पंच चुनते हैं; इसलिए जिसमें ज्यादा आदमी रहने वाली खौम के ही पंच अधिक न चुन लिए जाएँ। यही बड़ी पंचायत सारे सोवियत देस के मन्त्रियों को चुनती है। इस्तालिन वीर ने सोवियत को जितना धनवान, बलवान बना दिया है, उसके कारन सोवियत का बच्चा-बच्चा उसे प्रान से भी अधिक प्यारा समझता है। लेकिन इस लड़ाई के पहिले इस्तालिन वीर ने कोई सरकारी दर्जा नहीं लिया था। जब लड़ाई का खतरा बहुत बढ़ गया, तो बड़ी पंचायत ने इस्तालिन को ही अपना महामंत्री और महासेनापति बनाया।

दुखराम : और इस्तालिन वीर ने वह करामात दिखाई कि सोवियत क्या दुनिया भर के कमेरे कभी उसका उपकार नहीं भूलेंगे।

भैया : सोवियत ने अपने को फौलाद जैसा मजबूत बनाने का काम बहुत पहले से शुरू कर दिया था। जनरैल, जानते हो, पलटन का सबसे बड़ा अफसर होता है, उसके ऊपर मार्सल होता है। जोंकों के राज में पचास बरस की उमर से पहिले कोई जनरैल बनने का सपना भी नहीं देख सकता। लेकिन सोवियत में बत्तिस-बत्तिस, तैंतिस-तैंतिस बरस के जनरैल हैं। पैंतिस-छत्तिस के तो वहाँ मार्सल हैं। कुछ साल पहले जो बात सुने होते, तो बिलायत की जोंकें जानते हो क्या कहतीं?

दुखराम : क्या कहती भैया?

भैया : कहतीं कि जिनको अभी माँ का दूध पीना चाहिए, उन छोकरों को जनरैल बना दिया।

दुखराम : तो जोंकों के यहाँ बूढ़ों ही का मान ज्यादा है?

भैया : सोवियत में भी बूढ़ों का मान करते हैं लेकिन जवानों पर उनका विसवास ज्यादा है। जानते हो न लड़ाई के हथियार और लड़ाई के दाँव-पेंच में रोज नई बातें निकलती आती हैं। नई बातों को नया दिमाग जितनी जल्दी पकड़ सकता है, उतना जल्दी बूढ़ा दिमाग नहीं पकड़ सकता।

दुखराम : हाँ, भैया! तीर-धनुस के जमाने के जनरैल जो आज की लड़ाई में जनरैल बना दिये जाएँ तो उनके दिमाग में तीर-धनुस ही ज्यादा रहेगा, उनकी पैंतराबाजी भी उसी जुग की होगी। जुमराती दादा को देखते नहीं, नब्बे बरस से इधर की कोई बात ही नहीं करते। लड़के साबुन लगाते हैं, तो उस पर भी गाली देते हैं। बहुओं के साबुन लगाने की बात सुनते हैं तो कह देते हैं—बस बस बेसवा हो गई। बूढ़ों का दिमाग ऐसा ही होता है न! मैं तो समझता हूँ भैया! फ्रांस के इतना जल्दी हारने के भी कारण ऐसे ही बूढ़े जनरैल रहे होंगे।

भैया : यह बात बिलकुल ठीक है दुक्खू! बिलायत के जनरैलों की भी वही हालत थी। पाँच हिस्सा में चार हिस्सा हिटलर की फौज लाल सेना से लड़ने में लगी हुई थी लेकिन पाँचवें हिस्से की पलटन से भी लड़ने में यह बूढ़े जनरैल चींटी की चाल से बढ़ते थे। अफ्रीका में यही देखा, इटली में यही देखते रहे और फ्रांस में भी अंग्रेजों की पलटन यही करती रही। एक तो इनके जनरैल पचास-साठ बरस के बूढ़े होते थे, ऊपर से तालुकदारों और करोड़पतियों के बेटे!

दुखराम : एक तो करैला दूसरे नीम पर चढ़ा, लेकिन जोंकों का इसमें भी मतलब होगा कुछ भैया!

भैया : कुछ नहीं बहुत मतलब है। एक तो बिलायत के तालुकदारों-जमींदारों में बाप की मिल्कियत का मालिक सिर्फ बड़ा लड़का होता है, छोटे लड़कों को कोई नहीं पूछता; उनके लिए भी खाने-चबाने का कोई इन्तजाम होना चाहिए। दूसरे जोंकें भी समझती हैं कि सिपाही जो अफसर भी कमेरों के बेटे हो गए, तो पलटन हमारे हाथ में न रहेगी। पलटन ही के बल पर न जोंकें कमेरों का खून चूस रही हैं? इसी वास्ते तालुकदारों और जोंकों के ही लड़कों को अफसर बनाया जाता है। जो कहीं मामूली आदमी किसी तरह घुसकर छोटा लफ्टेन्ट हो गया, तो बिना बड़े अफसरों के सिफारिस के तरक्की होती नहीं और बेचारे को कप्तान और मेजर तक ही जिन्दगी बिता देनी पड़ती है। दूसरी ओर सिफारिस के बल पर तालुकदारों के नालायक लड़के भी खट-खट ऊपर चढ़ते चले जाते हैं।

दुखराम : तब सो भैया पलटन में भी जोंकों ने 'छीया-छीया' कर दिया?

भैया : ऊपर-भीतर, अगल-बगल सब जगह जोंकों की लास सड़ रही है। नाक बिना लोग परख नहीं पाते। यही भाग्य समझो कि लाल पलटन लड़ने के लिए आई, नहीं तो ये नवाबजादे कहीं के नहीं रहते। अंग्रेज कमेरों के लड़के लड़ने में किसी से कम नहीं। लेकिन सोवियत का कुछ दूसरा ढंग है। वहाँ जवानों पर बिसवास किया जाता है। वहाँ तालुकदार, नवाब जोंकें रह ही नहीं गई हैं कि उनके लड़के पलटन में आवें और सिफारिस के बल पर जनरैल बन जाएँ। वहाँ सिपाही से लेकर जनरैल-मार्सल तक सभी कमेरों की सन्तान हैं। तरक्की होने में कोई देर नहीं लगती, जो आदमी लायक है। कोयले की खान का मजूर बोरोसिलोफ मार्सल बन गया। सोवियत में लड़कों के पढ़ने-लिखने का इन्तजाम ऐसा ही है, जिसमें की जिस काम के लायक काबिलियत है, वह बस वहाँ पहुँच जाते हैं।

सन्तोखी : क्या बात है भैया?

भैया : मैंने पहले बतलाया है न, कि वहाँ लड़के-लड़की को जबरदस्ती पढ़ाया जाता है। मास्को में नौ बरस की जबरजस्ती पढ़ाई है और बाकी सारी सोवियत भूमि में सात बरस की—सातवें बरस से पढ़ाई सुरू होती है और चौदहवें में खतम होती है।

सन्तोखी : हिन्दुस्तान से सात गुना बड़ा सोवियत देश है न भैया? तो क्या वहाँ सब जगह एक-एक गाँव में मदरसा है?

भैया : हाँ, जैसे हवा, पानी वैसे ही वहाँ पढ़ाई समझी जाती है। फिर लड़के तो मदरसा में सात बरस के होकर जाते हैं, लेकिन उनकी पढ़ाई पैदा होते ही होने लगती।

दुखराम : पैदा होते कैसे लड़का पढ़ेगा भैया?

भैया : हमने कहा था न कि वहाँ बच्चों के रखने के लिए दाईघर बने हुए हैं। माँ जब काम करने जाती है, तो बच्चों को दाईघर में दे आती है। दाइयाँ बेपढ़ औरतें नहीं हैं। वह भी पढ़ी-लिखी रहती हैं और यह भी सीखे रहती हैं कि बच्चों को कैसे रखना चाहिए। पालने वाला बच्चा पालने में झूलता है, आँख से जिस चीज के देखने, कान से गाना सुनने या तरह-तरह के खिलौनों को देकर उनको बहलाया ही नहीं जाता, बल्कि हर तरह की चीज का ग्यान कराया जाता है। जब लड़के बोलने और बात समझने लगते हैं तब उन्हें ग्यान बढ़ानेवाली छोटी-छोटी कहानियाँ सुनाई जाती हैं। लड़कों के खेलने के लिए हरेक दाईघर में सैकड़ों खिलौने होते हैं, मोटर होती हैं, जो चाभी देने से चलती हैं। रेल और हवाई जहाज होते हैं, वह भी चलते हैं। कुछ बड़ा होने पर लड़कों की अपनी रेलवे लाइन है, जिसमें इंजन चलाने वाला भी लड़का है, गार्ड भी लड़का ही है और तीन-तीन चार-चार मील तक वह अपनी रेल चलाकर लौटा लाते हैं।

दुखराम : भैया! इतने छोटे-छोटे बेबूझ लड़कों को इंजन थमा दिया जाता है तो खतरा नहीं होता!

भैया : खतरे की बात उनको पहले बतला दी जाती है और उनका इंजन भी पाँच-छ: मील से बेसी घंटे में नहीं चल सकता। लड़के तो देखते ही हो कि पहले खड़े होते हैं, तो गिरते भी हैं तो क्या पैर टूटने के डर से उनको खेलने न दिया जाए। कितने माँ-बाप लड़कों को पेड़ पर चढ़ने नहीं देते, पानी में तैरने नहीं देते, लेकिन यह ठीक नहीं है। आदमी का बच्चा पान-फूल बनाकर रखने के लिए नहीं है। जवान होने पर जाने वह कहाँ जाएगा; कहीं जंगल में जान बचाने के लिए उसे पेड़ पर चढ़ना होगा। नाव डूबने पर तैरना पड़ेगा।

दुखराम : तो सन्तोखी भाई, तुम भी सामू को पान-फूल बनाकर रखते हो न?

सन्तोखी : हाँ, भैया, हमें भी यह बात ठीक नहीं मालूम होती, हाथ-पैर तो चारपाई से गिरकर भी टूट सकता है।

भैया : लड़कों को बहुत तरह का खिलौना मिलता है, फिर कागज-पेंसिल मिलता है, वह अपने मन की तसबीर खींचते हैं, गाने का खेल खेलाया जाता है। तरह-तरह के गानों को सीखते हैं, नकल का खेल खेलते हैं, लेक्चर (व्याख्यान) देते हैं, गिनती सीखते हैं और मुँहजबानी हिसाब लगाते हैं। फिर लड़कों के अपने सिनेमा होते हैं।

सन्तोखी : अपने सिनेमा क्या भैया?

भैया : चार-छ: बरस के सयानों के सिनेमा को देखकर क्या समझ पाएँगे? इसलिए इनके सिनेमा में कुत्ते, बिल्ली, भालू, गदहा इत्यादि आते हैं। और तरह-तरह की हँसने वाली बात कहते हैं। गाना गाते हैं, हँसी-हँसी में ही जोंकों और कमेरों के गुंडे की बात चली आती है। छ: बरस तक उनको अच्छर सिखलाया जाता है। अपने जो कहीं लुक-छिप कर किसी बड़े लड़के से अच्छर सीख लें तो दूसरी बात है। दाईघर में रहते बखत ही गजब की जेहन वाले बच्चे छाँट लिए जाते हैं। चार-चार साल तक उनकी खींची तसवीरें और उनकी तरक्की को देखकर पारखी पहचान लेते हैं कि यह लड़का आगे चलकर गजब का तसवीर बनाने वाला होगा।

सन्तोखी : हाँ, भैया! लड़के बहुत चीन्हा खींचना चाहते हैं, लेकिन हम लोग डाँट देते हैं कि कागज-पेंसिल खराब करेगा।

भैया : वहाँ डाटते नहीं, उन्हें रंग-बिरंगी पेंसिल और कागज देते हैं। दाईघर में एक उमर के लड़के एक कोठरी में, दो बरस वाले दूसरी कोठरी में, तीन बरस वाले तीसरी कोठरी में। जो तुम किसी दाईघर में पहुँच जाओ सन्तोखी भाई, तो बहुत हँसोगे। चार-चार बरस के दस-बारह लड़के कागज-पेंसिल लिए तसबीर खींच रहे हैं। कोई बिल्ली बना रहा है, कोई कुत्ता। कोई साँप बना रहा है कोई चिड़िया।

बीच में एक-दूसरे की तसबीर की ओर झाँक भी लेते हैं, फिर अपनी तसबीर बनाने में लग जाते हैं। दाई छड़ी लेकर तसबीर नहीं बनवाती। अपने 'अम्मा? मुझे कागज पेंसिल दो, मुझे कागज-पेंसिल दो' कहकर कागज पेंसिल लाए हैं और सब अपने मन से तसबीर बना रहे हैं। अम्मा यह चालाकी जरूर करती है कि उनके समझने लायक चीन्हे वाली कुत्ता-बिल्ली के छपे कागज को जब-तब फेंक देती है। बच्चे कितने ही बार समझते हैं कि पड़ा हुआ कागज है और उसे आँख से देखकर कागज पर उतारने की कोशिश करते हैं वह जितने कागज को रद्दी करते हैं, सबको फेंका नहीं जाता, एक-एक लड़के के कागज को नाम लिखकर जमा किया जाता है। तीन-चार बरस के बाद कौन लड़का गजब का तसबीर बनाने वाला होगा, यह समझना आसान हो जाता है। तसबीर की तरह गाने, नकल करने, लेक्चर देने, हिसाब लगाने में गजब की जेहन वाले लड़कों को छाँट लिया जाता है। लड़कों के झगड़े का फैसला पंचायत करती है और वह अपने ही अपना नेता भी चुनते हैं। दाईघर में रहते ही उन गजब की जेहन वाले के लड़कों को पहचान लिया जाता है, जो कभी हजारों-लाखों आदमियों के नेता बनेंगे।

दुखराम : भैया! हमारे यहाँ तो गरीब घर में, चमार और अछूत कहे जाने वाले माँ-बाप के घर में, न जाने कितने गजब की जेहन वाले बच्चे पैदा होते हैं, लेकिन कूड़े पर के फूल की तरह वहीं पैदा होकर बिना फूले ही कुम्हला जाते हैं।

भैया : यह समझो दुक्खू भाई कि 20 करोड़ आदमियों में एक भी गजब की जेहन वाला बच्चा न मुरझाने पाएगा, न जेहन वाला मुरझाने पाएगा, न कम जेहनवाला। गजब की जेहन वाले लड़कों के पढ़ने का अलग इन्तजाम होता है। घुड़दौड़ में दौड़ने वाले घोड़ों को बैल के साथ नाधने में नुकसान है। यह बत्तीस बरस के जो जरनैल थे, वह कमेरा राज्य कायम होते समय चार-पाँच बरस के रहे होंगे। उनको भी सिच्छा पाने का मौका नहीं मिला, और पीछे के लड़कों को तो और भी।

सन्तोखी : जो ऐसा इन्तजाम हमारे देस में हो, तो हमारी 35 करोड़ की आबादी में न जाने कितने गजब के तसबीर बनाने वाले, गजब के गाने वाले, गजब के नाटक खेलने, गजब के हिसाब लगाने वाले, गजब के नेता मिलेंगे?

भैया : यह है सन्तोखी भाई, जो लाल पलटन जरनैल लड़ने का इतना जबरजस्त दाँव-पेंच जानते हैं। जब दुसमन और दुनिया जानती थी कि लाल पलटन हार के भाग रही है, उस बखत वह दुसमन पर जाल फैलाकर चुपचाप बैठे हुए थे। जोंकों की पलटन में छोटा लपटेन या थानेदार भी मामूली सिपाही से रण छोड़कर दूसरी तरह से बात नहीं करेगा, लेकिन लाल पलटन का सबसे बड़ा अफसर जरनैल और मामूली सिपाही दोनों सगे भाई जैसे हैं। जब उरदी डिउटी पर हैं तब वह सिपाही और वह जरनैल, बाकी बखत में दोनों एक चारपाई पर बैठेंगे,

साथ खेलेंगे; कूदेंगे-नाचेंगे, हँसी-मजाक करेंगे। उस बखत देखने वाले को पता ही न चलेगा कि यह जरनैल है या सिपाही।

दुखराम : जोंकों तुम्हारा सत्यानास हो।

भैया : इस्तालिन वीर ने अपने जरनैलों को एक बार कहा था कि वह अफसर ठीक अफसर नहीं हो सकता, जो सिपाही से ऐसा काम कराना चाहता है; जिसे वह खुद नहीं कर सकता। अमिरिका का एक अखबार वाला सोवियत की लड़ाई देखने गया था। मैदान के पास पहुँचा, तो वहाँ मोटर का कोई ठीक रास्ता नहीं था। मोटर रुक गई। उसी बखत एक आदमी आया। उसने फावड़े से काटकर रास्ता ठीक कर दिया। अमेरिकन अखबारवाले ने आदमी की उरदी को देखा, तो मालूम हुआ वह मेजर है। उसको बड़ा अचरज हुआ।

दुखराम : भला जोंकों के मुलुक में कपतान और मेजर फावड़े पर थूक भी सकते हैं।

अध्याय-8

लाल चीन

गाँव की चौपाल में आज फिर तीनों सयानों की बात चल पड़ी।

सन्तोखी : भैया, आज तो चीन की बात बताओ। खबर कागज में बहुत झूठ-साँच सुनते हैं।

दुखराम : भैया, ई चीन और महाचीन एकई है कि दो? और चीनी लोग वहीं के रहवइयाँ हैं न? कलकत्ते में तो उनका एक मुहल्ला ई है।

भैया : महाचीन और चीन एकई है। हमारे देस के लोग पहले इसे चीन को जानते हैं। वहाँ के लोगों में बौद्ध धर्म बहुत चलता है। हमारे देस को ऊ लोग अपना एक बड़ा तीरथ मानते हैं। दू हजार बरस से चीन और भारत में भाईचारा चला, सो अब तक चलता ही जा रहा है।

दुखराम : दू हजार बरस से? तब तो बहुत दिन का सम्बन्ध है।

भैया : चीन से बड़े-बड़े जातरी लोग हिन्दुस्तान आते रहे। हमारे देस में ऐसी पोथी नहीं है, जैसी पोथी चीन के साधुओं ने हिन्दुस्तान को देख के अपनी भाखा में लिखा।

सन्तोखी : तो चीनी भाखा में हमारे देस के बारे में लिखा है।

भैया : हमारे देस की हजारों पोथी चीनी भाखा में उल्था करके आज भी मिलती हैं। उनमें बहुत थोड़ी ही पोथी अब हमारे देश में बची हैं।

सन्तोखी : तब तो भैया चीनी लोगों का बड़ा उपकार मानना चाहिए।

दुखराम : महाचीन कहने से तो मालूम होता है कि कोई भौत बड़ा देस होगा।

भैया : भौत बड़ा देस है। हमारे देस से चौगुना से कम नहीं है। औ वहाँ सैंतालीस करोड़ आदमी बसते हैं।

सन्तोखी : और हमारे इहाँ पैंतीस करोड़, माने हमारे इहाँ से बारह करोड़ से बेसी बेकत परानी चीन में हैं।

दुखराम : सुनते हैं भैया कि चीन भी अब मरकस बाबा के रहता पर चलता है।

भैया : हाँ, बाइस बरस तक चीन के कमेरों को जोंकों से लड़ना पड़ा। लाखों मरद-मेहरारू, लड़का-बच्चा लड़ाई में मारे गए और भूख अकाल से जितने मरे, सो अलग।

सन्तोखी : जब रूस में मरकस बाबा का पंथ चला, तब दुनिया भर की जोंकों ने उसके दबाने के कोसिस की, मुदा उनका कुछ नहीं चला, खाली लाखों परानियों की जान गई। चीन तो बेकतपरानी में रूस से भी बेसी है।

भैया : रूस में बीस करोड़ आदमी बसते हैं, और चीन में सैंतालीस करोड़, दूना से भी बेसी।

दुखराम : तो भैया, जोंकों से लड़ने में बाईस बरस काहे लगा?

भैया : जोंकें भी वहाँ भौत थीं। औ दुनिया की सबसे बड़ी जोंकें चीनी जोंकों के पीठ पर थीं।

सन्तोखी : अमिरिका तो जरूर पीठ पर रहा होगा?

भैया : ई जो बड़ी लड़ाई थी, उससे पहले तो अंग्रेज और दूसरे मुल्कों की जोंकों ने पीठ ठोंकी हथियार से मदद किया, अपने-अपने देस के जरनैल औ बड़े-बड़े लड़ाई के पंडितों को भेजा। लड़ाई के बाद तो सबसे बेसी मदद अमिरिका ने दिया। उसका सोलह अरब रुपया इस मदद में गया।

सन्तोखी : इतना रुपया लगाते बखत मोह नहीं लगा?

भैया : जोंकें बड़ा जुआ खेलती हैं, जुआड़ी लालच के फेर में पड़के दाँव पै जानते हो न रुपया लगाने में आगा-पीछा नहीं करता। और अमिरिका ने इतने रुपये में बेसी बढ़िया-बढ़िया लड़ाई के हथियार दिये!

सन्तोखी : तो मरकस बाबा के चेलों के पास तो इतने हथियार थे नहीं, औ पलटन?

दुखराम : भागने में तो भौत नुकसान हुआ होगा?

भैया : लाखों मरद-मेहरारू, बूढ़े-बच्चे मारे गए, रास्ते में बड़ी तकलीफ हुई। जोंकों की पलटन चारों ओर से घेरना चाहती थी। विदेसी जोंकों ने लड़ाई के उड़नखटोला दिये थे, जिनमें बम-गोला गिराते थे, सब कुछ नुकसान सहकर के अन्त में जैमाला उन्हीं के गले में पड़ी।

भैया : दुक्खू भाई, मरकस बाबा ने कहा था कि जनता पर विजय कोई नहीं पा सकता, कमेरों का बल कोई नहीं तोड़ सकता। कमूनिस्त उसी जनता औ कमेरों के लिए अपना परान देते हैं।

सन्तोखी : हाँ भैया, ई तौ मालूम है। इतने बेसवारथ के आदमी कहीं नहीं मिलेंगे। बड़े-बड़े पढ़वैया से लेके मजूर तक जो भी मरकस बाबा के चेलों में नाम लिखाता है, वह सब कुछ तकलीफ सहने, फाँसी पर झूल जाने के लिए भी तैयार रहता है।

भैया : मरकस बाबा के चेले रकत-बीज हैं रकत-बीज। सन्तोखी भाई, रकत बीज की कहानी तुमने सुनी है। उसको ऐसा बरदान था कि जो धरती पर एक बूँद गिरेगा, तो उससे सौ बीर-बंका उसी तरह के और पैदा होंगे। बस वही बात है।

दुखराम : मुझको एक परतोख याद आता है। हमारे यहाँ बरसात में सूरन (जमीकन्द) पैदा होता है। एक साल का सूरन खोद लिया जाए, तो छटाँक दो छटाँक का ही होगा। मुदा हम लोग उसे एक साल में नहीं खोदते, तीन-चार साल रहने देते हैं। गरमी में उस जगह खोदें, तो मालूम होता है, कि वहाँ सूरन-ऊरन कुछ लगा ही नहीं था, सब अलोप हो जाता है, मुदा रोहिनी का छींटा परते ही फिर वह जम आता है। चितरा, स्वाती तक तो खूब बड़ा-बड़ा, हरा-हरा पौधा दिखाई पड़ता है। फिर गरमी में वह अलोप हो जाता है। मुदा सालों-साल बढ़ता ई रहता है। पहिले साल की बरसात के बाद खोदने पर जो दो छटाँक का निकलता, तो दूसरे साल पाव-डेढ़ पाव का, तीसरे साल सेर-डेढ़ सेर का औ कोई-कोई तो अन्त में तीन-तीन सेर का निकलता है। सूरन हर साल गलने को गल जाता है मुदा फिर दूना-तिगुना होके अगले साल निकलता है। जान पड़ता है, मरकस बाबा के पंथ, उनके चेलों-कमूनिस्तों की भी यही बात है। एक बेर उनको अलोप देख के जोंकें बड़ी खुसी मानने लगती हैं, घिउ का दिया जलाती हैं, ई खुसिहाली भौत दिन नहीं चलती।

भैया : ई कोई जादू-मंतर नहीं है दुक्खू भाई! लोग रोटी-कपड़ा के मुहताज हैं। दुनिया में जिन्दगी उनको भार मालूम देती है। जब ओ सोचते हैं कि मरक़स बाबा का रहता छोड़ कोई दूसरा रहता नहीं है, तो हजार बिपता झेलने पर भी धूर झाड़ के उसी रहते पै चले आते हैं।

दुखराम : हाँ भैया, पेट की भूख ऐसी ही होती है, उसे कैसे कोई भूल सकता है! साल में छ: महीना जब लड़का-परानी को आधा पेट खाने के लिए अन्न नहीं जुरता; छोटे-छोटे बच्चों का मुँह झुराया, आँखें भीतर गड़ी, पेट सुटका, हाथ-पैर हड्डी-हड्डी देखता है, तो साचैं कहूँ भैया, आदमी पागल हो जाता है। सोचता है—क्या करूँ कि इनके मुँह में दाना अन्न पड़े।

भैया : ठीक है दुक्खू भाई, कमूनिस्त तो परलोक का भी लालच नहीं देते, खाली यही पेट की जो तकलीफ है, उसी का रहता बताते हैं। और उनका रहता बिलकुल ठीक है, ई बात भी जानने-समझने वाले ईमानदार आदमी मानते हैं। आज देखो हमारा देस दाने-दाने को मोहताज है। इस साल तीन अरब रुपया का अनाज बाहर से मँगाया गया जिसमें से आधा करज पर अमिरिका से लिया गया।

सन्तोखी : अमिरिका तो बड़ा भारी जोंक देस है भैया? अपने देस को उसके हाथ में बन्धक रखना क्या अच्छा है?

भैया : मुदा, बिना बन्धक रखे अमिरिका अनाज थोड़े ई देता। हमारे देस की जोंकें चाहे चीन और रूस से अनाज सस्ता हि मिलें, औ बिना बन्धक औ कड़ी सरत के मिलै, तो भी जोंकें चाहती हैं कि अमिरिकन के ही हाथ में अपने देस को दे दें।

दुखराम : 'चोर-चोर मैसियाउर भाई' ठीक ही कहा है।

भैया : हमारे देस की जोंकें पागल हो गई हैं पागल। उनको कंस की तरह सब जगह कन्हैया ही कन्हैया दिखाई देते हैं। वह समझती हैं कि अमिरिका के साथ के गठबन्धन होने से हमारी रच्छा होगी, हिन्दुस्तान के कमेरे उनका कुछ नहीं बिगाड़ सकेंगे।

सन्तोखी : मुदा चीन की जोंकों ने तो अमिरिका से गठबन्धन किया था, वहाँ काहे नहीं अमिरिका ने उनको बचा लिया?

भैया : जोंकों का जिव बड़ा कठोर होता है, वो अन्त तक मरना नहीं चाहतीं। चीनी जोंकों का सरदार चांकैसक भागकर फारमूसा (तैवान) के टापू में अपने भाड़े के आदमियों के साथ जाके बैठा है। अमिरिका उसको घी-मलीदा खिला रहा है औ दोनों को अब भी भरोसा है कि चीन में जाके फिर जोंकों का राज बनाएँगे।

सन्तोखी : ई खाली मन का लड्डू है। एक बार जोंकों का राज जो मिटा, तो फिर लोग उसको आने नहीं देंगे।

भैया : जोंकों के राज के हटते ही सन्तोखी भाई, आदमी समझने लगता है कि परान कैसे संकट से बचा। हमारे देस में जैसे अन्न का आज अकाल है, दो बरस पहले यही दशा चीन की भी थी। वहाँ भी अमिरिका से दो-ढो कर अनाज जाता था। औ अमिरिका से जो कुछ आता, उसमें से बेसी तो चांकैसक के भाई-बन्द चोरबजरिहा दूना-चौगुना पर बेंच के पैसा बना के रख लेते थे। अनाज ही नहीं, पलटन के लिए आया हथियार भी वह कमूनिस्तों के हात में बेंच डालते थे।

सन्तोखी : हाँ भैया, जोंकों का तो टका ही धरम है, टका ही करम है, वो काहे न ऐसा करेंगी। उनको पैसा मिले तो अपने बाप-मतारी को बेंच डालें। तो चीन में कमूनिस्तों को हथियार इसी तरह मिला?

भैया : नहीं, कमूनिस्तों के पास इतना पैसा कहाँ था, मुदा अमिरिका का भेजा हुआ हथियार अन्त में गया उन्हीं के हात में।

दुखराम : बिना दाम दिये? सो कैसे भैया?

भैया : जानते हो न दुक्खू भाई, लड़ाई में लड़ने वाले सौ में नब्बे किसानों के ही पूत होते हैं। कमेरों के पूत ही अपना परान देके जोंकों की रच्छा करते हैं।

जब जोंकों-जोंकों की लड़ाई होती रही तब तो उनको भेद नहीं मालूम हुआ, मुदा जब जोंकों और कमेरों में रन छिड़ जाता है, तो उनको बहुत दिनों तक धोखे में नहीं रखा जा सकता। गुसाँई जी की चौपाई जानते हो न? 'उभय भाँति जानेसि निज मरना, तब ताकेसि रघुनायक सरना।' जब कमेरों के पूत देखने लगे कि जिन्दगी भर उनका खून चूसने वाली जोंकें हमें उरदी-पेटी पहना के, हथियार देके अपने भाइयों के सामने भेज के मरवाना चाहती हैं, तो उनके मन में आता है कि मरना है, तो अपने भाइयों के लिए मरें, जोंकों के लिए काहे मरें।

सन्तोखी : और कमूनिस्तों के पास भाड़े की पलटन तो नहीं है।

भैया : अपने लिए लड़ना और पराये के लिए सो भी दुसमन के लिए लड़ना एक नहीं है, ई तो बराबर अपने गाँव में भी देखते रहते हो। अपने हक-पद के लिए आदमी सरबस दाँव पर लगा देता है। जोंकों की ओर से भेजी जाने वाली हजारों नहीं, लाखों पलटन अमिरिका के दिये बढ़िया-बढ़िया हथियारों के साथ जाके कमूनिस्त फौज में मिल गई।

दुखराम : लाल फौज में न?

भैया : हाँ, कमूनिस्तों की फौज को लाल कहते हैं, तुम जानते ही हो।

सन्तोखी : जोंकें बड़ी सवारथी होती हैं भैया! अपना सवारथ के आगे उनको कुछ नहीं सूझता। तभी तो अपनी रच्छा के लिए मिला हथियार भी कमूनिस्तों को बेंच देतीं, औ अपने देश के लिए अन्न और जो कुछ मिलता रहा, उसको भी बेंच के पैसा लेतीं।

भैया : ठीक कहा सन्तोखी भाई, देस में अन्न का अकाल था, लोग भूखों मर रहे थे। अमिरिका से करोड़ों मन अनाज औ खाने की चीजें आती थीं, उनमें से भी आधा चोर-बाजार में चला जाता। चोर-बजारी इतनी बढ़ी थीं कि अन्त में अमिरिका ने अनाज बाँटने के लिए अपने बहुत से आदमी चीन भेजे। मुदा अमिरिका के आदमी अपने हात से बाँटने के लिए सब जगह जा नहीं सकते थे और सब जगह, चांकैसक के भाई-बन्ध औ दूसरे घूस-रिसवत खाने वाले सब कुछ चुराके बेचने के लिए तैयार थे। छीछालेदर हो गई। लोग एक ओर भूख के मारे तराहि-तराहि करते, और दूसरे देखते कि ऐसे ठगों, लुटेरों, घूस-रिसवत खाने वालों औ चोरबजारिहों के मारे कोई रहता नहीं। सब जगह जोंकों की सड़ती लास दिखाई देती थी।

सन्तोखी : भैया, ई तो मालूम होता है कि कुछ-कुछ हमारे ही देस की दसा चीन में भी हो गई थी फिर चीन कैसे इस साल हमको तीन करोड़ मन अनाज दे रहा है?

भैया : तीन करोड़ में दस लाख टन ही नहीं, अऊ तो बीस लाख टन अनाज देने के लिए तैयार था। तुमको अचरज होगा कि दो ही बरस पहिले हमारी तरह दाना-दाना

के मोताज चीन के पास इतना अन्न कहाँ से आ गया? जानते हो न, 1 अकतूबर, 1949 में ही चीन पर पूरी तौर से कमेरों की सरकार का राज कायम हुआ। इतने थोड़े समय में अपने यहाँ का उन्होंने अन्न का अकाल हटा दिया, और अब छै-छै आठ-आठ करोड़ मन अनाज बाहर भी भेजने को तैयार हैं। यह सब जादू-मंतर से नहीं हुआ। जोंकों के चरन जहाँ पहुँच जाएँ, वहाँ सोना भी माटी हो जाता है, और कमेरों का चरन जहाँ पहुँच जाए, वहाँ माटी भी सोना हो जाती है। गेहूँ, चाउर, सोना ही है, सन्तोखी भाई।

सन्तोखी : सोना से बढ़के भैया, सोना बाँधे आदमी भूख से मर जाएगा, सोना खाके पेट की आग थोड़े ही बुझेगी। मुदा, सुनते हैं एक ही बरिस में उन्होंने अपना अनाज का टोटा पूरा कर लिया। ई तो जादू-मंतर जैसा ही मालूम होता है। सैंतालिस करोड़ आदमी भुखमरी में जीते थे, इतने आदमियों के लिए कैसे पूरा अन्न उपजा सके?

दुखराम : भैया, जो चीन के कमेरों ने अनाज का दुख अपने यहाँ से दूर कर दिया, तो हमारे देस में क्या वैसा नहीं हो सकता?

भैया : चीन ने जो कुछ कर दिखाया है सो सब हमारे यहाँ हो सकता है, मुदा जिस देस में चोरबजारियों, घूस-रिसवत खाने वालों पर कोई रोक-थाम नहीं हो सकती। राजकाज सब उन्हीं के हाथों में है, वहाँ कैसे कुछ हो सकता है? सब जानते हैं काँगरेस ने गला फाड़-फाड़ के परतिग्गा की थी कि अपना राज होते ही जिमींदारी, जागिरदारी नहीं रहने देंगे। मुदा, जब राज हाथ में आया तो जानते हो न खून पानी से गाढ़ा होता है, अपने भाई-बन्धों की चिन्ता करने लगे। जिमींदारी उठा देंगे तो हमारे बेटा-दमादों, साले-ससुरों में भी तो बहुत से छोटे-बड़े जिमींदार हैं, यही सोच के नाकर-नूकर करने लगे, बहाना बनाने लगे। कानून बनाने में ही बरसों लगा दिये, जो कानून बनाया भी वो भी हाईकोट ने बे-कानून बतला दिया।

दुखराम : सो क्यों भैया?

भैया : एक कानून होता है और दूसरा महाकानून होता है, दुक्खू भाई! जो कोई ऐसा कानून बने, जो महाकानून के खिलाफ हो, तो बेकानून हो जाता है।

दुखराम : तो जिमींदारी हटाने के कानून से पहिले महाकानून बन चुका होगा, तभी न ऐसा हुआ?

भैया : हाँ, महाकानून (संविधान) बन चुका है, औ बनाने वालों में जोंकों के ही आदमी बेसी थे। उनको बहुत डर था कि कहीं मरकस बाबा के चेले आके, हम लोगों ने जो चोरबाजारी, घूस-रिसवत और बेईमानी-सैतानी से लाखों-करोड़ रुपये की धन-सम्पत्ति बटोरी है, उसे कानून बना के छीन न लें। इसलिए उन्होंने महाकानून में ऐसी बात रखी; जिसमें चाहे जैसे धन-सम्पत्ति किसी ने बटोरी हो; उसको छीना न जा सके।

सन्तोखी : तो इसी से जिमिंदारी कानून बेकानून हो गया? और सुनते हैं कि उसमें भी जिमिंदारी की जिसमें बेसी हानि हो; ऐसा रसता निकाला गया था।

भैया : हाँ, जिमींदारी उठाना नहीं, यह तो जिमींदारी खरीदने का कानून है। कमेरों को करोड़ों-अरबों रुपया कमा-कमाके जिमींदारों को देना होगा; तब जाके जिस खेत को वह जोतते हैं; वह उनका होगा। चीन में मरकस बाबा के चेलों ने राज की बागडोर सँभालते ही कानून बना के ढिंढारो पिटवा दिया कि खेत उसका है जो उसे जोतता है। जब किसान जानता है कि हम अपने खेत में अपने और अपने देस भाइयों के खाने के लिए अनाज पैदा करते हैं; तो वह क्यों नहीं जान लड़ाके काम करेगा।

दुखराम : हाँ भैया; अपने काम को सभी लोग खूब मन लगा के करते हैं; काहे से कि उसका नफा-नुकसान अपना होता है।

भैया : और यह भी कानून में कह दिया है कि किसी के पास बहुत बेसी खेत नहीं रहेगा। जिसके पास बेसी-बेसी खेत है, उसे बिना खेत या कम खेतवाले कमेरों में बाँट दिया जाएगा। उन्होंने बरसों तक कागजी घोड़ा नहीं दौड़ाया। बस गाँव की पंचायतें बना के तड़ाक-फड़ाक इस काम को कर दिया।

सन्तोखी : अन्न का अकाल था, करोड़ों आदमियों के सिर पर मौत नाच रही थी, फिर कमेरों की सरकार कैसे कागजी घोड़ा दौड़ाती?

भैया : हाँ, सन्तोखी भाई, जिस काम के किये बिना चलने वाला नहीं है, जिसको करना ही है, उसमें घिसिर-फिसिर क्या? लेकिन चीन में जोंकों को पीसने के लिए तो सरकार नहीं बनी थी, इसलिए उन्होंने बेलाग होके जनता की भलाई का जो भी काम हुआ, उसे तड़ाक-फड़ाक कर डाला। हमारे इहाँ तो अंग्रेज गए, मुदा सरकार चलाने के लिए जो इन्तजाम अंग्रेजों ने किया था, और पहिले से भी ज्यादा घिना देने वाले रूप में। पहिले के नौकरसाह बड़ी-बड़ी तनखाह लेते थे, अपने ऊपर के हाकिमों के सामने पूँछ हिलाते और नीचे वालों को आँख दिखाते थे। अब ई सब जुलुम औ बेईमानी पहिले से कई गुना बेसी हो गई, ऊपर से काम भी बहुत ढीला हो गया है। एक दिन का काम एक महीने में होना मुसकिल है। घूस-रिसवत का तो पूछे ई मत फिर कैसे बेड़ा पार होगा।

दुखराम : तो चीन में उन्होंने काम बड़ा किया भैया?

भैया : सबसे बड़ा काम यह किया कि जो सैकड़ों बरस का कूड़ा-करकट और गंदगी चीन में जोंकों ने जमा कर रखी थी, उसे उन्होंने एक बुढ़िया आँधी में उड़ाकर साफ कर दिया। हमारे इहाँ सब कूड़ा-करकट उड़ाने नहीं, बचा के रखने की कोसिस की जाती है। जहाँ देखो तहाँ निकम्मे लोगों की पलटन दुगना-तिगुना कर दी गई है। चीन में जिमिंदारी हटा के बेसी जमीन को लोगों में बाँट के किसानों को एक ओर तैयार

कर दिया गया कि वह खूब अन्न उपजावें। दूसरी ओर जोंकों के सरदार चांकैसेक और उसको पलटन से लड़ने के लिए जो धीरे-धीरे पचास-साठ लाख लाल फौज तैयार हो गई थी, उनको भी काम में लगा दिया गया।

दुखराम : कौन काम में भैया? पलटन का काम लड़ना ही है न?

भैया : जोंकों के इहाँ पलटन का काम लड़ना है। बलुक लड़ाई न होती हो तो जोंकें रार करके किसी से लड़ाई छेड़ने की कोसिस करती हैं। जब लड़ाई का समय नहीं होता, तो पलटन का काम है, छावनी में बैठ के कवायत-परेड करना, महीने में अपनी तनखाह ले लेना। मुदा, कमेरों की पलटन का ढंग दूसरा ही है। लड़ाई हो औ अपने देस पर संकट हो, तो वह खूब लड़ना जानती है, कवायत-परेड भूलने न पावे इसका भी विचार वहाँ किया जाता है, मुदा, कमेरों की पलटन समझती है कि चुपचाप बैठ के अपने जाँगर को (देह की मसक्कत) ऐसे ही बेकार खोना और जनता के कसाले की कमाई बैठे-बैठे खाना ठीक नहीं है। चीन में जब चांकैसेक भाग गया और देश में उसके गोइन्दों से ही निपटना रह गया, तो बहुत-सी पलटन खाली हो गई। पलटन ने बन्दूक खड़ी कर दी और फावड़ा हाथों में ले लिया। पचास-पचास साठ-साठ लाख की पलटन जब दिन को न दिन, रात को न रात जान, फावड़ा लेकर काम में डट जाए तो वह कितना काम करेगी, इसके बारे में क्या पूछते हो। पलटन ने नदियों में बड़े-बड़े बाँध बनाए, पहाड़ों को घेरकर पानी के समुन्दर तैयार कर दिये। हजारों मील लम्बी नहरें बना दीं, जंगल और परती जमीन को काट-कूट के करोड़ों बीघा नये खेत तैयार करके किसानों को दे दिये।

दुखराम : हमारे इहाँ क्या यह नहीं होगा, भैया?

भैया : जोंकों के राज में नहीं, यह तो कमेरों के राज में ही होता है। पलटन के बड़े-बड़े इन्जीनियर होते हैं, बड़े-बड़े इलिमदार लोग होते हैं। उनकी बिद्दा अब बाँध, ताल और नहर बनाने में लगी। बाँधों और समुन्दर जैसे तालों के बना देने से बाढ़ का डर कम हो गया, किसानों को राम-भरोसे खेती करने की जरूरत नहीं रही, उनको सिंचाई के लिए पानी सब जगह मिलने लगा। ऊपर से खेती की बिद्दा के इलिमदार लोग जल्दी-जल्दी तैयार किये गए, और उन्होंने नये ढंग से खेती करने का रास्ता गाँव-गाँव में बताया। सरकार ने अच्छे बीज का इन्तजाम किया, किसानों ने खाद गोबर को चूल्हे में जलाने की जगह खेत में डाला, इस तरह डेढ़ बरस से पहले ही चीन में अन्न का दुख मिट गया।

सन्तोखी : भैया, सुनते हैं पाँच बरस तक गरीबों की छाती पर कोदो दलने वाले फिर वही काँगरिसवाले रामनामी ओढ़ के हम लोगों का वोट माँगने आ रहे हैं।

भैया : हाँ, बड़ा रामनाम (चुनाव घोषणा) अबकी तैयार हुआ है। कहा जा रहा है कि अबकी पाँच साल के लिए जो हमको राज-काज मिल गया, गरीबों का सब दुख दूर कर देंगे।

सन्तोखी : भाई, भतीजे, भानजे और सात पीढ़ी तक के रिश्तेदारों का घर तो भर दिया। अभी कुछ कोर-कसर होगी?

दुखराम : मुदा कितना ही रामनामी पहन के आवें, हम उनको खूब पहचानते हैं। अब फिर-फिर सियार गूलर तर नहीं जाएँगे। "एक बार डँहकावै तो लाखों बीर कहावै।" एक बेर थोड़ा दे दिया, सो दे दिया।

भैया : सो तो देखा जाएगा, मुदा मालूम हुआ न कि चीन वालों ने कैसे अपने इहाँ जोंकों का टाट उलट दिया, बाईस बरस तक लड़ते रहे और एक दिन के लिए भी हियाब नहीं छोड़ा। लड़ाई जीत के भी चुपचाप बैठे नहीं रहे। जीत के साथ ही उन्होंने अपने इहाँ के चोरबजारिहों और घूस-रिसवत खाने वालों को जड़ मूल से खतम कर दिया। जिमींदारी तालुकदारी उठा दी, सूदखोरों का मुँह काला कर दिया। औ खाली अपनों को ही नहीं चीन के कमूनिस्तानों ने कमेरों के लिए जीने मरने वाली सब पार्टियों और दलों का एक गोल बना लिया।

सन्तोखी : सब दलों का एक गोल भी बना लिया? हमारे इहाँ के कमूनिस्त ऐसा क्यों नहीं करते?

भैया : हमारे इहाँ के कमूनिस्तों ने कुछ गलती की, और गलती किससे नहीं होती। हुसियार आदमी वह है जो गलती करके सीखता है। अब हमारे इहाँ के भी कमूनिस्त कमेरों के लिए जीने-मरने वाली सभी पाटियों और दलों का एक गोल बना रहे हैं।

सन्तोखी : भैया, हमारे गाँवों-बाजारों में तो आजकल कमूनिस्त कहीं देखने में नहीं आते, मुदा स्कूल के पाठसाला के माहटर-गुरु लोगों के मुँह से सुनो, चाहे डाकिया और सिपाही लोगों की बात सुनो, सभी जगह लोगों का नाकों दम है। तनखा से खरची नहीं चलती। दौरी दुकान रखने वाले हमारे जैसे छोटे-छोटे बनियाँ अपना मूर खा-खाके किसी तरह लड़का वालों को पोस रहे हैं। सब लोग कमूनिस्तों का नाम लेते ही आसरा लगाए हैं कि क्या जाने चीन की तरह हमारा भी दिन लौटे। चीन को सुनते हैं कोरिया में भी लड़ना पड़ा।

भैया : आजकल दुनिया भर की जोंकों की रच्छा का बीड़ा अमिरिका ने ले लिया है। अमिरिका समझता है कि चीन और रूस जैसे दुनिया के सबसे बड़े दो देसों में तो कमेरों का राज कायम हो गया, जोंकों का राज उठ गया और योरुप के पूरबवाले चार-पाँच देसों में भी मरकस बाबा की ही बात चलती है। वह समझता है, जो राज अब भी जोंकों के हाथ में है, उनको मजबूत न करेंगे, तो हमारे इहाँ का जोंक-राज्य

भी एक दिन खतम हो जाएगा। वह तो बहुत चाहता है कि किसी तरह का झगड़ा पैदा करके दुनिया में इसी बखत तीसरा महाभारत छेड़ दिया जाए तो अच्छा।

सन्तोखी : बहुत जल्दी में है, देर होने से डरता है।

भैया : हाँ, रमायन में सुने हो न। राम की सेना का पराकरम देख के रावण का बेटा मेघनाथ डर गया। वह लड़ाई का मैदान छोड़ के गुफा में जाके मन्तर सिद्ध करने लगा। भभीखन ने पता लगा लिया, औ राम जी से कहा कि 'जो इस बखत बिघन नहीं किया गया औ मेघनाथ ने मन्तर सिद्ध कर लिया, तो फिर उसको जीता नहीं जा सकता।' परितोख तो ठीक नहीं है। रावन और उसका बेटा जोंकों में ही हो सकते हैं, मुदा इहाँ उस बात को छोड़ दो, अमिरिका जानता है कि पहले तो बीस करोड़ और हिन्दुस्तान से सात गुना बड़ा रूस ही था, जिसके मारे दुनिया की जोंकों की खैरियत नहीं थी, अब तो हिन्दुस्तान से चौगुने औ आठ करोड़ आदमीवाला चीन भी उसी ओर है। चीन ने जब एक साल के भीतर अपने यहाँ का अन्न का दुख हटा दिया, तो अमिरिका और काँपने लगा। वह जानता है कि चीन में जल्दी-जल्दी नये कारखाने खुल रहे हैं—सूती कारखाना, ऊनी कारखाना, चमड़े का कारखाना, लोहे का कारखाना, कल-मसीन का कारखाना, रेल इंजन, मोटर बनाने का कारखाना, हजारों तरह के कारखाने बन रहे हैं। रूस औ दूसरे कमेरों के देस के हजारों बड़े-बड़े इलिमदार चीन में आके मदद कर रहे हैं। जो उसे दस ही बरस और काम करने को मिला, तो चीन भी रूस जितना ही मजबूत हो जाएगा। फिर तेरह करोड़ आदमियों का अमिरिका अपनी जोंकों के लिए भाड़े की पलटन से कैसे चीन और रूस के सामने खड़ा हो सकेगा?

सन्तोखी : चीन, रूस ही क्यों भैया पैंतीस करोड़ का हमारा हिन्दुस्तान भी अपने भाई चीन के साथ रहेगा। वह कभी अमिरिका की जोंकों के आग में नहीं कूदेगा।

भैया : हमारे देस की जोंकें तो सन्तोखी भाई, अमिरिका की जोंकों की आग में देस को झोंकना चाहती हैं। जैसे भी हो वह देस की भुखमरी दूर नहीं होने देंगी।

भैया : सो तो होगा ही, जो हम अभी से सजग नहीं हुए। देस को अपने पैर पर खड़ा करने के लिए चीन का दिखाया रास्ता भी हमें लेना होगा। अमिरिका चीन को बरबाद करना चाहता था, जब चांकैसेक से काम नहीं चला, तो कोरिया में उसने झगड़ा उठा दिया और अपनी पलटन वहाँ से उतार दी। कोरिया के तो गाँव-शहर सब पर अमिरिका ने उड़न-खटोलों से बमगोला गिरा-गिरा के उसको तहस-नहस कर दिया। आधे कोरिया में जोंकों का राज था और आधे में कमेरों का। अमिरिका ने कमेरों के भाग को भी जोंकों के राज में मिला के चाहा कि चीन के सिवाने पर पहुँच जाए, तब चीन के सपूत समर में कूद पड़े।

सन्तोखी : अभी भी अमिरिका की जोंकों का मन चीन से भरा नहीं है।

सन्तोखी : वह तो चाहती थी कि हिन्दुस्तान को भी चीन से भिड़ा दें। जानते हो न, महादेव बाबा कैलास में रहते हैं। कैलास मानसरोवर भोट (तिब्बत) देस में है और भोट देस, डेढ़ हजार बरस से चीन के साथ रहा है, चीन के भीतर बसने वाली पाँच जातियों में भोट के लोग भी हैं। जब चांकैसेक की पलटन पीठ दिखा के मैदान से भाग गई और वहाँ के कमेरों की सरकार ने तिब्बत के राज चलाने वालों से कहा, कि तुम भी हमारे पाँच जात वाले परिवार में आके मिल जावो, तो तिब्बत की जिमिंदारी-जागिरदार जोंकों ने इसे पसन्द नहीं किया औ चारों ओर हाथपैर मारने लगीं। अंग्रेजों औ अमिरिका के गोइंदे तिब्बत में पहुँचकर आग में घी डालने लगे। मुदा अपने थोड़े सिपाहियों के बल पर वह चीन की लाल सेना से लड़ नहीं सकती थीं। अमिरिका औ अंग्रेजों की सरकारों ने हिन्दुस्तान को बहुत साम-दाम दिखाया। कहा—रुपया-पैसा औ गोला-बारूद अमिरिका देगा, हिन्दुस्तान अपनी पलटन दे दे, तो तिब्बत को कमूनिस्तों के हाथ में जाने से बचा लिया जाए। हिन्दुस्तान की सरकार जानती थी कि इस दलदल में फँसने का नतीजा बहुत बुरा होता। हिमालय के पार उस देस में अपने लाखों आदमियों को ले जा के कटवाना बड़ा महँगा सौदा था। नफे की कोई उमेद न थी, नहीं तो क्या जाने हिन्दुस्तानी जोंकों ने दबाव डाल के वैसा करवाया होता।

सन्तोखी : तो अमिरिका की जोंकों का काम हमारी सरकार ने नहीं किया।

भैया : इससे अमिरिका की जोंकें नाराज हो गईं।

दुखराम : अपने देस को बचाने के लिए अपने पैरों पर खड़ा होना होगा जैसा चीन ने किया। औ अब तो महादेव बाबा के घर में कमेरों का राज लाल पताका आ गया। कहो सन्तोखी भाई, महादेव बाबा ने जब मरकस बाबा का रहता मान लिया तब तो अब किसी को नाकर-नूकर नहीं करना चाहिए।

सन्तोखी : दुक्खू भाई, हम तो पहिले महादेव बाबा औ रामजी की बहुत पूजा करते थे। मुदा जबसे भैया की बात सुनी और तुम बात मानने लगे, तबसे ऊ कुल सरधा-भगती न जाने कहाँ बिलाय गई। अब तो हमारे पड़ोस तक कमेरों का राज चला आया। भैया, बनारस से अब कितनी देर का रहता है?

भैया : बनारस से जो सोझे उत्तर की ओर उड़ा जाए, तो घंटा, डेढ़ घंटा में उड़नखटोला वहाँ पहुँच जाए। हमारा सिवाना औ चीन का सिवाना एक ही है, दोनों में एक अंगुल का भी फरक नहीं है। भोट देस अब कमेरों का हो गया औ एक लाख से बेसी भोटिया लोग हिन्दुस्तान के भीतर बसते हैं, जो बहुत गरीब हैं।

सन्तोखी : तब तो भैया, अपने भाइयों की खुसहाली सुन-सुन के इनका मन भी ललचाएगा।

भैया : इसलिए हमारे राज चलाने वालों ने वहाँ पुलिस थाना बैठा दिया है, जिसमें उस पार की बीमारी इस पार न आने पावे। मुदा, जब तक अपने देस की भुखमरी, गरीबी, बेरोजगारी नहीं हटती, तब तक कौन उसे रोक सकता है? चीन हमारा दो हजार बरस का पुराना भाई है। उसने रहता दिखा दिया, जितना जल्दी पुराने का मोह छोड़ के हम उसी रहता को पकड़ें, उतना ही अच्छा।

अध्याय-9

सान्ती का रास्ता

बरखा का एक महीना बीत गया। एक-दो बार मामूली छींटा के पानी का कहीं पता नहीं था। गाँव के किसान व्याकुल थे। महँगी के दिन में घर के भीतर का अनाज खेत में डाल आए थे, अंकुर जम आया था, मुदा पानी बिना जहाँ-तहाँ खेती सूख रही थी। आज रात भर खूब बरखा हुई, सूखे-रूखे बिरछ हरे दिखाई पड़ रहे थे, झुलसे पौधों में भी जान आ गई थी।

बादल आज दिन में भी चारों ओर घिरे थे। आज भैया, दुखराम औ सन्तोखी तीनों सयाने पेड़ के नीचे, दुखराम के ओसारे में बैठे थे। बात चलाने के लिए सन्तोखी ने कहा—भैया अच्छी तरह कमाना धरती से। अन्न पैदा करना, कपास पैदा करना और जो कुछ काम की चीज है, सबको बना के तैयार करना, पेट भर अपने खाना, अपने बाल-बच्चों को खिलाना और गाँव-पुर के लोगों को भी भूखा न देखना, ऐसी जिन्दगी ही तो हम लोगों को चाहिए।

भैया : मुदा जब ले जोंकें हैं तब ले सान्ति से दिन काटना नहीं हो सकता सन्तोखी भाई! दुनिया के किसान मजूर, कमेरे लोगों को इसी में आनन्द है कि सान्ती से कमाया-खाया, मुदा जोंकें जो सान्ति से रहने दें तब न।

दुखराम : हाँ भैया, जोंकें खून चूसने वाली हैं न? उनको सान्ति काहे पसन्द आएगी? वे तो ढूँढ़-ढूँढ़ के रार करना चाहती हैं। आजकल दुनिया सान्ती के पीछे ही गोल में बँट गई है।

सन्तोखी : कौन-कौन दो गोल भैया?

भैया : यह भी कहने की बात है? एक ओर जोंकों का सिरताज अमिरिका है, औ हर जगह ताल ठोंक रहा है। लड़ाई के बाद अपने देस की जोंकों को हटाने के लिए जहाँ-तहाँ कमेरों ने कोसिस की, सभी जगह अमिरिका अपना डालर और हथियार लेके पहुँचा।

सन्तोखी : कोरिया में तो भैया अपनी पलटन भी उसने उतार दी थी।

भैया : हाँ सन्तोखी भाई, मुदा अमिरिका अपने को चालाक कहता है न। वो चाहता है कि अपने आदमी को न मरवावैं। ई कोई दया-मया के खयाल से नहीं, ऊ जानता है कि जो अपने देस के आदमी मरवाएँगे, तो अमिरिका की जनता में गुस्सा पैदा होगा, फिर काम मुश्किल हो जाएगा।

दुखराम : हाँ भैया, जोंकें तो कहीं पर भी सौ में पाँच-दस से बेसी नहीं होतीं, नब्बे-पंचानबे तो कमेरे ही होते हैं।

सन्तोखी : हाँ, चाहे हाथ-पैर चलाने वाले कमेरे, चाहे कलम घिसाई करने वाले कमेरे, चाहे हमारे जैसे चार पैसा का नून-तेल बेचने वाले, सब कमेरे ही हैं। आज किसी तरह लड़के-बालों का पेट चला, तो कल ठिकाना नहीं।

भैया : अमिरिका की जोंकें दुनिया में घूस-रिसवत देने, चाहे लड़ाई के लिए तैयार करने के वास्ते अरबों डालर बो रही हैं, फेंक रही हैं कहना चाहिए। सारे दुनिया के हाट-बाजार में अमिरिका का माल बिक रहा है, जोंकों को बहुत मुनाफा है। धन सम्पत्ति जो कुछ है, उसमें दू-आना जोंकें चौदह आना की मालिक हैं। मजूर को तो खाली गुलामी भर करना और किसी तरह पेट चलाना है। जोंकों का क्या लगता है, जो जोंकें गरीबों की कमाई में से अरबों डालर अपनी रक्षा के लिए फेंक दें।

सन्तोखी : तो काहे कमेरों की आँख में पट्टर बँधा हुआ है, उनको सूझता नहीं।

भैया : कैसे सूझे, सौ-दो सौ बरिस नहीं हजारों बरिस से ये ही समझाया गया है कि धनी-गरीब भगवान बनाते हैं, अपने भाग पर भरोसा करना चाहिए। किसी के धन को देख के लोभ नहीं करना चाहिए।

दुखराम : धन इन चोरों, डकैतों का है कि धन कमेरे पैदा करते हैं।

भैया : धन कमेरे ही पैदा करते हैं; मुदा पोथी-पतरा भगत भगवान के नाम से दुनिया के सभी कमेरों की आँखों पर पट्टी बाँध दी है।

सन्तोखी : मरकस बाबा ने तो आँख का पट्टर खोल दिया। मरकस बाबा के चेले अमिरिका में नहीं पहुँचे क्या?

भैया : चेले तो पहुँचे हैं; अमिरिका में कोई बेपढ़ नहीं है। मुदा पढ़ुआ होने का जोंकों ने बेसी फायदा उठाया है। वो खूब सस्ता अखबार और पोथी छाप के निकालती हैं, जिनमें लोगों की आँखों में धूल झोंकने की बात रहती है।

सन्तोखी : तो पढ़ने-लिखने से ग्यान नहीं होता क्या?

भैया : पढ़ने-लिखने से ग्यान होता है, मुदा ई दुधारी तलवार है। पोथी-गियान भी देती हैं औ आँखों पर पट्टी भी बाँधती हैं। बाभनों की पोथी देखते हो न, कितनी बड़ी-बड़ी है, और रिसि-मुनि छोड़ के दूसरों की बात बतलाई नहीं जाती।

मुदा, उसमें खून चूसने वालों के मुनाफे की बात छोड़ के और क्या है? सौ में पन्द्रह आदमी को उन्होंने अछोप-अछूत बना दिया, जिसके छूने में भी पाप लगता है। सबसे निरघिन काम उनसे लिया जाता है। जो काम कोई नहीं करता सो काम मन मारके अछोप लोग करते हैं। बड़ी जात वालों का पैखाना उठाते हैं। मरे डाँगर को उठाके न ले जाएँ, तो बाबू लोगों का गाँव सड़ने लगे। ई सब करने पर भी सबसे गरीब ये ही लोग हैं। सौ में पैंसठ-सत्तर आदमी के लिए पोथी में लिखा है कि खाली वाभन-छत्री-लाला की सेवा करना उनका धरम है।

दुखराम : हाँ भैया, हमरी अहिर की जाति में जब थोड़े से लोग पढ़-लिख गए तो इन्हें पहिले सनक सवार हुई कि जो हम लोग भी जनेऊ पहन लें तो बड़ी जात वालों में हो जाएँगे। अहिर छोड़ के उन्होंने दुसरा-दुसरा बढ़िया नाम भी रख लिया। मुदा, बाम्हनों की पोथी में तो हमारे भाग का फैसला पहिले ई कर दिया गया है।

भैया : दुक्खू भाई, पाँक के धोने से पाँक नहीं छूटती। बाम्हनों की पोथी में जितना चालाकी है, उतना किसी धरम की पोथी में नहीं है।

सन्तोखी : बाकी भैया हैं तो सभी फंदे वाली ही धरम पोथियाँ ईसाई धरम की पोथी हो चाहे मुसलमान धरम की पोथी, किसी धरम की पोथी हो, सबमें कमेरों के गले में फन्दा डालने का जतन किया गया है।

भैया : ठीक कह रहे हो, मुदा एक ही बोली बोलने वाले एक ही देस में रहने वाले, एक ही रंग-रूप के लोगों को हजार जात में बाँटना औ उनमें भी ऊँच-नीच बना के एक-दूसरे के साथ झगड़ा लगाए रखना, ऐसी चालाकी कहीं नहीं पाओगे। जैसे-जैसे बाम्हनों की पोथी तैयार हुई, इसी तरह आज भी जोंकों के देशों में हर साल हजारों पोथियाँ छपती हैं। इनका काम खाली लोगों की आँखों में धूल झोंकना है। मुदा जब बेटे-पोते मरने लगते हैं लड़ाई में फतिंगे की तरह उन्हें झुलसा-झुलसा के मारा जाता है और घर-घर में रोना-काँदना मच जाता है, तब लोग सोचने लगते हैं। फिर कुछ बतलाने लगते हैं कि लड़ाई रोपने वाली हमारी देस की जोंकें हैं। तब उनको डर पैदा हो जाता है। सुना है न सन्तोखी भाई, पहले महाभारत में जब रूस के लाखों जवान जोंकों की लगाई आग में मर गए, तो वहाँ के लोग उपाय ढूँढ़ने लगे। फिर मरकस बाबा के बड़े चेला लेनिन महातिमा ने मन्तर दे दिया—अपनी बन्दूकें घर के दुश्मनों याने जोंकों की ओर फेर दीं। कमेरों के बेटों के पास पैसा कहाँ? औ पैसा भी जमा करें तो कानून के खिलाफ, बन्दूक रखें? ई तो जोंकों ने लड़ाई के लिए मुफत में बन्दूकें दे दीं और उनको ठीक से चलाना भी सिखा दिया। देस के लाखों जवानों के मरने से सबका मन बिगड़ गया था। ऐसा मौका कहाँ मिलता, औ कमेरों के लड़कों ने अपनी बन्दूकों को सचमुच ही अपने देस की जोंकों की ओर कर दिया।

औ आज से 68 बरस पहिले दुनिया के छठे भाग में जोंकों का टाट उलट गया, कमेरों का राज खड़ा हो गया।

सन्तोखी : इसलिए भैया, अमिरिका की भी जोंकें डरती होंगी। सोचती होंगी, जो अमिरिका के घर-घर के लड़के मरवाए गए, तो इहाँ भी कहीं रूस वाली बात न हो जाए। इसलिए अमिरिका की जोंक चाहती हैं कि रुपया और हतियार हमारा लगे औ मरने वाले हों दूसरे।

दुखराम : तो कोरिया में काहे अपने आदमियों को ले जाके मरवाया अमिरिका ने?

भैया : गलती कर बैठा, सोचता था कि डालर से खरीदे गुलाम देसों की जोंकें सिपाही देंगी औ अमिरिका का काम थोड़े से सिपाहियों औ बहुत से रुपया हतियारों से चल जाएगा। मुदा अमिरिका के गुलाम देस वैसे तो जी हजूरी और चापलूसी में बहुत आगे बढ़े थे, मुदा गुसाईं जी कह गए हैं—"सरबसि खाई भोग करि जाना। समर भूमि भा दुरलभ प्राना।"

सन्तोखी : अंग्रेजों ने अमिरिका की बहुत मक्खन-रोटी खाई, उन्होंने कितने जवान कोरिया की आग में झोंके?

भैया : मक्खन रोटी खाने वालों में अंग्रेज ही नहीं थे, फ्रांस, इटली और न जाने और बहुत से कितने देसों ने खूब परमुंडे फलहार किया। मुदा, जब कोरिया में अपने देस के जवान भेजने की बात आई, तो किसी ने पाँच सौ, किसी ने हजार आदमी भेज के कुल भीर अमिरिका के ऊपर डाल दी। बारा-तेरा महीनों की लड़ाई में अमिरिका के अस्सी हजार से बेसी जवान कट गए, चाहे अंग-भंग होके बेकार हो गए। अमिरिका ने समझा था कि हमारे अणुवा बम के धमका ने और उड़नखटोलों से दस-बीस हजार बमगोला गिरा देने से कोरिया वाले हतियार धर देंगे। मुदा 'इहाँ कुम्हड़ बतिया कोऊ नाहीं।' एक बेर तो कोरिया के जवानों ने ढकेलते-ढकेलते अमिरिका को समुन्दर के तीर पहुँचा दिया था औ मालूम होता था कि अब इन जोंकों को बोरिया-बँधना बाँध के समुन्दर पार भागना पड़ेगा।

दुखराम : तो कैसे भागना रुक गया भैया?

भैया : अमिरिका ने पहिले अपने थोड़े ही आदमी भेजे और दूसरे गुलाम देसों के भी बेसी आदमी नहीं गए थे। अमिरिका ने देखा कि जो अब हात सँकोचा तो सब रोब-दाब मट्टी में मिल जाएगा। तब उसने यहाँ के जवानों को आँख मूँद के झोंकना सुरू किया। बेचारे आधे कोरिया के कमेरे कैसे सामना करते। लोगों ने समझाया कि पुराने सिवाने पर चलके लड़ाई बन्द कर दो, मुदा अमिरिका ने चाहा कि कोरिया में कमेरा-राज का चिन्ह न रहने पावे। जब अमिरिका की पलटन आगे बढ़ते-बढ़ते चीन के सिवाने पर पहुँच गई, तो चीन के कमेरों को डर मालूम होने लगा।

जानते हो न, अमिरिका ने कोरिया से जो कमेरों का राज खतम करना चाहा, उसका एक भेद यह भी था कि इस तरह चीन के कलेज के पास चलके बन्दूक तानेंगे। औ समूचे कोरिया में अपनी पलटन की छावनी-अड्डा बना के फिर चीन पर हल्ला बोल देंगे।

सन्तोखी : हाँ, दरवाजे पै सतरू को देख के गाफिल रहना अच्छा नहीं है भैया!

भैया : तो भी चीन सरकार ने लड़ाई के लिए कदम नहीं बढ़ाया। हाँ, अपने यहाँ के कमेरों को छुट्टी दे दी कि जो चाहे सो कोरिया के भाइयों को मदद किये चला जाए! फिर चीन के भी जवान कोरिया की मदद करने के लिए आए औ अमिरिका की पलटन को पहिले के सिवाना के पार लँघा आए। अब अमिरिका और उसके पिछलग्गू देसों की जोंकें समझने लगीं कि लड़ाई का फैसला जल्दी नहीं होगा। अमिरिका हुकुम पर हुकुम लिख के भेजता मुदा उसके पिट्ठू देस खाली जबानी जमा खरच करके बहादुरी दिखाते। आदमी भेजने की वेरा अंग्रेज कहते हैं कि हम मलाया-सिंहापुर में कमूनिस्तों से लड़ रहे हैं, बड़ी भीर में। फ्रान्स कहता है कि हम हिन्दी-चीन और कम्बोज में कमूनिस्तों को रोके हुए हैं।

दुखराम : तो सब कोई न कोई बहाना ढूँढ़ के कहती हैं, "लड़ो भतीजो पाछ दो पुतो।"

सन्तोखी : इसलिए तो भैया, अमिरिका को लड़ाई बन्दी की बात माननी पड़ी।

भैया : दुनिया भर की जोंकें समझती हैं कि इन दो-चार बरसों में जो कमेरों की सरकारों के साथ लड़ाई करके उनको नास नहीं कर पाए, तो फिर मौका नहीं मिलेगा। अमिरिका तो लड़ाई कराने के लिए पागल हो गया है। उसने अपनी जान में लड़ाई छेड़ भी दी। कोरिया में सीधे अपनी पलटन पहुँचा दी। उसके जनरैल और गोला-बारूद तो सारी दुनिया में लड़ाई कराने का जतन कर रहे हैं। अमिरिका, जानते हो न, दो समुन्दरों के पार चीन और रूस दोनों से बहुत दूर है। अंग्रेजों के टापू की तरह बीच में दस-बीस कोस की खाड़ी नहीं, बड़े-बड़े समुन्दर रास्ते में पड़ते हैं। 'लंका अस दीप समुन्दर अस खाड़ी' कह के रावन अपने को अपरबल समझता था, मुदा हिन्दुस्तान औ लंका के बीच की खाड़ी हनुमान जी के लाँघने के मान की थी। अटलांटिक औ पसिफिक जैसे महासमुन्दर को लाँघना किसी हनुमान के लिए आसान नहीं है। तो भी अमिरिका कहता है कि हमारा सिवाना दोनों महासमुन्दर नहीं है।

सन्तोखी : तो भैया, अपना सिवाना कहाँ मानता है?

भैया : चीन औ रूस के अपने सिवाने को सिवाने से मिला मानता है।

सन्तोखी : ई तो बड़ी बेहयाई है भैया!

भैया : जोंकें तो लाज-सरम धोके पी गई हैं। अमिरिका ने यही कह के कोरिया में अपनी पलटन रखी, चीन में चांकैसेक को मदद की। हिन्दी-चीन में चीन के सिवाने पर वह लड़ाई में फ्रांसीसियों को हर तरह की मदद दे रहा है। अपने जहाज, हवाई जहाज, गोला-बारूद, पैसा-कोड़ी, जनरैल सब भेज रहा है। हिन्दुस्तान को भी चाहता है कि वह अमिरिका का हुकुम मान के भोट देस औ चीन की नाकाबन्दी करे। पाकिस्तान को रूस औ चीन के सिवाने पर कस्मीर में बैठा के अपना मतलब सिद्ध करना चाहता है।

सन्तोखी : भैया, सुनते हैं कि पाकिस्तान अमिरिका के बल पर कूद रहा है?

भैया : अंग्रेज तो सिखंडी है, 'सभै नचावैं राम गुसाईं' असली नचाने वाला और खरच-बरच देने वाला अमिरिका।

दुखराम : तब भैया जवाहर लाल काहे अमिरिका की बात में पड़ते हैं?

भैया : जवाहरलाल हों चाहे कोई हो, जब तक ऊ जोंकों के फंदे से बाहर नहीं निकलते, तब तक चाहे जितना गाल बजा लें, मुदा 'करिहैं सोई जो राम रचि राखा' राम जानै जोंकों के हाथ में देस की गरदन है। औ कर क्या सकते हैं। जिमिंदारों, तालुकदारों को खतम करो, सभी बड़ी-बड़ी जोंकों को लाल भवानी के सामने बलि चढ़ावो, देस के सभी कमेरों और उनके साथी समाजियों को काम पर लगा दो, तब हमारे देस में रोटी, कपड़े का दुख दूर होगा, तब लोग अपना बल-बौसाय दिखाएँगे, तभी अमिरिका का मुँह नहीं देखना पड़ेगा।

सन्तोखी : मुदा हमने तो अपने सेठ के लड़के को कहते सुना कि पाकिस्तान और हिन्दुस्तान की लड़ाई होने वाली है।

भैया : सेठ क्यों नहीं कहेंगे। झूठ कहने में क्या लगता है? जो झूठ बोलने में नफा हो, तो कौन सेठ साँच की कंठी तोड़ने के लिए तैयार नहीं है। जानते हो न कि कोरिया की लड़ाई होते ही सेठों ने चीजों का दाम बढ़ा दिया।

सन्तोखी : हाँ भैया, हमीं सवाया दाम देके सौदा ले आए। औ, अब सेठ के लड़के ने रुपया पीछे दो आना बढ़ा दिया।

भैया : पाकिस्तान औ हिन्दुस्तान की लड़ाई के नाम पर ना?

दुखराम : तो भैया, लड़ाई सेठों के लिए कलपबिरिच्छ है।

भैया : लड़ाई होते ही सेठों की पाँचों अँगुली घी में हो जाती हैं। सौदा चाहे बरस भर पहिले का खरीदा या तैयार किया हुआ हो, मुदा वह झट से दाम सवाया-डेवढ़ा कर देते हैं। हमारे यहाँ के सेठों को जो मुनाफा हुआ; वह अमिरिका की जोंकों के मुनाफा के सामने कुछ नहीं है। जो कोरिया की लड़ाई छिरी होती, तो अमिरिका के

लोहा इसपात, गोला-बारूद के कितने ही कारखाने दिवालिये हो जाते, लड़ाई के बाद जितने लड़ाई का सामान वहाँ बना था, वह मालगोदाम में इतना भर गया था कि आगे जगह नहीं थी। मालगोदाम का गोला-बारूद जब मार-काट के लिए जाए, तब दूसरे माल के रखने की जगा हो?

दुखराम : इसीलिए भैया जोंकें सान्ती से डरती हैं औ रात-दिन लड़ाई का जाप करती हैं।

भैया : टाट उलटने की बात है दुक्खू भाई! औ लड़ाई हो जाने पर करोड़ों का मुनाफा घर में आता है। मुदा पाकिस्तान और हिन्दुस्तान दोनों तो आजकल अमिरिका के दहिने-बाएँ हात में हैं। तित्तर तब लड़ेंगे जब मालिक उनको लड़ने के लिए छोड़ेंगे।

सन्तोखी : तो काहे पाकिस्तान औ हिन्दुस्तान के बड़े-बड़े लोग लड़ाई की बात कहते हैं?

भैया : पाकिस्तान का एक टुकड़ा पच्छिम में है और एक टुकड़ा पूरब में बंगाल है। पाकिस्तान में सबसे देसी रहने वाला इलाका पूरब वाला है। मुदा घी, मलीदा खाने वालों में गरीब बंगालियों को कोई पूछता नहीं। बड़ी-बड़ी गद्‌दी बाहर से भाग कर आए लोगों के हात में हैं। पंजाबी मुसलमान इसे देख के जलते हैं।

सन्तोखी : इसीलिए तो पंजाबी पाकिस्तानी जनरैलों और बड़े-बड़े आदमियों को पकड़ के जेहल में डाला गया।

भैया : लेकिन, चांडाल चौकड़ी पाकिस्तानियों की छाती पर कोदो कब तक दलेगी। पाकिस्तानी बंगाल में जाके देखो, बड़ी-बड़ी तनखा पाने वाले हाकिम सब पंजाबी मिलेंगे। पलटन देखो तो सब पंजाबियों की है। पंजाबी कहीं ऐस-जैस में बिघन ना डालें, इसलिए पाकिस्तानी बंगाल की जागिरदारी दे दी गई। बंगाली अलग जल रहे हैं। पठानों को जिस तरह पीसा जा रहा है, उससे पठान नाराज हैं, उनकी नाराजी दूर करने के लिए कस्मीर पर लूट-मार करने के लिए पठानों को भेज दिया। बस धोखा-धड़ी से काम निकालते, मालिक चाहते हैं कि पाकिस्तानी जनता की आँख खुलने न पाए। उनके मन में है कि जो कहीं जनता के हाथ में फैसला करने को दे दिया गया, तो हमारे जैसों का कहीं ठौर-ठिकाना नहीं लगेगा।

सन्तोखी : हाँ भैया!

भैया : अपने पैर में कोई अपने ही कुलाड़ी मारता है। बंगाल की जनता ने इन मालिकों को खूब दिखा दिया, जब साढ़े तीन सौ में दस भी उनके आदमी नहीं चुने गए।

दुखराम : हाँ भैया!

भैया : पाकिस्तान के बाद फिर पच्छिम चलो, तो रूस के सिवाने पर ईरान और तुर्की के मुलुक हैं। दोनों में अमिरिका पहुँचा हुआ है। अपने सिवाने की रक्षा करने

के बहाने दोनों को करोड़ों रुपया का हतियार दे रहा है। अपने जनरैल भेज के वहाँ की पलटन को अपनी मुट्ठी में कर रखा है औ जोंकों को कमेरों के खून की होली खेलने की छूट दे रखी है। तुर्की से पच्छिम ग्रीस देस है। जर्मन फसिहों को लड़के निकालने में वहाँ के कमेरों ने अपने हजारों बेटों की बलि चढ़ाई। फसिहों के राज के खतम होने पर कमेरों ने अपना राज बनाना चाहा, तो जोंकों की मदद के लिए अंग्रेज और अमिरिका ने पलटन भेज दी। हमारे दो जिले के बराबर का ग्रीस देस चार-पाँच बरस तक जान हथेली पर रखके अपने देस और परदेस की जोंकों की भाड़े की पलटन से लड़ता रहा। उसके पच्छिम जुगोसलाविया में मरकस बाबा के चेलों ने बड़ी बहादुरी दिखलाई और वहाँ कमेरों का राज भी कायम कर लिया। मुदा जोंकों ने वहाँ भी अपना जाल फैलाया और पच्छिम में इटली, फ्रान्स, पच्छिमी जर्मनी, नार्वे, स्वीडन, जितने देस कमेरों के राज के सिवाने पर हैं, सब जगा अमिरिका लड़ाई की तैयारी कर रहा है। लड़ाई का फल इन देसों के लोगों ने खूब भोगा है। वहाँ के कमेरे नहीं चाहते कि फिर तीसरा महाभारत हो, मुदा अमिरिका की जोंकें वहाँ की जोंकों की पीठ ठोंक रही हैं।

सन्तोखी : जर्मनी की जोंकों के गुंडे सरदार हिटलर की पीठ भी अंग्रेज औ फ्रांसीसी जोंकों ने ठोंकी थी, मुदा पीछे उनको पछताना पड़ा, जब वरदान पाके भस्मासुर ने भूतनाथ की ओर ही हाथ बढ़ाया।

भैया : गरज में आदमी बावूला हो जाता है। जोंकें देखती हैं कि हर जगह कमेरे अब उनको रखना नहीं चाहते। जो लड़ाई होगी तो सबसे बेसी मरेंगे कमेरों के, सबसे बढ़कर दुर्गति होगी कमेरों की। इसीलिए कमेरे सान्ती चाहते हैं। जोंकों के राज में लड़ाई की तैयारी अंधाधुन्ध की जा रही है औ कमेरे के राज में सान्ती की परितिग्गा कराई जा रही है। करोड़ों आदमी सान्ती के परितिग्गा पत्र पर दसखत कर रहे हैं।

दुखराम : कहीं इस सान्ती से फायदा तो नहीं उठाएंगी?

भैया : सो, उससे गाफिल कमेरे नहीं हो सकते। मुदा वो जहाँ तक हो सके, सान्ती रखने का जतन कर रहे हैं।

सन्तोखी : सात समुन्दर पार से आके दरवाजे पर अमिरिका की जोंकें ताल ठोंक रही हैं इस पर भी कमेरों की सरकारें धीरज से काम ले रही हैं। जो इन्होंने सबुर न किया होता तो अब तक तीसरा महाभारत छिड़ गया होता।

भैया : मुदा सान्ती का हतियार लड़ाई के हतियार से भी बढ़ के है।

सन्तोखी : भैया, ई तो गांधी बाबा वाली बात कर रहे हो।

भैया : गांधी बाबा ने सब जगह गलती नहीं की है, सन्तोखी भाई। औ जहाँ गलती भी की, वह न समझने के कारन। मरकस बाबा के पास न आ वो दूसरों का गुरुमन्तर

ले लिए थे, उसी के मोह-माया में पड़के रोगी की असली दवा की पहचान नहीं कर पाए। जो दुनिया के सौ में नब्बे आदमियों को दुखी नहीं देखना चाहता है उनको सुखी रखना चाहता है, वह कभी सान्ती का रसता छोड़ के लड़ाई का रसता नहीं लेगा। जोंकों के देस की भी जनता लड़ाई नहीं सान्ती चाहती है। वहाँ भी लाखों-करोड़ों आदमी सान्ती की परतिग्गा कर रहे हैं। इसको देख के जोंकों का कलेजा काँपने लगा है। जो कमेरे सान्ती की परतिग्गा कर लिए, तो तोपों में झोंकने के लिए उनके लड़के कैसे मिलेंगे?

दुखराम : कमेरों की आँख तो खुलनी चाहिए।

भैया : कमेरों ने लड़ाई में सवा करोड़ से बेसी आदमियों को निरघिन मौत मरते देखा। गाँव के गाँव और सहर के सहर उजड़ते देखा। बेवा-अनाथों को मारे-मारे फिरते देखा। सारे देस को भूख के मारे हाय-हाय करते देखा। जोंकों के देस के कमेरे, वहाँ की सौ में नब्बे जनता, फिर लड़ाई चाहेगी? दो महाभारतों को देख के उनका मन भर गया?

दुखराम : और कमेरे जहाँ राज कर रहे हैं, वहाँ तो कोई काहे लड़ाई चाहेगा।

भैया : हाँ दुक्खू भाई, रूस के कमेरे दस साल लग के अपने देस को फिर से बसा सके हैं। लड़ाई के पहिले जितना धन पैदा करते थे, उससे अब वह दूना पैदा कर रहे हैं, मुदा उनका अभी बड़ा-बड़ा मंसूबा है। आमू दरिया की दुनिया में सबसे बड़ी नहरें बना रहे हैं, पन-बिजली तैयार करने के कारखाने खड़े कर रहे हैं। रेगिस्तान के पेट में से करोड़ों एकड़ खेत निकालने के लिए रात-दिन एक करके काम कर रहे हैं। वह अगले दस साल में लोहा, कोयला, बिजली, तेल सब चीजें आदमी पीछे अमिरिका से भी बेसी पैदा करना चाहते हैं। गरीब और बेरोजगारी को उन्होंने अपने देस से खतम कर दिया है, मुदा वो चाहते हैं कि सभी नर-नारी अन्न-धन से भरपूर हों, सब आराम से रहें औ पोथी वाले सरग का सुख जिसको कहते रहे, वह इसी धरती पर भोगने को मिले।

दुखराम : तब भैया ऊ काहे लड़ाई चाहेंगे? इसीलिए तो उसकाने पर भी वह लड़ाई करने के लिए तैयार नहीं होते।

भैया : वो जानते हैं कि लड़ाई से फायदा खाली जोंकों को है। दुनिया की जोंकों के दिन अब इने-गिने रह गए हैं। लड़ाई छेड़ के वो अपनी जिन्दगी बढ़ाना चाहती हैं। चीन भी अपने यहाँ जोंकों के राज को उठा के देस को अन्न-धन से भरपूर करना चाहता है। वहाँ के सब मरद-मेहरी—पलटनिया जवान तक अपने घर को बनाने में लगे हुए हैं। डेढ़ ही साल में उन्होंने अपने यहाँ से अन्न का अकाल हटा दिया। और तीन करोड़ मन के करीब अनाज हमारे देस को भी उस साल दिया।

अभी उनको अपने देस में सब जगह रेल की सड़कों का जाल बिछाना है, सिंचाई के लिए नहरें खोदनी हैं, हर एक जगह कल-कारखाने खड़े करने हैं। एक-एक बेफत-परानी को पटुआ बनाना है। वह काहे लड़ाई चाहेंगे?

सन्तोखी : तो जोंकें जानती हैं कि कमेरों की सरकारें लड़ाई से भागना चाहती हैं, तो खदेड़ के क्यों नहीं उनको लड़ने के लिए तैयार करतीं?

भैया : जोंकें यह भी जानती हैं कि खदेड़ने पर जो कमेरे खड़े हो गए, तो लेने के देने पड़ेंगे। कमेरों की सरकारें अति को बरदास्त नहीं कर सकतीं। और कमेरों जैसे वीर-बंके दुनिया में और कहीं नहीं हैं।

सन्तोखी : तो जोंकों के लिए अब दो ही रास्ता रह गया है : कमेरों को फुसला के उनके लड़कों को तोपों का चारा बनाना औ रुपया दिखा के लोगों को खरीदना?

भैया : हाँ, इसमें क्या संदेह है। हमारे देस में आजकल अमिरिका की जोंकों ने हजारों पढुवा लोगों को खरीद लिया है। हिन्दी में औ दूसरी देसी भाषाओं में सैकड़ों पोथियाँ औ अखबार लिख-लिख के मुफुत बँटवा रही है, जिनको बहुत से लोग पढ़ते भी हैं।

सन्तोखी : झूठ के पोथों को कौन पढ़ेगा भैया?

भैया : झूठ का पोथा तैयार करने के लिए उसने कई हजार हिन्दुस्तानियों को खरीद लिया है। और भेदिया तो उसके सारे देस में फैले हुए हैं। मंतिरी लोगों की सभाओं में जो सलाहमसविरा होता है, उसकी बात अमिरिका के गोइंदों के पास पहुँचते देर नहीं होती।

सन्तोखी : तब तो भैया मंतिरियों में भी कुछ अमिरिका के हाथ में बिके होंगे।

भैया : पानी की तरह रुपया बहा रहा है, कितने लोगों को किराया औ खरचा दे के अमिरिका की सैर करने के लिए भेज रहा है जिनमें कुछ हमारे मंतिरी भी हैं।

दुखराम : तो घूस-रिसवत, भेंट-नजराना, चारों ओर जाल फैला हुआ है अमिरिका की ओर से। एक भभीखन ने लंका ढा दिया था, हमारे देस में तो अमिरिका ने न जाने कितने भभीखन तैयार किये हैं?

भैया : चीन में भी अमिरिका ने बहुत भभीखन तैयार किये थे और सोलह अरब रुपया भी पानी की तरह बहाया। मुदा जानते हो न, चीन के भभीखनों की क्या दसा हुई। जब जोंकों के राज में पिसते-पिसते नाक में दम आ गया और उन्होंने सब कुछ अपनी आँखों के सामने देखा, तो जनता की नजर अमिरिका के हाथ में बिके मंतिरियों, मुखियों और लिखाड़ों की ओर से फिर गई।

सन्तोखी : तब उन्हें मरकस बाबा के चेलों की बात सच्ची मालूम होने लगी। तब उन्होंने समझा कि मरकस बाबा का रहता छोड़ सुख और सान्ती का दूसरा कोई रहता नहीं है।

अध्याय-10

हिन्दुस्तान की आजादी

सन्तोखी : सोहनलाल! तुम्हारे आने से हम लोगों का कुछ नुकसान भी हुआ कुछ फायदा भी। नुकसान तो यह हुआ कि भैया जो कुछ कहते हैं, वह पहिले की तरह सोलहों आना मेरी समझ में नहीं आता। कौन-कौन से नाम; जिनके कहने में जीभ लुटपुटाती है। लेकिन कई बातें तुमने ऐसी खोद के कहवाईं, जिन्हें हम सुन न पाते।

दुखराम : हाँ, सन्तोखी भाई! थोड़ा-सा नुकसान तो जरूर होता है।

भैया : देसों का नाम तो नकसा देखने से ही साफ-साफ समझ में आता है। हमारे लिए बनारस-परयाग बिलकुल परकट है लेकिन फ्रांस-अमिरिका वालों के लिए वह उसी तरह के बेकार नाम हैं, जैसे हमारे लिए उनके शहरों के नाम। अच्छा अब चलो हिन्दुस्तान की आजादी के बारे में कुछ बात करें। रूस, चीन, जैसे लाल झंडे वाले दोनों को छोड़कर सारी दुनिया नरक में है। हिन्दुस्तान तो सबसे बड़े नरक में है क्योंकि इसके ऊपर बिलायती जोंकों की भी गुलामी है और अपनी भी। लेकिन दुक्खू भैया, प्याज का पहले ऊपर का छिलका निकाला जाता है या भीतर का?

दुखराम : पहिले भैया ऊपर का छिलका उड़ाया जाता है, तब नीचे न छुड़ाया जाएगा?

भैया : लेकिन चाकू चलाने में कुछ नीचे का भी छिलका कट जाता है, तो भी हमें पहिले ऊपर के छिलके के हटाने में सबसे ज्यादा जोर लगाना पड़ेगा। भीतर के छिलकों पर भी चोट इसलिए लगानी पड़ती है कि बिना जमींदारों और पूँजीपतियों से टक्कर लिए किसान-मजूर मजबूत भी नहीं होंगे, और न यही समझ पाएँगे कि हम नरक में इन्हीं जोंकों के कारन पड़े हैं। हिन्दुस्तान वालों ने आज से 98 बरस पहिले अपने देस को आजाद करने की कोसिस की।

सन्तोखी : 1857 के गदर के बखत में न भैया?

भैया : और उसी के चार बरस पहिले मरकस बाबा ने लिखा था कि अंग्रेज सार्जन,

जिन हिन्दुस्तानी सिपाहियों को अपने काम के लिए कबायद-परेड सिखा रहे हैं, वही सिपाही अपनी आजादी के भी सिपाही तो बन सकते हैं।

दुखराम : तो बाबा के कहने के 4 ही साल बाद तो उन्होंने कोसिस की। लेकिन आजादी क्यों नहीं मिली भैया?

भैया : सिपाहियों को यह पूरी तौर से ग्यान न था, कि वह क्या चाहते हैं।

सोनहलाल : पता क्यों नहीं था, वह जानते थे कि हिन्दुस्तान से अंग्रेजी राज को खतम करना है।

भैया : तुम्हारे पास एक पुराना घड़ा है, तुम उसको फोड़ रहे हो, तो क्या तुम्हारा यह जानना काफी है कि "मैं घड़े को फोड़ रहा हूँ" या यह भी जानना चाहिए कि इसे फोड़कर मैं किससे पानी पियूँगा।

दुखराम : हाँ भैया, सिर्फ घड़ा फोड़ने से काम नहीं चलेगा, पानी पीने का भी इन्तजाम होना चाहिए।

भैया : सिपाही घड़ा फोड़ना चाहते थे, नये घड़े का उन्हें खयाल भी नहीं था। उनके नेता थे सड़े-सड़े जिमींदार, राजा और नवाब, जिनको लड़ाई की विद्या का, उस समय के हथियारों का ग्यान नहीं था। कम्पनी ने किसी की पेन्सन जपत कर ली थी, किसी का राज छीन लिया था, कोई समझता था कि हम भी छोटे-बड़े राजा-नवाब हो जाएँगे। बस इकट्ठा हो गए थे। सिपाहियों ने बहादुरी की, हिन्दू-मुसलमान दोनों जी-जान से लड़े, लेकिन उनके पास आँखें नहीं थीं।

दुखराम : आँख नहीं थी? क्या वह सब अंधे थे?

भैया : पलटन की आँखें अफसर होते हैं दुक्खू भाई! सौ-सौ, पचास-पचास सिपाही अपने मन से जिधर चाहें, लड़ने लगें, तो दुसमन उन्हें जल्दी तबाह कर देगा। पाँचों उँगलियाँ बाहर की ओर खुली हैं, लेकिन हथेली से जुड़ी हैं। इसी तरह अलग बिखरे हुए सिपाही तभी मजबूत होते हैं जब हजारों-लाखों को एक से एक नत्थी कर दिया जाए। अफसर यह काम करते हैं। दूसरा दोस यह था कि जो राजा-नवाब उनके अगुआ बने थे, वह लड़ाई के अगुआ होने लायक नहीं थे। सब अपना-अपना स्वारथ देखते थे। तीसरा दोस था कि जनता इन विदेसियों से लड़ने वाले अपने सिपाहियों को अपना नहीं समझती थी।

दुखराम : क्यों भैया, वह हमारे भाई-बन्द तो थे ही?

भैया : भाई-बन्द कह देने से नहीं काम चलेगा दुक्खू भाई, जब वह गाँवों और सहरों को लुटते थे, लोग उनके आने की खबर सुनते ही घर-दुआर की सुध छोड़ भाग निकलते थे, तो कैसे कह सकते हो कि वह भाई-बन्द थे?

सोहनलाल : लेकिन लोगों से पैसा न लें तो उनका खर्च कैसे चले।

भैया : लेकिन वह डकैत तो नहीं थे। वह अंग्रेजों को इसलिए निकालना चाहते थे कि लोग ज्यादा सुखी रहें। लोगों को यह बात अच्छी तरह से मालूम होती, तो लोग तन-मन-धन से उनकी मदद करते। इन सबसे यही मालूम होता है कि जो लड़के जान देने वाले थे, उनको मालूम नहीं था कि वे अंग्रेजों को निकालकर क्या करेंगे, इसलिए वह जनता को भी नहीं समझा सकते थे-क्यों तुम्हें हमारी मदद करनी चाहिए। हो सकता है जो और कुछ दिन लड़ने का मौका मिला होता तो खुद गलती कर के सीखते। लेकिन कुछ बागी राजाओं नवाबों को छोड़कर बाकी सारी जोंकें, राजा-महाराजा-नवाब अपने भाइयों के खिलाफ अंग्रेजों की मदद कर रही हैं। बेचारों को सीखने का मौका नहीं मिला। कैसे खून की नदी बहाकर जुल्म करके उस लड़ाई को दबा दिया गया, यह कहने की जरूरत नहीं। और दबाया भी बीस साल के लिए।

सन्तोखी : बीस साल के बाद फिर सुतन्तर होने का खयाल क्यों आने लगा?

भैया : हिन्दू समझते थे कि समुन्दर पार जाने पर धरम चला जाता है और दूसरे के हाथ का खाना खा लेने से आदमी किरिस्तान हो जाता है इसीलिए वह कुएँ के मेंढक रहे। अब एक-एक करके कुछ लोग बिलायत जाने लगे, कितने ही लोग हिन्दुस्तान ही में अंग्रेजी पढ़कर किताबों से दुनिया के बारे में जानने लगे। उन्होंने देखा कि आदमी भेड़ नहीं है, राजा भगवान की ओर से भेजा नहीं जाता। बिलायत में राजा हैं, लेकिन राजा का काम देखती है पंचायत—पार्लमेंट। अमिरिका में तो राजा भी नहीं है, वह पंचायती राज है। अंग्रेजों को अपना राज चलाने के लिए सस्ते क्लर्कों और नौकरों की जरूरत है, इसलिए अंग्रेजी पढ़ाना जरूरी था, अंग्रेजों की किताबों के पढ़ने पर साहब बहादुर नंगे दिखाई देने लगे और दुनिया के और देसों की बातें पढ़कर उनके दिल में भी आजादी का खयाल आने लगा। कुछ होसियार अंग्रेजों ने सोचा कि कहीं यह हिन्दुस्तानी हाथ से बाहर न हो जाएँ। उनकी मदद से कांगरेस की अस्थापना की।

दुखराम : क्या भैया! बिलायती जोंकों ने कांगरेस को अस्थापित किया?

भैया : हाँ, गोरे साहबों ने काले साहबों को बढ़ावा दिया। पचीस साल तक तो कांगरेस में इन्हीं काले साहबों का जोर रहा। इनका काम था, साल में एक बार किसी बड़े सहर में इकट्ठा होना और हाथ जोड़कर अंग्रेजी सरकार से परार्थना करना "भगवान हमें यह नौकरी दो, हमें वह नौकरी दो।" सिच्छा और बढ़ने लगी। नौकरियाँ कम पड़ने लगीं। लोगों की तकलीफ बढ़ गई, धीरे-धीरे गोरे भगवान से परार्थना करना बहुत-से लोग बेकार समझने लगे। उनमें से कुछ लोगों ने बम-पिस्तौल से एकाध

अंग्रेजों या काले अफसरों को मारा। कुछ को फाँसी हुई, लोगों ने सहीद कह के उनका सम्मान किया।

दुखराम : उससे कुछ फायदा हुआ कि नहीं भैया?

भैया : सबसे बड़ा फायदा यह हुआ कि हिन्दुस्तान के नौजवान निरभय होने लगे। मौत उनके लिए डर नहीं परेम की चीज बन गई। बाकी तो मैं कही चुका हूँ कि एक्के-दुक्के अफसरों के मारने से जगह खाली नहीं होती। फिर पिछला (1914-18) महाभारत आया। लड़ाई ने सारी दुनिया में उथल-पुथल मचा दी। रूस में कमेरों का राज कायम हो गया, इसका भी असर पड़ा। दच्छिनी अफ्रीका में गांधी जी गोरी सरकार से लड़ चुके थे। लड़ाई के बीच में वह हिन्दुस्तान आ गए।

सोहनलाल : गांधी जी जब हिन्दुस्तान आए तो देस की सुतंतरताई के लिए यहाँ कौन-कौन काम कर रहे थे?

भैया : तीन तरह के लोग थे : एक तो सपरू जैसे पुराने ढर्रे के कांगरेसी नेता जिनका काम था सरकार से परार्थना करना, भिच्छा माँगना। वह किसी तरह का जोखिम उठाने को तैयार नहीं थे। यह खूब अंग्रेजी पढ़े-लिखे होते थे। चमड़े के रंग से मजबूर थे, नहीं तो जहाँ तक बन पड़ता था वह साहब बहादुर का ठाट-वाट रखते थे। इनमें से चलते पुरजे के लोगों को अंग्रेज कोई नौकरी या पदवी देकर अपनी ओर खींच लेते थे। इनका बिसवास था कि अंग्रेजों को न्याय से बड़ा परेम है। उन्हें जोंकों के स्वभाव का पता नहीं था, इसलिए समझते थे कि बिलायती जोंकें किसी दिन अवढरदानी संकर की तरह हिन्दुस्तान को निहाल कर देंगी। दूसरी ओर कुछ नौजवान थे, जो समझते थे कि बम-पिस्तौल से दो-चार सरकारी नौकरों को मार देने से बिलायती जोंकें हिन्दुस्तान छोड़कर चली जाएँगी। तीसरी तरह के लोग थे, जो कभी-कभी गरम-गरम लेक्चर दे देते थे और अंग्रेजों और अंग्रेजी को बुरा-भला कहकर कभी-कभी जेल चले जाया करते थे। इन तीनों तरह के लोगों में से किसी को आम जनता से कोई काम वास्ता नहीं था। वह समझते थे कि जनता न किसी राजनीति को समझ सकती है, न निरभय होकर बलिदान कर सकती है, हम नेता ही हिन्दुस्तान का बेड़ा पार कर सकते हैं। गांधी जी जनता की ताकत को दक्खिनी अफरीका से कुछ-कुछ समझने लगे थे। उन्होंने हिन्दुस्तानी कुलियों को वहाँ देखा था, कि वह कैसे लड़ाके हैं। पहिली लड़ाई खतम हो रही थी। युद्ध के लिए अंग्रेजों ने भारत रच्छा कानून बना लिया था लेकिन युद्ध के बाद वह कानून चल नहीं सकता था। वह जानते थे कि लड़ाई के बाद दुनिया भर में जबरदस्त उथल-पुथल होगी। रूस में उन्होंने देख ही लिया था कि कैसे कमेरों ने जोंकों को मसल डाला। इसलिए अंग्रेजों ने हिन्दुस्तान में एक ऐसा कानून बनाया, जिससे उथल-पुथल मचाने वाले को मनमानी सजा दी जाए। बोलक्कड़ लोगों ने इस कानून का बहुत विरोध किया,

लेकिन सरकार क्यों सुने? गांधी जी ने इस बखत आगे कदम बढ़ाया और जनता की तागत को इस काम में लगाया।

सोहनलाल : गांधी जी का यह बड़ा काम है न भैया?

भैया : बहुत बड़ा काम है। इतना बड़ा काम है, जिसके लिए हिन्दुस्तान उन्हें कभी नहीं भूलेगा। जनता की तागत के सामने अंग्रेजी सरकार घबराई। हजारों आदमियों को जेल में डाला। लोगों के दिल से जेल का डर बिलकुल जाता रहा। अंग्रेजों ने जो कानून बनाया था, वह रद्दी की टोकरी में डाल दिया गया। अब चिन्ता जेल जानेवालों को नहीं, बल्कि चिन्ता थी अंग्रेजों को इतने लोगों के रखने के लिए जेल कहाँ से आएँगे। गांधी जी ने साल भर में सुराज पाने की बात कही, जोंकों के दिल को बदल देने की बात कही। लेकिन कोई जादू-मन्तर थोड़े ही है कि साल में सुराज चला आवे।

दुखराम : और जोंकों का दिल तब न बदले जबकि उनके पास दिल हो।

भैया : गांधी जी की लड़ाई बन्द हो गई, लेकिन पहिले ही से कितने ही नौजवानों ने रूस के कमेरों की बात सुनी। मरकस बाबा की सिच्छा को भी वह पढ़ने लगे। हिन्दुस्तान में भी उस सिच्छा का बीज पड़ा। अंग्रेजी सरकार घबराने लगी, यह बोलसेविक हिन्दुस्तान में कैसे पहुँच गए? उन्होंने डाँगे और दूसरे कमूनिस्तों पर पर 1924 में कानपुर में मुकदमा चलाया और उन्हें कड़ी सजा दी। कमूनिस्त मजूरों में काम कर रहे थे। अपने हक के लिए मजूर लड़ने लगे और मजूरी बढ़ाने या किसी मजूर के निकालने पर बड़ी-बड़ी हड़तालें होने लगीं। 1929 में 4 लाख मजूरों ने कलकत्ता की गलियों में घूमते हुए बिलायत से भेजे साइमन कमीसन का विरोध किया।

दुखराम : साइमन कमीसन क्या था भैया?

भैया : बिलायती जोंकें बहुत चालाक थीं भाई! जब लोगों में ज्यादा असन्तोस देखती हैं, तो पाँच-सात आदमियों की गुट्ट को यह कहकर भेज देती कि यह लोग जाकर जाँच-पड़ताल करेंगे, फिर हम तुम्हारे लिए जरूर कुछ करेंगे। इसी को कमीसन कहते हैं। उस वक्त जो कमीसन आया था, उसका मुखिया था साइमन—जोंकों का एक छँटा सरदार। इसीलिए उस कमीसन को साइमन कमीसन कहा जाता था। कमूनिस्तों की इस तागत को देखकर सरकार और घबराई और देस भर के कोने-कोने से गिरफ्तार करके, जोसी, अधिकारी, डाँगे आदि उनतिस कमूनिस्तों पर मेरठ में मुकदमा चलाया।

दुखराम : तो भैया, मरकस बाबा की सिच्छा फैलाने से बिलायती जोंकें बहुत घबराईं?

भैया : उतने से भी सन्तोष नहीं हुआ दुक्खू भाई! 1934 में तो सरकार ने कानून निकाल दिया कि कमूनिस्त पार्टी में जो भी जाएगा, उसे जेल में भेज दिया जाएगा।

लेकिन मरकस बाबा की सिच्छा न फूस-सज्जा पर सोने वालों के लिए और न गोबर गनेसों के लिए ही है। वह हवा में सिच्छा नहीं देती, नरक-सरग का लोभ भी वहाँ नहीं। जो गरीब हैं, मजूर हैं, रोज तकलीफों को भुगत रहे हैं, उनको यह सिच्छा बहुत जल्दी समझ में आने लगती है। जनता को इस तरह मैदान में आते देखकर बिलायती जोंकों के पेट में पानी कैसे पचता? जोंकें घबराती थीं, बिलायती ही नहीं हिन्दुस्तानी भी। इसलिए नहीं कि गांधी जी बोलसेविक थे और धनिकों का धन छीनकर पंचायती बना देते। गांधी जी का साथ करने का मतलब जेहलखाना-जुरमाना था, इसलिए वह घबराती थीं। लेकिन गांधी जी के "बिलायती माल न छुओ" कहने से हिन्दुस्तानी मिलों का माल खूब बिकने लगा। खूब नफा होने लगा, तो सेठ लोग भी गांधी जी की आरती उतारने लगे, जिमींदार भी दंडवत् करने लगे, और अब गांधी जी ने भी बार-बार कहना शुरू किया, मैं सेठों-जिमींदारों का धन छीनना नहीं चाहता, मैं तो इतना ही चाहता हूँ कि सेठ-जिमींदार किसान-मजदूरों के माँ-बाप बन जाएँ।

दुखराम : इसी को कहते हैं भैया, "नदिया (दूध के बरतन) की साखी बिलाई।"

भैया : यह सब कथा पुरानी हो गई दुक्खू भाई! बिलायती जोंकों ने देखा कि कमेरों का राज रूस में कमजोर होने की जगह और बढ़ता ही जा रहा है, मरकस बाबा की सिच्छा भी दुनिया में फैलती जा रही है, हिन्दुस्तान में भी उसे दबाया नहीं जा सकता। उधर हिन्दुस्तानी भी सुराज-सुराज कह रहे हैं, अगर कुछ नहीं करेंगे तो, सब हमारे खिलाफ हो जाएँगे।

सन्तोखी : बन्धन (रेहन) से बूड़ा (बै) हो जाएगा।

सोहनलाल : और हिन्दू-सभावाले भी तो लड़ाके थे।

भैया : रहने दो हिन्दू सभा की बात।

सोहनलाल : सावरकर क्या लड़े नहीं, क्या उन्होंने अपनी जवानी अंग्रेजों के साथ लड़ने में नहीं बिताई!

भैया : क्या उन्होंने अपने बुढ़ापे को अंग्रेजों के राज को मजबूत करने के लिए नहीं बिताया? भाई परमानन्द को भी किसी वक्त फाँसी की सजा मिली थी, लेकिन उसका यह मतलब नहीं है कि वह पुरानी आग बाद भी उनके भीतर रही। सोहन भाई! अंडमन के काले पानी में उनकी सारी आग ठंडी हो गई। बासी खाने वाला बहादुर नहीं होता।

दुखराम : ऐसे ही हिन्दू सभा के नेता रहे, जो गरीबों का खून कच्चा पी जाते। सिपाही सवार छाँट-छाँट कर गुंडे रखते और एक की डेढ़ मालगुजारी दिये बिना पिंड नहीं छूटता। कभी मोटर का चन्दा लगता, तो कभी हाथी का। ब्याह-बरात के लिए हजारों रुपया वसूल करते।

भैया : बस हिन्दू-सभा में या तो इसी तरह के गरीबों के खून को चूसकर मोटे हुए राजा-महाराजा, जिमींदार हैं, या उनके टुकड़े से जीने वाले, क्या जाने दो-चार पागल भी निकल आएँ।

दुखराम : तो अब यह लोग जोंकों के सरदार बनकर अपनी वीरता दिखलाना चाहते हैं।

भैया : देखा तो दुक्खू भाई! जोंकें अभी कितने-कितने तरह के नाटक खेलती हैं। धरम के नाम से उन्होंने हजारों बरसों से पागल कर रखा है, अब "हिन्दू धर्म डूबा" कहकर वह गांधी जी को गोली देने चले हैं।

सोहनलाल : तो भैया! तुम चाहते हो कि हिन्दू अपना धर्म न बचावें?

भैया : जिनको गुलामी से इतना प्रेम है, वह भारत माता की कितनी इज्जत करते हैं, यह खुद समझ सकते हो।

सोहनलाल : तो हिन्दू क्या बाधा डालते हैं?

भैया : हिन्दुओं का बरताव। हिन्दुओं ने दस करोड़ आदमियों को चमार, मुसहर, डोम बनाकर उन्हें जानवर से भी बदतर कर दिया। जब कोई उनमें से मन्दिरों में जाता है, तो कह देते हैं कि पोथी में इसके खिलाफ लिखा है। पोथियाँ किसने बनाईं। उन्होंने, जो कहते हैं कि जोंकें भगवान की ओर से भेजी गई हैं। जिमींदार और सेठ किसानों-मजूरों को चूसते हैं, तो यह भी वह धरम करते हैं। पहिले जनम का पुन्न है, इसीलिए उनको धन मिला है। लेकिन दुक्खू भाई! तुम्हें मालुम है न कि जोंकों के घर में भगवान सोने की बरसा नहीं करते, एक आदमी को धनी बनाने के लिए ही निन्नानबे आदमियों को भूखा मारना पड़ता है।

दुखराम : हाँ भैया! सब पोथी-पत्रा जोंकों के फायदे के लिए बना है।

भैया : अभी 30 बरस पहिले (1925 ई.) तक नेपाल के हिन्दू-राज में आदमी खरीदे-बेचे जाते थे और पोथी-पत्रे वाले कहते फिरते थे कि यह सब भगवान की पोथी में हुआ है।

दुखराम : तो भैया! नेपाल में आदमियों का बेचना-खरीदना कैसे बन्द हुआ?

भैया : दुनिया में थू-थू होने लगी, इसीलिए। और नेपाल राज की सावरकर और भाई परमानन्द तारीफ करते नहीं थकते थे। असल बात है कि जो-जो हिन्दू-हिन्दू के नाम पर चिल्लाते थे, उनमें बहुत ज्यादा अंग्रेजों के खुसामदी थे—"करन चहत निज प्रभु कर काजा"। रूस में भी जब जोंकों का राज था तो इस तरह के लोग वहाँ भी बराबर झगड़े उठाया करते थे।

दुखराम : रूस में भी तो भैया 182 जाति हैं। वहाँ कैसे रास्ता निकाला गया?

भैया : वहाँ पहिले ही मान लिया गया कि कोई जाति दूसरी जाति की गुलाम नहीं है, जिस जाति की जो भूमि है, उसका कर्ता-धर्ता वही है। इसलिए एक-एक जाति का एक-एक पंचायती राज बनाया गया है, जहाँ के राज-काज को उसी जाति के लोग चलाते हैं। अपनी भूमि में अपने कर्ता-धर्ता होने से उनको डर नहीं है कि दूसरी जाति दबाएगी। इसीलिए एक सौ बयासी जातियों ने मिलकर बीस आदमियों का एक बड़ा पंचायती राज बनाया है। यहाँ भी उसी बात को मान लो तो सारा झगड़ा मिट जाए।

सोहनलाल : लेकिन पाकिस्तान बन जाने पर वहाँ के मुसलमान ईरान, तुर्की, अफगानिस्तान से मेल करके हिन्दुस्तान पर हल्ला बोल दें तो फिर होगा?

भैया : सोहन भाई! दुनिया में जितने मुसलमान देस हैं, सब पाकिस्तान से चौथाई-तिहाई ही हैं। पंजाब की ओर के पाकिस्तान के मुसलमानों की आबादी 3 करोड़ होगी जबकि ईरान की 1 करोड़ 80 लाख; अफगानिस्तान 1 करोड़, तुर्की की 1 करोड़ 78 लाख, मिस्र की 1 करोड़ 60 लाख, बताओ दूसरे मुस्लिम देस पाकिस्तान की पूँछ बन जाएँगे या पाकिस्तान दूसरे देसों का? मरकस बाबा ने तो ऐसा रास्ता बतलाया है कि उनमें देस-जाति-धरम का अड़ंगा ही नहीं लग सकता। हम रोटी-कपड़ा के लिए लड़ते हैं, कोई धरम हमारे रास्ते में बाधा न डाले। जो बाधा डालेगा, उसे ही नुकसान उठाना पड़ेगा। हिन्दू के नाम पर, मुसलमान के नाम पर जोंकों को छिपाया नहीं जा सकता।

दुखराम : भैया! बरसात के मेंढकों की तरह से जान पड़ता है जोंकें न जाने कितने धरम निकालेंगी और कौन-कौन सी खुराफात जोड़ेंगी। लेकिन मरकस बाबा ने जो कसौटी दे दी है, उससे खरे-खोटे का पहचानना बहुत आसान है। मैं देख चुका हूँ, कितने राजा-महाराजा लोग कौंसल में वोट के लिए खड़े हुए थे और कितने पंडित और पुरोहित बड़ा-बड़ा टीका लगाकर लोगों को समझाते फिरते थे कि कांगरेस वाले जो गए तो हिन्दू धरम नहीं बचेगा, वह हिन्दू-मुसलमान सबको एक करना चाहते हैं।

भैया : लेकिन दुक्खू भाई, कांगरेस वालों में जो किसी ने मुसलमान के साथ खाया होगा, तो रोटी-दाल, लेकिन इन राजा-महाराजाओं की लीला अपरम्पार है। यह साहब बहादुर के साथ बैठ न जाने क्या-क्या खाते हैं।

दुखराम : इसी को कहते हैं "छप्पन चूहा खाइ के बिलारी भई भक्तिन"।

सोहनलाल : लेकिन भैया! फलाने सासतरी, फलाने राजा जैसे बड़े-बड़े दिग्गज लोग भी हिन्दू धरम की बात करते हैं।

भैया : तुम बूढ़े-बूढ़े नामों को देकर डराना चाहते हो। मैंने कहा नहीं कि बूढ़ों का दिमाग मरने से पहिले ही मुरदा हो जाता है। ऐसे बहुत कम बूढ़े देखने में आते हैं,

जिनका दिमाग मरते दम तक गंगा की धारा की भाँति बहता रहे, नहीं तो बेसी सठिया जाते हैं। फिर तुम ऐसे नामों को भी ले रहे हो जिनके केस अंग्रेजों की गुलामी में पक गए। जिन्होंने अपने पेट के लिए अंग्रेजों के हाथ को मजबूत किया। पाँच रुपये की नौकरी करने वाले सरकारी चपरासी से आप कुछ आसा भी रख सकते हैं, सोहन बाबू, क्योंकि उसको पाँच रुपये की नौकरी दूसरी जगह भी मिल सकती है, आधा पेट को तो आधा खाना कहीं न कहीं मिलता ही है। लेकिन जिसने दो हजार-पाँच हजार के लिए अंग्रेजों की ताबेदारी कबूल की थी, उसके भीतर उतनी हिम्मत कभी नहीं हो सकती। नौकरी छूट जाने पर कौन इतनी मोटी तनखाह देगा? फिर घर में जो इतना बड़ा-बड़ा लिफाफा है वह कैसे रहेगा? कहाँ नवाबी ठाट और नवाबी मिजाज और कहाँ अब दर-दर के भिखारी! क्या तुम कभी ऐसे लोगों से उम्मेद रख सकते कि वह अंग्रेजों के खिलाफ जाएँगे?

दुखराम : पिनसिनिहाँ, भैया और लीचड़ (डरपोक) होते हैं। पिनसिनिहाँ का क्या कबुर में पैर लटकाए सभी बूढ़े लोचड़ होते हैं। जवानों को तो जल्दबाज कह देते हैं, लेकिन जल्दबाज होने पर भी जवान अपनी इज्जत-बात पर जान दे देते हैं; लेकिन बूढ़ों की चले तो बेसरमी की बिद्‌दा जवानों को भी सिखा दें।

अध्याय-11

पंडा, मुल्ला सेठ

सन्तोखी : पुरोहितों और मौलवियों के बारे में बताओ भैया!

भैया : वे खुद जोंक हैं और जोंकों के दलाल भी। देखते नहीं जब कोई राजा कौंसिल के लिए खड़े होते थे तो पुरोहित लोग चारों ओर चक्कर काटने लगते, भगवान और धरम की दुहाई देते-देते कान बहरा कर देते। पुरोहितों और मोलवियों ने कभी गरीबों का पच्छ नहीं लिया।

सोहनलाल : भैया, तुम भी कबीर साहब की तरह मोलवियों और पंडितों के पीछे पड़ गए।

भैया : पंडित सरग का एक रास्ता बताते थे, मोलवी दूसरा रास्ता, मोलवी के मत से गाय का मांस खाकर सरग जाता है, पंडित के मत से गाय का गोबर खाकर। पंडित सिर पर चुटिया बाँधकर सरग पहुँचाता है, मोलवी दाढ़ी में चुटिया बाँधने को कहता है। फिर यह भी नहीं कि कह दे कि "मारत सोइ जाकहँ जो भावा," वह एक-दूसरे का सिर भी फोड़ने को तैयार थे। कबीर साहब को वह बुरा लगता था, वह इस खून-खराबी को पसन्द नहीं करते थे, चाहते थे हिन्दू-मुसलमान एक होकर रहें। इसलिए उन्होंने कहा "सोई राम सोई रहीम", बेचारे समझाते थे कि है कोई अलख निरंजन इस दुनिया की सुध लेने वाला, इसलिए नहीं चाहते थे कि दुनिया की सुध लेने वाले (राम-रहीम) पर बिसवास करने वाले एक-दूसरे का गला काटें। उन्होंने सोचा था कि राम-रहीम को एक मान लेने से काम बन जाएगा लेकिन झगड़े का दोसी राम-रहीम नहीं था।

दुखराम : राम-रहीम दोसी नहीं था तो कौन था भैया?

भैया : जो राम-रहीम होता और उसमें उतनी तागत होती जितनी पंडितों की पोथियों और मुल्लों की किताब में लिखी हुई तो हजारों बरसों से अपने नाम पर करोड़ों आदमियों को कटते-मरते देखकर वह चुपचाप बैठा न रहता। असल में मजहब के पैदा करने वाली भी जोंकें हैं। भगवान को भी पैदा करने वाली जोंकें हैं।

मैंने पहिले कहा था कि एक निठल्ले आदमी को कोई क्यों अपना सरबस देकर भूखे मरने के लिए तैयार होता? इसीलिए उन्होंने राम-रहीम को पैदा किया, जिसने उन्हें राजा बनाया। राम-रहीम हैं, कबीर साहब यह बिसवास रखते थे, फिर पंडित-मुल्ला के झगड़े को मिटाना चाहते थे। उनको पता ही नहीं था कि जब तक दुनिया को नरक बनाने वाली जोंकें हैं तब तक राम-रहीम एक कह देने से झगड़ा नहीं मिटेगा।

दुखराम : मैं भी एक बात कहूँ भैया!

भैया : कहो दुक्खू भाई।

दुखराम : तुमने भैया जो उस दिन कहा था न कि मजहब और भगवान को गाली देने में हम लोगों की अपनी तागत नहीं लगनी चाहिए, हमें देखना है कि कैसे कमेरों को रोटी-कपड़ा मिलेगा? मैंने अपने मुँह में जाबा लगा लिया लेकिन जानते हो न भैया, मरकस बाबा की बात ने दिल में ऐसी आग लगा दी है कि जोंकों के जाल-फरेब को कहना ही पड़ता है। उसमें जब कोई भाई बीच में भगवान की बात कहता है तो नाहीं कहना ही पड़ता है। नाहीं कहना खराब तो नहीं है भैया!

भैया : नहीं दुक्खू भाई, साँच कहना खराब नहीं है। मैंने इतना ही कहा था कि रोटी-कपड़े की बात छोड़कर जो तुम देवी-देवता और ओझा-सोखा के खिलाफ कहने में अपनी सारी ताकत लगा दोगे, तो असली काम पड़ा रह जाएगा।

दुखराम : मैं इसे अच्छी तरह समझ गया हूँ भैया! एक दिन मैं बलीदपुर में था। रमजान भइयवा मेरा यार है। रमजान, मैं औ सोबरन राउत तीनों बगीचा में बैठकर बात कर रहे थे। उसी वक्त हरखू पंडित उधर से जा रहे थे। सोबरन ने बाबा पालागी किया, हरखू पंडित ने पास में आकर मेरे बारे में पूछा तो सोबरन ने कह दिया कि दुखराम राउत हैं। हरखू पंडित का मुँह उतर गया और आँख बड़ी-बड़ी कर मेरी ओर देखने लगे। मैंने भी पालागी कहकर उनको बैठने के लिए कहा। उन्होंने कड़ककर कहा—"जा तेरी पैलगी नहीं लेंगे। भगवान को नहीं मानता, देवी-देवता को गाली देता है।" मैंने बहुत नरमी से कहा—"देवता! दूरबासा रिखीं? गरीब पर काहे नाराज होते हैं, मैं किसी देवी-देवता को गाली नहीं देता।" हरखू पंडित ने कहा—"तो तुम भगवान को मानते हो?" मैंने कहा—"मैं तो बाबा? भगवान को नहीं मानता लेकिन भगवान के पूजने वालों से मेरा बहुत प्रेम है। इसीलिए भगवान को मैं गाली नहीं देता।" हरखू पंडित ने मुँह फाड़कर कहा—"जो तू खुद नहीं मानता, तो जरूर गाली देता होगा।" मैंने कहा—"बाबा? हमारा बच्चा है, वह हाथी-घोड़ा लेकर खेलता है, हम सयाने जानते हैं कि वह असली हाथी-घोड़ा नहीं है, लकड़ी-मट्टी का है। लड़के को जो यही बात हम कहने लगें तो लड़का रोने लगेगा। बच्चे से हमको प्रेम है, और बच्चे को काठ-मट्टी के घोड़े से,

इसीलिए बच्चे के प्रेम का खयाल करके हम उस खिलौने को भी भला-बुरा नहीं कहते।" मैंने ठीक कहा न भैया?

भैया : हाँ, ठीक कहा दुक्खू भाई।

दुखराम : हरखू पंडित ने कहा—"तू भगवान को नहीं मानता, तो तेरी गति नहीं होगी, लेकिन तू भगवान को गाली नहीं देता तो यह अच्छा है।" हरखू पंडित की टेढ़ी भौंहें कुछ सीधी हुईं लेकिन जब वह चलने लगे, तो उनका मुँह उसी तरह उतरा हुआ था। दूसरे दिन की बात है। मैं और रमजान खटिया पर बैठे थे; उनके यहाँ गाँव के जुलाहों को नमाज पढ़ाने के लिए एक मोलवी आते हैं। रमजान ने किसी दिन कह दिया था। मोलवी को देखकर हम दोनों खड़े हो गए और उन्हें चारपाई पर बैठाया। मोलवी को किसी ने कह दिया था कि दुखराम रमजान के दरवाजे पर बैठा हुआ है, वह राम-रहीम को नहीं मानता। मोलवी साहब ने कहा—"सुना है दुखराम राउत तुम करतार को नहीं मानते। हिन्दू-मुसलमान बहुत-सी बातें अलग-अलग मानते हैं। लेकिन दुनिया के बनाने वाले को सभी मानते हैं, तुम क्यों नहीं मानते।" मैंने कहा—"दुनिया बड़ी खराब बनी है मोलवी साहब, हजारों आदमी जी लड़ाकर काम करते, उनका पेट नहीं भरता और एक आदमी निठल्ला बैठा रहता है, वह ऐस-जैस करता है, जिस करतार ने ऐसी नरक दुनिया बनाई है, उसे मानने से क्या फायदा!" मोलवी ने कहा—"करतार से दुआ माँगोगे, उसके सामने गिड़गिड़ाओगे तो वह तुम्हारी बिगड़ी बना देगा।" मैंने कहा—"मैंने क्या कसूर किया था कि हमें बिगाड़ा, और जो बिना कसूर ही इतना बिगाड़ सकता है, उससे मैं किसी चीज की उम्मेद नहीं करता।" मोलवी ने कहा—"तो करतार, सरग, दोजख कुछ नहीं मानते?" "मैंने कहा—"मैं नहीं मानता मोलवी साहब, लेकिन आप या दूसरा जो कोई करतार को मानता है, उसको मैं बुरा नहीं कहता। मैं इतना ही चाहता हूँ कि रोटी-कपड़े की दुनिया में किसी को चिन्ता नहीं रहे, बस इस काम में हम लोग सब एक रहें, क्योंकि भूख सबको एक तरह सताती है, जाड़ा-गरमी एक तरह लगती है।" मोलवी हरखू पंडित के इतना उजड्डे नहीं थे। उन्होंने मुस्कराते हुए कहा—"तो रोटी-कपड़े के लिए काम करने को कौन रोकता है!" मैंने कहा—"न रोके तो इससे मुझे बड़ी खुसी होगी मोलवी साहब, फिर तो मैं कहूँगा कि रोटी-कपड़े का काम लोगों को सौंप दें जो कि जोंकों का राज हटा हम कमेरों का राज कायम करना चाहते हैं!" मोलवी ने कहा—"और हम क्या करें।" मैंने कहा—"आपको बहुत बड़ा काम है, जिनगी तो चार दिन की है न, सरग में आदमी बे-अन्त समय तक रहता है, बस सरग का काम आप सँभालो।" मोलवी ने कहा—"जो हम खाली सरग ही की बात करें, तो हमें कौन पूछेगा। हमें गंडा देना पड़ता है, ताबीज देनी पड़ती है।" मैंने कहा—"गंडा भी आप दीजिए, ताबीज भी आप दीजिए, लेकिन सरग जाने के लिए।" मोलवी ने कहा—"और जो किसी को लड़का-लड़की चाहिए तो।"

मैंने कहा—"गंडा-ताबीज को मैं नहीं पसन्द करता। लेकिन मैं जानता हूँ कि जब तक वह नरक की दुनिया रहेगी तब तक गंडा-ताबीज देने-लेने वालों को कोई रोक नहीं सकता।" क्यों भैया, मैंने ठीक कहा न?

भैया : ठीक कहा तुमने दुक्खू भाई। बेठीक होने का तुम्हें कैसे सक हुआ।

दुखराम : सक इसीलिए हुआ भैया कि इसके बारे में बात नहीं की थी। खाली मरकस बाबा ने जो आँख खोल दी है, उसी के बल पर मैं बोल गया।

भैया : और तुम्हारा बोलना ठीक रहा दुक्खू भाई!

दुखराम : और जोतिस के बारे में तुम्हारी क्या राय है?

भैया : जोतिस दो तरह का है दुक्खू भाई, एक तो वह जोतिस है जो गिनती करके बतला देता है कि सुरुज-गरहन कब होगा; चंदर-गरहन कब होगा। अकास में मंगल, बुध आदि-आदि गरह और हमारी धरती भी सुरुज के किनारे घूमती है। जितने आकास में तारे छिटके देखते हो, उनमें आँख से दिखाई देने वाले पाँच ही छ: तारे जो सुरुज के किनारे घूमते हैं, नहीं तो बाकी सभी तारे सुरुज हैं।

दुखराम : तो सब तारे सुरुज हैं भैया? फिर वह उतने छोटे क्यों मालूम होते हैं?

भैया : हमसे बहुत दूर हैं, दो आदमी बराबर-बराबर से हों, एक हमसे पाँच हाथ पर खड़ा हो दूसरा पाँच सौ हाथ पर, तो पाँच सौ हाथवाला छोटा मालूम होगा कि नहीं?

दुखराम : हाँ, छोटा मालूम होगा भैया।

भैया : यह तारे क्या चीज हैं, यह हमसे कितना दूर हैं, वगैरह बातें पचास-पचहत्तर साल से ही हमें मालूम हुई हैं।

दुखराम : सुरुज-गरहन, चंदर-गरहन की बात लोग बहुत पहले से जानते थे तो तारों के बारे में क्यों नहीं जान सके?

भैया : दूर की चीज देखने के लिए आँख को मदद करने वाली दूरबीन उस वक्त नहीं थी, और बहुत दूर रहने वाली चीजों को आँख देख नहीं सकती। अँधेरे में रोशनी होने से कुछ तारे जरूर दिखाई पड़ते थे, लेकिन वह भी बहुत कम दिखाई पड़ते थे। लेकिन मामूली दूरबीन लगाकर देखने से भी पचास हजार तारे दिखाई पड़ने लगते हैं। अढ़ाई इंची दूरबीन से तीन लाख तारे दिखाई पड़ते हैं। आजकल सबसे बड़ी दूरबीन (सौ इंची) बिल्सनगिरि अमिरिका में है, उससे डेढ़ अरब तारे देखे जाते हैं।

दुखराम : तो दूरबीन से आँख की तागत बहुत बढ़ जाती?

भैया : हाँ, उसी तरह जैसे रेडियो बाजा से कान की तागत बढ़ जाती है। तीन सौ बत्तीस बरस (1312 ई.) से पहिले दुनिया में कोई दूरबीन नहीं जानता था। अकबर के मरने के सात बरस बाद गलेलियो ने पहिली दूरबीन बनाई।

दुखराम : तो जो यह जोतिसी सबका आगा-पीछा बतला देते हैं, किसी को क्या होने वाला है, सब कह देते हैं; ऐसी बातें तो वह न जाने कै हजार बरस से जान गए थे, लेकिन मामूली दूरबीन भी तीस सौ बरस से पहले नहीं बना सके। मुझे तो भैया, यह भाग बतलाने वाला जोतिस भी जोंकों ही का फरेब मालूम होता है। पचास बरस बाद मुझे क्या होने वाला है, यह पहले ही से पक्की हो गई, तभी तो जोतिसी मेख-बिरिख कह के बता देता है, फिर जब एक-एक दिन क्या बीतने वाला है सभी को पहले से ही लिख दिया गया है, तो हाथ-पैर हिलाना बेकार है।

भैया : तुम्हारी जिन्दगी भर की बात पहिले के नहीं लिख दी गई, तुम्हारा लड़का कब किस नच्छत्तर में पैदा होगा, यह भी जोतिस में लिखा दिया है। और जब नच्छत्तर मालूम हो गई तो उसकी भी कुंडली जोतिस तैयार कर देगा और उसे एक-एक दिन क्या बीतेगा, यह भी जोतिस बतला देगा।

दुखराम : माने हमारी कुंडली तो बनी है। लड़के की कुंडली भी बाप की कुंडली से तैयार हो सकती है क्योंकि पुत्र जनम जोतिस से मालूम ही हो जाएगा, और दो पोते-परपोते और साठ पीढ़ी आगे तक की कुंडली और एक-एक दिन क्या बीतेगा, सब बतलाया जा सकता है, जोतिस में सब लिखा ही हुआ है। यह तो भारी चाल है भैया, जोंकों की! बारह सौ बरस आगे तक की जब बातें पहले से ही पक्की हैं, तो आदमी हाथ-पैर हिलावे या न हिलावे, बात होकर रहेगी। तब तो आदमी भाग्य का बनाने वाला नहीं रहा। नहीं-नहीं भैया। यह हम कमेरों के हाथ-पाँव को बाँधकर जोंकों के सामने पटक देने का जाल-फरेब है, जोतिस और कुछ नहीं।

भैया : लेकिन जोंकों ने कैसा ढंग निकाला दुक्खू भाई? तुमको भी पछाड़ दिया, अपना काम भी बनाया और जोतिसी की भी पाँचों अँगुलियाँ घी में है।

दुखराम : मुझे तो भैया? आदमी की बुद्धि पर अफसोस होता है। अच्छे-अच्छे पढ़े-लिखे लोग भी कुंडली और हाथ दिखाने के लिए दौड़ पड़ते हैं, जान पड़ता है काबुल में भी गधे होते हैं।

भैया : यह कहने से कोई फायदा नहीं। दुक्खू भाई! जब तक आदमी की जिन्दगी निश्चित नहीं है, आज भी उसको खाने-कपड़े की चिन्ता है, लड़के-लड़की के ब्याह की भी चिन्ता है, कल उससे भी अधिक चिन्ता है, तब तक आदमी को जोतिसियों के पास जाने से कोई नहीं रोक सकता। इसलिए भाग बताने वाले जोतिसी के पीछे लाठी लेकर पड़ने की जरूरत नहीं। सबकी जड़ जोंकें हैं, उनको काट दो बस सारा काम हो जाएगा।

सन्तोखी : भैया महातिमा लोग भी तिरकाल की बात बताते हैं और उनके जाल में भी लोग फँस जाते हैं।

भैया : एक जाल नहीं है, यहाँ पग-पग पर जाल है दुक्खू भाई! एक भाई ने मुझे चिट्ठी लिखी है। इधर कुछ दिनों से मुझे यहाँ एक प्रधान मत जैन श्वेताम्बर तेरा पंथी के आचार्य का सत्संग होने के पश्चात्...आधुनिक समय में जबकि मनुष्य ने सुख की प्राप्ति भौतिक साधनों द्वारा सम्भव मान ली है, जबकि बिलासिता और ऐश्वर्य का बोलबाला है; जबकि सभ्यता के नाम पर हमने मनुष्य को, देवत्व को तिलांजलि दे दी है, इन साधुओं की तत्परता, इनका त्याग, इनका वैराग्य, इनका संयम इत्यादि देखकर मनुष्यों को चकित रह जाना पड़ता है। मैं दावे के साथ कह सकता हूँ, जितनी सचाई और दृढ़ता के साथ इनका पालन ये करते हैं, वह अद्वितीय है; संसार में रहते हुए जो विरक्ति ये लोग सांसारिकों से रखते हैं वह अद्वितीय है। श्री भूलाभाई देसाई और हिन्दू महासभा के सहायक-मंत्री चकित रह गए। उन्होंने यहाँ तक कहा कि इनकी अहिंसा के सामने तो गीता की अहिंसा भी फीकी पड़ जाती है।...हिन्दू महासभा के सहायक मंत्री तो यहाँ तक मुग्ध हो गए कि उन्होंने स्पष्ट शब्दों में कह दिया कि अगर मैंने कभी धर्म ग्रहण किया तो इसको छोड़कर दूसरा कदापि न करूँगा। इनका त्याग इतना जबरदस्त है कि गृहस्थ लोगों के साथ सम्पर्क तो दूर इनको यह पता चल जाए कि कोई वस्तु हमारे लिए खरीदी या तैयार की गई है, तो भिक्षा में भी उसे कदापि ग्रहण न करेंगे। संयम इतना कि साध्वियाँ पुरुष मात्र और साधू स्त्री मात्र के स्पर्श को पाप मानते हैं। पचासी आजन्म ब्रह्मचारी आपको मिलेंगे। जिन-जिन लोगों ने इनकी जाँच की है, उनकी एक मत से यही राय रही है कि यही पूर्व की एक आदर्श संस्था है। मेरा भी झुकाव इस तरफ होने के बावजूद मैं इसको उस वक्त तक नहीं मानना चाहता, जब तक आप इसकी जाँच न कर लें। (29 जुलाई, 1944 ई.)।

दुखराम : भैया, संसकिरत में किसी ने लिखा है क्या, मुझे तो कुछ समझ में नहीं आया?

भैया : नहीं आया वही अच्छा है दुक्खू भाई, समझ में आया होता तो न जाने क्या कह डालते।

दुखराम : आप कहेंगे तो मैं जीभ को बाँधकर रखूँगा भैया! लेकिन सुनाएँ तो क्या बात है?

भैया : एक बात यह है कि खाते-पीते आदमी हैं, उनके पास पक्का मकान है, नौकर-चाकर हैं, देखा तो नहीं शायद उनकी बीबी भी हों; बच्चे भी हों, उनके बदन पर सोने का गहना और रेशमी नहीं तो अच्छी बारीक सूत की साड़ी रहती हो,

खाने के लिए दूध-घी और फल-मेवा भी मिल जाता हो। कल की चिन्ता उनको उतनी ही है, जितनी किसी करोड़पति सेठ को, दूसरे दिन दिवालिया हो जाने की।

दुखराम : भैया? जोंकें कल की परवाह नहीं करतीं, वह नगद धरम मानती हैं, "आज नगद कल उधार।"

भैया : तो भी दुक्खू भाई, जिसने यह खत लिखा है, वह चाहे जोंकों का ही अंडा-बच्चा हो, लेकिन उसका दिल उतना कठोर नहीं है। बेचारा बड़ी कोसिस करता रहा है कि जोंकों के जाल से निकले, लेकिन जोंकों का जाल कहाँ-कहाँ फैला है, इसको जानना बहुत मुश्किल है, चिड़िया हवा में उड़ना चाहती थी, उसने भी समझा कि निरमल आकास में कोई डर नहीं, लेकिन बहेलिया ने वहाँ भी जाल टाँग रखा है। और उसी जाल में फड़फड़ा रही है। बेचारा भाई एक साधू को देखता है, जो दुनिया के लोगों से बिलकुल बैराग रखते हैं जिनके बैराग को देखकर हिन्दुस्तान के आराम से जिन्दगी काटने वाले कुछ बड़े-बड़े लोग...

दुखराम : बड़ी-बड़ी जोंकें।

भैया : बड़े-बड़े लोग अचरज करते हैं और एक बड़े आदमी तो ऐसे हैं कि हिन्दू धरम का बेड़ा पार करते हैं, लेकिन अभी तक वह कोई धरम नहीं मानते। इन महातिमा को देखकर उन्हें भी धरम मानने की साध लगी।

दुखराम : वही सावरकरवाली हिन्दू सभा न भैया, जो बड़ी-बड़ी जोंकों की मुट्ठी में है।

भैया : अच्छा, ये महातिमा इतने त्यागी हैं कि जो इनके लिए कोई चीज खरीदकर भी दे तो वह भिच्छा में नहीं लेते।

दुखराम : तब तो वह महातिमा खाली हवा पीते होंगे। क्योंकि दुनिया में जोंकों की कोई ऐसी चीज ही नहीं है, जिसे खरीदा-बेंचा न जाए।

भैया : और मैं यह भी समझता हूँ दुक्खू भाई कि वह महातिमा ऐसे गरीबों के घरों में नहीं रहते होंगे, खून-पसीना एक करके धरती से अनाज पैदा करते हैं, कपास पैदा कर अपने हाथ से कपड़ा बनाते हैं; क्योंकि महातिमा के पचासों चेलों और चेलियों को बैठे-बैठे खाना-कपड़ा देना गरीब के बस की बात नहीं है।

दुखराम : पचासों-चेले-चेलियाँ! और वह क्या करते हैं भैया?

भैया : यह तमाम जिनगी भर बरमचारी रहते हैं, न औरत मर्द को छूती है न मर्द औरत को छूता है।

दुखराम : हिजड़ा-हिजड़ी होंगे भैया? इसमें कौन बात है?

भैया : हिजड़ा-हिंजड़ी होंगे। न भी हों तो भी दुक्खू भाई! मैं साधू-साधुनियों की लीला जानता हूँ। बरमचारी तो क्या होंगे, लोगों की आँखों में धूल झोंकते हैं। बस यही ध्यान रखते हैं कि बात खुलने न पाए। एक-दो आदमी बात कहते, तो मैं समझता कि पागल होंगे या जैसा तुम कह रहे हो उसी तरह के हिजड़े होंगे, लेकिन जब पचास-पचास चेले-चेलियों के तमाम जिनगी बरमचारी रहने की बात कहते हैं, तो मुझे इसमें जरा भी सक नहीं कि यह खूब जबर्जस्त ढोंग है। ऐसे बरमचारी बरमचारिनियाँ रिखीकेस में हजारों हैं, उत्तर कासी में भी हैं। किन्तु वो गंगोत्तरी के हाड़ चीरने वाले जाड़े में बिलकुल नंगे दिगम्बर रहते हैं। उनमें एक है महातिमा किसन आसरम। आज बीसों बरस से वह हिमालय में नंगे रहते हैं, उनकी तपस्या के बारे में क्या पूछते हो, हिन्दू धरम के सबसे बड़े नेता मालवी जी को अपने बीस लाख वाले मन्दिर के नींव रखने के लिए हिन्दुस्तान भरके बड़े-बड़े महात्माओं की खोज होने लगी। उस वक्त मालवी जी को महात्मा किसन आसरम ही ऐसे दिखाई पड़े जो कासी में आकर दूसरे विस्वनाथ बाबा की नींव डालने लायक हैं। उन्होंने ही विस्वनाथ की नींव डाली और महात्मा किसन आसरम के बड़े बरमचारी हैं, उन्होंने सिरिफ राजाराम बरमचारी हैं, के गूँगे लड़के की बहू भानदे को गीता पढ़ाया और बेचारे पहाड़ी गीत गाते फिरते हैं—

"चवन्नी को पेरा; तें क्या बुरा मानो राजाराम को डेरा।

झाका बुनी खाट रे। तें भली सी क्यों गीता को पाठ रे।

चीणे तू बँगला भान दे! चीणे तू बँगला तेंने कानों छोड़ी हरसिल को

जँगला गूँगा नीको गोली, तें ना भालो मान दे! अबोला के बोली।"

दुखराम : किसन आसरम और भानदे न जाने कितने पड़े हुए हैं भैया!

भैया : एक आदमी और एक औरत साथ में रहें, यह कोई बुरा नहीं है, लेकिन वह बरमचारी-बरमचारी का ढिंढोरा क्या पीटा जाता है। मान लो दुक्खू भाई कोई मरद रहते भी हिंजड़ा बन जाता है, तो दुनिया को इससे क्या फायदा?

दुखराम : दुनिया को न फायदा हो, जोंकों को तो फायदा है, वह कहती फिरेंगी कि छोड़ो दुनिया के सुख-दुख को, इसी तरह तुम भी महात्मा बन जाओ।

भैया : दुनिया में हजारों बरसों से ऐसे बरमचारी होते आए हैं, इनसे भी बढ़कर त्यागी हुए हैं, लेकिन उससे दुनिया का नरक जौ भर भी कम नहीं हुआ।

दुखराम : और इन हजारों बरसों में जबसे कि जोंकों का राज कायम हुआ, लोग बराबर इस तरह के जाल में फँसते रहे?

भैया : मैं तो समझता हूँ दुक्खू भाई! ऐसे साधुओं में कुछ ईमानदार भी रहे होंगे, वह दिल से धनिकों को पसन्द नहीं करते थे, हाँ, बेसी धोखेबाज और पागल ही रहे हैं, लेकिन ईमानदारों की ईमानदारी और सच्चाई किस काम की जो कि गरीबों के गले के फन्दे को और मजबूत करती हैं? जो इन महात्माओं में ईमानदारी है, और इनमें सोचने-समझने की तागत है, तो क्यों नहीं समझ लेते कि जो हजारों बरस से नरक की जिन्दगी बिताते हैं, उन 99 सैकड़ा लोगों के दुख को दूर करना है। वह ब्रह्मचर्य किस काम का, जो आदमी को खुदगरजी सिखाए, वह दुनिया को चूल्हे-भाड़ में पड़ने दे और अपने निवारन के पीछे दौड़ता फिरे। मैं तो महात्मा उसे कहूँगा, जो प्रतिज्ञा कर ले कि जब तक करोड़ों आदमी पीढ़ी के बाद पीढ़ी नरक की जिनगी बिता रहे हैं, तब तक मेरे लिए निरवान नहीं चाहिए, मुकती नहीं चाहिए; सरग नहीं चाहिए। वैसे तो कितने ही घोड़े-घोड़ियाँ थान पर बँधे जिनगी भर बरमचारी रह जाती हैं। लेकिन जिस दिन वह महात्मा यह बात तय कर लेंगे, उस दिन उन्हें आटे-चावल का भाव मालुम हो जाएगा फिर सेठ-सेठानियाँ उनकी आरती नहीं उतारेंगी, फिर राजा-नवाब उनका चरनामिर्त नहीं लेंगे।

सोहनलाल : तो भैया तुमने क्या जवाब दिया चिट्ठी का, क्या महात्मा का दरसन करने जाओगे?

भैया : अपने एक दोस से कहा कि आप चलें तो मैं भी चलूँ, उन्होंने जवाब दिया—"मैं 35 साल तक जंगल-जंगल की धूल फाँकता फिरा, न जाने कितने महात्माओं को देखा है और उनमें दो ही तरह के आदमी मिले हैं, या तो छटे बदमास जादूगर, या पागल। मैं अब जिन्दगी का एक दिन भी ऐसी दौड़धूप में नहीं लगाना चाहता।"

सोहनलाल : लेकिन भैया, तुम्हें जो उन्होंने महात्मा की जाँच के लिए बुलाया है, जो जाँच करके बतला नहीं दोगे, तो वह महात्मा के चेले बन जाएँगे?

भैया : सोहन भाई, मन में बुरा मत मानना। मैं जोंकों और जोंकों के लड़कों पर तनिक भी विश्वास नहीं करता और यह भी बतला दूँ कि पढ़े-लिखे बाबुओं पर भी मेरा विस्वास नहीं है।

सोहनलाल : तो पढ़ना-लिखना बुरा है भैया?

भैया : जो मैं पढ़ने-लिखने को बुरा मानता, तो कहता कि मोटर, हवाई जहाज को छोड़कर पत्थर के हथियारों के युग में चले चलो। मैं चाहता हूँ इससे भी अच्छा हवाई जहाज बने, इससे भी बढ़िया रेडियो-बाजा और रेडियो-दरपन निकले। लेकिन जानते हो न आज हवाई जहाज जोंकें दुनिया को गुलाम बनाने के लिए रखती हैं। रेडियो-बाजा के बल से बिना आदमी का हवाई जहाज चलाकर हिटलर बिलायत के सहरों और गाँवों को मार रहा है। अंग्रेज जिन जवानों को अपना

कलक्टर और डिप्टी बनाते हैं, वह बहुत पढ़े-लिखे हैं, गजब की जेहन वाले हैं। हजार-हजार पढ़ाकू जवानों में से छाँट-छाँट कर 25 को लेते हैं और जानते हो न, वह क्या करते हैं? इसीलिए मेरा इन पर बिसवास नहीं है। बिसवास ही नहीं, कभी-कभी तो मैं इनके आचरन को देख कर जल-भुन जाता हूँ। मुझे यह आदमी भी नहीं मालूम होते।

सोहनलाल : और जो वह भाई कुछ-कुछ रास्ता देखने लगा था, वह फिर भूल जाएगा?

भैया : ऐसे एक नहीं हजारों भूलते-भटकते रहें, मुझे उनकी कोई परवाह नहीं। यह लूले-लँगड़े, अपाहिज लोग क्या काम कर सकते हैं, जिनको अपनी मुक्ति, अपना भवन और पेट सबसे पहिले सामने आता है।

दुखराम : जोंकों के लड़कों में कोई अच्छा भी निकल सकता है भैया, लेकिन लाख-करोड़ में बिरला ही कोई लाल निकलेगा, "जाके पैर न फटी बेवाई; सो का जाने पीर पराई।"

भैया : जोंकों के खानदान ने, दुक्खू भाई, हमेशा धोखा दिया। रूस में हजारों जोंकों के लड़के थे, जो पहिले बहुत मजूरों-किसानों के राज की बात करते थे, लेकिन जब मजूरों-किसानों का राज कायम हो गया, तो वह दुसमनों से मिल गए। जो वह दुसमनों से न मिले होते, तो पाँच बरस तक लेनिन महात्मा और उनके साथियों को लड़ना न पड़ता और न लाखों युद्ध और करोड़ों भूख-अकाल की भेंट चढ़ते।

सोहनलाल : तो क्या हिन्दुस्तान में हमें जोंकों के लड़कों को पास में नहीं आने देना चाहिए?

भैया : बाप के कसूर के लिए बेटे को सजा जोंक ही दे सकती है। हिटलर ने किसी सहर से अपने एक आदमी के मारे जाने पर सौ-सौ आदमियों को पकड़कर जहाँ-तहाँ फाँसी पर लटका दिया, यह उन्हीं का न्याय है। हम मरकस बाबा के चेले, जोंकों और फसिहों के आदमी नहीं हैं, इसीलिए जोंकों के कसूर के लिए उनके बेटे-पोतों को सजा नहीं देते या कहेंगे कि तुम हमारे पास न आओ। लेकिन उनसे यह जरूर कहेंगे कि बाबू! तुम हैजा-पिलेग वाले गाँव से आ रहे हो, अभी बीमारी नहीं दिखाई पड़ती, लेकिन मालूम नहीं किस अँतरा-कोठरी में बीमारी का कीड़ा चला आया, इसलिए हमको भी इसका खयाल करना पड़ेगा और तुमको भी करना पड़ेगा।

दुखराम : भैया! यह बात भी बाबा ने बतलाई है क्या?

भैया : हाँ, मरकस बाबा ने बतलाई है, लेनिन महात्मा ने बतलाई है, इस्तालिन वीर ने बार-बार सजग कराया।

सोहनलाल : जोंकों के लड़कों के लिए तो भैया! तुमने साफ बतला दिया, लेकिन हिन्दुस्तान के बहुत से सेठ लोग हैं, जो गांधी जी का वचन मानते हैं, लाखों का दान देते हैं और मौका पड़ने पर जेहल जाने से भी नहीं हिचकिचाते, उनके साथ कैसे बरताव करना चाहिए।

भैया : सोहन भाई! मैंने कहा था कि पहले पियाज के बाहर का छिलका तोड़ना तब भीतर का। सबसे पहले हमें बिलायती जोंकों से लोहा लेना था, लेकिन इसका मतलब यह नरक नहीं कि हम देसी जोंकों के जुलुम को आँख मूँदकर सहते जाएँ।

अध्याय-12

औरत की जाति

दुखराम : सोन्तोखी भाई! रजबल भइवा हम लोगों की आँख खोल रहा है, आँख। मैं तो मुँह बन्द करके भी रखना चाहता हूँ तो पेट फूलने लगता है। जहाँ भी कोई भाई मिल जाता है, तो जोंकों का जंगल उनके सामने कहने लगता है। किसी जाति, किसी धरम का कमेरा हो, बात सुनकर सबका मन हरा हो जाता है। बन्धू चमार पूछता था भैया, दुक्खू हम लोगों की झोंपड़ी सूअर की खोभार से भी खराब है। कब हम लोगों का दिन लौटेगा? अबदुल मेहतर कहने लगा—हमने समझा कि हिन्दू से मुसलमान हो जाने पर आदमी बन जाएँगे, लेकिन यहाँ भी वही बात। सबसे गन्दा काम करते हैं, और जूठी-रोटी भी भैया! महमदाबाद में कोई देने के लिए तैयार नहीं?

सन्तोखी : तुमने क्या कहा दुक्खू भाई!

दुखराम : मुझे जो समझ में आया, वह उनसे कहा। लेकिन मैं एक दिन रजबली भैया को उनके यहाँ ले जाऊँगा, तभी ठीक से समझाते बनेगा।

सन्तोखी : आज कौन बात सुनना चाहिए दुक्खू भाई?

दुखराम : सबके कहने लायक बात तो अब कुछ-कुछ मालूम हो गई है सन्तोखी भाई! लेकिन औरतों को कैसे समझाया जाए, यही बात समझ में नहीं आती।

सन्तोखी : तो आज रजबली भैया से यह पूछा जाए कि मरकस बाबा ने औरतों के लिए क्या रास्ता बताया और यह देखो सोहनलाल के साथ रजबली भैया आ गए।

भैया : क्या बात हो रही है सन्तोखी भाई?

सन्तोखी : आज भैया यही बतलाओ कि औरतों के लिए मरकस बाबा ने क्या कहा?

भैया : औरतों का उद्धार बहुत जरूरी है, काहे से कि आधी तो वही हैं। और उनको सबसे बेसी तकलीफ है।

दुखराम : जोंकों की औरतों को खाने-पीने की क्या तकलीफ है भैया?

भैया : खाना कपड़ा जब नहीं मिलता, तब आदमी को भूख-जाड़ा तकलीफ देती है। खाना-कपड़ा मिलता है, लेकिन दूसरा आदमी हाथ उठाकर देता है तब आदमी समझता है कि हमें दूसरे के सामने हाथ पसारना पड़ता है। और औरत को जिन्दगी भर हाथ पसारना पड़ता है

सोहनलाल : मेहरी तो घर की रानी होती है भैया!

भैया : रानी के साथ महिला कहो सोहन भाई! महिला सबद से ही (महिली, महिरी) मेहरी सबद बना है, लेकिन देखते हैं कि किसी सहर की पढ़ी-लिखी औरत को मेहर कह दिया जाए तो जल-भुन जाएगी, और महिला कह दिया जाए, तो फूल के कुप्पा हो जाएगी। लेकिन औरत आज दुनिया में हाथ की खरीदी सादी-लौंडी है। मरद जब तक राजी है, तब तक तो दासी भी जो चाहे कर सकती है लेकिन जैसे ही मरद की तेउरी बदली, वैसे ही रानी सिंहासन से धूल में पटक दी जाती है। देखा न, सीता के साथ राम ने क्या किया, मन में आया, घर से निकाल कर बाघ के मुँह में ढकेल दिया। सीता कभी राम के लिए वैसा कर सकती थीं? या राम की इच्छा बिना सीता उनके पाखाने में भी एक रात बिता सकती थीं। साहेब लोगों को साथ-साथ मेम घुमाते देखकर दुक्खू भाई! तुम समझते होगे कि साहेब की मेम को बहुत अक्तियार है।

दुखराम : भैया! पहिले सच ही मैं ऐसा समझता था, लेकिन एक दिन देखा हमारे चटकल का इंजीनियर कोड़ा लेकर अपनी मेम को पीट रहा था, बेचारी चिल्लाती थी। लेकिन पास-पड़ोस में कोई साहेब रहता तब न जाता? हम कुली-मजूर थे, सोचा छुड़ाने जाएँगे तो हम भी चार बेंत खाएँगे।

भैया : औरत किसी समय परिवार भर की मुखिया थी, महामाया थी, उस वक्त कोई उसे मार सकता था?

दुखराम : नहीं भैया! वह तो जब मरद पसु पालने लगा, खेती करने लगा और कमाऊ बनकर धन जमा करने लगा, तब मेहर का मान हेठा हो गया; आदमियों में धनी-गरीब होने लगे, जोंकें पैदा हो गईं।

भैया : जितना ही जोंकों का जोर बढ़ता गया दुक्खू भाई! उतना ही मेहरियों का गला फँसता गया। बेचारियों को देह बेंच के खाने के सिवा कोई अवलम्ब है?

सन्तोखी : देह बेंचना! क्या कहा भैया?

भैया : सन्तोखी भाई! तुम समझते हो कि देह बेंचना वेस्या का काम है। इसलिए मैंने कैसे इस बात को मुँह से निकाला। मेरी बात कुछ कड़वी लगी होगी, और मेहरिया सुने तो और बुरा मानेगी, लेकिन बताओ वेस्या किसे कहते हैं?

सन्तोखी : जिसकी देह उस आदमी के लिए है जो पैसा दे।

भैया : रोज-रोज पैसा दे या एक दो बार?

सन्तोखी : कितने लोग भैया पैसा देके एक-दो बार वेस्या के देह के मालिक बनते हैं और हमारे राजा ने तो बसन्तिया को अपने घर ही में बैठा लिया था।

भैया : बेस्या पैसा कहे को लेती है सन्तोखी भाई?

सन्तोखी : न ले तो खायेगी क्या, पहिनेगी क्या?

भैया : और वह कुछ बेसी पैसा लेती है सन्तोखी भाई! काहे से चालिसे ब्यालिस बरस में उसकी दूकान उठ जाती है।

सन्तोखी : उसका भी कुछ ठिकाना नहीं है भैया! दूकान है, किसी गाहक को नकार तो सकती नहीं। बिमार हो जाती है, गरमी सुजाक बढ़ गई, तो नाक कटकर गिरने लगती है, हाथ-पैर की अँगुलियाँ झड़ जाती हैं।

भैया : जो अँगुलियाँ झड़ीं, नाक नहीं कटी, तो आधी जिन्दगी रहते ही वह रोजगार से बेरोजगार हो जाती है। जो उसने पहले से कुछ पैसा नहीं बचाया तो बाकी आधी जिनगी में क्या खाएगी, क्या पहनेगी?

दुखराम : ठीक कहा भैया, जोंकें न पैदा हुई होतीं तो औरत को क्यों देह बेंचनी पड़ती?

भैया : दुक्खू भाई बेस्या कैसे बनती हैं, इसके लिए मैं एक कथा सुनाता हूँ। यह किस्सा नहीं है, सच्ची-सच्ची बात है। एक बड़ी जाति के आदमी थे, हिन्दू थे और बाम्हन-छत्री के बीच की जाति। उनके घर में पूरा धन था, जिमींदारी थी, खेत थे और दस-बीस हजार का सूद-बेवहार भी करते थे। गाँव में भी अच्छा घर था और सहर में एक पक्का घर था। कुछ किताब पढ़ी, कुछ लेच्चर सुना, अरिया समाज की बात उन्हें मालूम हुई। उसके एक लड़की हुई, पहिली स्त्री मर गई, दूसरा ब्याह किया उससे लड़का पैदा हुआ। भाई-बहनों में बचपन ही से बहुत प्रेम था, वह जानते ही नहीं थे कि उनकी माँ एक नहीं है। बाप ने अरिया समाज के लेच्चर में लड़कियों के पढ़ाने की बात सुनी थी, उन्होंने भी अपनी लड़की को सहकारी कन्या पाठशाला में पढ़ने बैठा दिया। अब वह ज्यादा सहर में ही रहते थे, पीछे लड़का भी इसकूल जाने लगा। लड़की पढ़ने में बड़ी तेज थी, अपने दरजे में हमेशा अव्वल आया करती थी। बाप भी लड़की की पढ़ाई से बहुत खुस था। मैभा (सौतेली) माँ भी अच्छी औरत थी, लड़की का सुभाव भी मीठा था। लड़की अब अंग्रेजी पढ़ रही थी। उसकी उमर बारह-तेरह की हो गई थी। भैया माँ ब्याह करने को रोज कहती, लेकिन बहुत गरीब घर की तो लड़की थी नहीं कि बेंच-बाँच देते। अपनी बराबरी या बड़े घर में लड़का ढूँढ़ना था, और सो भी अपनी जाति-बिरादरी के भीतर। कहीं लड़का छोटा मिलता, कहीं बूढ़ा, कहीं अपढ़ मिलता, कहीं गरीब।

भैया : आदमी का बच्चा है जमात से अलग कैसे रहेगा। सरकारी कानून से आदमी किसी तरह बच भी जाए, लेकिन बिरादरी के कानून से कौन बच सकता है। हाँ, बच भी जाता है जो लोगों से पकड़ाई न दे। कितने ही टीकाधारी हैं जो छिपकर सराब पीते हैं, कितने ही लोग जानते भी हैं, लेकिन उनके पास पैसा है। न उनका हुक्का-पानी बन्द होता है न ब्याह-शादी। विधवा-ब्याह बाम्हन, छत्री, बनिया, कायथ में वर्जित है। जब साठ बरस के बूढ़े से हम उमेद नहीं कर सकते तो बारह बरस की विधवा से कैसे आसा करेंगे कि जिनगी भर बरमचारिन रहेगी। जानत हो न दुक्खी भाई क्या-क्या होता है?

दुखराम : गुपुत सम्बन्ध हुआ बिना नहीं रहेगा भैया! जो गरभ नहीं हुआ, मामला ऐसे ही चलता रहता है। गरभ हुआ तो गिराकर हाड़ी में कसकर फेंक दिया जाता है और जो बस नहीं चला, तो ले जाकर बनारस में छोड़ आते हैं। कहीं-कहीं खून भी कर डालते हैं लेकिन, यह बहुत कम होता। जातिवाले बस इतना ही चाहते हैं कि जरा-सा हल्का-सा परदा रखो, सब बात नंगी न हो जाए।

भैया : इसीलिए दुक्खू भाई, हम उस अभागिन के बाप को ही सारा दोस नहीं दे सकते। वह हिम्मत करता, उसको तकलीफ होती लेकिन वह दूसरों को रास्ता दिखाता। अब जात-पाँत ज्यादा दिन तक नहीं रह सकती दुक्खू भाई! भात और पानी अपनी जात में होना चाहिए, यही जाति का कानून है न, लेकिन आज देख रहे हो न कि भात-रोटी को कोई नहीं मानता। सहरों में होटल खुले हुए हैं। जाकर लोग खा लेते हैं। जाति में जो धनी हैं, सरकारी दरजा पा गए हैं, तो उनकी तो कुछ पूछो ही नहीं, वह हिन्दू के होटल् में खा सकते हैं, मुसलमान के भी होटल में खा सकते हैं। बिलायत जा सकते हैं। राजपूतों के सिरताज जो राजा लोग हैं, उनको अंग्रेजों के साथ खाने में कोई रोक-टोक नहीं है, न इसके लिए वह जाति से निकाले जाते हैं, न उनकी ब्याह-शादी रुकती है, जाति का बड़ा आदमी खाने की छुआछूत छोड़ दे तो कोई नहीं पूछता है, गरीबों को सब लोग दबाते हैं लेकिन आज के समाज में बड़े आदमी रास्ता निकालते हैं। होटल पिछली लड़ाई से पहिले कहीं था? आटा-चावल बेचने वाले दूकानदार की ही उस वक्त बहुत चलती थी। यह बीस के भीतर ही भीतर की बात है जो सब जगह होटल ही होटल दिखाई पड़ते हैं।

भैया : बाँध में सुई भर जाने का छेद होना चाहिए, फिर तो पानी अपने ही रास्ता निकाल लेता है।

दुखराम : सुई जाने भर को नहीं, अब तो कोल्हू जाने भर के एक नहीं हजारों छेद हो गए हैं। खाने की छुआछूत का तो अब सवाल ही नहीं है।

भैया : ब्याह के बारे में अभी कड़ाई है दुक्खू भाई! लेकिन रोटी की छुआछूत की तरह यह भी टिक न सकेगी। देस के सिरताज लोगों ने रास्ता सुरू किया है।

बाम्हन राजगोपालाचारी की बेटी गांधी बनिये के लड़के से ब्याही गई। जवाहरलाल नेहरू की बड़ी बहन का ब्याह दूसरी जाति वाले पंडित के साथ हुआ। छोटी बहन ने तो बाम्हन नहीं, बनिये के लड़के से सादी की, और जवाहरलाल की एकलौती बेटी इन्दिरा ने हिन्दू नहीं, पारसी लड़के से सादी की। मुन्सी ईश्वरसरन कायस्थों की नाक हैं, यू. पी., बिहार दोनों में। वह उनके चौधरी माने जाते हैं, उन्हीं के छोटे लड़के सेखर ने मुसलमान लड़की से सादी की।

सन्तोखी : हिन्दू बना के किया होगा न भैया? जैसे आर्य समाजी करते हैं?

भैया : हिन्दू बना के नहीं किया है, सन्तोखी भाई! हिन्दू लड़की को मुसलमान बना के तो ब्याह बहुत समय से होता चला आया है, लेकिन ऐसे ब्याह से हिन्दू-मुसलमान तक सम्बन्ध में नहीं आए, बल्कि विरोध बढ़ा। मुसलमानों की देखा-देखी मुसलमान लड़की को सुद्ध करके आरिया ने ब्याह करना सुरू किया। इससे भी झगड़ा ही बढ़ा। ब्याह सम्बन्ध से पीढ़ियों के झगड़े मिटाए जाते हैं, लेकिन यहाँ पीढ़ियों के लिए झगड़े उठाए गए।

दुखराम : तो भैया! जिसको हिन्दू मुसलमान में ब्याह करना हो, उसे नाम या धरम नहीं बदलना चाहिए यही न?

भैया : नाम-धरम बदलने से फिर वह सम्बन्ध नहीं हुआ, वह तो अँगुली को सड़ी समझकर काट देना हुआ। अब देस में पचीसों मुसलमान लड़कियों ने हिन्दू के साथ और हिन्दू लड़कियों ने मुसलमानों के साथ ब्याह किया। मैं उन्हें जानता हूँ। आगा, पीछा करने वाले नक्कू होते हैं, लेकिन वही रास्ता दिखलाते हैं। पचास बरस बीतते-बीतते देखोगे कि ब्याह के मामले को न जात-बिरादरी रोक सकेगी, न धरम। यहाँ कहने का मौका नहीं है, मैंने सुना है कि हिन्दुओं की पोथियों में जाति-धरम तोड़के हुए ब्याहों की बहुत सी बातें लिखी हैं।

सन्तोखी : मलाहिन की लड़की के गरभ से ब्यास पैदा हुए, बेस्या के गरभ से वसिष्ठ रिखी पैदा हुए, चंडाल कन्या से परासर पैदा हुए, यह असलोक तो मैं भी जानता हूँ?* भैया!

भैया : यह सब बन्धन टूटेगा सन्तोखी भाई? दादा-दादी के सामने होटल का भात खाने पर भी यह कुआँ-तालाब देखने लगते लेकिन यह काम नाती-पोता के जमाने में सुरू हुआ जबकि दादा-दादी आँख मूँद चुके। हर पीढ़ी एक-एक कदम आगे बढ़ रही है, कौन रास्ते को रोक सकता है। लेकिन देखा न, वह लड़की जो दरअसल जैसी बात की पक्की थी, वैसी ही आचरन की भी पक्की होती लेकिन उस बिरादरी

* जातो व्यासस्तु कैवर्त्यां श्वपाक्यां तु परासरः।
वेश्याया गर्भ संभूतो, वशिष्ठस्तु महामुनिः॥

ने कहाँ तक पहुँचाया, उसे बेस्या बना के छोड़ा। उसका पति उतना बुरा नहीं था, नहीं तो हजारों का गहना न छोड़ता। भाई के लिए तो तुम्हीं सोचो, क्या कहोगे?

सन्तोखी : वह देवता है भैया देवता। यह तो आप कह रहे हैं कि वह अभी जिन्दा हैं, तभी विस्वास होता है, नहीं तो मालूम होता था कि कोई कथा-पुरान की बात है।

भैया : देवता है, ठीक! बहन जिन्दा रही तब उसने हिम्मत भी की थी, बिरादरी की परवाह न करके साथ रखने की! बहन ने बात मान ली होती, तो वह वैसा ही करता भी। उसके बाद की उसकी जिन्दगी, तपस्या गजब की है। लेकिन उसके दिल में जो आग जल रही थी, उसको जात-पात के सत्यानास में लगना चाहिए था। उसने अपनी अभागिन बहन का बदला नहीं लिया, इसीलिए मैं समझता हूँ कि उसने भाई के धरम का पूरी तरह पालन नहीं किया। और लड़की के बारे में क्या कहते हो दुक्खू भाई?

दुखराम : औरतों का तो मैं हाथ-पैर इतना बँधा देखता हूँ कि उनके बारे में कुछ कहते ही नहीं बनता।

भैया : ठीक कहा दुक्खू भाई! औरतों को सबसे ज्यादा पीसा गया है। पन्द्रह सौ बरसों तक उन्हें आग में जलाया जाता रहा और एक-दो नहीं, साल में दस-दस पन्द्रह-पन्द्रह लाख।

दुखराम : सचमुच भैया! औरतें होली की तरह जलाई जाती थीं।

भैया : हाँ, दुक्खू भाई! इसी को कहते थे सती होना, पति मर जाता, तो विधवा को भी उसकी लास के साथ फूँक दिया जाता था।

सन्तोखी : लेकिन भैया! लोग तो कहते हैं कि सती अपने मन से होती हैं।

भैया : झूठ बोलते हैं सन्तोखी भाई! कोई एकाध पागलपन भले ही करे लेकिन पन्द्रह सौ बरस के भीतर जो डेढ़ अरब औरतें फूँकी गई हैं, वह सब अपने मन से जलने गई थीं, यह कहना झूठ है। आदमी को अपने परान ते बहुत प्रेम होता है। जो मरने के लिए तैयार भी हुई होंगी, वह सोक से पागलपन से ही। जवान औरत के लिए रँडापा एक-दो दिन का सोक नहीं है, उसके लिए दुनिया में सभी जगह काँटे ही काँटे बिछ जाते हैं। उसकी जिन्दगी को और भी भारी नरक बना दिया जाता है, उसका मुँह देखने में असगुन होता है, ब्याह-सादी या मंगल काम में कोई उसको देखना नहीं चाहता। सब उस पर सक करते रहते हैं। हिन्दू हवा, पानी, पत्ता, खाकर रहने वाले बिसवामित्र, पारासर ऋषि से जिस बात की आसा नहीं कर सकते, उसकी आसा यह जवान विधवा से करते हैं, तो सचमुच ही वह पानी में बिन्हाचल को तैराना चाहते हैं।

दुखराम : सो कैसे हो सकता है भैया?

भैया : यह सब बातें विधवा समझती हैं, इसलिए जिन्दगी भर जलते रहने की जगह कोई वक्त मर जाना चाहती हो तो अचरज नहीं। लेकिन डेढ़ अरब में ऐसी कितनी रही होंगी। और जानते हो दुक्खू भाई, राजपूतों में छः-सात सौ बरस से लड़कियाँ जनमते ही मार डाली जाती थीं।

दुखराम : हमारे सामने ही भैया, वेलहा में लड़की के पैदा होते ही उसके नाक-मुँह पर नाला रख दिया जाता, और कुछ छन ही में बेचारी मर जाती थी।

भैया : अभी ऐसी जगहें हैं जहाँ लड़कियों को मार दिया जाता है। जो माँ-बाप अपने हाथ से अपनी बच्ची को मारते हैं, उनका दिल कैसा होगा?

दुखराम : पत्थर और लोहे से भी कड़ा भैया! यह तो अपने ही बच्चे को चबा जाना है।

भैया : काहे ऐसा होता? औरत का दुनिया में कितना मोल है। लड़की पैदा होते ही घर भर पर सोक छा जाता है, जान पड़ता है घर का कोई मर गया।

दुखराम : और भैया लड़का होने पर सोहर गाया जाता है, खुसी और उछाह मनाया जाता है; लेकिन लड़की होने पर सोहर का भला कोई नाम ले सकता है? फिर भी एक बात देखकर मुझे हैरानी होती है भैया!

भैया : कौन बात है दुक्खू भाई?

दुखराम : सोहर तो औरत ही गाती हैं, तो औरत जाति पैदा होने पर उनका मुँह बन्द क्यों हो जाता है और मरद जाति के पैदा होने पर बहुत खुस हो जाती हैं।

भैया : औरत का मोल मरद ने लगाया है, औरत मरद के हाथ की कठपुतली है। हजारों बरस से औरत मरद की गुलाम है। मालिक जो सिखाता है, गुलाम उसी को अच्छा मानता है। मरद ठीक से बोलना नहीं जानता, तभी से उसके मन में ठोंक-ठोंककर बैठाया जाता है कि वह मरद बच्चा है। उसी वक्त से वह अपनी बहनों पर रोब जमाने लगता है, औरत को जिनगी भर गुलाम रखने की सिच्छा यहीं से दी जाती है। पाँच बरस के लड़के को गुड़िया खेलने को दो तो वह क्या लेगा दुक्खू भाई!

दुखराम : नहीं भैया, वह उसे फेंक देगा, कहेगा कि क्या मैं लड़की हूँ।

भैया : लड़के को हाथी-घोड़ा खेलने को मिलता है, वह गुल्ली-डंडा खेलता है। पेड़ पर चढ़ता है, तैरता है, कन्धे पर लाठी लेकर चलता है, तीर-धनुही चलाता है। लेकिन लड़की को यही गुड़िया, वही चूल्हा-चक्की।

दुखराम : याने बचपन ही से लड़कों को बतला दिया जाता है कि तुम्हारी जगह कहाँ है?

भैया : मरद अकेला-दुकेला जाता है, तो क्या कोई छेड़ने की हिम्मत कर सकता है? लेकिन जवान औरत चले तो किसी सड़क पर, देखो फिर सभी घूर-घूर कर

ताकने लगते हैं। इतना ही होता, तब भी खैरियत थी, लेकिन वह तो मजाक करने लगते हैं और गन्दे-गन्दे। औरत को सिर्फ सिर नवाकर चले जाने के सिवा दूसरा कोई उपाय नहीं है। अकेले-दुकेले मिले तो जबरदस्ती करने से भी बाज नहीं आते। औरत की देह में मरद के इतना बल नहीं होता लेकिन जो कोई बलवान औरत भी हो, तो अपनी इज्जत बचाने के लिए बदमास से लड़ने की जगह भागना ही अच्छा समझेगी। औरत कायर होती है, यह बात नहीं है। बदमास से लड़कर जीतने पर भी वह बदनाम तो हो ही जाएगी, उसके मुख पर कालिख पुत ही जाएगी। और अपनी रच्छा के लिए खुलकर जोर नहीं लगा सकती। चुप रहने के कारन उसे अपने को बचाना मुस्किल होता है। औरत की यह अवस्था किसने की?

दुखराम : मरद ने भैया!

भैया : मरद ने ही लेकिन मरदों में भी जोंकें हैं मूल कारन, काहे से कि उन्होंने ही धन पर मरद का हक कायम किया है। औरत को पति की जायदाद में सिर्फ रोटी-कपड़ा पाने भर का अधिकार है, एक ही पेट से भाई-बहन दोनों पैदा होते हैं, लड़का चाहे कितना ही नालायक हो, उसको जायदाद मिलती है, और लड़की को पति के घर में दासी बनकर रहने के लिए भेज दिया जाता है। औरत को आज निरवलम्ब बना दिया गया है। वह अपने पैर पर खड़ी नहीं हो सकती। हजारों बरस से वह यह जुलुम सहती आई है। लेकिन यह जुलुम तभी से सुरू हुआ जबसे जोंकें पैदा हुईं। जोंकों की औरतें और भी बेबस हैं। यह इसलिए कि वह अपने हाथ से कुछ कमाती नहीं।

दुखराम : उनके मरद भी तो जोंक ही हैं, वह भी कुछ नहीं कमाते?

भैया : वह दूसरों को लूटते हैं, दूसरों का खून चूसते हैं, उसी को वह कमाना कहते हैं। कोई बाबू दफ्तर में जाकर 6 घंटे काम करता है, महीने में 40) ले आता है, इसे कमाई करना कहेंगे। उसकी औरत दो घड़ी रात उठेगी, चक्की पीसेगी, चावल कूटेगी, चौका बासन करेगी, खाना पका के परोस देगी, फिर बैठकर पंखा करेगी, बाबू दफ्तर जाएँगे। औरत बचा खुचा जूठ खाएगी। फिर चौका-बासन करेगी, चक्की-ओखल पकड़ेगी। लड़कों को खिलाना, पोसना-पालना सब औरत के ऊपर है। मरद के ऊपर इसका कोई भार नहीं है। साम को खुद जलपान बनाएगी, फिर रसोई पकाएगी, फिर बेनिया डोलायेगी। मरद को दफ्तर से लौटकर फिर कोई काम नहीं। औरत 6 घड़ी रात तक बराबर खटती रहेगी। फिर उसे पति का पैर दबाना पड़ेगा। दो घड़ी रात से आधी रात तक औरत खटती रहती है लेकिन उसके काम की कोई गिनती नहीं और मरद 6 घंटे काम कर लेता है, तो समझता है कि वही कमाकर घर भर को खिला रहा है। देखो दोनों में कितना फरक है, क्या इसको न्याय कहेंगे?

भैया : मरद औरत को गुलाम बना के अपने घर में लाता है और इसको कहते हैं, ब्याह। बाप लड़की के लिए बर ढूँढ़ता है किस लिए? इसलिए कि लड़की को रोटी-कपड़े का कोई अवलम्ब मिलना चाहिए। मरद को अवलम्ब की जरूरत नहीं क्योंकि बाप की सब जायदाद उसको मिलती है, वह दूकान खोल सकता है, दफ्तर में काम कर सकता है, उसके कमाने के सारे रास्ते खुले हुए हैं, लेकिन औरत के लिए सारे रास्ते बन्द हैं, इसलिए उसे खाना-कपड़ा देने वाला कोई चाहिए। खाना-कपड़ा ही को पैसा कहते हैं न दुक्खू भाई!

भैया : हाँ भैया! पैसे ही से खाना-कपड़ा मिलता है।

भैया : तो इसका मतलब हुआ ब्याह भी पैसे के लिए औरत का देह बेचना है। दूसरे देह बेचने में और इसमें यही अन्तर हुआ न कि यह बेच-खरीद जिन्दगी भर के लिए है। इसे प्रेम का सौदा नहीं कह सकते दुक्खू भाई! यह साफ पैसे का सौदा है।

दुखराम : तो क्या भैया! ब्याह करना ही बुरा है?

भैया : मैं ब्याह करने को बुरा नहीं कहता दुक्खू भाई! लेकिन ब्याह के नाम पर पैसे का सौदा होना औरत की बेइज्जती समझता हूँ। ब्याह की नींव प्रेम पर होनी चाहिए, और प्रेम दो बराबर आदमियों में होता है। खरीदी दासी और मालिक में प्रेम नहीं होता। औरत तब तक बराबर नहीं हो सकती जब तक कि कमाने में, माँ-बाप की जायदाद में उसका कोई बराबर हक नहीं होता।

सन्तोखी : सुनते हैं भैया! बड़े लाट के यहाँ कानून बनाने वाला है जिसमें कि औरत को जायदाद में हक मिले।

दुखराम : तुमने कहाँ सुना सन्तोखी भाई!

सन्तोखी : परसों हाट में सभा की नोटिस बँट रही थी?

दुखराम : नोटिस में क्या लिखा था, सन्तोखी भाई?

सन्तोखी : लिखा क्या था, लो न नोटिस देख लो—

हिन्दू अप्रदत्त उत्तराधिकार बिल विरोध सभा

धार्मिक हिन्दू जनता की ता. .... 1944 वार............ को स्थान............ में हिन्दू समाज नाशक उत्तराधिकार बिल एवं विवाह विषयक बिल के विरोध में सभा होगी, जिसमें बाहर के आए हुए विद्वानों एवं स्थानिक सज्जनों के भाषण होंगे। उक्त बिलों से हिन्दू समाज पर कितनी बड़ी कठिनाई तथा सामाजिक दुर्व्यवस्था होने वाली है, इसका पूर्ण परिचय देंगे। अतः धार्मिक सज्जनों से निवेदन है कि सभा में अपने इष्ट मित्रों के साथ अवश्य पधारें।

निवेदक
प्रबोध प्रेस बनारस

दुखराम : यह तो भैया! संसकिरत में कुछ लिखा हुआ है, समझ में नहीं आता।

भैया : यही लिखा है कि सरकार औरत को जायदाद में हक देने का कानून पास कर रही है, इसके खिलाफ सभी हिन्दुओं को विरोध करना चाहिए, नहीं तो हिन्दू धरम रसातल को चला जाएगा।

दुखराम : देह में आग लग गई भैया, यह हिन्दू धरम है कि निसाचर धरम है, जो अपनी माँ-बहनों को हक देने में धरम के रसातल जाने की बात करता है। सन्तोखी भाई! चाहे तुम नाराज हो जाओ मैं तो कहूँगा कि ऐसा हिन्दू धरम चार दिन के बाद नहीं इसी छन रसातल में चला जाए तो मुझे बड़ी खुशी होगी।

भैया : हिन्दुस्तान में 32 करोड़ हिन्दू हैं, उसमें आधी 15 करोड़ औरतें हैं, कभी औरतों से भी इन धरमवालों ने पूछा कि तुम्हें जायदाद मिलनी चाहिए कि नहीं?

दुखराम : उन बेचारियों को तो मालूम भी नहीं है। यह पीठ में छुरी भोंकना है। जो वह समझ पाएँ, तो मरद की सब जायदाद और कमाई ताक पर रखी रह जाएगी। एक ही दिन 15 करोड़ ने चूल्हा जलाना छोड़ दिया, तो सभा करने वालों को आटा-चावल का भाव मालूम हो जाएगा।

भैया : लेकिन दुक्खू भाई! औरतें हमेशा भेड़-बकरी नहीं बनी रहेंगी। पढ़ी-लिखी औरतें जगह-जगह सभा कर रही हैं और लड़के आदमी के पेट से निकलते हैं और लड़की क्या इमली के खोढ़र से निकलती हैं।

सन्तोखी : जहाँ-तहाँ भैया! इसाई सब औरतों से अँगूठे निसान लगवा रहे हैं।

भैया : काहे वास्ते सन्तोखी भाई?

सन्तोखी : समझा रहे हैं कि कानून पास हो गया तो सब जायदाद लड़कियाँ ले जाएँगी और लड़के भीख माँगते फिरेंगे।

भैया : सब जायदाद तो देने की बात नहीं सन्तोखी भाई! हजारों बरसों से हिन्दू मरदों ने जो उनका हक छीन लिया है, बस उतने ही के देने की बात है। मुसलमानों के यहाँ लड़की के लिए हक मिलता है, इसाई के यहाँ भी लड़की को हक मिलता है, उनका धरम तो रसातल में नहीं गया तो हिन्दू मरद इतना क्यों छटपटा रहे हैं।

दुखराम : यह हिन्दू धरम क्या है भैया! वह तो जान पड़ता है कि आदमी के देह का कोढ़ है। लेकिन यह कितने दिनों तक रोकेंगे?

भैया : तो मालूम हुआ न, औरतों पर कितना जुलुम हो रहा है। मरकस बाबा की शिक्षा है कि मरद और औरत गाड़ी के दो पहिये हैं, जब तक दोनों बराबर नहीं होंगे तब तक गाड़ी चल नहीं सकती। दुक्खू भाई! हम जोंकों को खतम करने के

लिए तैयार हैं, इसलिए न कि आदमी-आदमी बराबर हों। आदमी आदमी के बराबर होने पर औरतों को गुलाम नहीं रखा जा सकता। औरत को आग में जलाना भी हिन्दू धरम कहलाता था। औरत की देह की रोटी कपड़े के लिए बेचना भी हिन्दू धरम कहता रहा है। बराबर का होगा, तब औरत को देह बेचना नहीं होगा, तभी दुनिया का नरक मिटेगा।

अध्याय-13

अछूत और सोसित

दुखराम : भैया, तुमने उस दिन जो औरतों की गुलामी के बारे में कहा था; उस पर मैं बहुत सोचता रहा लेकिन उसी तरह की और कुछ बातों में उनसे भी सताई जमात है, उन लोगों की जिनको बड़ी जाति अछोप, अछूत कहते हैं।

भैया : और उन्हीं को गांधी जी ने नया नाम दिया—"हरिजन"।

दुखराम : मैंने सोचा अब्दुल और सुखारी को साथ लेकर बात करो तो और अच्छा होगा। मैं उनसे मरकस बाबा की बातें करता हूँ, और अभी तो वह दुनिया कहाँ है, इसका कहीं पता नहीं है, तो भी बात सुन के ही दोनों तुमसे भेंट करने के लिए आना चाहते थे। मैंने उनसे कहा कि रजबली भैया को मैं तुम्हारे घर पर लाता हूँ, वही सामने है अब्दुल भाई की झोंपड़ी, देखते हो न, क्या यह आदमी का घर है? हिन्दू भंगी होता, तो बगल में एक सुअर की खोभार भी होती है और दोनों में कोई फरक नहीं दिखाई पड़ता। अच्छा अब हम आ गए, अब्दुल भाई ने आम के नीचे पुआल बिछा दिया। सलाम अब्दुल भाई!

अब्दुल : सलाम दुक्खू भाई! और यह रजबली भैया तो नहीं है?

दुखराम : हाँ, हमारे रजबली भैया हैं। सलाम सुखारी भाई!

सुखारी : सलाम दुक्खू भैया, सलाम रजबली भैया! आओ इसी पुआल पर बैठें।

अब्दुल : हाँ, भैया! बैठो। जोंकों ने हमें और किस काम के लायक छोड़ा है। यह तो थोड़ा-सा कोदो का पुआल कहीं से माँग-जाँच कर ले आए हैं। जाड़े में लड़के-बाले इसी में घुसकर दिन काटेंगे।

सुखारी : पुआल भी मिल जाए भैया! तो जनुक हम लोगों को साल-दुसाला मिल गया।

दुखराम : हमारे ही साथ साल-दुसाला बनाते हैं, लेकिन भकुआ बनाकर दूसरे उसे पहनते हैं। हमने अपने रूप को नहीं पहचाना सुक्खू भाई! कोई बाघ का बच्चा था। बचपन ही में किसी गड़रिये ने पकड़ लिया और भेड़-बकरी का दूध पिलाकर पोसा।

जब वह बढ़कर पूरा बाघ हो गया, तब भी कोई उसका कान पकड़ता, कोई मारता, जैसे अब भी कुत्ते ही का पिल्ला है। फिर किसी दूसरे बाघ ने देखा; उसको बड़ा अचरज हुआ और अफसोस भी हुआ। जब वह समझाने के लिए उसके पास गया तो सब भेड़-बकरियाँ भाग गईं, और उन्हीं के साथ वह बाघ का बच्चा भी भाग निकला। कई दिन के बाद बाघ दोबारा उस बाघ को पकड़ पाया। बाघ समझाने लगा कि तुम भी हमारी तरह बाघ के बच्चे हो, काहे मार खाते हो, काहे बेइज्जत होते हो? बाघ बच्चे ने कहा कि नहीं, हमको छोड़ दो नहीं तो गड़रिया मार-मार कर बेदम कर देगा। बाघ उसे पानी के पास ले गया। परछाईं दिखा के कहा कि देखो तुम्हारा भी रूप मेरे ही ऐसा है। अब बच्चे ने देखा तो बात उसे सच्ची मालूम हुई लेकिन तब भी उसका डर नहीं जा रहा था। बाघ ने कहा कि गड़रिया के सामने मेरी तरह जरा गुर्राना और जब गड़रिया जान लेके भाग जाए तब तो मेरी बात मानोगे न। बाघ बच्चे ने वैसे ही किया, गड़रिया भाग गया। बाघ बच्चा जंगल का राजा बन गया। वही बात तो है सुक्खू भाई! हम लोगों की। हजार आदमी मर-मरकर कमाते हैं और पाँच जोंकें सब खा जाती हैं, कमाने वालों को उन्होंने छत्तीस खौम में बाँट दिया है, उस पर से हम लोगों को भेड़ बना दिया। लेकिन जिस दिन हम लोग अपना रूप पहचान लेंगे, उसी दिन जोंकों का अन्त समझो।

सुखारी : दुक्खू भाई, जो तुम कहते हो वह सब हमारे घट के भीतर उनर जाती है। छोटा भइयवा सुआरथ काल्ही तो यहाँ से गया है। पलटन में सिपाही है न भैया। वहाँ अच्छा-अच्छा पहनवा मिलता है दुक्खू भाई। तुमने जो दो अच्छर बताया है, उसे सुआरथ से भी कहा। उसने कहा कि रूस की पलटन इतनी वीर दुनिया में कहीं नहीं है, लेकिन उसको यह नहीं मालूम था कि रूस में जोंकें नहीं हैं, वहाँ कमेरों का राज है।

दुखराम : तो तुमने कुछ बताया कि नहीं सुक्खू भाई?

सुखारी : जो कुछ समझ में आता है, वह बतलाया दुक्खू भाई। कह रहा था कि मैं पलटन में जाकर और पता लगाऊँगा। अच्छा यह बात तो अब रजबली भैया कुछ बतावें?

भैया : दुनिया भर में सुक्खू भाई जोंकों का राज है, जोंकें कारखाना खोलती हैं, सौदा बेंचती हैं, जिसमें कोई गड़बड़ न करे, इसलिए राज भी अपने हाथ में रखा है। गरीब सब जाति में हैं सुक्खू भाई? बाभन में भी गरीब हैं, राजपूत में भी गरीब हैं, भुँइहार में भी गरीब हैं। जो गरीब हैं, उनकी जिन्दगी नरक है, धरती पर हमारा देस सबसे बड़ा नरक है। काहे से कि इतनी गरीबी चारों खूँट में कहीं भी नहीं है और बड़ी जातियों में तो दो-चार खुसहाल भी होते हैं, लेकिन अछूत जाति में तो एक ओर से सभी गरीब ही गरीब हैं। मदरसा में पढ़ने जाएँ तो सबकी तिउरी चढ़ जाती।

मेहतर का लड़का हमारे लड़के के साथ बैठा करे। चमार का लड़का हमारे लड़के के साथ पढ़े। रोजगार से लोग पैसा पैदा करते हैं, लेकिन अब्दुल भाई! तुम मिठाई की दुकान खोलो तो कोई आएगा।

अब्दुल : देह तो छुआते ही नहीं हैं भैया! हमारे हाथ की मिठाई कौन खाएगा? कपड़ा की दुकान खोलो तो वही बात। नौकरी में तो और मुश्किल! सब बड़ी-बड़ी जातियों के हाथ में है।

भैया : जोंकों ने वैसे तो सारी दुनिया में सब कुछ अपने हाथ में रखा लेकिन हिन्दुस्तान में उन्होंने और गजब ढाया है। तीस करोड़ हिन्दुओं को ही ले लो। दस करोड़ अछूत हैं, बड़ी जाति वाले जो उन्हें आदमी कहते तो जनुक बड़ी दया करते हैं। बाकी बीस करोड़ में दस करोड़ औरतें हैं जिनको कहने के लिए तो अरधांगिनी नाम दिया जाता है। लेकिन कहावत है—"बहुरिआ का बहुत मान लेकिन हाँड़ी-बरतन छूने न पाए।" दुक्खू भाई! उस दिन बात हो रही थी न जायदाद में औरतों का भी हक होना चाहिए?

दुखराम : हाँ भैया? सन्तोखी भाई जो सभा की नोटिस दिखाई थी।

सुखारी : किस बात की नोटिस थी भैया?

भैया : आजकल बड़े लाट के यहाँ एक कानून बनाने की बात हो रही है। औरतों को न बाप की जायदाद में हक मिलता है न पति की। इसीलिए कानून बना देना चाहते हैं कि औरतों को भी हक मिले। लेकिन हिन्दू कहते हैं कि औरतों को हक मिलने से हिन्दू धरम खतम हो जाएगा। हिन्दू धरम बढ़ेगा कैसे? दस करोड़ आदमियों को अछूत रखो, उनको न साथ में पढ़ने दो, न उन्हें कुएँ की जगत पर चढ़ने दो, न मन्दिर के भीतर घुसने दो, एक है यह रास्ता। दस करोड़ औरतों को कोई हक मत दो जिससे वह मरदों की दासी बनी रहें। हिन्दू धरम की बढ़ोतरी का यह दूसरा रास्ता है, बीस करोड़ को तो इस तरह जानवर बनाया, फिर दस करोड़ हिन्दू आदमी रह जाते हैं। लेकिन उस दस करोड़ में कितने भी बाम्हन हैं, जिनका दिमाग आसमान पर रहता है, वह अपने को ब्रह्मा का बेटा कहते हैं, कुछ हैं राजपूत, फिर हैं खत्री, अगरवाल, बरनवाल, रस्तोगी, कायथ और भी पंचासों जातियाँ हैं, सबकी अलग-अलग दुनिया है, मरना-जीना, सादी-ब्याह सबका अपनी-अपनी जाति में। हिन्दू सिरिफ एक नाम है, नहीं तो यह सैकड़ों जातियों का अपना अलग संसार तो देख रहे हो न दुक्खू भाई! 20 करोड़ औरत और अछूत कहकर जानवर बना दिया। फिर 10 करोड़ सैकड़ों जातियों में तोड़-फोड़कर बिलकुल कमजोर कर दिया। इससे फायदा किसको हुआ? बाहरवालों को। घर फूटे गँवार लूटै। आज बिलायती जोंकें हिन्दुस्तान पर राज कर रही हैं क्यों? इसीलिए कि हिन्दुस्तान फूट के कारन दुरबल है और दुरबल की मेहरी गाँव भर की भौजाई है।

और दूसरा नफा उठाने वाले हैं हमारे देस के निकम्मे लोग जोंकें जो हाथ-पैर हिलाना नहीं जानतीं, तो दूसरों का खून चूसती हैं, किसान उनके लिए अनाज पैदा करता है; मजूर उनके लिए कपड़ा बुनता है।

दुखराम : इन्हीं जोंकों ने भैया जात-पात बनाई है क्या?

भैया : एक कहावत है दुक्खू भाई-जब गंगा ह्हा के समुन्दर के पास पहुँची तो समुन्दर को बड़ा डर लगा। उसने सोचा जो गंगा इतने जोर से चलेगी तो मुझे भी लाँघ जाएगी। उसने हाथ जोड़ के कहा—"गंगा महारानी! एक बात का बरदान माँगता हूँ। एक धारा से आने पर मुझे तकलीफ होगी, आप हजार धारा बनकर आएँ तो मुझ पर बड़ी दया होगी!" गंगा हजार धारा बन गई, उसका जोर हजार टुकड़ों में बँट गया और कहते हैं, इसलिए समुन्दर गंगा को खा गया। हमारा देश भी वैसे ही है। हजारों जातियों में बँटा है, इसीलिए हमारे यहाँ की जोंकें हजारों बरस से हमें खा रही हैं, हमारे लिए ये जोंकें मजबूत हैं लेकिन यह भी हजारों टुकड़ों में बँटी हैं, इसलिए बिलायती जोंकें हिन्दुस्तान में पहुँच गईं। तुमसे सुक्खू भाई पूछा जाए कि तुम तो इतना काम करते हो। बड़े भोर ही हल नाधते हो, बरसा हो या जाड़ा हो या गरमी हो, कुछ नहीं गिनते। अढ़ाई पहर तक खेत में हर जोतते हो, जमीन खोदते हो, खेत काटते हो और मिलता तुम्हें क्या है?

सुखारी : चार पैसा, और पाव भर पनपियाव, न कुल। चार पैसा के साँवाँ में भी आजकल पेट नहीं भरता, क्या अपने खायँ और क्या बाल-बच्चे को खिलाएँ। सबकी हड्डी-हड्डी निकली हुई है। परसाल 12 बरस का लड़का झुक (मर) गया।

भैया : 12 बरस का लड़का मरने के लिए नहीं पैदा हुआ था दुक्खू भाई! जिसको आधा पेट भोजन नहीं मिलेगा, उसको तो बीमारी ढूँढ़ती रहती है। खाने का ठिकाना नहीं है तो दवाई कहाँ से ला के पिलाओगे?

भैया : आजकल भी भैया आठ साल का गदेला (लड़का) महीना भर से जड़ैया में पड़ा है। बस भगवान पर छोड़ दिया और क्या करें। पहिले चार पैसे की कुनैन की पुड़िया मिलती थी तो कहीं से माँग-जाँचकर खरीद लाते थे। लेकिन अब तो उसका कहीं पता ही नहीं है।

भैया : यह आदमी की जिन्दगी नहीं है दुक्खू भाई, दो सौ पीढ़ी से तो भगवान पर छोड़ा, लेकिन भगवान ने आज तक तुम्हारी ओर झाँका भी नहीं।

सुखारी : तो जानता हूँ भैया! लेकिन अब आदमी का कुछ भी नहीं चलता तो क्या करे? सुनते हैं गांधी महात्मा हम लोगों की सुध ले रहे हैं।

भैया : अपनी सुध न लोगे सुक्खू भाई तो कोई तुम्हारी सुध न लेगा। और गांधी जी भी जो हरिजन-हरिजन कहने लगे तो इसमें भी दूसरा मतलब है।

दुखराम : दूसरा मतलब क्या है भैया और हरिजन क्या?

भैया : हरि भगवान को कहते हैं और जन का माने है आदमी, भगवान का आदमी, नाम तो अच्छा है, लेकिन नाम से कुछ नहीं होता।

दुखराम : एक किस्सा सुना दें, किसी लड़के का नाम ठठपाल था। अच्छा नाम रखने से जम उठा ले जाता था, इसलिए मतारी ने खराब नाँव रख दिया। लड़का पढ़के हुसियार हुआ। दूसरे लड़के ठठपाल कहके मजाक करते। उसने अपने गुरु से कहा कि मेरा नाम बदल दें। गुरु ने कहा—नाम में कुछ नहीं है। ठठपाल ने फिर-फिर जोर देकर कहा तो गुरु ने कहा, जाओ तुम्हीं कोई अच्छा-सा नाम ढूँढ़ लाओ। ठठपाल नाम ढूँढ़ने चला। किसी खेत में फटे चीथड़े लपेटे कोई औरत पिछुआ (छूटदाना) बीन रही थी। ठठपाल के पूछने पर उसने अपना नाम लछमिनिया बताया। ठठपाल सोचने लगा कि लछमिनिया ऐसा अच्छा नाम है, लेकिन इससे उसे क्या नफा है? ठठपाल और आगे बढ़ा, चैत-बैसाख की दुपहरिया में कोई आदमी नंगे बदन हल जोत रहा था, पूछने पर नाम बतलाया-धनपाल। ठठपाल फिर सोचने लगा, लेकिन, फिर आगे बढ़ा। कुछ आदमी कन्धे पर मुर्दा उठाए "राम नाम सत्त है" कहते गाँव से बाहर निकल रहे थे। ठठपाल ने नाम पूछा-तो मालूम हुआ अमर। ठठपाल वहीं से गुरु के पास लौट आया। गुरु ने पूछा कोई नाम ढूँढ़ लाए? ठठपाल ने कहा-"बिनिया करत लछमिनिया देखा, हल जोतत धनपाल। खटिया चढ़े हम अम्मर देखा सबसे भला ठठपाल।"

दुखराम : हाँ, नाम बदलने से क्या होता है भैया?

भैया : और नाम भी कैसा बदला है हरिजन, भगवान का आदमी। भगवान ने अछूतों की ओर फूटी आँख भी कभी देखा? जोंकें अपने सारे चूसने को भगवान ही की कृपा बतलाती हैं। सुखारी क्यों भूखे मरते हैं। भगवान की कृपा, सुखारी का 12 साल का लड़का पथ-दवाई के बिना क्यों मर गया? भगवान की मर्जी। साल में 10 महीना सुखारी को क्यों भूखा और आधा पेट रहना पड़ता है?—भगवान की इच्छा। इनके दो करोड़ चमार भाई काहे नंगे-भूखे मरने के लिए पैदा हुए हैं? भगवान की खुसी। राजा सरेमनपूर काहे 20 लाख रुपया हर साल आतिसबाजी, रंडी और मोटर पर फूँकते हैं?—भगवान की दया। सेठ तिनकौड़ीमल मोटाई के मारे चारपाई पर से उठ भी नहीं सकते। उन्होंने चोर बाजार में अनाज बेंचकर एक करोड़ रुपया काहे मार लिया? भगवान की दया। सेठ तिनकौड़ीमल के भाई-बन्दों ने अनाज छिपा के उसे महँगाकर बङ्गाल में 20 लाख आदमियों को भूखा क्यों मार डाला? भगवान की दया। कोई काम करते-करते मर जाता, लेकिन उसे एक साँझ भी पेटभर अन्न न मिलता, यह भी भगवान की दया। किसी के कुत्ते हलुवा-मलीदा खाते हैं और कोई भूख के मारे कुत्तों का जूठ छीन के खाता है, यह भी भगवान की दया।

दुखराम : जिनके कुत्ते हलुवा-मलीदा खायँ, वह भले ही भगवान की दया की तारीफ करते फिरें, लेकिन जिनके ऊपर भगवान के नाम से हमेशा ही बज्र गिराया गया है; वह काहे को भगवान के आदमी बनने जाएँ?

भैया : गांधी जी ने अछूतों को हरिजन-भगवान का आदमी बनाया और एक काम और किया।

सुखारी : सो क्या है भैया?

भैया : हरिजनों के लिए मन्दिर का दरवाजा खोल देना चाहिए। जब हरिजन हैं तो इनको हरि का दरसन जरूर मिलना चाहिए। लेकिन बाभन पोथी खोल-खोल के दिखाते फिरते हैं कि चमार के मन्दिर के भीतर जाने से मन्दिर असुद्ध हो जाता है। मैं तो उनसे कहता हूँ दुक्खू भाई कि हिन्दुस्तान में गाय का गोबर और मूत नहीं है, क्यों नहीं खिला-पिला के भगवान को सुद्ध कर लेते।

दुखराम : चमार के लिए मन्दिर का दरवाजा खोल देने से क्या उसका पेट भर जाएगा?

सुखारी : बड़े होकर नहीं भैया।

भैया : दस करोड़ अछूत भाइयों को जानवर से आदमी बनाना है। दसों करोड़ आदमी अपने मन से जानवर नहीं बने, जोंकों ने उन्हें जानवर बनाया।

सुखारी : किस तरह हम लोगों को आदमी बनाना चाहते हैं भैया?

भैया : कहते हैं हिन्दुओं में एक-तिहाई अछूत हैं, उनको भी बड़ी-बड़ी नौकरी मिलनी चाहिए। काहे जज, कलट्टर, मजिट्टर, सब बड़ी-बड़ी जाति के ही लोग बनेंगे। हम एक-तिहाई हैं, नौकरी में एक-तिहाई हमारा हिस्सा होता है।

सुखारी : तो भैया, क्या हमारी जाति में भी अब कलट्टर-मजिट्टर बन रहे हैं?

भैया : हाँ, दस-बीस काहे नहीं बने हैं। लेकिन सुक्खू भाई, जो तिहाई नौकरी मिल जाए, तो यह भी ऊँट के मुँह में जीरा होगा। दस करोड़ में एक हजार को नौकरी मिल जाने से दसों करोड़ की भूख भाग जाएगी?

सुखारी : कहाँ भागेगी भैया! राजपूत, बाभन, कायथ में हजारों नौकरिहा हैं, लेकिन हर गाँव में तो पेट में पत्थर बाँध के ढेला पीटने वाले भरे पड़े हैं।

भैया : मैं यह नहीं कहता, अछूतों को नौकरी नहीं मिलनी चाहिए, लेकिन ओस के चाटे से प्यास नहीं बुझेगी सुखारी भाई!

सुखारी : और भी कोई रास्ता बतलाते हैं भैया?

भैया : राज-काज चलाने के लिए जो छोटे लाट-बड़े लाट की पंचायत (एसेम्बली, कौंसिल) है, उसमें भी एक-तिहाई हमारे भाइयों को जाना चाहिए।

सुखारी : तो इससे भैया हम लोगों को रोटी-कपड़ा मिलेगा?

भैया : बड़ी जाति के लोग पंचायत में गए हैं। देख रहे हो न उनकी जाति के ढेला फोड़ने वालों को, कितना खाना कपड़ा मुवस्सर हो रहा है।

सुखारी : तो यह भी बेकार ही हुआ न भैया?

भैया : बेकार नहीं है सुक्खू भाई, अछूतों को उस पंचायत में जाना चाहिए, तभी न बड़े लोगों को मुँह तोड़ जवाब मिलेगा और छाता-जूता उतरवाने का नाम नहीं लेंगे। लेकिन सींक बोर के पानी देने से कंठ नहीं भीगेगा सुक्खू भाई?

सुखारी : तो भैया, कौन उपाय है, जिससे हम लोगों का दुख-दलिद्दर जाए?

भैया : बस रोगों की एक ही दवा है सुक्खू भाई और वह दवा मरकस बाबा बतला गए हैं।

सुखारी : मरकस बाबा की बात दुक्खू भाई ने बतलाई है।

भैया : ताल-तलैया, डबरा-गड्ढा चाहे गड़हा-गड़ही, चाहे गाय-भैंस के खुर का दाग; एक-एक चीज को लोटा के पानी से भरने में जिनगी बीत जाएगी लेकिन वह नहीं भरेंगे और एक बेर बाढ़ आ जाए, तो सब भर जाएँगे। मरकस बाबा कहते हैं कि खून चूसने वाली सभी जोंकों को निकाल बाहर करो और खेत-बारी, बाग-बगैचा, खान-कारखाना सब साझे में करके मिलकर काम करो, बस सबका दुख-दलिद्दर दूर हो जाएगा।

सुखारी : हमारे नेता इसे क्यों नहीं मानते भैया?

भैया : इनको बाढ़ के आने पर बिसवास नहीं।

सुखारी : बाढ़ के आने पर बिसवास नहीं है, तो क्या लोटा-लोटा पानी से भर देने का बिसवास है, यह तो और अनहोनी बात है।

भैया : वह सोचते हैं कि अबकी साल सौ नौकरी मिलेगी, अगले साल दो सौ आदमी हाकिम हो जाएँगे। इसी तरह कुछ दिन में हमारी जाति के दस-बीस हजार आदमी को नौकरी मिल जाएगी। कोई दो हजार महीना पाएगा, कोई हजार, कोई पाँच सौ, कोई सौ।

सुखारी : दो हजार या सौ महीना लेके अपने ही अंडे-बच्चों को पालेगा न भैया? बहुत हुआ तो दो लाख आदमियों का इससे काम चल जाएगा, लेकिन दस करोड़ में दो लाख क्या है?

भैया : बड़ी जातिवालों के पास तो भैया जमीन-मकान भी है, कल-कारखाना भी है, हमारे पास तो मँड़ई डालने की भी जमीन नहीं, तो दस-पन्द्रह हजार नौकरियों के मिल जाने से हमारा क्या बनेगा?

भैया : नौकरी वाले जमीन-मकान खरीदेंगे, कारखानों में भी हिस्सेदार बनेंगे। हो सकता है, पचास बरस में अछूतों में भी कुछ हजार भूमिदार और कारखानेदार बन जाएँ।

दुखराम : लेकिन इससे तो भैया, जोंकें ही बढ़ेंगी न? जोंकों के बढ़ाने से हमारा दुख जाएगा या खतम करने से?

भैया : यही तो ये लोग नहीं समझते। उन्होंने खुद सब तकलीफ और अपमान भोगा है। उनके दिल में अपने भाइयों के लिए बड़ा दर्द है। वह अछूतों को उठा रहे हैं, यह सब अच्छा है। वह गांधी जी के हरिजन उद्धार या अछूत उद्धार को बेकार समझते हैं, यह भी ठीक है। और गांधी जी, जो मन्दिर में अछूतों को भेजना चाहते हैं तो यह मायाजाल है। मन्दिर और भगवान सब धोखे की टट्टी है। चारा देकर बहेलिया मारता है। अछूतों को भगवान को दूर ही से सलाम करना चाहिए और कह देना चाहिए-"बाबा? जाओ, बहुत दिनों तुमने छाती पर मूँग दली।"

सुखारी : मरकस बाबा के रास्ते पर चलने से हम लोगों का कैसे उद्धार होगा भैया?

भैया : सुक्खू भाई? यही अपने दाउदपुर की बात ले लो। बाभन-चमार सब मिलाकर 100 घर हैं। तुम्हारे यहाँ 500 बीघा खेत है और सब रब्बी का। अभी तो 100 घर में 20 घर चमारों के पास कुल मिलाकर 3-4 बीघा से ज्यादा जमीन नहीं, और उसके लिए भी मालिक की गाली-मार सहनी पड़ती है, और भी कितने ही बाभनों, अहीरों और दूसरी जाति के घर हैं, जिनमें किसी-किसी के पास नाम के लिए थोड़ी सी जमीन है। 8-9 घर हैं, जिनके पास जमीन भी बेसी है और मुँह में गाली भी। मरकस बाबा के रस्ते का मतलब है कि पाँचों सौ बीघा इकट्ठा कर दिया जाए, कोले-कोलियों की मेड़ें तोड़ दी जाएँ, और पाँचों सौ बिगहा में सभी घर की साझी हो। जितने देह से काम करने लायक आदमी मर्द-औरत हैं, सब काम करें।

सुखारी : लेकिन भैया, सुखलाल तेवारी के घर की बुढ़िया भी चौखट से बाहर नहीं निकलती, उनके घर की औरतें कैसे निकाई-रोपाई करने लगेंगी।

भैया : सात परदे के भीतर रहना, चौखट नहीं लाँघना, हाथ में मेहंदी लगा के बैठना, यह सब जोंकों का धरम है भाई! कमेरों का धरम है, काम करना। सुखलाल तेवारी और उनके घर की औरतों को दो में से एक बात चुननी पड़ेगी। जो वह जोंक धरम पालन करना चाहते हैं, तो "काम नहीं तो रोटी नहीं" वाली बात होगी, और एक हफ्ता में सब पट-पटा के दाउदपुर को छोड़ जाएँगे। जोंकों के मरने से धरती का भार उतरता है दुक्खू भाई! और जो कमेरा धरम पर चलना चाहेंगे, तो सबके भाई हैं, सबके साथ मिल के काम करें। खूब धन पैदा करें, और सब बाँट-चोंटकर खाएँ-पिएँ।

सुखारी : तो मरकस बाबा के रस्ता में भैया, काम पियारा होता है, चाम नहीं, यही न भैया!

भैया : जो दाउदपुर में सभी घर चाम से पियार करने लगे तो धरती माता एकहू अच्छत अनाज देंगी?

सुखराम : धरती माता का दिल तब तक नहीं पसीजता, जब तक चोटी का पसीना एड़ी तक नहीं पहुँचता।

भैया : दाउदपुर में सब घर काम करेगा। खेतों में मोटर का हल चलेगा, सिंचाई के लिए पाइप और बिजली लगेगी। खेत-खेत में बिलायती खाद पड़ेगी। 200 बीघा गेहूँ बोने में लोगों का साल भर का खाना हो जाएगा। 300 बीघा जो सिगरेट वाला तमाकू बो दो, तो खाली तमाकू बेंच देने से साल में 3 लाख रुपया आ जाए। लेकिन तमाकू काहे बेचोगे सुक्खू भाई! दाउदपुर में सिगरेट का कारखाना खुल जाएगा। खेती का समय छोड़कर मरद-औरत अपने कारखाना में रोज 6 घंटा काम करेंगे। बीस लाख का सिगरेट साल में बिक जाएगा और गाँव वाले जितना सिगरेट पिएँगे, उतना मुफुत रहेगा।

सुखारी : भैया तो इसी दाउदपुर की मिट्टी से 20 लाख-25 लाख सालाना निकलेगा न?

भैया : और यह 20-25 लाख सुक्खू भाई सब घर का धन होगा। फिर दाउदपुर में कोई सुअर की खोभार नहीं दिखाई पड़ेगी, कोई छान और खपड़ैल भी नहीं बच रहेगी। उसकी जगह दाउदपुर में होगी-एक चौड़ी सड़क जिसके दोनों ओर ईंट-सीमेन्ट और लोहे से बने पक्के मकान होंगे। हर मकान में नल से पानी जाएगा और बिजली दीया बारेगी। हर घर के पीछे पक्का पाखाना होगा, और अबदुल भाई को उठाना नहीं पड़ेगा; नल से पानी छोड़ा जाएगा और वह धरती के भीतर ही भीतर बहा ले जाएगा। फिर आज के नंगे-भूखे आदमी दाउदपुर में नहीं दिखाई पड़ेंगे। सब साफ कपड़ा पहिनेंगे। लड़के-लड़की सब पढ़ेंगे। सुखलाल तेवारी के पोते और सुखारी चमार के पोते एक-दूसरे को भाई समझेंगे और एक परिवार के बेकति (आदमी)।

अबदुल : लेकिन भैया, यह सपना जैसी बात मालूम होती है।

भैया : सपना वह होता है अबदुल भाई, जिसे धरती पर कहीं न देखा जाए, लेकिन जो बात धरती के किसी कोने में देखी जाए, उसे भी क्या सपना कहेंगे?

अबदुल : धरती पर ऐसी बात कहीं हुई है भैया?

भैया : हाँ अबदुल भाई! और बहुत दूर नहीं। दो दिन रेल और 3 दिन मोटर से चलने पर तुम उस देस में पहुँच जाओगे जहाँ सब कारबार साझे के परिवार का है, जहाँ कोई अछूत और बड़ी जाति का नहीं है, जहाँ कोई जोंक नहीं है, उस देस का नाम है सोवियत भूमि, किसानों-मजूरों का पंचायती राज, और उसको पहले रूस भी कहा करते थे।

अबदुल : तब भैया! सपना की बात नहीं, लेकिन अपनी जिनगी में हम सब देख लेंगे?

भैया : तमासा देखना चाहोगे तो कभी नहीं, लेकिन वैसा बनाने में लग जाओगे, और खूब जिउजान से लग जाओगे तो जरूर देख लोगे। अड़तीस बरस पहिले रूस को भी जोंकों ने नरक बना के रखा था, लेकिन किसान-मजूर भिड़ गए और अब उन्हें मर के भी सरग में जाने की जरूरत नहीं, अब सरग उनके घर पर उतर आया।

सुखारी : लेकिन भैया हमारे नेता इतना पढ़-गुनकर काहे मरकस बाबा के रास्ते को नहीं मानते? जो वह भी दस-बीस लाख के जोंक बनना चाहते हैं तो हम लोगों का क्या उपकार करेंगे?

भैया : हिन्दुस्तान भर के कमेरे जब जोंकों को उखाड़ फेंकने के लिए उठ खड़े होंगे, तब उनके मन में भी आसा बँधेगी, अभी तो वह इसे अनहोनी समझते हैं। इसीलिए जड़ में पानी न देकर पत्तों को सींचते हैं।

दुखराम : लेकिन सुनते थे भैया! गांधी जी भी अछूतों के उद्धार के लिए लाखों रुपया जमा कर चुके थे और उन्होंने जगह-जगह हरिजन आसरम खोले। वह क्या करना चाहते थे?

भैया : करना तो चाहते थे हरिजनों का उद्धार, लेकिन हो रहा था कंडे से आँसू पोंछना। बस, इतना ही हो रहा था कि कुछ सौ हरिजन लड़कों को चरखा कातना सिखाया जाए, जिससे बहुत मेहनत करने पर भी आदमी दो आना रोज से बेसी नहीं कमा सकता, जिससे एक आदमी का भी पेट नहीं भर सकता। दूसरी बात यह हो रही थी कि बड़ी जाति के सौ-दो सौ आदमियों को नौकरी मिल जाती।

अध्याय-14

मरकस बाबा का रास्ता विदेशी है?

सोहनलाल : लोग कहते हैं भैया, कि मरकस बाबा ने जो कुछ कहा है, वह ठीक हो सकता है; लेकिन एक देस के लिए जो बात ठीक है, वह दूसरी जगह के लिए बेठीक भी हो सकती है।

दुखराम : "ठाँव-गुने काजर, ठाँव-गुने कारिख", वही चीज आँख में लगकर काजल बन जाती है, और सोभा देती है, वही गाल में लग कालिख कही जाती है और लोगों को धोना-पोंछना पड़ता है। यही बात है सोहन भैने?

सोहनलाल : हाँ दुक्खू मामा! रूस में जो बात ठीक उतरी, यही बात हिन्दुस्तान में भी ठीक उतरेगी, इस पर कैसे बिसवास किया जाए भैया?

भैया : 'ठाँव गुने काजर, ठाँव गुने कारिख' को मैं मानता हूँ, सोहन भाई! रूस में इतनी सरदी पड़ती है कि नदी-नाले सब जम जाते हैं, वहाँ जाड़े के मौसिम में हर घर को गरम पानी के मोटे नलों से गरम किया जाता है। हिन्दुस्तान में भी मरकस बाबा का कोई चेला मकान गरम करने के लिए गरम पानी का नल लगवाने लगे, तो उसे मैं पागल कहूँगा, उसकी जगह यहाँ पर गर्मियों के दिनों में बिजली के पंखे की जरूरत पड़ेगी। मास्को और लेनिनग्राद में रूसी भाखा बोली जाती है, जो हिन्दुस्तान के 35 करोड़ आदमियों को भी अपनी भाखा छुड़वाकर रूसी भाखा सिखलाने की कोसिस करे, तो उसे भी मैं पागल कहूँगा। रूस के कवि वोल्गा माई और दोन बाबा (नदियों) के गीत गाते, हिन्दुस्तान में जो बोई कवि गंगा माई, सिन्ध और कावेरी माताओं को छोड़कर वोल्गा माई और दोन बाबा का गीत गाए, तो उसे भी मैं पागल कहूँगा, और मरकस बाबा भी उसे अपना चेला नहीं मानेंगे। ऐसी सैकड़ों चीजें हैं, जो रूस की अपनी हैं और हिन्दुस्तान में नहीं हैं। जो कोई आदमी अंधाधुंध नकल करना चाहेगा, तो उसे मैं बेवकूफ़ कहूँगा। लेकिन मरकस बाबा ने जो बातें जोंकों के हटाने के लिए बताईं, कमेरों के राज कायम करने के लिए बताई, सबको एक परिवार का भाई बनने के लिए कहा, उसमें तो कोई ऐसी बात नहीं दिखाई देती।

सोहनलाल : सबसे बड़ी बात यही है कि वह विदेसी चीज है।

भैया : तो हिन्दुस्तान में कोई विदेसी चीज नहीं चलनी चाहिए, यह कौन कहता है?

सोहनलाल : गांधी जी कहते हैं, गांधी जी के चेले लोग कहते हैं।

भैया : गांधी जी नहीं कह सकते सोहन भाई? गांधी जी रूस के तालस्ताय को अपना गुरु मानते हैं, बिलायत के रस्किन का अपने को रिनिया मानते हैं। उन्होंने कभी नहीं कहा, छापाखाना बिलायत से आया है, इसलिए उसमें छपी गीता को नहीं पढ़ना चाहिए। घड़ी भी बिलायत से आई है, और गांधी जी उसको बाँधे-बाँधे फिरते हैं, चसमा बिलायत से आया है, लेकिन उसे लगाते हैं। ईसामसी का धरम विदेस से आया है, लेकिन गांधी जी उसका बहुत आदर करते हैं। हिन्दुस्तान के चार आदमी में एक आदमी जिस मुसलमान धरम को मानता है और वह भी दूसरे देस से आया, लेकिन उन्होंने नहीं कहा कि अरब के पैगम्बर को हिन्दुस्तान से निकाल बाहर करना चाहिए।

सोहनलाल : लेकिन वह कहते हैं, कि मरकस बाबा के रास्ते में हत्या की बात आती है और हिन्दुस्तान के रिसि-मुनि बेहत्या का रस्ता बताते हैं।

भैया : यह दोनों बात गलत हैं। मरकस बाबा हत्या का रस्ता नहीं बताते, वह ऐसा रस्ता बताते हैं कि दुनिया में फिर आदमी को आदमी की हत्या करने की कभी जरूरत ही न पड़े। अकाल, महामारी में करोड़ों आदमी मर जाते हैं। वह चाहते हैं कि दुनिया में अकाल-महामारी का नाम ही न रहे। जोंकें अपने स्वास्थ के लिए बराबर लड़ाई करवाती हैं; हमारे सामने ही दो बड़ी-बड़ी लड़ाइयाँ हुईं, जिनमें करोड़ों आदमियों की हत्या की हुई, जोंक गुंडों ने लाखों बेकसूर बच्चों और औरतों को तड़पा-तड़पाकर मार डाला। मरकस बाबा ने ऐसा रस्ता बतलाया है कि जोंक ही न रह जाएँ और दुनिया भर के सारे आदमियों का एक परिवार बन जाए। गांधी जी जोंकों को भी रखना चाहते हैं और यही जोंकें हत्या की जड़ हैं। दुक्खू भाई, बताओ कौन हत्या का रास्ता बताता है, कौन बेहत्या का?

दुखराम : इससे तो मरकस बाबा का ही रस्ता बेहत्या (अहिंसा) का हुआ और गांधी जी का रस्ता दुनिया से कभी हत्या को नहीं हटा सकेगा।

सोहनलाल : लेकिन यह तो तब होगा न जब सारी दुनिया मरकस बाबा के रस्ते पर चलने लगेगी। लेकिन यह तो अनहोनी बात मालूम होती है।

भैया : जो दुनिया में जोंकें रह जाएँगी तो हत्या भी रह जाएगी, सोहन भाई! लेकिन इसका दोस तो जोंकों को रहेगा, मरकस बाबा के रस्ते को नहीं। फिर सोहन भाई आप मरकस बाबा के रस्ते के ऊपर सारी दुनिया आ जाएगी, इसे तो अनहोनी समझते हैं, और तब जबकि अपने सामने देख रहे हैं कि 38 बरस पहिले दुनिया

का छठवाँ हिस्सा मरकस बाबा के रस्ते को अपना चुका और 6 बरस पहिले के भी नहीं। जिसे अभी दुनिया अपना चुकी, उसे तो तुम अनहोनी कहते हो। और जोंकें बनी रहेंगी; जिनका जीना ही दूसरे के खून पर होता है, लेकिन वे भगत बन जाएँगी और सेर-बकरी एक जगह पानी पिएँगे। है यह होने वाली बात?

सोहनलाल : जोंकों के हटाने की बात तो गांधी जी भी कहते हैं, लेकिन हत्या के रस्ता से नहीं, बेहत्या के रस्ते से।

भैया : बुद्ध गांधी जी से बहुत बड़े आदमी थे। उन्होंने भी बेहत्या के रस्ते जोंकों को भगत बनाना चाहा, लेकिन नहीं हो सका। ईसामसी ने भी बेहत्या के रस्ते से सबको ले जाना चाहा, लेकिन देख रहे हो न, उनके चेले क्या कर रहे हैं? गांधी जी के चेलों ही की ओर नहीं देखते? मिलवाले सेठ क्या रह रहे हैं? उनके चेलों ने बम्बई में मजदूरों पर गोलियाँ चलवाईं। उनके चेलों ने किसानों पर घोड़े दौड़वाए। बेहत्या की बात उसी दिन खतम हो गई जिस दिन लड़ाई के समय गांधी जी ने कहा था कि कांगरेस सरकार में जाएगी तो पलटन, गोला-बारूद सभी तरह से फसिहों का संहार करेगी। जरमन-जापान फसिहों के सामने निहत्था बन बेहत्या के रस्ते काम नहीं चलेगा, इसीलिए गांधी जी ने भी हथियार के साथ फसिहों का मुकाबला करने के लिए कहा। मरकस बाबा भी हथियार लेकर जोंकों का मुकाबला करने के लिए कहते हैं। बताओ दुक्खू भाई! है दोनों में कोई फरक?

दुखराम : कोई फरक नहीं मालूम होता भैया।

भैया : और मरकस बाबा हथियार लेके मुकाबला करने के लिए क्यों कहते, इसीलिए कि जोंके सिर से पैर तक हथियार से लैस हैं, तुम्हें निहत्था देखकर वह भून देंगी। जोंकों में दया-मया है, इसे वही बिसवास कर सकता है जिसको जोंकों की करनी मालूम नहीं, उनका स्वभाव नहीं मालूम। फिर हिन्दुस्तान के रिसि-मुनि बेहत्या का रस्ता बताते हैं। यह बिलकुल गलत है। अठारहों अध्याय गीता हत्या करने के लिए कही गई। अर्जुन बेचारा तो तीर-धनुष छोड़कर बैठ गया था, उसने लड़ाई करने से इनकार कर दिया था, लेकिन किरसन ने उसे तरह-तरह से समझाया और लड़ने को तैयार किया। वह लड़ाई भी गरीबों-कमेरों की भलाई के लिए नहीं हुई थी, कुरुक्षेत्र में दोनों ओर जोंकें ही आमने-सामने खड़ी थीं। जिरजोधन (दुरजोधन) राज में हिस्सा नहीं देता था, इसीलिए पांडव लड़ रहे थे। जिरजोधन सारे राज के किसानों, कारीगरों, मजदूरों की कमाई को छीन के ऐस-जैस करना चाहता था। पांडव ने उसी ऐस-जैस के लिए कौरवों को मारा, लाखों का संहार किया। गीता को गांधी जी बहुत मानते हैं। गीता को जो कहे कि वह बेहत्या (अहिंसा) का रस्ता बताती है, इसके लिए हम यही कहेंगे कि वह दिन-दोपहर का अंधा है। और दूसरे कौन रिसि-मुनि हैं जो बेहत्या का रस्ता बतलाते हों?

सोहनलाल : बुद्ध और महाबीर।

भैया : बुद्ध को तो हिन्दुस्तान ने निकाल बाहर किया, इसीलिए उनकी सिच्छा को स्वदेसी कौन मुँह लेकर कहेंगे। रहा महाबीर, लेकिन उन्होंने किसी राजा को युद्ध में हथियार डाल देने के लिए कहा हो, इसका तो हमें कोई पता नहीं। हाँ, आदमी अपनी मुकती और निरवान चाहे तो उसे सब जीव-जन्तु पर दया करनी चाहिए। वहाँ एक देस को दूसरे देस की गुलामी से छूटने या एक जमात को दूसरी जमात के खूनी हाथों से बचने के लिए, हथियार रखकर बेहत्या मान लेने की बात तो कहीं देखने में नहीं आती।

सन्तोखी : पोथी-पतरा बहुत है भैया! क्या जाने कहीं रिसि-मुनि के मुँह से ऐसी बात निकली हो।

भैया : बुद्ध और महाबीर से पहिले किसी रिसि-मुनि ने बेहत्या की बात कही हो, इस पर मुझे बिलकुल बिस्वास नहीं, उस समय के रिसियों-मुनियों का रसोईखाना पूजाघर नहीं, कसाईघर होता था; वहाँ बीच में बछिया या बकरे को रिसि-मुनि अपने हाथ से मारते थे।

दुखराम : क्या कहा भैया! रिसि-मुनि बछिया मारते थे, राम-राम ऐसी बात कभी हो सकती है? हिन्दू गौ माता के इतने भगत हैं तो उनके रिसि-मुनि भला कैसे गाय मार सकते हैं?

भैया : बुद्ध से पहिले और कुछ सौ बरस पीछे तक हिन्दू रिसि और सभी लोग गाय का मांस खाते थे। उससे उनको कोई परहेज नहीं था। हिन्दुओं की एक-दो नहीं पचासों पोथियों में लिखा है, रन्तिदेव राजा की कथा महाभारत* में आती है। उनके घर में रोज दो-दो हजार गायें मेहमानों, मुसाफिरों के खाने के लिए मारी जाती थीं।

---

* "राज्ञो महानसे पूर्वं रन्तिदेवस्य वै द्विजः।
अहन्यहनि वध्येते द्वै सहस्रे गवां तथा।"
"समांस ददतो ह्यन्नं रन्तिदेवस्य नित्यशः।
अतुलाकीर्त्तिरभवन्नृपस्य द्विजसत्तम !" —वनपर्व 228। 8-10
"महानदी चर्मराशेरुत्केलेदात् संसृजे यतः।
ततश्चर्मण्वतीत्येवं विख्याता सा महानदी।" —शान्ति पर्व 29-30
सांकृति रन्तिदेवं च मृतं संजय? शुश्रुम।
आसन् द्विशत- साहस्त्रा तस्य सूदा महात्मनः।
गृहानभ्यागतान् विप्रान् अतिथीन् परिवेषकाः। —द्रोण पर्व 67।1-2।
तत्रास्या सूदाः क्रोशन्ति सुमृष्ट-माणि-कुन्डलाः।
सूपं भूयिष्ठमश्नीध्वं नाद्य मांसं यथापुरा" —द्रोण पर्व 67।17-18।
—शांति पर्व 27-28 ।

दुखराम : लेकिन भैया जो हिन्दुओं की पोथी में गाय मारने की बात लिखी है, और पहिले के मामूली नहीं—रिसि-मुनि तक गाय खाते थे, तो आज गोकसी के लिए काहे हिन्दू लोग मुसलमानों का सिर फोड़ते फिरते हैं।

भैया : हिन्दुओं से पोथी की बात छिपा दी गई, इसीलिए नहीं तो क्या 60 पीढ़ी पहले के उनके अपने गौ-भच्छक पुरखा मिल जाएँ, तो क्या यह उनका सिर फोड़ते फिरेंगे? मैं यह नहीं कहता दुक्खू भाई कि पहिले के पुरखा गाय खाते थे, तो हम आज भी खाएँ। इसकी कोई जरूरत नहीं। लेकिन लाठी लेकर दूसरों को मारने दौड़ना यह तो जबर्जस्ती है न?

दुखराम : जबर्जस्ती ही नहीं भैया यह तो भारी झगड़े की जड़ है।

सोहनलाल : लेकिन भैया! हम लोगों की सारी खेती-बारी, दूध-घी गाय ही से मिलता है, इसलिए गाय की रक्षा करने को बुरा कैसे कहा जाए।

भैया : गाय की रक्षा करना अच्छा है सोहन भाई। हम लोगों को अच्छी-अच्छी नसल के बैल-गाय पैदा करना चाहिए, उनको बढ़ाना चाहिए। 30 करोड़ आदमी में से बहुत थोड़े ही को पीने को दूध मिलता है। जब दूध-घी खाने को मिलता था, तो आदमी खूब तगड़े होते थे। दूध-घी की इफरात हो इसकी जरूर हमें कोसिस करनी चाहिए। यह हमारे फायदे की बात है और मुसलमानों के भी। मुसलमान भाइयों को समझाइए हमारे भी पुरखा गाय का बलिदान करते थे, गाय का मांस खाते थे, लेकिन पीछे समझा कि गाय की रच्छा से हमारा ज्यादा फायदा है, इसीलिए उन्होंने गाय का मांस त्याग दिया। देस भर के लोगों को खूब घी-दूध खाने को मिले, हल-गाड़ी के लिए अच्छे-अच्छे बैल मिलें, इसीलिए हमें गायों की रच्छा करनी चाहिए।

सोहनलाल : गांधी जी को अहिंसा और दूसरी बातों के बारे में तो आपने बतलाया, तो भी बहुत लोग कहते हैं कि रूस और हिन्दुस्तान में इतना फरक है कि वहाँ की बात यहाँ चलाना उलटी गंगा बहाना है। वह यहाँ चलेगी नहीं, नाहक झगड़ा-झंझट बढ़ेगा।

भैया : नहीं चलेगी, तो अपने ही बेकार हो जाएगी, उसके लिए चिन्ता करने की जरूरत क्या? और झगड़ा झंझट की बात जो कहते हो, वह तो जोंकें करती हैं। गांधी जी सेठों और जमींदारों को समझा दें कि वह हथियार रख दें और 10 बरस किसानों-मजूरों को मरकस बाबा के रस्ते पर चलने दें। जो साझे की खेती, मोटर के हल, पानी के पाइप और बिलायती खाद से हरा-भरा खेत ऊसर बन जाने लगे, तो किसानों को भूखे मरना पड़ेगा। फिर तुरन्त ही जमींदार आकर काम सँभाल ले।

दुखराम : बस यही भैया! गांधी जी जिमींदारों से मनवा दें तो हम महात्मा जी को सबसे बड़ा अवतार मान लेंगे।

भैया : सेठ लोगों को भी गांधी जी मना लें कि बेसी नहीं पाँच बरस के लिए अपने द्वार पर लिखे "लाभ-सुभ" को मिटा दें।

दुखराम : "लाभ-सुभ" क्या है भैया?

भैया : बनिया लोगों की गद्दी के ऊपर दीवार में "लाभ-सुभ" सिन्दूर से लिखा देखा है कि नहीं। सेठ लोगों की जिन्दगी का सबसे बड़ा मन्तर यही लाभ-सुभ है। मजूर 20 रु. की चीज रोज पैदा करें, उन्हें 75 पैसे देकर टर्का दें, और बाकी रुपया हुआ लाभ-सुभ, और रखें उसे गोलक में। सेठ लोग 20 रु. में 75 पैसे ही नहीं, कुल रुपया मजूरों के हाथ में दे दें और कह दें कि देखो तुम लोग बड़े जोखिम में हाथ डाल रहे हो। अब हम चीनी की मिल, कपड़े की मिल, जूट की मिल, लोहे का कारखाना, किसी का इन्तजाम नहीं करेंगे, हम 'लाभ-सुभ' छोड़ते हैं और इन्तजाम भी। जो मजूर कारखाने को ठीक से नहीं चला सके, तो उनको ही भूखा मरना पड़ेगा। फिर सेठ जी आकर कारखानों को सँभाल लेंगे, झगड़ा-झंझट मिटाने का यह रास्ता है।

दुखराम : हाँ भैया! बेसी नहीं पाँच ही बरस के लिए जिमींदार और कारखाने वाले सेठ राम-नामा ओढ़कर माला फेरें, और हम लोगों को मरकस बाबा के रस्ते पर चलने दें, इससे तो बिना झगड़ा-झंझट के फैसला हो जाएगा। जब हम देखेंगे कि मरकस बाबा का रास्ता हिन्दुस्तान में नहीं चल सकता, तो क्या पागल हुए हैं कि देसभर का संहार करेंगे।

सोहनलाल : लेकिन जिमींदार और सेठ गांधी जी की बात मानेंगे थोड़े ही?

भैया : चार हजार बरस से जोंकों ने अपना रस्ता चलाया और उसके कारण पंचानबे सैकड़ा कमेरों के लिए नंगे-भूखे मरने के सिवा कोई चारा नहीं। हम तो सिरिफ पाँच बरस ही चाहते हैं। जो जोंकें उतना भी देने के लिए तैयार नहीं हैं, उनके गुंडे लाठी-छूरा लेकर घूमते-फिरते रहेंगे, पुलिस-पलटन को उन्होंने अलग तैयार कर रखा है, अदालत-कचहरी सब उनके हाथ में है, इतना होने पर भी महात्मा जी कहते हैं कि किसान-मजूरो! तुम हमारा रस्ता ले लो, फुफुकार भी मत छोड़ो; तो इसके लिए हम लोग तैयार नहीं हैं। यह तो सोलहो आना जोंकों की मदद करना है।

सोहनलाल : क्या समझते हो भैया, गांधी जी जोंकों की मदद करना चाहते थे?

भैया : इस बात को अब किससे पूछें। मैं तो समझता हूँ, वह इन्कार न करते, हाँ उसके साथ यह भी कहते कि मैं सबकी भलाई चाहता हूँ। कोई चाहता है, इसे वही जान सकता है, दूसरा आदमी दिल की बात को क्या जाने? लेकिन गांधी जी कहते थे, उससे सबसे ज्यादा नफा सेठों को हुआ। दूसरे नम्बर पर जिमींदारों को,

और तुरन्त नफा तो उतना नहीं, हाँ आगे के लिए किसान-मजूरों को बहुत मदद मिली। तुम समझते होगे सोहन भाई, कि मैं गांधी जी के काम को बहुत बुरा समझता हूँ, और मानता हूँ कि उन्होंने हिन्दुस्तान के लिए नहीं किया। गांधी जी के उपकार को बहुत मानता हूँ। उन्होंने ही चम्पारन के निलहे साहबों के मद को चूर किया और सैकड़ों बरसों से भेड़ बने सिकारों को सेर बनाया। उन्होंने ही हिन्दुस्तान की भुक्कड़ जनता को अपने पैर पर खड़ा होने में सबसे अधिक मदद की। जनता ने अपने बल को समझा और अब वह सो नहीं सकती, जब तक कि वह अपने सताने वालों को हमेसा के लिए खतम नहीं कर देगी।

दुखराम : तो गांधी जी की कौन बात है जो हिन्दुस्तान के कमेरों को नुकसान पहुँचाने वाली है?

भैया : सबसे बड़ी बात तो यह कि जिमींदारों, कारखानेदारों को कायम रखना चाहते थे। वह उनसे इतना ही चाहते थे कि किसानों और मजूरों का अपने को माँ-बाप समझें। सवाल यह है कि माँ-बाप महलों में रहेंगे या झोंपड़ी में, बीस हजार की कार में चलेंगे या पैदल। लड़के-लड़कियों के ब्याह में दस-बीस लाख खर्च करेंगे या धरम-विवाह करेंगे। सिमला, नैनीताल, दार्जिलिंग, उटकमंड, बम्बई, कलकत्ता, दिल्ली, बनारस में बिड़ला हाउस बनाकर रहेंगे कि 10 रु. भाड़े की कोठरी में।

दुखराम : मुटिया धोती पहिने और जौ की रूखी रोटी खाने के लिए यह जोंकें कभी नहीं तैयार होंगी।

भैया : मैं भी समझता हूँ इसके लिए कोई तैयार न होगा। क्या जाने खयाल हो कि किसान-मजूर माँ-बाप बनाने की आसरा पर हाथ पर हाथ धरकर बैठे रहें। लेकिन यह भी नहीं हो सकता क्योंकि यह अपने पेट की भूख को कैसे भुला सकते हैं। दूसरी बात गांधी जी कहते थे कि कल-कारखाना नहीं, हमें चरखा चाहिए, लेकिन यह भी होने वाला नहीं। लोहे के जमाने से आदमी लौटकर पत्थर के जमाने में नहीं जा सकता। खद्दर से जो मिलों के बन्द हो जाने का डर होता, तो बिड़ला-बजाज-साराभाई जैसे करोड़पति कपड़ा मिल वाले लाखों रुपया खद्दर-फंड में दान न देते। गांधी जी गुड़ खाने के लिए कहते हैं लेकिन उनके चेला, बिड़ला और साराभाई की चीनी की मिलों ने चीनी को इतना सस्ता कर दिया कि कोई गुड़ खाना चाहेगा नहीं। किसान ऊख बेचकर पैसा कमा लेते, उसकी जगह वह गुड़ बनाने नहीं जाएँगे। बिड़ला ने लाखों रुपया लगाकर कमा लेते, उसकी जगह वह गुड़ बनाने नहीं जाएँगे। बिड़ला ने लाखों रुपया लगाकर हिन्द-साइकिल का कारखाना खोला। वह पाँच लाख नफे में से पाँच हजार गांधी जी को दान में दे सकता था, लेकिन कारखाना नहीं बन्द कर सकता। बिड़ला ने करोड़ों रुपये लगाकर मोटर कारखाना खोला है, उसी नफे में धरमसाला बनवा सकता है, मालवीजी के

विस्वविद्दालय को दान दे सकता है, लेकिन कारखाना छोड़कर वह सतजुग की ओर नहीं लौटेगा। चरखे की बात करना हथियारों की ओर आदमी को ले जाने की कोसिस करना है।

दुखराम : वह तो नहीं हो सकता भैया! और लोहा बिना चरखे का तकुवा कहाँ से आएगा।

भैया : गुड़, हाथ के कूटे चावल और चरखे को अपनाने की बात कहकर छुट्टी नहीं मिल सकती। जो पीछे लौटना है, तो सभी बातों का साफ-साफ कहो, चरखे का तकुवा लोहे का रखोगे या लकड़ी का। चरखे को लोहे के बसूले से बनाओगे या और किसी से। जो लोहा रखना ही पड़ेगा तो ताताके बिजली और पत्थर के कोयले से बने लोहे को लोगे या लोगों को कहोगे कि बबूल का कोयला तैयार करो और पत्थर को गलाकर लोहा निकालो। लेकिन बबूल के कोयले वाले लोहे को कौन खरीदेगा; जबकि उससे भी बढ़िया फौलाद उससे भी सस्ते दामों में मिल रहा है। पत्थर का कोयला भी चाहिए, बिजली भी चाहिए, लोहा और बड़ी-बड़ी मसीनें एक जगह से दूसरी जगह भेजी नहीं जा सकतीं। और विद्दा के लिए क्या कहेंगे? छापाखाना के कारण आज किताब बहुत छपती हैं, बहुत सस्ती बिकती हैं। लेकिन उनको छुड़ाकर क्या हमें फिर ताड़ के पत्ते पर हाथ से लिख-लिखकर किताबें पढ़नी चाहिए।

दुखराम : यह तो भैया जुम्मन दादी की बात है, जिसे हम लोग हँसी में उड़ा देते हैं।

भैया : हँसी में उड़ाने की बात नहीं है दुक्खू भाई! जब लड़ाई का जमाना था, कपड़ा कम मिल रहा था और बहुत महँगा, ऐसे समय में जो हम चरखे से कपड़ा तैयार करते तो यह अच्छी बात थी। रेल की लाइन उखड़ जाए, पिटरौल बिना मोटर-लारी बन्द हो जाए, तो इक्का-बैलगाड़ी या पैदल चलने को कौन नहीं कहेगा। लेकिन करोड़पति कारखाने वाले जो चरखा में भगती दिखाते हैं, उसके भीतर दूसरी ही बात है। वह समझते हैं कि किसान चरखा उठाएंगे तो गांधी जी के रस्ते को भी अपनाएँगे और हमको माई-बाप समझेंगे फिर मरकस बाबा का नाम नहीं लेंगे, रूस की बात नहीं सुनेंगे। लाल झंडा लेकर "किसान-मजूर राज कायम हो" चिल्लाते नहीं फिरेंगे। "रघुपति राघव राजाराम।" का कीर्तन करेंगे और इस दुनिया से बेसी परलोक का आसरा करेंगे।

दुखराम : तो चरखे वाली बात के भीतर भी भैया बहुत धोखा चल रहा है।

भैया : गांधी जी धोखा देना न चाहते हों; लेकिन सेठ लोग तो जरूर आँख में धूल झोंकना चाहते हैं। जो उनका चरखे पर विश्वास है, तो कपड़े के कारखानों को क्यों नहीं तोड़ देते? जो उनका गुड़ पर विश्वास है तो अपनी चीनी की मिलों में आग क्यों नहीं लगा देते? जो उनका सेवा गाँव की बैलगाड़ी पर विश्वास है,

तो क्यों मोटर का कारखाना खोल रहे हैं। जो उनको ताड़ के पत्ते की पोथी पर विश्वास है, तो बिड़ला और डालमिया ने क्यों कागज की बड़ी-बड़ी कम्पनियाँ खोलीं?

दुखराम : ढोल के भीतर सारा पोल मालूम होता है भैया।

भैया : सेठ लोग और कूद-कूद कर कह रहे हैं कि मरकस का रस्ता विदेसी है, हिन्दुस्तान धर्मात्मा देस है, वह यहाँ नहीं चलने का, इनको कहते हैं कि आँख की लाज जो छोड़ दो, मुँह में जो आए कहते फिरो। पंचरुखी की चीनी मिल, उसकी मसीनें और कारीगरी सब अहमदाबाद की बनी हैं और वहीं के दिमाग से निकली हैं न, जब पंचरुखी मिल के लिए मसीने मँगानें लगे तो उस वक्त ख्याल किया था कि यह स्वदेसी है या विदेसी? हिन्दुस्तान में सतजुग से क्या अखबार निकलते आए थे जो बिड़ला लाखों रुपया लगाकर "हिन्दुस्तान टाइम्स" (दिल्ली), "सर्च लाइट", (पटना), "लीडर" (इलाहाबाद), "हिन्दुस्तान" (दिल्ली) जैसे रोजाना अखबारों को चला रहे हैं।

दुखराम : यह अखबार क्यों चलाते हैं भैया?

भैया : सेठों के दरवाजे पर दो ही सबद लिखे रहते हैं दुक्खू भाई "लाभ-सुभ।" लाखों रुपया लगाते और लाखों रुपया पैदा करते हैं। यह बात तो हुई है, लेकिन एक इससे भी बड़ा नफा है।

दुखराम : इससे बड़ा नफा क्या है भैया?

भैया : अखबार तोप, टंक और हवाई जहाज से भी बढ़कर खतरनाक हथियार है। बिड़ला के अखबार तो अभी तीस-तीस, चालिस-चालिस हजार तक छपते हैं, लेकिन बिलायती करोड़पतियों के अखबार पन्द्रह-पन्द्रह सोलह-सोलह लाख रोजाना छपते हैं। उनमें जो कुछ लिखा जाता है, वह अपने मतलब का खयाल करके। किसानों के ऊपर जिमींदार जुलुम कर रहा है, उनकी जमीन छीन लेना चाहता है। किसान जीविका छोड़ते नहीं हैं, जिमींदार उन्हें गुंडों से पिटवाता है। किसानों की ओर से इसकी खबर अखबारों में भेजी जाती है, जोंकों का अखबार उसे क्यों छापने लगें? वह छापेगा जिमींदारों की ओर से भेजी गई खबर को जिसमें किसानों को गुंडा-बदमास कहा गया है। किसान पिटे हैं, घायल हो गए हैं, कोई मर भी गया है, अभी थाने में खबर भी नहीं पहुँचने पाई कि राजधानी में जोंकों के अखबार ने जिमींदारों की बात छाप दी। सूबा के पुलिस के बड़े अफसर ने उसे पढ़ लिया। कलट्टर-मजिट्टर ने उसे पढ़ लिया। एक तो वह स्वयं जोंकों की जाति के हैं, दूसरे उन्हें खबर भी एक ओर की मिली है। अब वह मन में बैठा लेंगे कि किसान जरूर बदमास हैं। इसी तरह कोई कारखाने वाला जुलुम कर रहा है, मजूर अपनी तकलीफ लिखकर भेजते हैं, तो जोंकों का अखबार उन्हें छापता नहीं। कारखाने वाला लारी दौड़ाकर कितनों को घायल और एक मजूर मार भी डालता है,

लेकिन वह मजूरों के खिलाफ जो कुछ लिख के भेजता है, वह सब जोंक वाले अखबार में छपता जाता है, हाकिम और दूसरे भोले-भाले पढ़ने वाले एक ही ओर की बात सुन पाते हैं और उसे ही सच्ची मान लेते हैं।

दुखराम : तब तो भैया यह अखबार नहीं, हम लोगों के गले की फाँसी है।

भैया : और जोंकों के अखबार स्वदेसी धरम का खूब प्रचार करते हैं। किसी सेठ ने निहायी (अहरन) की चोरी की है, और सुई का दान दिया है। बस सुई के दान को सेठ की तसवीर देकर बड़े-बड़े अच्छरों में छापा जाएगा, भोली-भाली जनता समझेगी कि सेठ बड़ा धरमात्मा, बड़ा दानी है, हे भगवान! तुम इसकी रच्छा करो। जब लाखों आदमी अन्न बिना मर रहे हैं, उस वक्त कोई पागल या मक्कार सैकड़ों मन अनाज और पचासों मन घी आग में फूँक देता है, उसकी भी खबर खूब गोल-मटोल अच्छरों में छापी जाती है, भोली-भाली जनता समझती है कि अब भी बड़े-बड़े धरमात्मा दुनिया में हैं। अब भी जग्ग का अलोप नहीं हुआ।

दुखराम : कितना बड़ा फरेब।

भैया : किसी ने झूठी-सच्ची खबर उड़ा दी कि दिल्ली में ऐसी लड़की पैदा हुई है, जो अपने पहले जनम की बात बतलाती है। फिर महीनों तक जोंकों के अखबार उसके बारे में लिखते रहेंगे। कितने ही लोग कसम खाकर गवाही देंगे, वह भी छपेगी। किसी ने उसके खिलाफ लिखा तो नहीं छापा जाएगा। जोंकों को तो यह मनवाना है कि आदमी मरकर फिर दुनिया में जनम लेता है, और जैसा करम वैसा फल। सेठ लोगों ने पहले जनम में अच्छा करम किया था, इसीलिए वह आज करोड़पति बने हैं। जोंकों के अखबारों में जोतिस की बातें भी छपती हैं, जोतिषी लोग बाल की खाल निकालते हैं, दुनिया का आगम (भविष्य) बतलाते हैं। उनके पत्र में जोंकों के मारने वाले गरह कभी नहीं मिलेंगे। जोंकें उसे इसलिए छापती हैं कि भोली-भाली जनता समझे कि हमारे आगम का बनना-बिगड़ना अपने हाथ में नहीं गरहों के हाथ में है; इसलिए जोंकों के साथ लड़ने-झगड़ने से कुछ नहीं मिलेगा। जोंकों के अखबार में तसवीर के साथ किसी एक नम्बर के बदमास, लंपट, ठग का जीवन-चरित्र छपेगा और उसमें उसे बड़ा सिद्ध महात्मा बतलाया जाएगा। भोली-भाली जनता उसे पढ़कर समझेगी, अब भी भगवान के दरसन करने वाले महात्मा दुनिया में मौजूद हैं। अब भी भगवान हैं। और वह दुनिया की खोज-खबर लेते हैं, इसलिए छोड़ो दुनिया का झंझट और भगवान की ओर लौ लगाओ।

दुखराम : दिल में तो आग ही लग जाती है लेकिन तुम कहते हो दिमाग ठंडा रखना चाहिए, इसलिए मन को समझाता हूँ। इससे तो मालूम होता है कि सचमुच ही अखबार बड़ा जबर्जस्त हथियार है।

भैया : और दुक्खू भाई, जोंकें जो किसानों के घरों में दस पैसा रखवाने और बीस पैसा खाने का इन्तजाम सोच रही हैं, तो फिर गाँव-गाँव में नहीं, घर-घर में अखबार आने लगेंगे। फिर जोंकों के अखबार हजारों नहीं लाखों रोज छपेंगे। अभी से बिड़ला मनसूबा बाँध रहा है कि सारे हिन्दुस्तान में जगह-जगह से हिन्दी, अंग्रेजी और दूसरी भाखाओं में अपना अखबार निकाले। सिंहानियाँ, डालमियाँ और दूसरे करोड़पति भी अब अखबारों की ताकत को समझने लगे हैं लेकिन दुक्खू भाई देखा न? अखबार विदेसी चीज है, लेकिन उससे पूँजीपतियों को नफा है, उनसे उनकी ताकत बढ़ती है, इसलिए अब वह स्वदेसी हो गया। अमिरिका और बिलायत के दिमाग से वहाँ के कारखानों में बनी छापे की मसीन भी स्वदेसी हो गई। बिलायत के लोगों ने भाप और बिजली वाले कारखाने को दिमाग से निकाला और उन्हें कायम करके हजारों मजूरों का खून चूसना शुरू किया। वह लखपति से करोड़पति और करोड़पति से अरबपति हो गए। हिन्दुस्तानी सेठ जब उन्हीं कारखानों को हिन्दुस्तान में खोलकर करोड़पति बन गए तब उनको स्वदेसी-विदेसी का कुछ खयाल नहीं आया। लेकिन जब बिलायती मजूरों ने अपने मालिकों के खिलाफ मरकस बाबा की जिस सिच्छा का सहारा लिया, उसी को जब हिन्दुस्तान के मजूर अपनाने लगे तो वह विदेसी बन गई।

सोहनलाल : हिन्दुस्तानी जोंकें यह भी कहती हैं कि हिन्दुस्तान धरमात्माओं का देस है, यहाँ मरकस की सिच्छा नहीं चलेगी।

भैया : यह धरमात्माओं का देस है, इसमें क्या सक है। यहाँ 1600 बरस तक डेढ़ अरब औरतें सती के नाम पर आग में जलाई जाती रहीं। यहाँ सरग जाने के लिए लोग हिमालय में गलते और अछयबट के बरगद से त्रिवेनी में कूदकर धरम कमाते थे। वहाँ 10 करोड़ आदमियों को अछूत और जानवर बनाना धरम का सबूत है। यहाँ गाय का पेशाब-पखाना खाना धरम है। यहाँ औरतों को कोई अधिकार न देना जरूरी समझते हैं, पत्थर, बन्दर, सुअर, कुत्ता, गदहा, उल्लू सबके लिए यहाँ आदमी का सिर झुकने के लिए तैयार है। यहाँ एक ओर बरमचारीपन का ढोंग है, दूसरी ओर अप्सराओं के साथ क्रीड़ा करने में भी पुन्य माना जाता है। यहाँ एक ओर सराब को हराम कह करके भगवती का जूठ मिलने पर पबित्तर समझा जाता है। यहाँ गाड़ी के गाड़ी पोथे पढ़ के आदमी गदहा बनता है, भूगोल पढ़ के भी हिमालय के पास सरग ढूँढ़ता है। सायंस पढ़ के भी राहु के कारण चंदर गरहन, सूरज गरहन मानता है, और गंगा में नहाकर उद्धार करता है, मुँह से "एको ब्रह्म द्वितीयो नास्ती" बोलते हैं, आदमी से छू जाने से, या छुआ रोटी-पानी खा लेने से पतित हो जाना मानते हैं। सोहन भाई यह देस जरूर धरमात्माओं का है, लेकिन 10 करोड़ अछूतों को धरमात्मा मानते हैं कि नहीं।

दुखराम : मानते तो उन्हें भी न धरम करने के लिए मन्दिर में जाने देते?

भैया : 10 करोड़ औरतों को धरमात्मा मानते हैं कि नहीं?

दुखराम : मानते तो उन्हें भी जनेव देते।

भैया : कायथों को धरमात्मा मानते हैं कि नहीं।

दुखराम : उन्हें सराबी, कबाबी, सुद्दर कहकर हटा देते हैं।

भैया : राजपूतों को धरमात्मा मानते हैं कि नहीं?

दुखराम : मानते तो "रजपुत भगत न मूसल धनुही" कहके उन्हें भगत बनने के अजोग न कहते?

भैया : बंगाली बरहमनों को धरमात्मा मानते हैं या नहीं?

दुखराम : कंठी पहनकर जो मछली-मांस खाय, वह क्या धरमात्मा होगा भैया!

भैया : पंजाबी बरहमन को धरमात्मा मानते हैं कि नहीं?

दुखराम : मैं नहीं कह सकता भैया!

भैया : मैं कहता हूँ दुक्खू भाई, वह भी धरमात्मा नहीं, क्योंकि वह चौका-चूल्हा नहीं मानते और कहार के हाथ की रोटी-दाल खाते हैं। गौड़, कनौजिया, जुझौतिया, सनाढ्य बरहमन भी धरमात्मा नहीं है क्योंकि वह हल चलाते हैं। दक्खिन वाले बरहमन भी धरमात्मा नहीं हैं, काहे से कि वे मामा, बुआ, बहन तक की लड़की से ब्याह करते हैं।

दुखराम : तो भैया, हिन्दुस्तान में धरमात्मा है कौन? यह तो प्याज के छिलके की तरह सब अधरमी ही बन जाते हैं।

भैया : अच्छा जो मोटा-मोटी धरमात्मा मान लो तो मानना पड़ेगा कि यहाँ के हिन्दुस्तान के हिन्दू भी धरमात्मा हैं, मुसलमान भी धरमात्मा हैं, ईसाई भी धरमात्मा हैं, बौद्ध भी धरमात्मा हैं। फिर तो रूस में ईसाई धरमात्मा हैं, मुसलमान धरमात्मा हैं, यहूदी धरमात्मा हैं। वहाँ भी उनके बड़े-बड़े मठ, गिरजा और मसजिद बनी हैं। वहाँ मुसलमान को तो, बल्कि कई बड़े-बड़े पीर समरकन्द-बुखारा में पैदा हुए।

दुखराम : तब उनका यह कहना निलज्जताई ही है न कि मरकस बाबा की सिच्छा रूस में इसलिए चली कि वहाँ के लोग धरमात्मा नहीं थे।

अध्याय-15

ग्यान और भाखा

सोहनलाल : दुक्खू मामा! अभी तक हमने भैया से बहुत सँभल-सँभल के सवाल पूछा है, अब एकाध अपने मन का भी सवाल पूछ लेने दो।

दुखराम : पूछो भैने! हम भी सुनेंगे, लेकिन दो-चार आना हम भी समझें, ऐसे पूछना।

सोहनलाल : नहीं समझ पाओगे दुक्खू मामा तो दो ही चार आना भर, नहीं तो सभी समझोगे। अच्छा तो भैया, जोंकें जो कहती हैं कि जितना ग्यान-विग्यान दुनिया में है, वह सब हमने ही पैदा किया है, हम न रहेंगे तो दिया बुझ जाएगा।

भैया : हम कब कहते हैं कि जोंकों ने कभी अच्छा काम किया ही नहीं। लेकिन जो दिया बुझ जाने की बात कहते हैं, वह गलत है। हम दिया बुझने नहीं देंगे। हमारे कमेरों के राज में ग्यान-विज्ञान बहुत चमकेगा। वहाँ ग्यान के बिना कुछ भी हो नहीं सकता। जोंकों के राज में आज अपढ़-अबूझ हलवाहे से भी काम चल सकता है, लेकिन हमारे लिए तो मोटर हल चलाने वाले हलवाले चाहिए। राज सँभालते ही पहला काम हमें यह करना पड़ेगा कि देस भर में कोई बेपढ़ नहीं रहे।

दुखराम : लेकिन भैया! कितने लोगों में तो जेहन ही नहीं होती, वह कैसे पढ़ेंगे?

भैया : जोंकों की जैसी पढ़ाई के लिए भाखा पढ़ाती है। अपनी भाखा पढ़ावें तो उतनी मेहनत नहीं, लेकिन वह पढ़ाती हैं अंग्रेजी, फारसी, अरबी, संस्कीरत। जो हम देस भर को अंग्रेजी पढ़ा देने की परितिग्या करेंगे तो बस सात जनम का काम है दुक्खू भाई। हम तो बल्कि भाखा पढ़ाएँगे ही नहीं। क्या कोई आदमी गूँगा है कि भाखा पढ़ाए। लोग कथा-कहानी कहते हैं, हँसी-मजाक करते हैं, देस-विदेस की बात बतलाते हैं, सब अपनी ही भाखा में कहते हैं न? बस, हम पहले तो यही कहेंगे कि दो-तीन दिन में अच्छर सिखला देंगे। अड़तालिस अक्षर तो कुल हई हैं। दो-तीन नहीं तो पाँच-छः दिन लग जाएँगे, फिर आदमी जो भाखा बोलता है, उसी में छपी किताब हाथ में थमा देंगे।

दुखराम : ऐसा हो भैया! तब पढ़ना काहे का मुस्किल हो।

भैया : ढोला-मारू, सारंगा-सदाब्रिच्छ, लोरिकी, सोरठी, नैका, कुअँर विजयमल, बेहुला के कितने सुन्दर-सुन्दर खिस्से और गाने हैं। इन्हीं को छाप के दे दिया जाए, तब कहो दुक्खू भाई!

दुखराम : तो बूढ़े सुग्गे भी राम-राम करने लगेंगे। क्या किसी को पढ़ने में परिश्रम मालूम होगा।

भैया : बिद्दा अलग चीज है दुक्खू भाई! भाखा अलग चीज है। लेकिन जोंकें हमको सिखलाती हैं कि भाखा पढ़ लेना ही ग्यान है। यह ठीक है कि ग्यान सिखाते बखत उसे किसी भाखा में बोला जाता है लेकिन अंग्रेजी में काहे बोला जाए, अरबी-संसकीरत में काहे बोला जाए, उसे अपनी बोली में काहे न बोला जाए।

सोहनलाल : लेकिन बोली तो पाँच कोस पर बदल जाती है, ऐसा करने से तो हजारों भाखा बन जाएँगी, कौन-कौन में किताब छापते फिरेंगे?

भैया : पाँच कोस नहीं जो 5 अँगुल पर ही भाषा बदल जाए, तो भी हमको उसी में किताब छापनी पड़ेगी। तभी हम दस बरिस के भीतर अपने यहाँ किसी को बेपढ़ नहीं रहने देंगे।

सोहनलाल : लेकिन हिन्दी तो अपनी भाखा है।

भैया : जिसकी अपनी भाषा हो, उसे हिन्दी ही में पढ़ाना चाहिए, तुम्हारे बनारस में सब लोग घर में हिन्दी ही बोलते हैं?

सोहनलाल : किताब वाली भाखा तो नहीं बोलते भैया? बोलते तो हैं वही बोली जो बनारस जिला के गाँव में बोली जाती है।

भैया : जो क-ख अच्छी तरह सिखा दिया जाए, तो अपनी बोली में आदमी कितने दिनों में सुद्ध-सुद्ध लिखने लगेगा?

सोहनलाल : अपनी बोली को तो भैया! असुद्ध कोई बोल ही नहीं सकता। अक्षर में चाहे भले ही एकाध गलती हो जाए, लेकिन ब्याकरण की गलती कभी नहीं होगी।

भैया : और हिन्दी कितना दिन पढ़ने पर ब्याकरण की गलती नहीं करेगा।

सोहनलाल : कोई-कोई आदमी तो भैया जिन्दगी भर पढ़ने पर भी न सुद्ध बोल सकते हैं, न लिख सकते हैं।

भैया : लेकिन अपनी बोली को तो आदमी चाहे भी तो असुद्ध नहीं बोल सकता, यह तो मानते ही हो। अच्छा जिनगी भर हिन्दी न बोलने वालों की बात छोड़ो! मामूली तौर से सुद्ध हिन्दी लिखने-बोलने में कितना समय लगेगा। हमारे गाँव के एक लड़के को ले लो, जिसकी भाषा हिन्दी नहीं बल्कि भोजपुरी या बनारसी है।

सन्तोखी : मैं कहूँ भैया! हमारे यहाँ लड़के आठ बरस पढ़ के हिन्दी मिडिल पास करते हैं, लेकिन तो भी न सुद्ध बोल सकते हैं, न लिख सकते हैं।

भैया : सोहन भाई? तुम इन्ट्रेन्स पास वालों की बात कहो।

सोहनलाल : जब पूछते ही हो, तो मैं बतलाता हूँ कि कितने तो बी.ए. पास करके भी सुद्ध हिन्दी लिख-बोल नहीं सकते।

भैया : न मैं आठ साल पढ़े मिडिल वाले को लेता हूँ, न बी.ए. का चौदह साल की पढ़ाई। मैं इतना समझता हूँ कि आदमी की जेहन बहुत खराब न हो और भाखा ही भाखा पढ़ता रहे, तो हिन्दी में पाँच बरस तो जरूर ही लगेंगे। लेकिन हिसाब और दूसरी चीज साथ ही साथ पढ़नी हो, तब काम नहीं बनेगा, हमारे मरदसों में जो हिसाब, जुगराफिया सब कुछ अपनी ही भाखा में पढ़ना हो, तो पाँच बरस क्या भाखा सीखने में एक दिन भी नहीं देना होगा। ग्यान है हिसाब, जुगराफिया, इतिहास, खेती की बिद्दा, इंजन की बिद्दा, सड़क पुल-मकान बनाने की बिद्दा और पचीसों तरह की बिद्दा। ग्यान पढ़ाने के लिए जब हम यह शर्त रख देते हैं, कि जब तक तुम पराई भाखा न पढ़ोगे, तब तक ग्यान में हाथ नहीं लगा सकते, तब वह बहुत मुश्किल हो जाती है।

सन्तोखी : हम लोगों की भाखा तो भैया! लोग गँवारू कहते हैं।

भैया : "आइल गइल", "आयन-गयन", "आयो-गयो", "एल-गेल"—बोलने से तो गँवारू भाखा हो गई, और "आए-गए" कहने से वह बहुत अच्छी भाखा होगी और "कम्-वेन्ट" कहने से वह बहुत अच्छी भाखा हो गई काहे से वह साहेब लोगों की भाखा है। साहेब लोगों का डंडा सिर पर था, उनका राज था, इसलिए अंग्रेजी बोली बहुत अच्छी भाखा थी, वह देवताओं की भाखा से भी बढ़कर थी, जब गँवार किसान मजूर अपना पंचायती राज कायम कर लें तो क्या तब भी उनकी भाखा गँवारू रहेगी? गँवारू कह देने से काम नहीं चलेगा। जिस बखत इसी गँवारू भाखा में बिद्दा पढ़ाई जाएगी, उसी में हजारों किताबें छपेंगी, उपन्यास, कविता, कहानी सब कुछ गँवारू भाखा में मिलने लगेगा। रोजाना, हफ्तावार, माहवारी, अखबार निकलने लगेंगे, तब इस भाखा को कोई गँवारू नहीं कहेगा।

दुखराम : क्या ऐसा होगा भैया?

भैया : जो तुम लोग हमेसा गँवार बने रहना चाहोगे, तो नहीं होगा; जो तुम हमेसा गुलाम बने रहोगे, तो भी नहीं होगा; जो हिन्दुस्तान के आधे आदमियों को बेपढ़ा बनाए रखना है, तो नहीं होगा, नहीं तो इसमें अनहोनी कौन-सी बात है? बल्कि अपनी बोली पकड़ने से तो छः बरस का रस्ता एक दिन में पूरा हो जाता है।

सोहनलाल : लेकिन अपनी-अपनी बोली पढ़ाई जाने लगी, तो दरभंगा, बनारस, मेरठ और उज्जैन के आदमी एक जगह होने पर कौन-सी भाखा बोलेंगे?

भैया : आज भी गौहाटी, ढाका, कटक, पूना, सूरत, शिमला के आदमी एकट्ठा होने पर क्या बोलते हैं?

सोहनलाल : हिन्दी बोलते हैं, टूटी-फूटी हिन्दी से काम चला लेते हैं।

भैया : लेकिन इकट्ठा होने का खयाल करके उनसे यह नहीं न कहा जाता कि तुम आसामी, बँगला, उड़िया, मराठी, गुजराती, छोड़ के सिरफ हिन्दी पढ़ो, नहीं तो कभी जो इकट्ठे होओगे तो बात करने में मुसकिल पड़ेगा। जैसे उन लोगों को अपनी भाखा में सब कुछ पढ़ाया जाता है, उसी तरह दरभंगा वालों को मैथिली, भागलपुर वालों को भागलपुरिया (अंगिका), गया वालों को मगही, छपरा वालों को छपरही (भोजपुरी), लखनऊ वालों को अवधी, बरैली वालों को बरैलवी (पंचाली), गढ़वाल वालों को गढ़वाली, मेरठ वालों को मेरठी (खड़ी बोली या कौरवी), रोहतक वालों को हरियानवी (यौधेयी), जोधपुर वालों को मारवाड़ी, मथुरा वालों को ब्रजभाखा, झाँसी वालों को बुन्देलखंडी, उज्जैन वालों को मालवी, उदयपुर वालों को मेवाड़ी, मालबाड़ वालों को बांगड़ी, खँडुआ वालों को नीमाड़ी, छत्तीसगढ़ वालों को छत्तीसगढ़ी सबको अपनी-अपनी भाखा में पढ़ाया जाए।

सोहनलाल : पढ़ाने में तो सुभीता होगा भैया! हर आदमी का पाँच-पाँच साल बच जाएगा और डरके मारे जो बीच में पढ़ाई छोड़ बैठते हैं, वह भी बात नहीं होगी, लेकिन हिन्दी भाखा वालों का एका टूट जाएगा।

भैया : एका टूटने की बात तो इस बखत नहीं कह सकते सोहन भाई! इस बखत तो एका सिर्फ दिमाग में है। मध्य देस अलग है, उत्तर प्रदेश और बिहार भी अलग है, हरियाना भी पंजाब में है।

सोहनलाल : लेकिन हम तो चाहते हैं कि सबको मिलाकर हिन्द का एक बड़ा सूबा बना दिया जाए।

भैया : सूबा नहीं पंचायती राज, गणराज और हमारा पंचायती गणराज रहे, जो एक नहीं बहुत से पंचायती राजों का संघ हो। जो लोग चाहेंगे तो दरभंगा से बीकानेर, और गंगोत्तरी से खँडुवा तक का एक बड़ा प्रजातंत्र संघ कायम कर लें जिसके भीतर पचीसों प्रजातंत्र रहें।

सोहनलाल : तो भैया! मल्ल प्रजातंत्र की बोली मल्लिका रहेगी और मालव प्रजातंत्र की मालवी, यौधेय (अंबाला कमिश्नरी) प्रजातंत्र की हरियानवी, फिर जब वह हिन्द प्रजातंत्र संघ की बड़ी पंचायत (पार्लामेंट) में बैठेंगे तो किस भाखा में बोलेंगे?

भैया : हिन्दी में बोलेंगे और किसमें बोलेंगे? इन्हीं की बात क्यों पूछ रहे हो, मदरास, कालीकट, बेजवाड़ा, पूना, सूरत, कटक, कलकत्ता और गोहाटी के मेम्बर भी जब सारे हिन्दुस्तान के प्रजातंत्र संघ की बड़ी पंचायत में इकट्ठा होंगे, तो क्या वह अंग्रेजी में लेच्चर देंगे? अंग्रेज जोंकों के जुवा के उतार फेंकने के साथ ही अंग्रेजी में भाखा का राज हिन्दुस्तान में खतम समझो। तब हिन्दुस्तान में एक-दूसरे के साथ बोलने-चालने और सारे देस की सरकार के काम-काज के लिए एक भाखा हिन्दी ही होगी।

सोहनलाल : तो भैया! हिन्दी भाखा को तुम उजाड़ना नहीं चाहते हो न!

भैया : हम उजाड़ेंगे कि उसे और मजबूती से बसावेंगे। सारे हिन्द प्रजातंत्र-संघ की वह संघ भाखा होगी। मदरसों में जैसे अंग्रेजी के साथ दूसरी भाखा पढ़ाई जाती है, वैसे ही बारह बरस की उमर से 3-4 साल तक लड़कों को हर रोज एक घंटा हिन्दी पढ़ाने का कायदा बना दें। उस बखत हिन्दी का जोर और बढ़ेगा कि घटेगा?

सोहनलाल : आज तो हिन्दी ही हिन्दी सब कुछ है, फिर तो ब्रिज, मालवी, पेथली, न अपने घर की मालकिन बन जाएँगी? फिर बेचारी हिन्दी को जब कोई बुलाएगा, तभी न चौखट के भीतर आएगी।

भैया : आजकल यह कहना तो गलत है कि हिन्दी सब कुछ है, काहे से कि सब कुछ तो अब अंग्रेजी है। दूसरे हिन्दी के चौखट के भीतर बैठाने की बात भी ठीक नहीं है। मेरठ कमिश्नरी के सवा तीन जिले (मेरठ, मुजफ्फरनगर, सहारनपुर, चौथाई बुलंदसहर) की भी तो जनम भाखा वही है। उसके बाद सारे हिन्दुस्तान में घर-घर में उसकी आवभगत रहेगी।

सोहनलाल : तो लोग अपनी-अपनी भाखा का प्रजातंत्र बना लेंगे, फिर तो हिन्दुस्तान सौ टुकड़ों में बँट जाएगा।

भैया : सोवियत की आबादी हम लोगों से आधी है, 20 करोड़ ही है, लेकिन वहाँ तो 182 भाखा बोली जाती हैं और सबका अपना छोटा-बड़ा पंचायती राज है। तुम चाहते हो कि पाँचों अँगुलियों को खुला नहीं रखा जाए, बल्कि मिला के सी दिया जाए, लेकिन इससे हाथ मजबूत नहीं होगा सोहन भाई! सोवियत 182 प्रजातंत्र वाला होने पर भी एक प्रजातंत्र है। हिन्दुस्तान भी 100 प्रजातंत्रों वाला एक बड़ा प्रजातंत्र हो तो कौन-सी बुरी बात है।

सोहनलाल : अच्छा तो यही होता कि सारे हिन्दुस्तान का एक ही प्रजातंत्र होता।

भैया : अच्छा तो होता कि हिन्दुस्तान के लोग एक ही बोली बोलते होते लेकिन वह तो अब हमारे हाथ में नहीं है। क्या सारे हिन्दुस्तान को तुम एक सूबा बनाना चाहते हो?

सोहनलाल : नहीं, सूबा तो हम अलग-अलग चाहते हैं। बंगाल, उड़ीसा, सबको मिटाकर एक सूबा तो बनाया नहीं जा सकता।

भैया : अनेक सूबों को तुम तो मानते ही हो, उसका मतलब ही है कि अनेक प्रजातंत्र हिन्दुस्तान में रहें और हिन्दुस्तान प्रजातंत्र संघ रहे। अब झगड़ा यही है न कि 14 प्रजातंत्र रहें या सौ? मैं कहता हूँ कि उतने ही प्रजातंत्र हों जितनी भाखा लोग बोलते हैं और अपने-अपने प्रजातंत्र में पढ़ाई-लिखाई, कचहरी, पंचायत का सब कारबार अपनी भाखा में हो, लेकिन सौ प्रजातंत्र होने का मतलब यह तो नहीं है कि उनका एक-दूसरे से कोई वास्ता नहीं और कछुए की तरह मूँड़ी समेटकर अपनी खोपड़ी में घुस जाएँ। हमारे महा प्रजातंत्र के ये सभी प्रजातंत्र हाथ-पैर नाक-कान की तरह अंग हैं। सब एक-दूसरे की मदद करें। जब रेल की लाइनें आज से भी ज्यादा बढ़ जाएँगी, पक्की सड़कें गाँव-गाँव में पहुँच जाएँगी। हर प्रजातंत्र में हवाई अड्डे होंगे। लोगों की जेब में पैसा रहेगा। साल में महीने-डेढ़ महीने की सबको छुट्टी मिलेगी। तो बताओ लोग कुएँ के मेढक बनकर बैठे रहेंगे या अपने महादेस में घूमने-फिरने जाएँगे?

दुखराम : घूमने-फिरने जाएँगे भैया! देस-परदेस देखने का किसका मन नहीं करता, नातेदारों रिस्तेदारों से मिलने की किसकी तबियत नहीं होती।

भैया : जनम भाखा को कबूल करने से हिन्दी को नुकसान होगा यह खयाल गलत है सोहन भाई! उस बखत बनारस वाले कानपुर वालों से बहुत नगीच रहेंगे, टेलीफून न भी नगीच कर देगा, हवाई जहाज भी और जेब का पैसा भी। हिन्दी सीखना लोग बहुत पसन्द करेंगे क्योंकि सारे देस की साझे की भाखा वही है, फिर हिन्दी में पोथियाँ सबसे अधिक निकलेंगी। आजकल देखते हैं न हिन्दी के सिनेमा फिल्म जितने निकलते हैं, उतने बँगला, मराठी, तामिल, तेलगू, सारी भाखाओं के मिल के भी नहीं निकलते। हिन्दी भाखा की किताबों की भी वही हालत होगी, उसके पढ़ने वाले देस भर में मिलेंगे, मुझे उमेद है कि जैसे चौपटाध्याय फिल्म हिन्दी में निकल रहे हैं, वह किताबें वैसी नहीं होगी।

सोहनलाल : चौपटाध्याय फिल्म क्यों कह रहे हो भैया? जो चौपटाध्याय होते तो इतने लोग देखने क्यों जाते और फिल्म वालों को लाखों रुपये का नफा कैसे मिलता?

भैया : देखने वाले तो इसलिए जाते हैं, कि दूसरा अच्छा फिल्म है कहाँ? दूसरे नाच-गाना और सुन्दर मुँह के देखने की आदत लोगों की पहिले ही से है, बस वह समझते हैं कि चलो दो आने में तवायफ का नाच ही देख आएँ, लेकिन सिरिफ सुन्दर मुँह और सुरीले कंठ तक में ही फिल्म को खतम कर देना अच्छी बात नहीं है, सोहन भाई!

उसमें बातचीत, हाव-भाव और तसबीरों से दुनिया का असली रूप दिखलाना होता है, साथ ही साथ लोगों को रस्ता भी दिखलाना होता है। लेकिन रस्ता दिखलाने की बात छोड़ दो, काहे से कि जोंकों के राज में वह अनहोनी बात है। लेकिन हिन्दी फ़िल्मों में सब चीजों में बेपरवाही देखी जाती है। फिल्म बनाने वाले तो जानते हैं कि उनके पास रुपया चला ही आएगा, फिर क्यों परवाह करें?

सोहनलाल : हिन्दी फिल्मों में आपको क्या दोस मालूम होता है भैया?

भैया : पहले गुन बताता हूँ तब दोस बताऊँगा। गुन तो यह है कि हमारे फिल्म के खिलाड़ी अभिनेता और खिलाड़िनें (अभिनेत्रियाँ) अपना करतब दिखलाने में दुनिया के किसी भी खेलाड़ी-खेलाड़िनी से कम नहीं हैं। और अच्छे फिल्म के लिए यह बहुत अच्छी चीज है। वह अपनी बातचीत, हाव-भाव, गीत-नाच सबमें अच्छे हैं—मैं सभी खेल-खेलाड़िनों के बारे में नहीं कहता, लेकिन अच्छे खेलाड़ी-खेलाड़िनों में यह सब गुन और इन्हीं गुनों का परताप है, कि मदरास, कालीकट और बेजवाड़ा में भी लोग अपनी भाखा के फिल्मों को छोड़कर हिन्दी फिल्मों को देखने आते हैं चाहे बेचारे फिल्म की भाखा को नहीं समझ पाएँ। मैं समझता हूँ कि ये हमारे खेल-खेलाड़िनों के गुन का ही परताप है। पैसा बनाने वाले फिल्म-मालिकों की चले तो शायद उसमें भी कुछ खराबी कर दें।

सोहनलाल : और दोस क्या है भैया?

भैया : भाखा तीन कौड़ी की होती है, न उसमें लचक, न कहावत और न गहराई होती है। यह क्यों होता है? बहुत से फिल्म-मालिक भाखा जानते ही नहीं, लेकिन तो भी अपने को महाविद्वान समझते हैं। एक तो उनके भाखा लिखने वाले भी बहुत से उन्हीं की तरह हैं, और जो कोई अच्छा भी लिखता हो, तो अच्छे को बुरा और बुरे को अच्छा कहने का अख्तियार फिल्म तैयार करने वाले अपने हाथ में रखते हैं। समझ लो पूरी दमद-सोधन हो जाती है।

सोहनलाल : दमद-सोधन क्या है भैया?

भैया : किसी पंडित ने एक मुरुख से अपनी लड़की ब्याह दी। दामाद एक दिन ससुरार आया। छापाखाना से पहिले की बात है, उस वक्त किताबों को उतारने वाले मामूली पढ़े-लिखे लेखक हुआ करते थे। वह मजूरी लेकर किताब उतार दिया करते थे। पंडित लोग किताब लेके फिर पढ़ते और जो असुद्ध होता, उस पर पीला हड़ताल फेरते और जिसको ज्यादा ध्यान में रखना होता, उसे गेरू से लाल कर देते। पंडित के दामाद ने पोथी, हड़ताल और गेरू को देखा। उन्होंने पोथी को हाथ में ले लिया। पंडिताइन को अपने दामाद पर बहुत गरब था। उन्होंने समझा कि दामाद भी बड़ा पंडित है और उससे कहा—"पंडित गेरू और हड़ताल से किताब को सोध रहे हैं।

तुम भी सोधते होगे बाबू!" दामाद कब पीछे रहने वाले थे। उन्होंने कहा—"हाँ अइया! मैं अच्छी तरह जानता हूँ।" फिर जहाँ मन आया हड़ताल लगाया, जहाँ मन आया गेरू, पोथी की दमद-सोधन हो गई।

सोहनलाल : तो इसमें फिल्म पैदा करने वालों का ज्यादा दोस है या भाखा लिखने वालों का?

भैया : फिल्म पैदा करने वालों का बहुत बड़ा दोस है, उनमें खुद लियाकत नहीं है और न लायक आदमियों को चुन सकते हैं। भाखा लिखने वालों में जो थोड़े से अच्छे भी हैं, उनमें भी एक बड़ा दोस है। वह हिन्दी या उर्दू की किताबी भाखा लिखते हैं। किताब से पढ़ने-सीखने वाले की भाखा में जीवट नहीं होता और सहरों में जो थोड़-बहुत बाबू लोग अपने घरों में हिन्दी भाखा बोलते हैं, वह भी किताबी भाखा जैसी ही होती है।

सोहनलाल : तो जीवट वाली भाखा कौन बोलते हैं भैया?

भैया : मेरठ, मुजफ्फरनगर, सहारनपुर के जिलों के गँवार।

सोहनलाल : तब तो फिल्म की भाखा लिखने वालों को भाखा सीखने के लिए इन गँवारों के पास जाना पड़ेगा?

भैया : उनके चरन में जाकर बैठना पड़ेगा। हिन्दी भाखा को किताब वालों ने नहीं पैदा किया, बल्कि इन्हीं गँवारों ने पैदा किया। हिन्दी पढ़ाने वालों ने सैकड़ों बरस पहले उन गँवारों से भाखा तो ले ली लेकिन भाखा में जीवट लाने के मुहावरे, कहावतें, सबदों का तोड़ना-मरोड़ना और उन्हें मनमाने तौर से रखना इत्यादि बातें नहीं सीखीं; इसलिए हिन्दी भाखा में वह चमत्कार नहीं आ सका। किताब पढ़ने में तो किसी तरह आदमी बरदास भी कर लेगा, लेकिन नाटक की बातचीत में इससे काम नहीं चल सकता।

सोहनलाल : तो भैया! तुमने कोई फिल्म ऐसा नहीं पाई, जिसमें कुछ जीवट वाली भाखा दिखाई दे?

भैया : मैंने सिर्फ एक फिल्म ऐसी देखी है जिसकी भाखा मुझे पसन्द आई, वह थी—"जमीन"। मैं समझता हूँ जब तक फिल्म पैदा करने वाले अपने को सब कुछ जानने वाला मानना नहीं छोड़ेंगे और जब तक भाखा लिखने वाले मेरठ के उन गँवारों के चरनों में नहीं बैठेंगे, तब तक यह दोस नहीं जाएगा।

सोहनलाल : और दूसरे दोस क्या हैं भैया?

भैया : दूसरे दोस फिल्म पैदा करने वालों का चाहे उन्हें उनका अंधापन कह लो, चाहे "कम दाम ज्यादा नफा" का खयाल समझ लो, चाहे फिल्म मालिकों का

अपने घर के पास ही फिल्म बनाने का हठ समझ लो। हिन्दी के फिल्म बम्बई या कलकत्ता में ही तैयार किये जाते हैं। वहीं के आसपास के गाँवों, पहाड़ों, नदियों का फोटो खींचा जाता है। वहाँ न हिन्दी बोलने वाले गाँव हैं, न हिन्दी वालों के रीति-रिवाज, कपड़े-लत्ते। इसका फल यह होता है कि सब चीजें बनावटी दीख पड़ती हैं। बहुत सी चीजों को तो वह आने नहीं देते। "जमीन" की तसवीरों में भी यह दोस मौजूद है। यह दोस बँगला, मरहठी या तामिल फिल्मों में नहीं पाया जाता, काहे से कि उनमें उन्हीं गाँवों, नदियों, पहाड़ों और लोगों की तसवीरें ली जाती हैं, जो उस भाखा को बोलते हैं। हिन्दी फिल्मों का यह दोस तब तक दूर नहीं होगा, जब तक देहरादून, कालसी जैसी जगहों में फिल्मवाले अपने डंडा-कंडा उठा के नहीं आ जाते।

सोहनलाल : और कौन दोस है भैया?

भैया : हिन्दी फिल्मों की सारी तसवीरें दो एक मील के छोटे से घरों में घूमती रहती हैं, वह विसाल नहीं होतीं। नदियों, पहाड़ों, खेतों, गाँवों का जो विसाल रूप हमें मिलना चाहिए, उसे नहीं पाते। क्या जाने यह पैसा बचाने के खयाल से होता होगा।

सोहनलाल : और कोई दोस है भैया?

भैया : हस्तिनापुर के पास गंगा का विसाल कछार है, वहाँ सैकड़ों गायें, भैंसें चरती हैं, चरवाहे मस्त होकर गाना गाते हैं, गंगा में मल्लाह नाव खेता है, और अपनी तान से सारी मेहनत भूल जाता है। धोबी, कुम्हार सबके अपने-अपने गीत, अपने-अपने बाजे, चित्र-विचित्र नाच हैं। सहरों में भी औरतों के ब्याह और दूसरे वक्त के अपने खास-खास नाच और नाटक हैं। इस तरह की सैकड़ों चीजें हैं, जिनका बम्बई और कलकत्ता के फिल्मों में कहीं पता नहीं है।

सोहनलाल : और कोई दोस है भैया?

भैया : मैं अब एक ही दोस और कहूँगा। हिन्दी भाखा हिमालय की गोद में बोली जाती है। दुनिया के फिल्मवाले हिमालय के सुन्दर पहाड़ों, नदियों, झरनों, देवदार के बनों और बरफीली चोटियों को पाके निहाल हो जाते हैं; लेकिन हिन्दी फिल्मवालों के लिए वह कोई चीज नहीं। जापान के राजा की राजधानी तोकियो है, लेकिन फिल्मों की राजधानी क्योतो है, काहे से कि क्योतो को थोड़ा-सा हिमालय का रूप मिला है। लेकिन हमारे आज के फिल्मवालों को इसका कभी खयाल आएगा, इसमें सक है।

सोहनलाल : तो भैया! जो फिल्म बनाने वाले मेरठ कमिसनरी के हिमालय वाले टुकड़े में आ जाएँ, तो उनके बहुत से दोस हट जाएँगे?

भैया : यह मैं मानता हूँ, लेकिन यह भी समझता हूँ कि सेठ अपना घर छोड़ तपोवन में थोड़े जाना चाहेंगे, वह पचास तरह का बहाना कर सकते हैं। और सबसे बड़ी बात यह है कि नफा तो इन्हें खूब हो ही रहा है, और थोड़े ही खर्च में। लेकिन हम फिल्म की बात करते-करते बहुत दूर चले गए सोहन भाई! मैं कह रहा था हिन्दी भाखा के बारे में।

सोहनलाल : हाँ, तो तुम समझते हो कि अपनी-अपनी भाखा को पढ़ाई की भाखा मान लेने पर हिन्दी को नुकसान नहीं होगा? लेकिन भैया! दुनिया को हमें और एक दूसरे के नगीच लाना है। मरकस बाबा तो सारी मानुख जाति को एक बिरादरी में देखना चाहते थे, फिर किसी संयोग से जो हिन्दी के नाते हिन्दुस्तान के आधे लोग एक भाखा में बँध गए हैं, उनको फिर तोड़-फोड़ के अलग करना, यह तो पैर पकड़ के पीछे खींचना है।

भैया : पैर पकड़कर पीछे खींचना नहीं है सोहन भाई! यह हाथ पकड़कर आगे बढ़ाना है। जनम भाखा में पढ़ाई करने पर दस बरस के भीतर ही हमारे यहाँ कोई अपढ़ रह जाएगा। और एक दूसरी जगह जाने, आपस में मिलने से, हिन्दी भाखा सभी लोग थोड़ी-बहुत बोल लेंगे। और समझने में तो किसी को मुसकिल नहीं होगा, काहे से कि इन सब भाखाओं में बहुत से सबद एक ही से हैं। कविता, कहानी, उपन्यास का ढंग भी एक सा रहेगा। हिन्दी पोथियों की उतनी ही ज्यादा माँग होगी, जितना ही अधिक इन भाखाओं के पढ़ने-लिखने वाले बढ़ेंगे। कमी इतनी होगी कि आज हमारे कितने ही भाई यह समझते हैं कि अवधी, ब्रज, मालवी, बनारसी, मैथिली इत्तादि भाखायें कुछ दिनों में मर जाएँगी, उनको जरूर निरास होना पड़ेगा। निरास वैसे भी होना पड़ेगा क्योंकि जनम भाखाओं को किताब की भाखा न भी बनाया जाए, तो भी सौ-पचास सालों में उन भाखाओं के मरते देखने की खुसी हमारे भाइयों को नहीं मिलेगी। अभी उन्हें करना भी नहीं चाहिए क्योंकि उन्होंने अपने भीतर अपनी जाति की भाखा, समाज, विचार-विकास ओगैरह के इतिहास की बहुत सी अनमोल सामिगरी रखी है। मैं जानता हूँ जो दुनिया से जोंकें उठ जाएँगी, तो मानुख जाति जरूर एक होगी और फिर सबकी एक साझी-भाखा भी होगी। हो सकता है कि एक साझी और एक-एक अपनी जनम भाखा दो भाखाओं का रहना मुसकिल हो जाए। लेकिन वह अभी सैकड़ों बरसों की बात है। उस बखत तक हरेक भाखा के भीतर जितने रतन छिपे हुए हैं, सब जमा करके अच्छी तरह रख लिए गए रहेंगे। इसलिए किसी भाखा के नाम होने से उतना नुकसान नहीं होगा।

सोहनलाल : लेकिन भैया! यह बोलियाँ अभी ऐसी नहीं हैं कि इसमें साइंस, विग्यान पर किताबें लिखी जाएँ। हिन्दी ने बड़ी मुसकिल से यह कर पाया है।

भैया : जो मान लें कि बनारसी बोली में साइंस की किताब नहीं लिखी जा सकती, तो उतने ही दिनों तक हिन्दी में किताबें पढ़ेंगे, जब तक कि बोली नाबालिग से बालिग न हो जाएगी। हिन्दी जैसी किसी भाखा की किताब पढ़ना और उसमें लिखना-बोलना दोनों में बहुत फरक है—समझ लेना बहुत सहज है। अपनी बोली के पढ़ने का मतलब यह नहीं है कि हिन्दी को लोग छुएँगे नहीं। दूसरी बात यह कि बनारसी, मालवी किसी भी भाखा में साइंस, इंजीनियरिङ्ग की किताबों के लिखने में उतनी ही दिक्कत होगी, जितनी हिन्दी में। आखिर हिन्दी ने भी साइंस के सबदों को संसकीरत से लिया है, बँगला, गुजराती, मराठी भी संसकीरत से ही सबदों को लेती हैं, फिर बनारसी, मैथिली, ब्रिज, मालवी ने क्या कसूर किया है?

सोहनलाल : हिन्दी-उर्दू के बारे में तुम्हारी क्या राय है भैया?

भैया : मेरी राय क्या पूछ रहे हो, मैंने तो पहले ही कह दिया है, जिसकी जो जनम भाखा हो, उसको उसी भाषा में पढ़ाना चाहिए। बनारस में बहुत से बँगाली भी रहते हैं, उन्हें बँगला में पढ़ाना होगा। मराठे भी हैं, उनको मराठी में पढ़ाना होगा। हाँ, कोई दो भाखा बोलने वाला हो तो चाहे जिस पाठशाला में जाए। इसी तरह बनारस में जिस लड़के की जनम भाखा उर्दू है, उसके लिए उर्दू मदरसा कायम करना होगा।

सोहनलाल : तो भैया तुम हिन्दी-उर्दू को मिला के एक भाखा नहीं करना चाहते?

भैया : मिलाना हमारे बस की बात नहीं है, दस-पाँच आदमी बैठकर भाखा नहीं गढ़ा करते। हिन्दी-उर्दू के बनाने में सैकड़ों बरस न जाने कितनी पीढ़ियों ने काम किया है। मैं जानता हूँ कि हिन्दी और उर्दू भाखा मूल में एक ही भाखा है। 'का, में, पर, से, इस, उस, जिस, तिस, ना, ता, आ, गा' दोनों ही में एक से हैं, खाली झगड़ा है उधार लिए सबदों का। हिन्दी ने संसकीरत से सबदों को उधार लिया है और उर्दू ने अरबी और कुछ-कुछ फारसी से भी; लेकिन दोनों ने इतना अधिक उधार लिया है कि अकबाल की कविता को समझने वाला सुमित्रानन्दन पन्त की कविता को बिलकुल नहीं समझ सकता और सुमित्रानन्दन पन्त की कविता जानने वाला अकबाल को बिलकुल नहीं समझ सकता। इसलिए मूल में दोनों एक हैं, कहने से काम नहीं चलेगा। अकबाल और पन्त दोनों के समझने के लिए दोनों भाखा को अच्छी तरह पढ़ना होगा।

सोहनलाल : तो हिन्दू मुसलमानों की भाखाओं के मिलने का कोई रास्ता है?

भैया : चोटियों पर तो नहीं मालूम होता, लेकिन जड़ में उसका झगड़ा नहीं है।

सोहनलाल : जड़ क्या है भैया?

भैया : जड़ यही है कि जिसे जनम भाखा कहते हैं, अवधी बोलने वाले गाँव में चले जाइए, जहाँ चाहे बामन देवता हों, चाहे मोमिन जोलहा, दोनों एक ही बोली

बोलते हैं बनारस, छपरा, गुड़गाँव, थानाभवन के पास किसी गाँव में चले जाइए, किसानों-मजूरों की भाखा एक है, चाहे वह हिन्दू हो या मुसलमान।

दुखराम : वहीं जोंकों से जिनका बेसी रिसता-नाता नहीं है।

भैया : देखा ना सोहन भाई, जड़ में अपनी एक भाखा तैयार है, हिन्दू-मुसलमान दोनों कमेरे उसी भाखा को बोलते हैं और फिर उनका ना संसकीरत के साथ पच्छपात है, न अरबी-फारसी के साथ। यही दुक्खू भाई ने जो अभी कहा "बेसी रिस्ता-नाता" इसमें बेसी और रिस्ता पारसी भाखा से आया है और नाता अरबी भाखा से। रिस्ता-नाता कहने से बिलकुल निपढ़, गँवार बुढ़िया भी समझ लेगा, लेकिन "सम्बन्ध" कहने से उतना नहीं समझ पाएगी। हमने भी अपने इतने दिनों के सत्संग में पाँच-छः सौ अरबी-फारसी सबदों को लिया है, और हिन्दी में उसकी जगह अब सिरिफ संसकीरत के सबद ही लिखे जाते हैं। मैं समझता हूँ कि कोई आदमी समरकन्द बुखारा, से सात पीढ़ी पहले आया हो, लेकिन अब उसकी भेख-भाखा सब हिन्दुस्तान की है, तो वह हिन्दुस्तानी है। अपने पुरखा के सहर समरकन्द, बुखारा में जाएगा तो वहाँ भी लोग हिन्दुस्तानी कहेंगे—आजकल समरकन्द, बुखारा, उजबेकिस्तान, सोवियत प्रजातंत्र के अच्छे सहर हैं, उसी तरह जिन अरबी, फारसी सबदों को निपढ़ गँवारों ने अपना लिया है और उनको वह अपने ढंग से तोड़-मरोड़ के बोलते हैं, सबद अब विदेशी नहीं, सुदेशी हैं। जिन संसकीरत सबदों को हमारे "गँवार" छोड़ चुके हैं, उनको फिर से लादना ठीक भी नहीं।

सोहनलाल : लेकिन भैया, इन गँवारों ने तो हजार-बारह सौ संसकीरत के सबदों को निकाल कर अरबी के सबद लिये हैं। 'हमेसा', 'दिक्कत', 'मुसकिल', 'मुवस्सर', 'अरज', 'गरज', 'लेकिन', 'बेसी', 'अमहक' (अहमक), 'इफरात', 'जमीन', 'हवा', 'तूफान', 'सहर', 'नौबत', 'जुलुम', 'परेसानी', 'मेहरबानगी' वगैरह सबदों को उन्होंने लेकर संसकीरत के सबदों को छोड़ दिया है। जो संसकीरत के सबद रखे हैं, उनके बोलने में भी लाठी से पीट के ठीक-ठीक कर डालते हैं। और आप इसी भाखा को अपनाने को कहते हैं?

भैया : दोनों बातों को एक में न मिलाओ सोहन भाई! जहाँ तक जनम भाखा की बात है, उसके लिए न राम स्वरूप पंडित की बात मानी जाएगी न, कुतुबदीन मोलबी की; उसके लिए तो धनिया भौजी—गाँव की बेपढ़ अहिरिन को ही परमान माना जाएगा। दोनों सबदों को उसके सामने रखा जाएगा। जो अरबी वाले सबदों को समझेगी तो उसे ले लिया जाएगा, संसकीरत वाले को समझेगी तो उसको बोलने के कठिन सबदों की धनिया भौजी कपाल-किरिया करे होगी, और उसकी कपाल-किरिया को भी मानना पड़ोगा। हिन्दी-उर्दू को मिलाने का नाम भी यही जनम भाखायें करेंगी क्योंकि जनम भाखाओं में हिन्दू-मुसलमान का झगड़ा नहीं है।

जड़वालों का रस्ता साफ है, चोटी वालों का झगड़ा है। उनमें जो अपनी जनम भाखा उरदू मानता है, वह उरदू में लिखे-पढ़ेगा, जो हिन्दी मानता है, वह हिन्दी में। मेरठ कमिसनरी के साढ़े तीन जिलों में कौन भाखा माननी चाहिए, इसका फैसला वहाँ कोई जाट की धनिया भाभी के हाथ में होगा।

सोहनलाल : और हिन्दुस्तान के संघ की भाखा हिन्दी होगी उसमें हिन्दी-उरदू का झगड़ा कैसे मिटेगा?

भैया : पहिले तो हिन्दी के अपने साढ़े तीन जनम जिलों की भाखा के मुताबिक उसको मानना पड़ेगा। जिसके कारण बहुत से संसकीरत के सबद छट जाएँगे और बहुत से अरबी-फारसी के भी?

अध्याय-16

सुतन्तर भारत

सन्तोखी : दुक्खू भैया! सुना है रजबली भैया आए हैं।

दुखराम : सुना क्या है हम रजबली भैया के पास ही जा रहे हैं। तीन बरिस पर लौटे हैं। कितना दुनिया जहान देखकर आए हैं, तुम भी आओ, चलें, कुछ नई बात सुनें।

सन्तोखी : हाँ दुक्खू भैया! चलो चलें। 10 बरिस में दुनिया बहुत बदल गई 15 अगस्त, (1947) से तो अब अपना देस गुलामी से छूट गया।

दोनों दोस्त चले। रजबली महुआ के पेड़ के नीचे खाट पर बैठे थे। दोनों पुराने दोस्तों को देखते ही उठ कर दौड़े और छाती से लगाकर मिले। फिर तीनों जने खटिया पर बैठे।

भैया : कहो दुक्खू भाई। सन्तोखी भाई! कैसे चल रहा है। बाल-बच्चे सब नीके तो हैं?

दुखराम : बस किसी तरह से जिन्दगी बीत रही है। अनाज का दाम बढ़ गया है और कपड़े-लत्ते का दाम तो और बढ़ गया है, नून-तेल का तो मानो अकाल पड़ गया है।

भैया : अनाज का दाम बढ़ने से तो किसान का फायदा है।

दुखराम : उसी किसान को फायदा है, जिसको खाने भर से ज्यादा अनाज होता है। जिसकी चैत की फसल जेठ तक भी नहीं पहुँचती, उसके तो जिव पर संकट है।

भैया : हाँ, ठीक कहा भैया! और हमारे किसानों में सौ में पाँच ही दस ऐसे घर होते हैं, जिनके पास अपने खाने से अधिक अनाज होता है। मुदा अब देस सुतन्तर है। अब हमें यह दुख दूर करना होगा।

सन्तोखी : हाँ भैया! जब तुम कहते थे कि लड़ाई के बाद हिन्दुस्तान सुतन्तर हो जाएगा, तो मुझको तो बिसवास नहीं होता था कि अंग्रेज हमारे देस को छोड़कर चले जाएँगे।

दुखराम : तो, सन्तोखी भाई तुम समझ रहे हो कि अंग्रेज राजी-खुसी से भारत छोड़ के चले गए।

सन्तोखी : कुछ लोग तो ऐसा ही कहते हैं। लेकिन मुझे तो इस पर बिसवास नहीं पड़ता। भैया से पूछते हैं, यही बतावें। मुझे तो सन्देह होता है कि काँत देख-देखकर अंग्रेज कलकत्ता-बम्बई या दूसरी जगह जाकर बैठ गए हैं। मौका मिलते ही फिर चढ़ दौड़ेंगे।

भैया : राजी-खुसी की बात तो गलत है और काँत बैठाने की भी बात नहीं है। लड़ाई के बाद ऐसी हालत हुई कि अंग्रेजों को भागना छोड़ कोई दूसरा रास्ता नहीं दिखाई पड़ा।

दुखराम : लेकिन उनके पास पलटन-पुलिस थी। हाकिम-हुकुम सब उनके हाथ में थे, फिर काहे बना-बनावा घर छोड़ कर भाग गए?

भैया : नदी के किनारे सेठ छदामी मल का बहुत पक्का महल था। गंगा काटने लगी और भीतर ही भीतर नेंव के नीचे की मट्टी बहा ले गई। सेठ छदामी मल रात बाल बच्चे सहित भाग गए।

दुखराम : हाँ भैया! हम एक बेर अजोधाजी गए रहे। उहाँ देखा, मौनी बाबा को रेत में एक गोल चौड़ा जैसा दुई पोरसा की चीज खड़ी है। हमने पूछा—बाबा, यह क्या है? सो हमारे कुटिया के बाबा बालकिसुनदास ने कहा—"नहीं जानते? ई पक्का इनारा (कुआँ) रहा। सरजुग महारानी कुछ माँटी बहा ले गई। अब ई ढाँचा बेकार खड़ा है।" साँच ही बेकार था भैया! कौन सीढ़ी लगा के पानी भरने जाएगा? और थोड़ा, टेढ़ा भी हो गया था।

भैया : उहाँ तो टेढ़ा-मेढ़ा ढाँचा खड़ा भी रहा, लेकिन अंग्रेजी राज को उसकी भी उमेद नहीं। यह लड़ाई जो न करे। लड़ाई में अंग्रेज तबाह-तबाह हो गए।

दुखराम : हमसे अधिक तबाह हुए भैया?

भैया : हम लोग तो पहले ही से इनारा की पेंदी पर पड़े हुए थे। अंग्रेज लोग पंचमहला के ऊपर बैठते थे। दुनिया भर का धन-माल खींच-खींचकर उनका पंचमहल बना था। साढ़े पाँच साल की लड़ाई में पीढ़ियों का बटोरा धन खरच हो गया और ऊपर से इतना करजा का बोझ हो गया कि सम्हारे के मान का नहीं।

दुखराम : क्या कहा भैया, करजा का बोझ! अंग्रेज तो दुनिया भर को करज देते रहे।

भैया : देते रहे तब देते रहे, अब करज के बोझ से गला दब गया, साँस तर-ऊपर होने लगी। छोटी-बड़ी जितनी रेलवे लाइन तुम देख रहे हो, सबको बेचकर खा डाला। हिन्दुस्तान पर सौ साल से झूठ-फुर करजा बनाकर रखे थे और जिस पर हर साल करोड़ों सूद लेते थे, वह भी सूद-मूर सहित बेबाक हो गया।

दुखराम : तो अब हमारा देस करज से अकंटक है भैया?

भैया : करज से अकंटक ही नहीं अब तो उलटा हिन्दुस्तान का दसों अरब रुपया अंग्रेजों पर चढ़ गया है।

सन्तोखी : कहीं करजवा मार तो नहीं लेंगे भैया?

भैया : हाँ, चाल तो चल रहे हैं। कभी लाचारी दिखलाते हैं।

सन्तोखी : टाट तो नहीं पलट गया भैया?

भैया : टाट उलटना ही समझो, जब आदमी अपना देना नहीं चुका सकता, तो उसे दिवालिया छोड़ और क्या कह सकते हैं? फिर खाली हिन्दुस्तान का ही करज नहीं है, मिसिर, अर्जन्तीन और कहाँ-कहाँ से करज लिये हुए हैं। सबसे बेसी करज तो अमिरिका का है। करज ही नहीं, रोज का रोटी-माखन भी अमिरिका के भरोसे ही चल रहा है।

दुखराम : इतने करज पर भी रोटी-माखन!

भैया : बिलायत में रोटी-माखन का मतलब है, जो हमारे यहाँ साग-रोटी का। अच्छा, तो यह मालूम हुआ कि करज के मारे अंग्रेज लोग खोखले हो गए हैं और उनका गला पूरी तौर से अमिरिका के हाथ में है।

दुखराम : मालूम हो गया। अमिरिका जो कहेगा, वही अंग्रेजों को मानना पड़ेगा।

भैया : देखा न, हिन्दुस्तान के बाजारों में अमिरिका का माल भरा पड़ा है।

दुखराम : तब तो अमिरिका की मर्जी के खिलाफ अंग्रेज नहीं जा सकते। किरिप (क्रिप्स) के आने के बखत भी अमिरिका ने बहुत जोर लगाया था।

भैया : करज और अमिरिका ही कारन नहीं है। अंग्रेज यह भी जानते थे कि अपना राज कायम करने के लिए हिन्दुस्तान से फिर लड़ना होगा। अबके सिर्फ निहत्थी जनता ही से मुकाबला नहीं होगा। हिन्दुस्तान से 25 लाख पढ़े-लिखे पलटनिया अफसर और सिपाही अब अपनी लड़ाई लड़ेंगे।

सन्तोखी : हाँ, भैया! इनमें कौन संका? उनमें से बेसी तो पलटन से फरक भी हो गए थे? देस के गुहार में ऊ कैसे पीछे रहते?

भैया : जरमनी और जापान के फसिहों की हार में सबसे बड़ा हाथ रूस की लाल पलटन का रहा।

भैया : हाँ, भैया! और यह भी देखा कि जितना मंजिल दूसरी पलटन एक महीने में मारती, उतना लाल पलटन एक दिन में। मुदा सुनते हैं कि हिटलर अभी जिन्दा है।

भैया : जिन्दा भी होता, तो भी मरे से अच्छा न होता। मुदा वह मर गया है जब लाल पलटन उसके भुँइधरा के पास पहुँची, उसने अपने हाथ से गोली मार ली।

सन्तोखी : भुँइधरा में लुका था! बड़ा कायर था।

भैया : कायर तो था ही, नहीं तो सामने आकर लड़ता और अपने हाथ से नहीं सत्रु की गोली से मरना चाहिए था।

दुखराम : कहाँ भुँइधरा बनाए था भैया।

भैया : बरलिन में, अपनी राजधानी में; और कहाँ। माँटी का भुँइधरा नहीं, इतना गहरा और मजबूत भुँइधरा बनाए था कि बड़के बम गोलों का भी असर नहीं हो सकता था। लेकिन जब लाल पलटन दुआर पर पहुँच गई, तो क्या करता?

दुखराम : अंग्रेज और अमिरिका की पलटन वहाँ नहीं पहुँची थी?

भैया : वह लोग चींटी की चाल से बढ़ रहे थे। एक-चौथाई भी हिटलर की पलटन उनसे नहीं लड़ रही थी, मुदा तो भी वह परेशान थे।

सन्तोखी : रूस का तो बहुत नोकसान हुआ होगा भैया?

भैया : नोकसान? घर-दुआर, कल-कारखाना, गाँव-नगर जो नुकसान हुआ, उसका लेखा कौन लगा सकता है? सबसे अनमोल चीज है आदमी का जीव। हिटलर के गुंडों ने सत्तर लाख आदमियों को मार डाला।

दुखराम : सत्तर लाख सिपाही?

भैया : सिपाही बीस-पचीस लाख से बेसी नहीं, बाकी तो गाँव-सहर में रहने वाले मरद-मेहर, बूढ़ा-बच्चा जो कोई सामने आया, सबके खून से हाथ रँगा।

सन्तोखी : अतताई!

भैया : अतताई, इसमें कोई संका नहीं। रूस के कमेरों को भारी बलिदान देना पड़ा।

दुखराम : रूस वाले कमजोर तो नहीं पड़ गए।

भैया : कमजोर नहीं पड़े। लेकिन इसकी बात फिर कहेंगे। अभी हम लोग क्या बात कर रहे थे?

दुखराम : यही कि अंग्रेज काहे हिन्दुस्तान छोड़ गए? हमको तो मालूम हो गया, भैया कि अंग्रेज राजी-खुशी से नहीं भागे।

भैया : हाँ, भागना छोड़ और रास्ता नहीं था। करज के बोझ से लदे, दाने-दाने के मुहताज अमिरिका का कुरुख, हिन्दुस्तान का हर तरह से सुतन्तर होने का संकलप, रूस का जनता के राज बनाने पर जोर—सबने मिलकर पासा पलट दिया। मुदा जाते-जाते भी अंग्रेज जितना भी अपकार हो सका, करके गए।

सन्तोखी : अपकार तो जरूर कर गए भैया!

भैया : बहुत अपकार! हिन्दुस्तान को दो टुकड़ा कर दिया।

दुखराम : लेकिन दो टुकड़ा तब हुआ, जब कांगरेस ने माना। और तुम भी तो, भैया कहते थे कि जब लोग चाहते हैं, तो बँटवारा कर लेना चाहिए।

भैया : मुदा इसके लिए मजबूर अंग्रेजों ने किया। अंग्रेजों ने हिन्दू-मुसलमान का वोट अलग कर दिया। देसभगत मुसलमानों के लिए वोट पाना मुसकिल हो गया, काहे से कि सरकार के पिट्ठू लोग हिन्दू-मुसलमान में झगड़ा कराके अपने को पक्का मुसलमान दिखाने लगे। जितने अधिक हिन्दू-मुसलमान दंगे होते रहे, उतनी ही उनकी नेतासाही बढ़ती रही।

भैया : मुदा मुसलमान पउलिक (पब्लिक) का मन भी तो वैसई बन गया।

भैया : 'आग लगा जमालो दूर खड़ी' की कहावत नहीं सुनी? हिन्दू-मुसलमान का वोट बाँटा था अंग्रेजों ने इसी खियाल से। जो अन्त में भी उनके मन में ईमानदारी होती, तो इकट्ठा करके वोट लेते। लेकिन उन्होंने हर तरह से फूट डालने वाले मुसलमानों का पच्छ लिया। उनका मन था कि देस का बँटवारा करके हिन्दुस्तान को निर्बल बना दें।

दुखराम : तो उन्होंने जान-बूझ के ऐसा किया?

भैया : जो इसमें कुछ संका हो तो दूसरी बात देखी। जब तक अंग्रेज रहे, तब तक उन्होंने राजाओं को छूट दे दी थी और वह मनमाना अपनी परजा पर जुलुम करते थे। अंग्रेज चलने लगे, तो उन्हीं राजाओं को कर्ता-धर्ता बनाकर गए और परजा के हक का कुछ खियाल नहीं किया।

सन्तोखी : यह बात तो परतच्छ हैदराबाद में देखी गई है।

भैया : हाँ, हैदराबाद का नवाब बहुत दूर का सपना देख रहा था। कितने दूसरे राजा भी "परम सुतंत्र, न सिर पर कोऊ" बनना चाहते थे। कासमीर में भी राजा दाव देख रहा था, मुदा जब आन लेकर सिरीनगर से भागना पड़ा, और कोई रास्ता दिखाई नहीं पड़ा तब जेल में बन्द नेताओं को छोड़कर मुखिया बनाना और हिन्दुस्तान में आने की बात मानी।

सन्तोखी : भैया, हमको भी एक बात पूछना है। ई करपतरी महतमा कहाँ से ऊपर भये हैं?

दुखराम : अउर ई डालूमियाँ कब से गोरच्छा के झंडा उठाए हैं?

सन्तोखी : दू मर्दे? मियाँ होके गोरच्छा करे तो कोई खराब बात है?

भैया : आपस में बहसा-बहसी करने का काम नहीं!

दुखराम : बहसा-बहसी न सही, लेकिन जब पचखा के जिमदार-सरब-दमन सिंह को करपतरी महाराज का झंडा उठाए देखा, तो हमें तुरन्त गोसाईंजी की चार पाई याद आई "जानि न जाय निसाचर माया।" जे सरब दमन परजा का खून चूस-चूस मोटे हुए और साहबन की खुशामद करते-करते जिनगी बिता दिये, वह भला कब से गऊ भगत और देसभगत हो गए?

भैया : हाँ, ठीक कह रहे हो। इन लोगों का देसभगती में कहीं पता नहीं था, जब अंग्रेज राज करते थे। अब जब काँगरेस ने राज सम्हाला, देस सुतन्तर हुआ, तब आँख में धूल झोंकने के लिए गोरच्छा का झंडा उठा लिए हैं, और सतियागरह करना चाहते हैं।

दुखराम : सतियागरह नहीं भैया! ई हतियागरह है। हम लोगन के बेकूफ गँवार समझि के आँख में धूल झोंकना चाहते हैं। राजा-रजुल्ली, सेठ-सेठुल्ली, संत-महंत सबका धरमातमापन देख लिया है। हम इनके फेर में नहीं पड़ेंगे। है न भैया?

सन्तोखी : मुदा करपतरी महतमा को यह क्या सूझा? सुनते हैं, वह उतराखंड में तपसिया करते थे।

दुखराम : तुम भी सन्तोखी, रह गए बकलोल ही! सुना नहीं है "दुनिया ठगिये मक्कर से, रोटी खाइये घी सक्कर से।"

सन्तोखी : नहीं, ऐसा न कहो दुक्खू भाई! सुनते हैं वह बड़े निरलोभ महतिमा हैं। उनमें बहुत दया-माया है।

दुखराम : दया-माया की बात ना करो सन्तोखी भाई! कमेरों के गला रेतने वाले सेठों-जिमींदारों का जो पायक बने, उसको दया-माया कहाँ?

भैया : दया-माया का परतोख तो यही समझो, जे जब दाना-दाना के बेहाल हो लाखन आदमी बंगाल में मर रहे थे और समूचे भारत में अन्न के लिए 'तराहि-तराहि' मची थी, तब करपतरी महाराज दिल्ली में सैकड़ों मन अनाज और कनस्तर का कनस्तर घी स्वाहा कर रहे थे।

दुखराम : हतियार? भैया चाहे तुम नाराज हो, मुदा हम तो यही कहेंगे।

भैया : अपना मुँह नहीं खराब करना चाहिए दुक्खू भाई? पाकिस्तानी गोइन्दा मुसलमानों को हिन्दुओं के जुलुम का बखान करके भरमाना चाहते हैं। हम लोगों को अपने यहाँ मुसलमानों के साथ कोई अनियाव नहीं करना चाहिए।

दुखराम : अनियाव की कौन बात है भैया? अब तो झगड़ा लगाने वाले मुसलमान भी ठंडे पड़ गए हैं। वह समझते हैं कि हमारा जनन-करम हिन्दुस्तान में है, दूसरी जगह कोई ठौर-ठिकाना नहीं। उमरपुर के कालूमियाँ बेंच-खोंच के लड़िका-परानी

के साथ लाहौर गए थे। वहाँ गुंडों ने मुँह मलके पैसा-कौड़ी तो ले ही लिया, बेकत परानी कहाँ गई, इसका भी पता नहीं; रोते-कलपते लौट के आए हैं। कहते हैं—"यह माँटी अब पुरखों की कबुर के पास लगे अच्छा।"

भैया : वहाँ कालूमियाँ जैसों को कौन पूछता है? वहाँ पुछार है तो खाली बड़ी-बड़ी जोंकन की। मुसलमान जोंक ही नहीं, हिन्दू सेठों को भी ठेका मिला है।

दुखराम : इहाँ गोरच्छा और वहाँ ठीका...बाह कालूमियाँ बाह!

भैया : हम लोगों को हिन्दुस्तान में मजहब का झगड़ा न होने देना चाहिए। सब कमेरों को मिल के रहना चाहिए। जगिरदारी, तलुकदारी का नाम भी न रहे। नदी से सिंचाई की नहर निकाली जाए। कारख़ाना चलाने और घर-दुवार उजियार करने के लिए बिजुली निकलनी चाहिए। मेवा का बाग लगाना चाहिए जिसमें दस गुना, बीस गुना साल-दुशाला बने-बिके, ऐसा इन्तजाम करना चाहिए।

दुखराम : माने जौन तरीका से कमेरन के पास बेसी धन आवे, वह काम करना चाहिए। जो ऐसा हो तो मुसलमान कमेरन को कौन फोड़ सकता है?

भैया : बस, यही रस्ता है दुक्खू भाई!

सन्तोखी : तो तुमको भैया विश्वास है ना, कि अंग्रेजों का पवरा फिर लौट के नहीं आवेगा।

भैया : नहीं आवेगा, नहीं आवेगा। देखा न हम लोगों का चक्कर वाला तिरङ्गा झंडा। अब सब थाना-कचहरी के ऊपर फहरा रहा है।

सन्तोखी : हाँ, भैया? मुदाई महतमा जी का चरखा क्यों झंडे पर से अलोप हो गया?

दुखराम : भैया को तकलीफ मत दो, ई हमसे सुनो सन्तोखी। हम बतावैं। हमको भी का मालूम, सोमारू ने बताया।

सन्तोखी : कौन सोमारू? वही सदाफल का बेटा, जो रेलवइ ऐंजन में काम करता है?

दुखराम : हाँ, उसी ने बतलाया कि अब हमरा देस सुतन्तर हो गया। आगे कल-मसीन का काम चलेगा। रेल की लाइन बहुत बढ़ाई जाएगी। खेत जोतने के लिए भी मोटर का हल आएगा। जानते हो न? कल-मसीन में सब जगह चक्का-चक्का होता है। वही चक्कर अब हम लोगों की पताका पर आया है।

सन्तोखी : महतिमा जी को कैसे मालूम हुआ होगा? सब जगह कल-मसीन चल जाएगी, तो चरखे को कौन पूछेगा?

दुखराम : महतिमा के जिनगी भर चरखा रहा फिर अब वह लौटकर देखने थोड़े आवेंगे कि अपसोस होगा?

सन्तोखी : महतिमा के लिए ऐसा मत कहो दुक्खू! उन्होंने देश का बहुत बड़ा काम किया। आँख के देखते ही देस सुतन्तर हो गया, यही उनके लिए सन्तोख की बात थी। ऐसे तो बाल-बुद्धि किसमें नहीं होती? हमारा देस अब सदा के लिए सुतन्तर है। अंग्रेज या कोई दूसरा फिर यहाँ लौटकर नहीं आ सकता। मुदा अभी दो बड़े-बड़े काम हमें करने हैं!

दुखराम और सन्तोखी : कौन काम भैया?

भैया : अब यह बात कल कहेंगे? "कथा समापत होतु है, सुनहु बीर हनुमान।"

अध्याय-17

दुनिया-जहान की बात

भैया : भाई लोग कहाँ भूल गए थे? मैं तो समझता था कि कहीं चुनाव के मेला की तैयारी तो नहीं हो गई?

दुखराम : चुनाव के मेला से भी मुश्किल बात है भैया! दूकान से नून अलोप हो गया। ई तो सन्तोखी भाई के साथ रहे, कितना अगवार-पिछवार चक्कर लगाने पर पावभर मिला और सो भी पाँच पैसा की जगह रुपैया सेर के भाव से! ऐसी चोर-बाजारी तो पराजउ में नहीं देखी थी?

भैया : जब तक जोंकों की चलती-बनती रहेगी, तब तक सब देखने को मिलेगा।

दुखराम : फिर गांधी महतिमा काहे कहते थे कि जोंकों पर से सब अंकुस उठा दिया जाए? चीनी पर से अंकुस उठा लिया गया। अनाज पर से अंकुस उठाया गया है। महतिमा जी का रामराज जोंकों के लिए ही तो नहीं हैं?

सन्तोखी : जोंकन के ऊपर से कुल अंकुस उठ गया तो गरीबों की मौत है।

भैया : ठीक हैं।

सन्तोखी : मुदा भैया, एक बात सुनके तो हमार मन सिहर गया। मनोरी साहु का लड़का कह रहा था कि जल्दी ही फिर लड़ाई होने वाली है। बाबूजी तो दो ही तीन लाख कमाकर रह गए, बाकी मैं अब के चालीस-पचास लाख से कम कमाए बिना नहीं रहूँगा। मेरा तो कलेजा काँप रहा था। तुम्हीं ने कहा था भैया कि रूस में 70 लाख आदमी की जान पिछली लड़ाई में गई! आगे की लड़ाई तो और भी खराब होगी?

भैया : भय मत खाओ सन्तोखी भाई! लड़ाई इतना ठट्ठा-खेल नहीं है, कौन किससे लड़ेगा?

सन्तोखी : साहु के लड़के ने खबर का कागज पढ़कर कहा कि रूस और अमिरिका में कचवाबध लड़ाई होने जा रही है।

भैया : हाँ, अमिरिका की जोंकों के मुँह में खून लग गया।

दुखराम : हिटलरवा की तरह इनकी भी मत तो नहीं मारी गई? अब अमिरिका की जोंकें दुनिया की दिगविजय करना चाहती हैं क्या?

भैया : गाल तो वैसा ही बजा रही हैं।

दुखराम : हिटलरवा भी पहले गाल बजाता था, मुदा अन्त में उसने दुनिया को लड़ाई में ढकेल ही दिया और हमारे देस के भी आध करोड़ आदमियों की जान गई।

भैया : लेकिन अमिरिका की जोंकें हिटलर जैसी पागल नहीं हैं।

दुखराम : मुदा सुनते हैं भैया, अमिरिका के पास अणुओं बम है। एक बम गिराने से कलकत्ता ऐसी नगरी में चिड़िया-चुनमुन कोई नहीं बच सकता।

भैया : हाँ, वह सबसे खतरे का हथियार है, इसमें संका नहीं। एक बम से पचास-साठ हजार आदमी की जान जाना कम नहीं। मुदा दुक्खू भाई, यह भी बूझे रहो कि अमिरिका ने काहे उस हथियार को जर्मन पर क्यों नहीं छोड़ा?

सन्तोखी : हमारा भैने (भांजा) सोहनलाल कहता कि जापान काला आदमी था, इसलिए अमिरिका ने उसके हिरोसिमा नगर पर अणुआँ बम फेंका।

भैया : यह भी हो सकता है। लेकिन खाली इसी कारन से नहीं। अमिरिका का समझता था कि जो जर्मनी के एक भी सहर पर इस बम को फेंका, तो हिटलरवा बिख-माहुर का बतास भर के बिलाइत पर उझिल देगा; औ बिलायत के छोटे से मुलुक में 'रहा न कुल कोउ रोवनिहारा।' हो जाएगा?

दुखराम : हिटलर के पास बिख-माहुर का ऐसा बतास था, तो काहे नहीं उसने चलाया।

सन्तोखी : जानते नहीं। दुतरफा डर हैं। दोनों निरबंस हो जाते, तो जीत किसकी हार किसकी?

भैया : हाँ, यही बात थी। जापान, अमिरिका और बिलाइत से बहुत दूर था, इतना दूर कि—यहाँ तक जापानी उड़नखटोले बिख का बतास नहीं पहुँचा सकते थे, इसलिए अमिरिका का हिसाब बढ़ा।

सन्तोखी : यह तो अतताई का काम हुआ भैया! अमिरिका ने अपने साथी-संगी से पूछ के ऐसा किया कि अपने मन से?

भैया : खाली चर्चिल से पूछा।

दुखराम : अहिरावन से। हम तो भैया; चरचिलवा को दानों समझते हैं, जो रामजी को औतार लेना था, तो इसी दानव के खातिर औतार लेना चाहिए था। उसकी एक-एक बात में बिख और उसकी एक-एक चाल में सौ-सौ पातक होता है। इस्तालिन बीर से नहीं पूछा इस बारे में।

भैया : पूछने की बात पूछते हो? उसी के लिए तो अमिरिका ने जल्दी-जल्दी अणुआँ बम गिराया। उसने देखा, जर्मनी की लड़ाई में तो दुनिया-जहान ने देख लिया जे रूस की पलटन के सामने अमिरिका की पलटन पसंगा भी नहीं। चीन के मंचूरिया सूबा में जापान ने छाँट-छाँट कर बीर बंका पलटन रखी थी। अंग्रेज और अमिरिका की पलटन जापान की छठवीं पलटन से सालों लड़ती रही और इंच-इंच भर हटाते रहे। उधर जब रूस ने जापान के ऊपर तेगा उठा लिया : तो तीर की तरह घास-मूली की तरह काटते-मारते जापानियों के सारे बीर-बंकापन को धूल में मिला दिया।

दुखराम : हूँ? तो अमिरिका ने समझा कि यहाँ भी रूसवाले मीर बन जाएँगे और दुनिया जान जाएगी कि उनमें कितनी बीरता है। इसीलिए यह अतताईपना किया।

भैया : और नहीं तो? जापान तो हथियार डालने ही जा रहा था।

सन्तोखी : कहते हैं, अमिरिका ने ढेर का ढेर अणुआँ बम जमा कर रहा है। साहु का लड़का कहता था कि ऐसा बम अमिरिका के ही पास है। छः घंटे में वह सारे रूस को खतम कर देगा।

भैया : रूस, जानते हो, कितना बड़ा देस है। हिन्दुस्तान ऐसे सात देस उसमें समा जाएँगे। 8 हजार कोस लम्बा, 4 हजार कोस चौड़ा देस है। इतना बम कहाँ धरा है कि धाप-धाप पर उसे गिराया जाए। फिर रूस भी हाथ पर हाथ रखकर बैठा नहीं है। उसके पास भी ऐसे बम और उससे भी भारी-भारी हथियार हैं।

दुखराम : तो यह अंग्रेज काहे बीच में फुदक रहे हैं?

भैया : ठीक कहते हो, अमिरिका और रूस तो बड़े-बड़े देस हैं। वहाँ सब लोग खाली सहर ही में नहीं बसते हैं। बिख के बतास और बम से गाँव के आदमी बच भी सकते हैं, मुदा एक-चौथाई अंग्रेज तो लंदन ही में बसते हैं। पाँच-सात और बड़े सहरों को ले लो, तो सौ में अस्सी-नब्बे अंग्रेज **वहीं बसते** हैं। फिर जो ऐसे बमों की लड़ाई हुई और बिख-बतास गोला भी **चला**, तो बिलायत में तो सचमुच ही 'रहा न कुल कोउ रोवनिहारा' हो जाएगा।

दुखराम : यह देखकर तो भैया मुझको बुझाता है कि यह सब और कुछ नहीं, खाली बनरघुड़की है।

भैया : और रूस में भी "इहाँ कुम्हड़बतिया कोउ नाहीं" वाली बात है।

दुखराम : तो उहाँ कोई डरता-वरता नहीं भैया?

भैया : तनिक भी नहीं। "हाथी चलै बजार, कुत्ता भूकै हजार।"

सन्तोखी : भला, सुनते हैं कि अमिरिका रूस को चारों ओर से घेर रहा है।

भैया : हाँ, घेरने की कोसिस कर रहा है। जापान के फसिहों को फिर खड़ा कर रहा हैं। चीन में जोंकों के पायककार की चाङ को टापू में भाग जाने पर खिला-पिला रहा है। और करोड़न-करोड़न रुपया बरसा रहा है। ईरान में भी रुपया बोके उसने यहाँ की जोंकों को हथियाया। यही तुर्की और यूनान में किया है। यूरोप के पूरबवाले देसों में दाल नहीं गली तो खिसियानी बिल्ली की तरह खम्भ नोचता है। इटली, फ्रांस, सब जगह छन्द-बन्द कर रहा है।

दुखराम : तब तो भैया, यह लड़ने की तैयारी है।

भैया : लड़ने की तैयारी नहीं। वह जानता है कि जबतक रूस और उसके साथी देसों के ऊपर सीधे चढ़ाई नहीं होगी तब तक रूस नहीं लड़ेगा। उधर दूसरे देसों में सभी जगह कमेरे जोंकों का टाट उलट देना चाहते हैं। जोंकों में अकेले इतनी तागत नहीं कि अपना बचाव करें। अमिरिका से चीन का जूता उधार ले ले के वह अपने यहाँ के देस बेचुआ नेताओं को खरीद रही हैं और जोंक-राज को बचा रही हैं।

दुखराम : चीन में भी अमिरिका जोंकों की बड़ी मदत करता था।

भैया : मदत कर रहा था, मुदा उसका कोई फल नहीं हुआ है। चीन के देस-भगत लोग और उनकी पलटन चारों ओर से जोंकों पर पड़ी। जोंकें एक जगह बचाव करने जातीं, तो दूसरी जगह चढ़ाई हो जाती। नाक में दम था। चीन इतना बड़ा दलदल है, वहाँ अरबों रुपयों का पता क्या लगता? अमिरिका नया-नया हथियार भेजता और पलटन की पलटन हथियार लिए-दिये भउतों के पास चली जाती। किसान मजदूर चारों ओर बिगड़ गए थे।

सन्तोखी : तभी न चीन में जोंकों का दाँव नहीं लगा।

भैया : चीन के लोग समझ गए कि पहले जापान हमें गुलाम बनाना चाहता था और अब अमिरिका की डालरशाही।

दुखराम : और कोरिया में क्या बात हुई भैया?

भैया : उत्तर में, आधे कोरिया का इन्तजाम रूस की देख-रेख में होता था। वहाँ किसान-मजदूर लिखे-पढ़े लोग खूब सुखी थे। नये तरीके से खेती की जाती थी? गाँव-गाँव, सहर-सहर इस्कूल-अस्पताल था। पूरा परजा-राज बन गया था। जिसे दक्खिनी कोरिया के लोग देख-देख सिहाते थे, और वैसी ही अपने यहाँ भी बनाना चाहते थे, इस पर अमिरिका और उसके कठपुतली कोरियन देस-भगतों को पकड़-पकड़ के जेल में डाल रहे थे। हम कह चुके हैं, इससे काम न चलता देख लड़ाई छेड़ दी, सो हम कह चुके हैं।

दुखराम : अमिरिका को रुपिया बरसाने का ही आसरा था, मुदा समूची दुनिया में कितने दिन तक अमिरिका रुपिया बरसाता रहेगा।

सन्तोखी : जिस दिन रुपिया की बरसा बन्द होगी, उस दिन जोंकों की क्या दसा होगी?

भैया : जोंकें छटपटा के मरेंगी।

दुखराम : तो इस बखत दुनिया की सारी जोंकें अमिरिका की जोंकों का आसरा लगाए बैठी हैं।

भैया : वही दुनिया की जोंकों का सिरताज है, चारों ओर हाथ-पैर मार रहा है। उसने लड़ाई में खूब रुपियाकमाया है।

दुखराम : का नहीं कमाएगा? अमिरिका में लड़ाई नहीं हुई। पलटन भी उतनी मरी नहीं।

भैया : हाँ, लड़ाई में अमिरिका एक का नौ बनाता रहा, मुदा कुबेर का अखुट खजाना उसके पास भी नहीं है।

दुखराम : तो रूस चुपचाप बैठा रहा है कि अमिरिका कितना अरब-खरब रुपिया दुनिया में बोता है। उधर देसभगत लोग भी अपना बल-बूता लगा रहे हैं। दस बरस, बीस बरस कितने समय तक अमिरिका चाँदी के भरोसे दुनिया की जोंकों को पोसता रहेगा? आखिर में हाथ खींचना ही पड़ेगा।

भैया : चीन में हाथ खींचना ही पड़ा और सोलह अरब गँवा के।

सन्तोखी : हमको तो यही सन्तोख है भैया कि रूस अणुआँ बम से नहीं डरता और उसके पास अणुआँ बम और दूसरे बड़े-बड़े हथियार हैं। रूसी जोधा तो बीर बंका हई हैं।

दुखराम : इसीलिए लड़ाई नहीं होगी। यह खाली अंग्रेज और अमिरिका की बनरघुड़की है।

भैया : अंग्रेज का काहे नाम लेते हो? आजकल यह खाली सिखंडी रह गया है। ढोल के भीतर खाली पोल है।

दुखराम : तब भी बेहया बन कर हर जगह पंच बनना चाहता है।

सन्तोखी : लेकिन सुनते हैं कि अंग्रेज पाकिस्तान में बहुत साँठ-गाँठ कर रहा है। पाकिस्तान को लेके कहीं फिर तो हिन्दुस्तान पर चढ़ाई नहीं करेगा?

भैया : 'लड़ो भतीजो पाछ दो पूतो' कहावत नहीं सुनी?

सन्तोखी : 'आन का मैदा आन का घीव, भोग लगावे बाबाजीव' वाली बात मालूम होती है।

भैया : जो अंग्रेजों को अपना घीव-मैदा लगाना होता, तो हिन्दुस्तान छोड़कर काहे जाते? और पाकिस्तान कौन बिरते पर हिन्दुस्तान से लड़ाई करेगा। न उसके पास—लोहे का कारखाना है, न हथियार का कारखाना, न कोयला, न तामा, न उतने हुसियार कल-मसीन जानने वाले, न इतने इलिम बिद्‌दा सीखे लोग। ऊपर से एक टुकड़ा पूरब में लटक रहा है, तो दूसरा टुकड़ा पच्छिम में। पागल कुत्ता काटे नहीं है कि वह सब करे-धरे पर लीपा-पोती कर देगा। अभी सुना है न, हिन्दुस्तान का इतना करजा पाकिस्तान पर हो गया है कि पचास साल की किस्त में बेबाक करना मुस्किल है।

सन्तोखी : कहीं भैया, करजा मार तो नहीं लेगा। सूद तो ठीक-ठेकाने से लगाया गया है? अब उनके साथ मोह-मुरौअत काहे की?

भैया : महाजन कमजोर होता है, तभी करज मारा जाता है। हिन्दुस्तान जन-धन-बल सबसे पाकिस्तान से बहुत बड़ा है।

सन्तोखी : सुनते हैं कि पाकिस्तान की आमदनी पलटन के खरेचा ही में चली जा रही है। उसको इतनी पलटन की क्या जरूरत है, जब हिन्दुस्तान से लड़के पार नहीं पाना है?

भैया : पाकिस्तान बड़े फेर में पड़ा है। पलटन से लोगों के निकालने पर बेरोजगार हो वे काटने दौड़ेंगे। उधर पठान पखतूनिस्तान बनाने पर तुले हुए हैं। अंग्रेज हर साल कई करोड़ रुपिया सरहद के पठानों को सुँघाते रहे। तब तो हिन्दुस्तान का बड़ा खजाना था, अब वह पाकिस्तान के माथे है।

सन्तोखी : पाकिस्तान ने हिन्दुस्तान से भी कुछ देने के लिए कहा था न?

भैया : कहा था, मुदा हिन्दुस्तान काहे को देगा? वह इलाका हिन्दुस्तान की सरहद पर थोड़े ही हैं।

सन्तोखी : तब तो भैया, पेसावर का इलाका पाकिस्तान में चला गया, वह अच्छा ही हुआ, नहीं तो हमीं लोगों को सारी रुपिया-सुँघाई करनी पड़ती?

भैया : इसी से पहिले तो पठानों को कासमीर में लूटने के लिए भेज दिया। अब वहाँ खोरिस भागेंगे, तब मालूम होगा।

दुखराम : पठान लोग अपना पठानिस्तान माँग रहे हैं न? उसे लियाकत अली कब तक रोके रखेंगे।

भैया : तभी तक रोकेगी, जब तक दीन-धरम के नाम पर लोगों को पागल कर सकता है।

सन्तोखी : लेकिन सुनते हैं कि पाकिस्तान सारी दुनिया-जहान के मुसलमानों को एक करके लड़ना चाहता है।

भैया : भूल गए, मैंने कहा न था कि सबसे बेसी मुसलमान हिन्दुस्तान ही में रहते हैं। नाम गिनाने को चाहे आठ मुसलमानी राज गिन लो, लेकिन वह एक-एक दो-दो जिले के बराबर हैं और सभी पिछलग्गू। आजकल के जमाने में लाठी और छूरे की लड़ाई नहीं है। 'समूचे दुनिया के मुसलमान' खाली नाम ही बड़ा है। इससे घबराने की जरूरत नहीं।

सन्तोखी : मुदा 'घर का भभीखन लंका ढाहे', कहीं हिन्दुस्तान के भीतर के मुसलमान तो धोखा नहीं देंगे?

भैया : पन्द्रह अगस्त के बाद मुसलमानों के चाल-ब्योहार में तुम्हें फरक मालूम होता है कि नहीं?

सन्तोखी : फरक तो बहुत है भैया। अब न कहीं मसजिद के सामने बाजार की बात उठाते हैं, न छुरा-खंजर दिखाते हैं। बलुक भाई-चारा बढ़ाने की पूरी कोसिस करते हैं।

भैया : भिभीखन को तो हमारे यहाँ जगह नहीं। भिभीखन के लिए सीधे पाकिस्तान का रास्ता बता देना चाहिए। नहीं बताने पर भी उन्हें चला ही जाना होगा, बाकी जो मुसलमान हिन्दुस्तान में रहने का निश्चय कर चुके हैं, वह भली-भाँति जानते हैं कि जो हमने कुछ भी तीन-पाँच किया तो खैरियत नहीं। पाकिस्तान की सरहद बहुत दूर है। वहाँ तक जान बचा के भागना भी नहीं हो सकता।

दुखराम : यह तो मैं भी समझता हूँ, मुसलमानों की भलाई इसी में है कि यहाँ के लोगों से मिताई करें, अपनी जनम धरती से सनेह राखें।

भैया : इतना नहीं। मुसलमानों को वही बोली-बानी, वही पर-पोसाक, वही खान-पान अपनाना होगा, जो कि हिन्दुओं का है। बिलायत में ईसाई रहते हैं, यहूदी भी रहते हैं, लेकिन उनको देख के कोई नहीं कह सकता कि वह दो-तीन धरम को मानते हैं।

दुखराम : दीन-धरम अपने मन की बात है भैया, जिसका जो मन हो वैसा माने। मुदा हर जगह अपने को नक्कू बनाना ठीक नहीं है न भैया?

भैया : हाँ, धरम की जगह मन्दिर-महजिद, गिरजा अगियारी में है। उसका हर जगह साईनबोट टाँगना ठीक नहीं है।

सन्तोखी : कोई-कोई मुसलमान हिन्दुई को राज-भाखा बनाने पर चिढ़ते हैं।

भैया : मूरख हैं। मूरख हमारे यहाँ की भाखा हिन्दुई न होगी तो क्या अरबी, फारसी होगी? अपने चाहे जो भाखा पढ़ते रहें, मुदा सरकारी कारबार तो अब अपनी ही भाखा में होगा।

सन्तोखी : जब अंग्रेजी इतना दिन पढ़ते रहे, और कभी उजुर नहीं किया, तो बिदेशी भाखा छोड़ के अपनी हिन्दुई भाखा पढ़ने-लिखने में काहे इतनी नखराबाजी?

भैया : 'पाँडेजी पछताएँगे और वही चने की खाएँगे। नखरा छोड़कर हिन्दुई भाखा सबको पढ़ाना होगा। बहुत से मुसलमान भी अब यह समझने लगे हैं।

सन्तोखी : हाँ, इस बात का तो पता आठ साल पहिले (1947) परागराज से मिला। दिसम्बर में जब जवाहिरलाल पराग पहुँचे, तो लोगों ने जगह-जगह बन्दरवार से सजा के दरवाजा बनवाया। मुसलमानों का दरवाजा सुन्दर था, और उस पर हिन्दी के मोटे-मोटे अच्छरों में लिखा था, उर्दू में भी लिखा था, लेकिन छोटे-छोटे अच्छरों में।

भैया : मुसलमानों को उर्दू पढ़ना हो, तो पढ़े; कौन रोकता है। लेकिन राजभाखा हिन्दी छोड़ दूसरी नहीं होगी।

सन्तोखी : कोई-कोई मुसलमान कहते हैं कि जो उर्दू भाखा नहीं रहेगी, तो मुसलमानी धरम उठ जाएगा।

भैया : जो धरम ऐसा कच्चा है, तो उसको उठ ही जाना चाहिए। मुदा हिन्दुस्तान में किसी के धरम पर रोक-थाम नहीं है। पारसी लोग गुजराती लिखते-पढ़ते हैं उनका धरम तो नहीं चला गया। ईसाई बड़े उछाह से अपनी हिन्दी पढ़ते हैं; बंगाली, मन्दराज के रहवैया वहाँ की भाखा पढ़ते हैं। बौध हिन्दी पढ़ते हैं, अपनी भाखा से परेम करते हैं। इनमें से कोई नहीं कहता कि हिन्दी पढ़ने से हमारा धरम चला जाएगा।

दुखराम : तो काहे ऐसी उल्टी-पुल्टी बात मुसलमानों के मुँह से निकलती हैं?

भैया : आखिरी बेर निकल रही हैं दुक्खू भाई। तुर्की में नमाज तक अपनी बोली में पढ़ते हैं, अरबी में नहीं। अरबी अच्छरों को भी वहाँ ठाँव नहीं है मुदा वहाँ से तो मुसलमान-धरम नहीं चला गया। खाली घर या महजिद में रोजा-नमाज छोड़ के हिन्दू-मुसलमानों में बोली-बानी, कपड़ा-लत्ता किसी बात में फरक नहीं होना चाहिए। हम तो समुझते हैं कि धीरे-धीरे रोटी-बेटी सब एक हो जाएगी।

अध्याय-18

अनाज कैसे बढ़े?

सन्तोखी : दुक्खू भाई, रजबली भैया ने बहुत बात तो बता दी है। आज उनसे क्या पूछना चाहिए?

दुखराम : अभी तो सन्तोखी भाई, सब दूरे-दूरे की बात रही है। अब तनी नजीक की बात करनी चाहिए।

सन्तोखी : हाँ, दुक्खू भाई, देख न नून तेल सब अलोप होता जा रहा है। जहाँ देखों तहाँ दुइ-दुइ तरह का भाव। सब जगह ईमान-धरम लोगों का उठ गया है। हम सब गरीबों की दसा और बिगड़ती जा...

दुखराम : लो भैया भी आ गए। जैहिन्द रजबली भैया।

भैया : जैहिन्द दुक्खू भाई, जैहिन्द सन्तोखी भाई। कहो आज क्या बात विचार करना है?

दुखराम : आज भैया, तुमको जादा तकलीफ नहीं देंगे। बस, घर-दुआर की बातचीत और ये ही नून-तेल-लकड़ी की चिन्ता।

भैया : यह छोटी बात है दुक्खू भाई। कबीर साहब कह गए हैं—'न किछु देखा भाव-भजन में, न किछु देखा पोथी में। कहे कबीर सुनो भाई सन्तो, जो देखा सो रोटी में।' रोटी सब चीज की मूल है। रोटी के लिए सुराज भैया है।

दुखराम : यह तो हम भी बूझते हैं भैया, खाली हँसी करते रहे। मुदा देखते हो न अनाज दिन-पर-दिन अजुर होता जा रहा है।

भैया : रोटी का इन्तजाम सबसे पहले करना है। जानते हो न इस साल तोड़ा पूरा करने के लिए अरब रुपिया का अनाज दूसरे देस से मँगाना पड़ा है।

सन्तोखी : तीन अरब रुपिया बहुत होता है भैया। जो ऐसे रुपिया देना हुआ तो घर-दुआर बिक जाएगा।

भैया : तीन अरब तो सरकार की सारी आमदनी है : और अनाज न मँगाएँ तो वही बंगाल की हालत होगी। लाखों परानी भूखे पटपटा के मर जाएँगे।

दुखराम : हमारे यहाँ अनाज का ऐसा टोटा तो कभी नहीं देखा गया। तो अंग्रेज चले गए और इहाँ से बिलायत भी अनाज नहीं जाता। फिर काहे अनाज का इतना अकाल?

सन्तोखी : अपने यहाँ भी अणुआ बम बनना चाहिए भैया? क्या जाने, कभी किसी दुश्मन की आँख हमारे ऊपर पड़े।

भैया : वह भी चाहिए, लेकिन सबसे पहले अपनी फौज के लिए लड़ने वाला उड़नखटोला (हवाई जहाज) चाहिए, लड़ने वाली मोटर चाहिए, और टंक भी चाहिए।

दुखराम : टंक के बारे में तो कहा था न भैया?

भैया : टंक है चलता-फिरता किल्ला। जैसे किले की दीवाल पर छोटी-मोटी तोप का कोई असर नहीं होता, वैसे ही दो-दो, तीन-तीन अंगुल मोटी इस्पात की चादरवाले टंक पर गोला-गोली का कोई असर नहीं होता। गोलागोली की बरसा होती रहे तो भी वह चला जाता है। वह सड़क पर ही नहीं, खेत-खाई, भींटा-पहाड़ सब पर रेंगता चला जाता है। बड़े-बड़े घरों को तो वैसे ही उलटते चला जाता है, जैसे सूखे पत्ते के ढेरों को भैंसा। वह पहिया नहीं, सिक्कड़ पर चलता है।

सन्तोखी : अपनी पलटन में टंक है भैया?

भैया : है, मुदा सब उधार का। माँगे हथियार से आज-कल अपना बचाव नहीं हो सकता। संकट आने पर अंग्रेज या दूसरे देस का मुँह जोहना पड़ेगा।

दुखराम : नहीं भैया! हथियार के बारे में मुँहजोहाई ठीक नहीं।

भैया : इसीलिए पिस्तौल, बन्दूक, तोप, टंक, उड़नखटोला में लेकर अणुआ बम तक सब अपने यहाँ तैयार होना चाहिए।

सन्तोखी : हमारे यहाँ कोई हथियार तैयार भी होता है भैया?

भैया : अंग्रेज हमारा हथियार छीन लिए थे, इसीलिए न कि हम बाछी बन जाएँ? वह भला काहे हिन्दुस्तान में हथियार बनने देते? पिछली लड़ाई का जब चाँप पड़ा तो कुछ छोटे-छोटे हथियार बनने का इन्तजाम किया। अच्छे किसिम के इस्पात तक को नहीं बनने देते थे। इसी लड़ाई ने एक इस्पात का भट्ठा ताता (टाटा) को बनाने दिया। अपने देस में न मोटर बनती, न उड़नखटोला, न टंक, न रेडियो-बाजा बनता। बताओ जो कभी देस पर लड़ाई का संकट आए, तो हमारा गला दूसरों के ही हाथ में रहेगा न?

दुखराम : हाँ, भैया! इसमें क्या सन्देह। छोटे से बड़े तक सब तरह का हथियार जब तक अपने देस में नहीं बनेगा, हम निहत्थे के निहत्थे रहेंगे।

भैया : सब हथियार अपने यहाँ बनना चाहिए। हथियार का कारखाना बनेगा, तो उसी से सवारी की मोटर, माल ढोने की लारी, मुसाफर का उड़नखटोला भी बनेगा, और देश का करोड़ों रुपया बाहर से बच जाएगा। यही नहीं, हम अपना माल दूसरे देस में भेजेंगे और बाहर से भी खूब धन आएगा।

सन्तोखी : है तो भैया ठीक! मुदा, हमारे पास कारखाना खड़ा करने और माल तैयार करने के लिए सब चीज-बहुत भी हैं? फिर बेसी इलिम भी तो चाहिए।

भैया : लोहा, तामा, कोइला, रबड़, सब चीज* अपने इहाँ है। इलिम-अकिल का जो अपने यहाँ टोटा है, वहाँ भी ऐसा नहीं है कि पूरा नहीं किया जा सके। मतारी के पेट से कोई इलिम-अकिल सीख के नहीं आता। बड़े-बड़े लोग हमारे देश में आज भी हैं, जिनका लोहा दुनिया मानती है।

मँगरू : हाँ, भैया! हम अपनी कोइलरी में देखते हैं कि सब बड़का-बड़का इन्जिनियर और मिस्त्री अपने देस के हैं। भैया सब चीज अपने देस में है। जल्दी अपने देस को मजबूत करना बहुत जरूरी है। अब एक-दो लोहा इस्पात के कारखाने से काम नहीं चलेगा।

दुखराम : कैसे काम चलेगा! पंचाइती खेती के लिए हमें मोटर-हल चाहिए, सिंचाई के लिए अंजन चाहिए, चीनी और सिगरेट बनाने की कल-मसीन चाहिए।

सन्तोखी : बाहर से सब चीज मँगाने में एक का नौ देना पड़ेगा, फिर इतना पैसा हम कहाँ से लाएँगे?

भैया : हाँ, सन्तोखी भाई! छ-छ, सात-सात लाख गाँव हैं। एक-दो गाँव का इन्तजाम करना हो, तो बेंच-खोंचकर कुछ पैसा बटोर भी लें, लेकिन कुल देस का काम इस बेंच-खोंचाई से नहीं होगा। हमारे यहाँ पचासों जगह लोहा भरा पड़ा है। एक-एक जगह एक-एक ताता जैसा कारखाना खड़ा कर सकते हैं। छोटा नागपुर में और कितनी दूसरी जगह ताँबा है। सब ताँबा निकालना होगा, नहीं तो कल-कारखानों की चीज नहीं बन सकेगी। मटिया तेल खाली आसाम में निकसा है। अभी बहुत जगह उसके वास्ते भुइँसोधाई करनी है। नदियाँ सब बिजली से भरी हुई हैं, वह मुफ्त मीठा पानी बाहर के समुन्नर में ले जाकर खारा नहीं बनातीं, बलुक टाल की टाल बिजली भी बहा ले जाती हैं। जहाँ नहर का बड़ा-बड़ा बान्ह बँधेगा, वहाँ बिजली पैदा की जा सकती है और गाँव-गाँव मटिया तेल की ढिबरी बालने (जलाने) का काम नहीं पड़ेगा।

सन्तोखी : गाँव-गाँव बिजली बत्ती लग जाएगी, तो गाँव जगमगा उठेगा और हमारे पंचाइती गाँव में तो सबसे पहले बिजली आएगी। है न भैया?

---

* इसके बारे में देखिए 'आज की राजनीति'।

भैया : जरूर? मुदा बिजली से घर ही नहीं जगमगाएगा, उससे तेल-कोइला का खरच हट जाएगा। सिंचाई के अंजन का खरच कम हो जाएगा; तेल-कोइला का अंजन न लगाकर हम लोग बिजली का छोटा अंजन लगा लेंगे। चीनी, सिगरेट की कल बिजली से चलेगी। चरकट्टी मसीन में भी बिजली लगा देंगे, चारे का टाल लग जाएगा। मोटर हाल भी बिजली से चलेगा। फिर जितनी रेल है, सबमें कोयला झोंकने का काम नहीं पड़ेगा।

मँगरू : पथरकोइला का काम तो बन्द नहीं हो जाएगा, भैया?

भैया : नहीं मँगरू? पथर-कोइला का खरच बहुत बढ़ जाएगा, उसी को बचाने के लिए पनबिजली की बहुत जरूरत पड़ेगी। लोहा, तामा, अलमुनिया को गलाकर तैयार करने में पथर-कोइला बहुत खर्च होगा और गोबर बचाने के लिए घर-घर में चूल्हे के लिए पथरकोइला देना पड़ेगा। तुम घबड़ाओ मत—मँगरू कोइलरी का काम बन्द नहीं होगा। आज जितना कोइला निकलता है, उससे बीस गुना अधिक कोइले की माँग होगी। फिर खाली लोहा-तामा की सिल्ली ढाल करके ही छोड़ नहीं देना है, उनसे सब कल-मसीन बनाना होगा।

सन्तोखी : हाँ, भैया! कल-मसीन बाहर से मँगाकर एक का नौ देना बेबूझ का काम है।

भैया : अपने देस में घड़ी बनेगी, रेडिहा बाजा और फोनूगिलाफ बनेगा। मोटर औ बाइसिकिल बनेगी। बिड़ला की तरह नहीं कि पुर्जा बाहर से मँगा लिया और यहाँ बैठकर जोड़ दिया औ बस! सब चीज अपने ही यहाँ ढाली जाएगी, अपने ही यहाँ जोड़ी जाएगी। जो चीज अपने देस में नहीं है, उसे अपने यहाँ के कारखाने का माल भेजकर बदल मँगाया जाएगा।

मँगरू : मुदा जो यह कुल कल-कारखाना सेठों के जिम्मे लगा दिया, तो सब गुर-गोबर....

भैया : ठीक कहते हो मँगरू! बिजली, लोहा, तामा, कोइला, कल-मसीन बनाई यही देस का जीव है। जोंकों को अपने जीव से खेलवाड़ करने का मौका नहीं देना चाहिए। सेठों के पास इतना पैसा भी नहीं है कि ऐसे बड़े-बड़े कारखानों को जल्दी से देस के चारों खूट पर खोल दें।

मँगरू : हाँ भैया! सेठ देस की भलाई का कभी खयाल नहीं करते। उनको सबसे पहले अपना 'लाभ-सुभ' चाहिए, देस जाए चूल्हा-भाड़ में। हम लोग कोइलाखान वाले मजूर तिलमिलाकर रह जाते हैं। हम चाहते हैं कि बेसी से बेसी कोइला निकालें, मुदा सेठ सोचता है—बेसी कोइला निकला, तो सस्ता हो जाएगा, नफा कम होगा। फिर सेठ ऐसा तिकड़म लगाता है कि कोइलरी में हड़ताल हो जाए!

दुखराम : माने मजूर लोग काम करना छोड़ दें, और कोइला निकालना बन्द हो जाए। यह भी तो कसाई का काम है।

भैया : कोइला सबकी जड़ है दुक्खू भाई! कोइला कम हुआ कि कारखाना को रोकना पड़ा, रेल को कम करना पड़ा। सब जगह मजूर बेकार हो जाएँगे औ कारखानों से कपड़ा और दूसरी चीजों के न उपजने से देसभर में हाहाकार मच जाएगा।

मँगरू : तो भैया जो काम देस के जीव की तरह है, उसे कभी सेठों के हाथ में देना नहीं चाहिए।

भैया : अभी तक जो सेठों के हाथ में लोहा-कोइला, पनबिजली का काम है, सबको सरकार हथिया ले, और आगे खूब जोर लगा के नये-नये कारखाने खोले। पनबिजली भी बढ़ाना चाहिए, नहीं तो सचमुच ही कोइले से पूरा नहीं पड़ेगा। पनबिजली तो हमारे यहाँ अलमगंज में है। सतलज, बियास, जमुना, गंगा, रामगंगा, सरजुग, रापती, गंडक (नरइनी), कमला, कोसी, ब्रह्मपुत्र, सोन, दमोदर, महानदी, नरबदा, तापती, गोदावरी, किसुना, काबेरी...देखो न कितनी बड़ी-बड़ी नदियाँ अपने देस में हैं?

दुखराम : और नदियाँ सब सिंचाई का पानी, काम की बिजली बेकार बहाये लिए जा रही हैं।

भैया : हाँ, सबको जूए में नाधना होगा। बाँध बाँध के पचासों कोस का समुन्दर एक-एक जगह बनाना होगा।

दुखराम : इसमें तो बहुत आदमियों को काम मिलेगा।

भैया : एक-एक समुन्दर बनाने के लिए चार-चार, पाँच-पाँच लाख आदमियों का काम पड़ेगा। मुदा अपने यहाँ आदमियों की क्या कमी है?

सन्तोखी : कलकत्ता बम्बई की चटकल-पटकल गाँव के मजूरों को कलकत्ता खींच ले जाती रही। लड़ाई के बखत में हवाई जहाज का अड्डा अब जगह-जगह बनने लगा, तो गाँव में मजूरों का मिलना मुसकिल हो गया। आदमी के बिना कहीं पंचइती खेती में तो हरज नहीं होगा?

भैया : मजूरों की कमी तो जरूर होगी दुक्खू भाई! पंचइती खेती से फरक रहने वाले गाँवों के मजूर तो फुर से उड़ जाएँगे।

दुखराम : अच्छा! तब देखेंगे, बबुआ तिवारी का हल कैसे चलता है? मजूरी देते समय बड़ा सतजुग का अइन-कानून छाँटते हैं।

सन्तोखी : इसके वास्ते भी पंचइती का रस्ता ही ठीक मालूम होता है। मरद-मेहरारू सबको काम मिल जाएगा।

भैया : कल-कारखाना खूब जोर से जो बढ़ाया गया, तो पचीस बरस में अपना देस धनधान से अटूट हो जाएगा, कहीं कोई भूखा-दूखा नहीं रह जाएगा।

मँगरू : जो कोइला की खान सेठों के हाथ से निकाल के समूचे देस के हाथ में चली आएगी, तो हम लोग खूब हुमुच के काम करेंगे, और कोइला का कभी टोटा नहीं पड़ने देंगे।

भैया : हाँ, मँगरू, और लोहा, तामा, पन-बिजली सब जगह मजूर हुमुच-हुमुच के काम करेंगे। मजूर को जब मालूम होगा कि वह सेठ की थैली भरने के लिए नहीं काम कर रहा है, वह देस की भलाई के लिए काम कर रहा है, तो न रात गिनेगा न दिन, खूब मन लगा के काम करेगा।

भैया : हाँ, क्या हम आधा पेट भूखा रह के भी देस के लिए काम करेंगे? मुदा सेठों की ही सरकार में भी चलती है। पुलिस भी उनकी ही मदद करती है।

भैया : आज तो सेठों की ही सरकार है। मजूर, इलिमदार लोग मिलकर के सब चीज का इन्तजाम करेंगे, तभी ठीक से काम चलेगा। जोंकों को बिदा करना ही होगा।

मँगरू : तब सब जगह सांती हो जाएगी भैया! फिर काहे को हड़ताल करेगा? आमदनी-खरच हम लोगों की आँखों के सामने रहेगा और हम—उतनी ही मजूरी लेंगे, जिसमें काम भी चलता रहे, और हमारी भी रोजी चले।

भैया : खाली रोजी ही नहीं, मजूरों के लड़कों के पढ़ाने का इन्तजाम करना होगा। रहने के लिए सूअर की खोभार नहीं, पक्का मकान बनाना होगा। अस्पताल, दवा-दरपन का पूरा इन्तजाम करना होगा। कमासुत पूत का खाली पेट भर देने से छुटकारा नहीं लेना होगा।

सन्तोखी : और कपड़ा, चीनी और दूसरे कारखानों के बारे में क्या होगा भैया?

भैया : कल-कारखाना तो सभी देस के हाथ में होने चाहिए, जोंकों के हाथ में रहने में बहुत गड़बड़ होती है।

मँगरू : हाँ भैया, सेठ खाली अपनी थैली की ओर देखते हैं। चीज कम से कम पैदा करके महँगा बनाकर सो भी चोर बाजार में बेचकर थैली भरते हैं।

सन्तोखी : और चीज महँगा होने से समूचे देस को तकलीफ होती है।

भैया : आजकल जो देस में चीज इतनी महँगी है, उसका कारन यही है कि चीज कम पैदा होती है और खरीदने वाले जादा हैं। सरकार जब चीज के भाव पर अंकुस रखती है तो जोंकें चोर बाजारी करने लगती हैं और लोगों की आँख में धूल झोंक के एक का नौ लेती हैं। मुदा पहले कुछ साल तक छोटे-मोटे कारखानों को सेठों के हाथ में रखना होगा!

मँगरू : तब तो मजूरों का गला रेता गया न भैया?

भैया : एक ही दिन में मँगरू, सब कारखानों को लेने की जरूरत नहीं। पहले जड़ को पकड़ना चाहिए। पन-बिजली, लोहा, तामा, कोइला, मसीन और रसायन बनाने का कारखाना देस के हाथ में चला जाना चाहिए, और दूसरे कारखानों पर पूरा अंकुस होना चाहिए, जिसमें मजूर हक से बेहक न हों, उनको पूरी मजूरी मिलनी चाहिए। रहने के लिए अच्छा मकान बनाना चाहिए। स्कूल-अस्पताल का पूरा इन्तजाम होना चाहिए। मजूर सभा से बिना पूछे किसी मजूर को निकालना नहीं चाहिए। कारखाने के इन्तजाम में भी मजूरों के आदमी होने चाहिए। सेठ के नफे को भी मनमाना नहीं होने देना चाहिए। पहले इतना हो जाना चाहिए। पीछे तो फिर जोंकों को हटाना ही है।

मँगरू : मुदा भैया, सेठ इस पर राजी होंगे? कितने सालों से उनके मुँह में खून लगा है। बड़े-बड़े भगत सेठ लोगों को देखा है चींटी को चीनी-सतुआ खिलाते हैं, मुदा मजूर का गला काटने के लिए सबसे बड़े कसाई हैं।

भैया : यह तो लोगों के हाथ में है मँगरू! जानते हो न, अब सरकार में वोही लोग जाएँगे जिनको 20-21 साल से बेसी उमिरवाले सब मरद-मेहरारू बोट देंगे।

दुखराम : तो भैया अब बोट खाली पैसे वाले के हाथ में नहीं हैं?

भैया : नहीं अब बोट में न गरीब न अमीर देखा जाएगा, न मरद-मेहरारू। सब लोग जिसको अपना बोट देके चुनेंगे, वही जाकर राज-काज चलाने के लिए अपनी सरकार बनाएँगे। जो लोग चाहेंगे कि जोंकें रहें, तभी जोंकें रह पाएँगी।

सन्तोखी : लोगों में तो बेसी जोंकों को अपना दुस्मन ही समझते हैं, फिर कौन जोंकों को बोट देने जाएगा भैया?

भैया : यह न कहो सन्तोखी भाई! लोगों की आँखों में धूल झोंकने की बिद्दा जोंकें बहुत जानती हैं। वह भेस बदल के बहुरुपिया बनने में बहुत हुसियार हैं। वह तो तुम्हारे पास आएँगी। गोरच्छा का झंडा लेके कहेंगी जो हमको बोट न दोगे तो हिन्दू धरम का छयकार हो जाएगा।

सन्तोखी : बहुत बड़ा खतरा है भैया! जोंकें जात का नाम लेके आएँगी। अपनी मुढ़ताई से लोग बहक जाते हैं, औ नहीं जानते कि जोंकों की कोई जात नहीं होती, वह सबका खून चूसती हैं।

भैया : बहुत सजग रहने की जरूरत है। जोंकों के फंदे में जो पड़े तो फिर देस के सुतन्तर होने से कोई फायदा नहीं। उसी तरह हम भूखे मरेंगे।

सन्तोखी : हमको तो बराबर मन में आ रहा है, वही हर साल सत्ताईस लाख सवैया मुँह के बढ़ने और तीन अरब रुपिया भेज के विदेस से अनाज मँगाने का। हमें किसी के धोखे में नहीं पड़ना चाहिए, और जोंकों के लिए एक भी बोट नहीं देना चाहिए।

भैया : हाँ, सब लोगों को यह गाँठें बान्ह लेना चाहिए और हिन्दू-मुसलमान के नाम पर मरना नहीं चाहिए। गरीबों की भलाई होगी, तो हिन्दू-मुसलमान दोनों की। जोंकों का जाल चला, तो मरना होगा हिन्दू-मुसलमान दोनों को।

दुखराम : यह जोंकों और कमेरों की लड़ाई कब तक रहेगी?

भैया : यह तब तक रहेगी, जब तक जोंकों का टाट नहीं उलट जाता।

मँगरू : लड़ाई बहुत संगीन है और चारों ओर घूम रहे हैं बहुत से रँगे सीयार। देखें कैसे कमेरों का बेड़ा पार होता है।

भैया : बेड़ा जरूर पार होगा मँगरू! मुदा कमेरों के हक के लिए लड़ने वाले जो आपस की लड़ाई छोड़ दें तब।

मँगरू : हाँ क्या, इससे बड़ा नुकसान होता है। कमेरों के लिए सोसलिस्ट भी लड़ते हैं कमुनिस्ट भी लड़ते हैं, फरबरबलाकी (फारवर्डब्लाक) भी लड़ते हैं; करान्तिवाले सोसलिस्ट भी लड़ते हैं, मुदा फिर आपस में लड़ते बखत कमेरों की बात भूल जाते हैं। हम लोग तो बड़ी दुविधा में पड़ जाते हैं।

भैया : हाँ ठीक कहा मँगरू! असल मुद्दा है कमेरों का राज बनाना, लेकिन अपनी मुढ़ताई से अपने-अपने दल औ पाटी को ही वह असल मुद्दा समझ लेते हैं। चाहे, जो जिस पाटी में हो, उसमें रहे। अपना देस इतना बड़ा है कि सब पाटी के लिए जगह है, मुदा कमेरों की भलाई मन में रखते और मरकस बाबा के चेला होते जो आपस के मनमुटाव को फरका रख के जोंकों से लड़ने में आगे नहीं रहता, वह बहुत नालायक है। देस सुतन्तर हो गया, लेकिन किसान-मजूर और कलम-घिसवैया मजूरों की दसा पहले से बुरी है। अब सबको एक साथ उठके विजय पताका गाड़नी है।

सन्तोखी : तो कारखाना बहुत बढ़ेगा भैया?

भैया : कारखाने की बात अब कल होगी, आज बस यहीं तक।

अध्याय-19

कल-कारखानों का फैलाव

दुखराम : अच्छा हुआ मँगरू! तुम भी आ गए। बड़े मौके से आए। आज रजबली भैया से कल-कारखाने की बात हो रही है। तुम्हें तो गिरीडीह की कोइलरी का हाल मालूम ही है।

मँगरू : कोइलरी की बात क्या पूछते हो दुक्खू भाई! हम लोग चाहते हैं कि खूब जास्ती कोइला निकालें, देस को कोयले का बहुत काम है, मुदा मालिक बीच में कोई न कोई ऐसा अड़ंगा लगा देता है कि काम होने नहीं पाता।

सन्तोखी : कोयले की तो बड़ी जरूरत है। हम लोग अपने गाँव में भी चाहते हैं कि गोबर की खाद बनावें और पथर-कोइले से भात पके, मुदा ई मालिक काहे बीच में टाँग अड़ाते हैं।

दुखराम : इसीलिए न भैया उनका नाम जोंक रखा है। लो भैया, भी पहुँच गए। जय हिन्द भैया!

भैया : जय हिन्द सब भाई लोगों के! कहो मँगरू! कब आए गिरीडीह से!

मँगरू : राते आए रजबली भैया! तीन बरस हो गया देखे, कहा, रजबली भैया से भेंट कर आवें।

भैया : अच्छा तो, आज बात भी वही होगी, जो तुम्हारे काम की है। कल-कारखाने का बढ़ाना बहुत जरूरी है और यहाँ काम बहुत जल्दी होना चाहिए।

दुखराम : माने, कछुआ की चाल से नहीं होना चाहिए।

भैया : पेट की भूख दूर करने के लिए पंचाइती खेती करनी चाहिए। देस हमारा सुतन्तर और मजबूत तभी होगा, कल-कारखाना बढ़ेगा। जानते हो न "दुब्बर की मेहरारू सब की भौजाई है।"

सन्तोखी : और धन की आमदनी भी भैया कारखाना ही से ज्यादा होती है।

भैया : बल और धन की दोनों खातिर क़ल-कारखाना चाहिए। अब हमारा देस सुतन्तर है। हमारे पास अपनी पलटन है। पलटन को कितना हथियार चाहिए और आजकल का हथियार बुद्धु ठाकुर की लोहसार में नहीं बन सकता।

भैया : अनाज का अकाल काहे न हो। खाने वाले मुँह पहले से बढ़ गए और धरती एक भी अंगुल नहीं बढ़ी। साले-साल धरती का सत्त खींचते रहे और खाद नहीं देते। भैंस बियाती है, तो काहे माँडी (पखेब) देते हो।

दुखराम : बियाने से भैंस दूबर हो जाती हैं। माँडी (पखेब) न देंगे तो कहाँ से दूध देगी।

भैया : उसी तरह धरती को माँडी चाहिए। फसल काटो और माँडी दो।

दुखराम : माने खाद दो। और पानी भी धरती को बहुत चाहिए भैया।

सन्तोखी : और अच्छी जोताई भी खेत को जोता-हेङ्गा के तोसक, जैसा नरम कर दे जब धरती माता परसन्न होती है।

भैया : कुल बात तो तुमने बता दी। माँडी (पखेब), पानी, जोताई और इनके साथ अच्छा बीज दे दो, देखो, थनहर भैंसे जैसे जितना चाहो उतना दूध दुह लो। लेकिन माँडी कहाँ है हमारे गाँव में। थोड़ा-बहुत गोबर होता है। उसको भी और उपाय न होने से ईंधन बनाके जला देते हैं।

दुखराम : हाँ भैया, यह तो रोज ही देखते हैं कि जिस खेत में खाद-गोबर पड़ता है, उसमें कट्ठा-बिस्वा में मनभर गेहूँ उपजता है। पथर-कोयला पर भोजन मीठा तो नहीं होता है, मुदा वह भी मिल जाता, तो सब गोबर बचाके खेत में डालते।

भैया : खाली मन का भरम है। पथर-कोयला पर भोजन फीका नहीं होता। मुदा पत्थर-कोयला इतना कहाँ से मिलेगा कि देस भर के चूल्हों में उसे जलाया जाए? इसकी यह मनसाय नहीं कि हमारे देस में पत्थर-कोयला कम है। पत्थर-कोयला बहुत निकाला जा सकता है और गोबर को बचाके खाद बनाना चाहिए। धरती के पेट में बहुत खाद है।

दुखराम : क्या कहा, भैया, धरती के पेट में भी खाद है?

भैया : हाँ, जैसे कोइला की खान हैं, लोहा की खान हैं, वैसे ही खाद की भी खान हैं—और वह खाद बहुत तेज होती है। जहाँ दूसरी खाद दो मन लगती हैं, वहाँ उस खाद के दो सेर से ही काम चल जाता है। हमारे देस में धरती के पेट में न जाने क्या-क्या है। हमारी धरती में अपार धन है। उसे निकालना चाहिए, और बहुत जल्दी जानते हो, सत्ताइस लाख खानेवाले मुँह हमारे यहाँ हर साल बढ़ रहे हैं।

सन्तोखी : क्या कहा भैया, सत्ताइस लाख मुँह? मेरा तो कलेजा सिहर गया।

दुखराम : देख नहीं रहे हो सन्तोखी भाई, तुम्हारे घर में तो एक ही लड़का-लड़की हो के रह गए। मुदा रामदीन बाबा को नहीं देखते। अभी जिन्दा ही हैं। चार पीढ़ी सामने हैं। और खाली लड़कों से आजकल बत्तीस परानी हैं।

भैया : और लखनऊ के बड़े लिखवैया सामबिहारी मिसिर अपनी देह से छत्तीस परानी देख के मरे।

दुखराम : हाँ भैया, ई तो बड़े संकट की बात है। और मेहरियों की मुरुकताई को पूछो ही नहीं, जो घर में बहू को आए दो साल हो गया और कोई लड़का-फड़का नहीं हुआ, तो फिर देखों, आज सैयद बाबा किहाँ, काल डीह बाबा किहाँ, परसों परजोत माई किहाँ, चौथा दि औझा-सयान किहाँ। जनु गद्दी सूनी होती जा रही है। हमारे लड़का-फड़का नहीं हुआ, भाई के हो गया। बस, नाम-निसान क्या उससे नहीं होगा।

सन्तोखी : भाई के क्या, गाँवभर तो एक ही पुरखा का है। चार घर में धियापूता नहीं हुआ, तो पुरखा का बंस, निरबंस थोड़े ही होगा। ई तीन अरब रुपया हर साल बाहर भेजने की समरथाय अपने देस में नहीं है। हम तो बूझते हैं भैया, जो परानी आधे हो जाएँ, तो कुछ चिन्ता मिटे।

दुखराम : दुर मर्दे, क्या मुँह से कुबचन निकालता है। परानी आधा करने के लिए हैजा बुलाएगा कि पलेक।

दुखराम : नराज मत हो दुक्खू भाई, हम उस दिन के लिए झंख रहे हैं, जब रुपया देना नहीं सपरेगा, अनाज बाहर से नहीं आएगा, और लड़कों-सयानों को निरघिन मौत मरना होगा। सुने नहीं हो, बंगाल में जब अन्न का अकाल पड़ा, तो आदमी इज्जत बेंच के भी परान नहीं बचा सके। वैसी मौत से हैजा-पलेक अच्छा।

दुक्खू : तो तुम्हारे भगवान क्या करते हैं। खाली हर साल सत्ताईस लाख मुँहई बढ़ाने में बहादुर हैं!

सन्तोखी : भगवनाम को भी तो तुमने कह-कह के भुलवा दिया। अब कहाँ उतनी पूजा-पाठ करते हैं? हम देखते हैं कि एक-एक आदमी के बचाने खातिर कहाँ धाय-धाय के औतार लेते थे, और लाखों आदमी के मार के अतताई मोंछ पर ताव देते हैं तो भी उनकी नींद ही नहीं टूटती।

भैया : अब दुखराम कहेंगे कि रहने दो उनको छीरसागर में हमेसा खातिर सोते। मुदा भगवान का काम है; न हैजा-पलेक का। अगले पचास साल तक जो इसी तरह बढ़ती हुई, तो हिन्दुस्तान में एक अरब मुँह हो जाएँगे। उसके लिए भी सन्तोख भाई! हैजा-पलेक मत मनाओ हमारी धरती एक अरब मुँह के भोजन, तन ढाँकने को अच्छा कपड़ा, रहने को नीचुर घर और सब चीज दे सकती है।

मुदा गांधी महतिमा के रहता से नहीं। उसके वास्ते कल-मशीन का, नये इलिम का काम है। तुम कट्ठा-बिस्वा मन कह रहे हो, रूस मुलुक में तो बिस्वा में डेढ़-डेढ़ मन गेहूँ होता है और एक खेत में नहीं; जिला के जिला में।

दुखराम : तो उहाँ खूब खाद देते होंगे।

भैया : खूब, हर फसिल बोने से पहले नाप के बिलायती खाद देते हैं। मोटर वाले हल से एक साथ गहरी जुताई करते हैं। ढेला एक भी नहीं रहने पाता। फिर चुन के बढ़िया बीज बोते हैं। और पानी हर बखत हाजिर। बड़ी-बड़ी नदी को बाँध दिये हैं। नर्वदा, सूरज, कोसी, गंडक जैसी नदियाँ जो वहाँ होतीं तो इतना पानी अकारथ थोड़े ही बहने पाता। वहाँ तो बड़ा-बड़ा सागर और झील बना के बरसात का पानी भी जमा कर लेते हैं।

दुखराम : ई तो बहुत बड़ा काम है भैया!

भैया : बहुत बड़ा काम है, और वह काम हियाँ भी हो सकता है। गंगाजी से नहर निकाली गई है जानते हो न? उसी तरह सब नदियों के पानी को खेतों में डाला जा सकता है। फिर एक बड़ी गंगा तो धरती के भीतर हर जगह बह रही है।

दुखराम : वही न जिसका पानी कुएँ में आता है?

भैया : हाँ, वही और वह पानी नदियों के पानी से भी जादा है। पहले जमाने में उसके निकालने में बहुत मेहनत करनी पड़ती थी। आदमी या बैल लगाकर चिल्लू-चिल्लूभर निकालते, लेकिन आजकल तो पानी की कल ऐसी बन गई हैं कि पाइप बैठा दो, तेल या बिजुली का अंजन लगा दो, और एक-एक दिन में सौ-सौ बिगहा सींच लो। देखा नहीं, बनारस, पटना, कलकत्ता, बम्बई, सब जगह अब डोरी-लोटा चाहे घड़ा से पानी नहीं खींचा जाता, बीस-बीस लाख आदमी के लिए और सतमहला पर भी कल-मसीन पानी पहुँचा देती है।

दुखराम : तो वह कल-मसीन अब धरती में लगाना चाहिए, नहीं तो सन्तोखी भाई फिर हैजा-पलेक की मनौती करेंगे।

भैया : हमारा देस दुक्खू भाई, धन-धान से भरा है, लेकिन अकिल बिना सब काम चौपट है। रूस या बिलायत के मुलुक को देखो, वहाँ छः महीना धरती पर दो-दो चार-चार हाथ तक बरफ पड़ी रहती है और कोई खेती-बारी नहीं हो सकती। मुदा अपने देस में हम हर खेत से तीन-तीन फसल ले सकते हैं। और आलू, तरकारी, प्याज की तो पाँच-पाँच फसल भी उसी खेत से निकाल सकते हैं।

सन्तोखी : सहर के पास के कोइरी (मुराव), काछी, कुँजड़ा लोग चार-चार पाँच-पाँच फसल निकालते ही हैं।

भैया : इसीलिए न कि वहाँ सहर के पास में खूब खाद है। जोताई, पानी, बीज सबका अच्छा इन्तजाम है। और धान के खेत में भी हमारे यहाँ रब्बी और बाद में पियाज तरकारी लगा के तीन फसल कर सकते हैं।

दुखराम : अगहनी धान के खेत में कैसे रब्बी होगी?

भैया : ऐसा इलिम निकला है कि अगहनी धान को कतिका बनाया जा सकता है, माने उसकी फसल पाख-डेढ़ पाख पहिले ही तैयार हो जाएगी।

दुखराम : बताओ भैया, हम अगले ही साल से वही धान बोयेंगे।

भैया : लेकिन बड़े-बड़े इलिम की बात एक-एक घर में नहीं चलती दुक्खू भाई! जैसे एक घर चाहे कि गंगा की नहर बना दे, पानी निकालने वाला इंजन बैठा दे, तो नहीं हो सकता। यह काम तभी हो सकता है, जब गाँव के गाँव मिल जाएँ और सरकार तन-मन-धन से सहायता देने को तैयार हो जाए। वैसे बीज को भिगा के कुछ देर तक गरमाई में रखना पड़ता है। उसके लिए मसीन, बड़े घर और हुसियार इलिम जानने वाले आदमी की जरूरत पड़ती है।

दुखराम : तो रूस में यह सब इन्तजाम हुआ है?

भैया : इन्तजाम न होता, तो सत्तर-सत्तर लाख परानी मर जाने पर, करोड़न बिगहा खेत के बेकार हो जाने पर भी रूस कैसे इतना अनाज पैदा करता कि अपने खा के दूसरों को भी करोड़ों मन अनाज देता?

सन्तोखी : रूस हम लोगों को भैया, अनाज क्यों नहीं देता?

भैया : दिया है और भी देना चाहता है। फिर बिना सरत के मुदा कांगरेसी सरकार महँगे दाम पर देस को बन्धक रखकर अमिरिका से लेना चाहती है। चीन ने भी 28 करोड़ मन अनाज दिया है, उतना ही देना चाहता था, और सस्ते में।

दुखराम : तो भैया! जोंकें कमेरों के मुलुक का अन्न भी लेने में डरती हैं? रूस के कमेरों ने आखिर सब कुछ अपने जाँगर ही से किया है न? क्या हम भी अपने जाँगर के भरोसे वैसा नहीं कर सकते?

भैया : जाँगर और इलिम दो ही बात तो चाहिए। फिर हमारे यहाँ की भी धरती सोना उगलने लगेगी। आजकल सड़तर-पड़तर (औसत) हर एकड़ में सात मन धान हो जाए तो बहुत। यह हम एक-दो या सुतरे खेत की बात नहीं कर रहे हैं। जिला के जिला और सालों के हिसाब लगाने पर फसिल की यही उपज है।

सन्तोखी : इसका मतलब यह है कि नये इलिम से जो खेती की जाए, तो पाँच गुना फसिल बढ़ जाएगी।

दुखराम : और एक फसिल। खेत दो-फसिला। माने खेत में तीन-तीन चार-चार फसिल काटी जा सकती है। यह भी दूना हुआ।

सन्तोखी : माने आज के जितने ही खेत में दस गुना फसिल पैदी हो सकती है।

भैया : और आज जितना खेत है, उसको सवाया कर सकते हैं, जो खेती-लायक सब परती, बंजर जमीन को जोत लिया जाए।

दुखराम : तब तो सन्तोखी भाई तुम भगवान से हैजा-पलेक मत मनाओ। रजबली भाई ठीक कह रहे हैं कि खूब जाँगर और इलिम लगाया जाए, तो बाहर से न अन्न मँगवाने की जरूरत है, न भूखे मरने की। और अभी तीन पुस्त तक बराबर मुँह बढ़ने से भी डर नहीं है। हाँ, लेकिन मालूम होता है कि बाढ़ का पानी गाँव के गोंएड़ा चला आया है, तनिक भी देर करने से सारा गाँव डूब जाएगा।

भैया : यह ठीक कह रहे हो दुक्खू भाई! एक छन भी चुप बैठना बहुत खतरे की बात है।

दुखराम : तो अब तो भैया; अपनी सरकार है, अपने मंतिरी लोग हैं। उन लोगों की आँखों में पट्टी बँधी है क्या? काहे नहीं इस बाढ़ को देखते?

भैया : पट्टी ही बँधी है न, तभी न कछुआ की चाल से चल रहे हैं।

दुखराम : ये भी बड़ा औगुन है भैया, घर में आग लगी हो, और बुझाने वाला कछुआ की चाल से चले तो यह बहुत खराब है।

भैया : कछुवा की चाल बहुत खराब है। जो काम करना ही है, उसमें घिसिर-फिसिर करने की क्या जरूरत? जिमदारी उठा देना था मुदा आज-कल करते लास को घसीटते रहे। अब हाल-चाल खराब है।

सन्तोखी : खराब क्यों न होगी भैया? जब हरसाल सत्ताइस लाख मुँह नये बढ़ रहे हैं। चटपट जिमदारी को गंगालाभ कराके नया इलिम लगा अनाज बेसी उपजाने के काम में लग जाना चाहिए था।

भैया : एक-एक परिवार की नये ढंग की खेती भी नहीं हो सकती। साझे की खेती, पंचायती खेती का रस्ता लेना होगा तब नया इलिम लगेगा।

दुखराम : "साझे की सुई सेङ्गरा पर उठती है।" की कहावत हर खेतिहर के मुँह पर है।

भैया : हमारे ही देस में नहीं, दुनिया भर में यह कहावत किसानों के ठोर पर थी, मुदा इस कहावत पर चलने से काम नहीं चालेगा। कितने ही गाँव हैं, जहाँ परिवार पीछे आधा बीघा भी खेत नहीं पड़ता, और वह भी आठ जगह छितराया हुआ है। कितनी जमीन तो मेंड़ ही में चली जाती है। इलिमदार लोग बताते हैं, जो मेंड़ तोड़ दी जाए, तो अनाज चोराने वाले मूसों के भगाने से ही उपज सवाई हो जाएगी।

दुखराम : हम तो तइयार हैं भैया, मुदा गाँव के आदमी क्या राजी होंगे? किसी के पास बेसी खेत है, किसी के पास कम, और किसी के पास कुछो नहीं। कैसे राजी होंगे?

भैया : राजी होना पड़ेगा दुक्खू भाई! नाव में पानी भर रहा है, जो दोनों हाथ से न उलीचोगे, तो सब डूब जाएँगे।

सन्तोखी : हाँ भैया! जो सत्ताइस लाख सवैया मुँह हरसाल बढ़ते रहे। और तीन-तीन अरब रुपैया का अनाज बाहर से मँगाना पड़ा तो यह डूबने का रस्ता तो है ही। मुदा बेसी-कम खेत वालों को भी कोई रास्ता निकालना होगा।

भैया : रस्ता यही है कि खेत की उपज में से जोताई-बोआई-कटाई-सिंचाई का खरच निकाल दो, बीज का दाम निकाल दो, मालगुजारी निकाल दो, और भी कुछ खरच पड़ा हो, सब निकाल दो; फिर देखो कि सब खरच काट देने पर कितना अनाज बच रहा है?

सन्तोखी : कुल खर्च निकालने पर सात मन में दो मन बचेगा।

भैया : हर खेत वाले आदमी को एकड़ पीछे दो मन अनाज दे दो। अच्छा खेत हो तो और बाँध दो।

सन्तोखी : कहीं-कहीं उपज बेसी है, वहाँ दो मन कम होगा।

भैया : हम दो मन ब्रह्मा की रेख थोड़ई कहते हैं।

दुखराम : माने, जितनी उपज हो, उसमें से सब खरच निकाल कर फरक-फरक जमीन पर फरक-फरक भाव बान्ह दो, तो बेसी खेत वाले लोग काहे न राजी होंगे?

सन्तोखी : एक आदमी राजी नहीं होगा, तो क्या कुल नाव को डुबाएँगे? और जिसके पास बेसी खेत है, उसका खेत भी तो दो पुहुत में बाँट कर छोटा-छोटा कोला हो जाएगा।

भैया : हम यह नहीं कहते कि पंचायती खेती हँसते-खेलते हो जाएगी, किसी गाँव में फुटमत बहुत होती है, वहाँ कोई एक-दूसरे को देख नहीं सकता। किसी गाँव में मुरुखताई बहुत होती है, लोग अपना भला-बुरा नहीं समझते। मुदा सौ गाँव में एक गाँव ऐसा भी मिल सकता है जहाँ सुलह-सराकत बेसी है। उसी गाँव को ले लो,

खेत का मालिकाना बान्ह दो, फिर सरकार से कहो कि हमारा गाँव पंचायती खेती करेगा। हम को सींचने के लिए पानी का अंजन दो, जोतने के लिए मोटर का हल दो। मोटर-हल बहुत न मिल सके, तो नये ढंग का हल और मजबूत बैल दो। बीज और बिलायतिया खाद दो। पथर-कोइला दो, हमारा गाँव अब गोबर नहीं जलाएगा, अब सारे गोबर की खाद बनेगी।

दुखराम : और गाय-भैंस कैसे रहेंगे भैया?

भैया : दूध देने वाला जानवर अपना-अपना रहेगा। भेड़-बकरी, सूअर, मुर्गा अपना-अपना।

दुखराम : माने, खाली जोतने वाले जानवर ही पंचाइती रहेंगे। मुदा दुधार जानवर के वास्ते भूसा कहाँ से मिलेगा?

भैया : जिसके घर में जितने ही पसू होंगे, उतना ही गोबर और खाद भी होगा। पंचायत गोबर और खाद का दाम देगी। उसी के मुताबिक भूसा मिलेगा। फिर बछड़ा जो तैयार होगे, उनका भी तो दाम मिलेगा।

सन्तोखी : और भेड़-बकरी-मुर्गा!

दुखराम : दुर मरदे! मुर्गा भूसा नहीं खाता; न भेड़-बकरी को सानी खिलाई जाती है। मुदा भैया! अकिल बताने के वास्ते खेती का इलिमदार भी सरकार से माँगना चाहिए।

भैया : जोंकों की नहीं, बल्कि हमारी सरकार जब होगी, तो वह कुल काम करेगी। तीन अरब रुपया जमा करके विदेस भेजना कैसे होगा?

दुखराम : जैसे रूस में, जैसे चीन में, वैसे ही हियाँ भी पंचाइती खेती?

भैया : बिलेतिया खाद, सिंचाई का इंजन, बढ़िया बीज, मोटर का हल, सब पहले पंचाइती खेती को मिलेगा तब किसी और को।

सन्तोखी : हमको तो भैया, सब बात साफ-साफ लौकती है। जो नये ढंग से पंचाइती खेती हो, तो अनाज, आलू, गोभी, तमाकू, मिर्चा का टाल लग जाए। और ऊख भी।

भैया : ऊख तो पाँच सौ एकड़ बो दो, तो गाँव में एक छोटी सी चीनी की कल बैठा देंगे।

सन्तोखी : तब तो भैया, लछिमी पैर तोड़कर गाँव में बैठ जाएँगी।

भैया : गाँव में छोटा-मोटा बहुत तरह का कारखाना खुलेगा सन्तोखी भाई? दूसौ एकड़ सिगरेटवाला तमाकू जिस गाँव में बो दिया जाए, वहाँ छोटा-सा सिगरेट का कारखाना भी खड़ा कर दिया जाएगा।

दुखराम : तब तो सुक्खू भाई की तसवीर छाप के गाँव के नाम पर अपना सिगरेट हम चारों खूँट में चलाएँगे और चारों ओर से पैसा बहता चला आवैगा।

दुखराम : हमार फोटो छपैगा, तो उसके साथ सोमरिया भौजी का भी छापना चाहिए।

सुखराम : हमकों उजुर नहीं, जाके अपनी भौजी से पहले पूछ लो।

भैया : पंचाइती खेती होने लगेगी तो सोमरिया भौजी भी वही नहीं रहेगी सुक्खू भाई! अभी काम की बात हमने कही नहीं। उपज के बारे में इतना ही समझो कि वह सैकड़ों गुना बढ़ जाएगा। गाँव में अपनी लारी होगी जो ढोकर फल-तरकारी सहर में ले जाएगी।

सन्तोखी : तब तो भैया, सहर में अपनी तरकारी की दूकान खोल लेंगे। गाँव के लोगों का टिकाव भी वहीं हो जाएगा।

भैया : कुल होगा सन्तोखी भाई, मुदा मुख बात है धन के आवग को बढ़ाना। रेंड़ी भी गाँव में चक का चक बोंयेंगे। तेल अलग निकालेंगे। खली की खाद बनेगी और पत्तों को खिलाकर रेसम का कीड़ा पोसेंगे। गाँव ही में कताय-बिनाय के असमिया अंडी तैयार होगी।

दुखराम : तब तो मेहरियों को भी कताई का काम बहुत मिलेगा और गाँव के जोलाहा भी जी जाएँगे।

भैया : औ गाँव में मधुमक्खी भी पोसेंगे।

दुखराम : यह नहीं करना चाहिए भैया, एक मरकही गाय से रस्ता रुक जाता है, मधुमक्खी काट-काट के मुँह तुम्बा बना देंगी।

भैया : नहीं दुक्खू भाई, यह मधुमक्खी नहीं काटती। दूसरे देसों में लोग बहुत पोसते हैं। हमारे गाँव में मधु निकलेगी और मोम ऊपर से। खूब पैसा आएगा। लोगों को बतला देंगे, अपने घर-घर में मधुमक्खी पोसेंगे। इसे पंचाइती करने का काम नहीं।

सन्तोखी : और साबुन नहीं बनाया जा सकता भैया?

भैया : रेंड़ी के तेल से चाहे तो साबुन बना लें, चाहे बढ़िया महकौआ तेल। पंचाइती खेती से सौ तरह का आमदनी का रस्ता निकल आवेगा।

सन्तोखी : आमदनी कैसे बाँटी जाएगी भैया?

भैया : खेत मालिक का बँधा हुआ अनाज पहले निकाल दिया जाएगा। फिर बीज, खाद और हथियार का दाम चुका दिया जाएगा। बाकी आमदनी में जो जितना काम किये है, उसी हिसाब से बाँट दिया जाएगा।

सन्तोखी : काम भी तो कई तरह का है भैया? कोई बेसी काम करता है, कोई कम। कोई बेसी मसक्कत का काम करता है, कोई अकिल का।

भैया : 'सब धान बाइस पसेरी' नहीं होगा, सन्तोखी भाई। एक-एक दिन काम का हिसाब होगा। एकड़ का छठा हिस्सा एक दिन कोड़ने का हिसाब रखा हो और कोई आदमी तिहाई एकड़ कोड़ देगा, तो हाजिरी बही में एक ही दिन में उसके नाम पर दो दिन का काम दरज़ होगा। जो आधा काम करेगा, उसका आधा दिन दरज होगा।

दुखराम : माने काम की तौल रहेगी। तब लोग बेसी-बेसी काम करेंगे?

भैया : हर फसल में गाँव के समूचे मरद-मेहरारू मिल के जितने दिन काम किये हैं, सब बही में दर्ज रहेगा। साल भर में गाँव भर में कितना काम हुआ, उसको हाजिरी बही ऐना की तरह झलका देगी। आदमी को उसी पर बाँट दिया जाएगा।

दुखराम : और जिसका सब बखत इन्तजाम में ही लग जाएगा उसको?

भैया : उसको भी तनखाह दी जाएगी। मिस्त्री को जास्ती पैसा मिलेगा। गाँव में अपनी पंचाइती दुकान भी होगी।

दुखराम : तब तो भैया, नून-तेल की भी आफत न होगी। कपड़ा-लत्ता सब गाँव ही में मिलेगा?

भैया : गाँव में पंचाइती खेती हो जाने पर सब ठीक हो जाएगा। अपनी सरकार भी जिउ-जान से मदद करेगी। एक गाँव को नमूना बनाकर दिखा देना चाहिए, फिर सैकड़ों गाँव दौड़-दौड़ कर आएँगे और कहेंगे—दुखराम भैया, चलो हमारे गाँव में पंचाइती खेती बनवा दो।

दुखराम : और जो दू-चार आदमी गाँव के सरकसई करें?

भैया : दू-चार के सरकसई से कुछ नहीं बनता-बिगड़ता। उनका खेत एक छोर पर फरका कर देंगे।

दुखराम : और जो न मानें?

भैया : कानून के सामने मानना न मानना कोई नहीं चलता। कानून ही मनवाने के लिए तो पुलिस-पलटन रखी जाती है।

सन्तोखी : नाव में पानी भर रहा हो और कोई आदमी टाँग पसार कर कहे कि हम उलीचने नहीं देंगे, तब बताओ दुक्खू भाई क्या करोगे?

दुखराम : क्या करेंगे? उसको टाँग पकड़ कर गंगालाभ करावेंगे।

सन्तोखी : पंचाइती खेती से बेखेत वाले लोगों का भी बहुत निस्तार होगा।

भैया : बेखेतवाले लोगों की रोजी का रस्ता जो न निकाला गया, तो जैसे ही कारखाने बढ़ने लगे, वह गाँव छोड़ के चले जाएँगे। अब दूसरे को भूखा रख के, बाबू बनके, सूद-सवाई कर से धनी बनने का जमाना गया। गाँव भर के सुख में सुख मनाना पड़ेगा और सुख होगा पंचाइती खेती ही से।

अध्याय-20

कमेरों का राज

चौपाल में कोयला-मजूर मँगरू, गाँव की छोटी दुकान वाले सन्तोखी और किसान दुखराम बैठे किसी की बाट जोह रहे थे। इसी बेरा रजबली आते दिखाई पड़े। तीनों का मन हरा हो गया और पास आते ही 'भैया, जय हिन्द' कह कर उन्होंने स्वागत किया। आज भैया ही ने बात सुरू की—सब भाई जानते हैं कि लड़ाई के समय में कितनी तकलीफ हमारे देस के गरीबों को भोगनी पड़ी, पिछले छ: बरस में तो हद हो गई। हर साल नेता लोग कहते रहे अब अच्छा दिन लौटेगा, मुदा अच्छा दिन का कहीं पता नहीं।

मँगरू : पता कहते हैं भैया, औ अच्छे दिन का। आज तो नोन-तेल-लकड़ी जुटाना भारी मुस्किल है।

दुखराम : मँगरू भाई, सहर के लोग समझते होंगे कि नून-तेल-लकड़ी का चाहे कुछ भी दुख हो, मुदा किसानों को अन्न का कोई काल नहीं है।

मँगरू : हाँ दुक्खू भाई, झरिया वैसे तो कोइलरी के लिए मसहूर है, हजारों मजूर धरती के पेट में से कोयला निकालते हैं, मुदा हम लोगों की कमाई में हिस्सा लेने के लिए बनिया-महाजन भी बहुत बस गए हैं। ऊ लोग कहते हैं कि आजकल जब सेर-सवा सेर का चाउर बिक रहा है, तो सबसे मौज में गाँव के किसान हैं।

दुखराम : आन के मुँह की बहुरी (भुना हुआ जौ) बहुत मीठी लगती है। सहर के सेठ या बाबू लोगों को क्या पता कि हमारे गाँव में आधे लोगों के पास खेत ही नहीं है। वह मजूरी-बनिहारी करके जीते हैं।

मँगरू : सो भी साल में कुछ ही दिन। जो सूखी रोटी भी मँडुआ-बजरा की मिल जाती, तो दुक्खू भाई हम लोग काहे झरिया में जाकर दिन-रात खटते, गाली-मार सहते और घर के बेकत-परानी को दुख सहने के लिए छोड़ जाते? भैया, तुम तो गाँव के हो और सहर, देस-परदेस भी देखे हो, हमारे लोगों की तकलीफ तुमसे छिपी नहीं है।

भैया : मँगरू भाई, हमारे देस में मुट्ठीभर लोग हैं, जिनको अँगुरी पर गिना जा सकता है, वही मौज में हैं और उन्हीं के लिए ई सुराज भैया है।

सन्तोखी : भैया, हमको तो दिखाई पड़ता है कि खाली सेठ लोग ही मौज में हैं।

भैया : हाँ, सन्तोखी भाई, चोर बजरिहा लोग बड़ी मौज में हैं। एक लगावें चार पावें की कहावत उनके लिए ही ठीक है। मुदा, ई मत समझो कि सहर-बाजार में जितने लोग कपड़ा, अनाज या दूसरी चीज चोरी-चोरी बेच रहे हैं, सब सुख और निचिन्ताई में हैं। ठीक से देखो, तो पता लगता है कि लखपति चोर-बजरिया भी तुमसे अच्छी दसा में हैं। जो कभी पकड़-धकड़ होती है, तो यह पकड़े जाते हैं, बड़े-बड़े चोर बजरिहा को कोई नहीं पूछता। सबसे बड़े दस-बारह चोर-बजरिया हैं, उनका ही तो ई राज है। सुराज भैया है, तो उन्हीं के लिए। यह देस का गला रेत रहे हैं, मुदा कोई पुछवैया नहीं।

सन्तोखी : तो भैया, लखपति चोर-बजरिहा का भी कोई ठौर-ठिकाना नहीं है।

भैया : नहीं सन्तोखी भाई, ऊ तो वही घाघ चोर-बजरिहों के दलाल हैं। थोड़ी-सी दलाली इनको मिल जाती है, और जोखिम भी इन्हीं को उठाना पड़ता है, बाकी समूचा धन तो बहकर वहीं बड़े चोर-बजरिहों के घर में चला जाता है। जिस बखत देस के ऊपर आखिरी संकट आएगा, उनका टाट उलटने में देर नहीं होगी।

दुखराम : कहो भैया, ई लोग तो दुनिया भर का धन जमा करके घर में रख रहे हैं।

सन्तोखी : दुक्खू भाई, हम तो न लखपती हैं, न हजारपती। कुछ सौ रुपया सौदा-सुलुफ खरीद के ले आते हैं और उसी से चार पैसा कमाके लड़का-परानी को जिलाते हैं। मुदा हमें मालूम है कि कितनी बेईमानी, सैतानी करनी पड़ती है, और हम कितना जोखिम उठाते हैं। कहने को तो कहते हैं कि कंठरोल लोगों के फायदे के लिए किया है, मुदा यही समझो कि पहले खाली पुलिस और कचहरी के अमला की लूट के मारे लोग परेसान थे, और अब कंठरोल की आड़ में जो कुछ हो रहा है, उसकी कुछ न पूछो।

मँगरू : तो भैया, कंठरोलवा उठाया काहे नहीं दिया जाता?

भैया : मँगरू भाई, यही तो बड़ी-बड़ी जोंकें, बड़े-बड़े चोर-बजरिहा रात-दिन रट लगाएँ हैं, एक बार उन्होंने गांधीजी को भी भरमा दिया और जैसे ही कपड़ा से, और-और चीज से कंठरोल हटा कि इन अतताइयों ने दाम दूना-चौगुना चढ़ा के अरबों रुपया लूट के धर दिया। देखा नहीं कपड़ा कितना महँगा हो गया।

दुखराम : तो भैया कंठरोल रखने पर सिपाही-चपरासी से लेके हाकिम-हुकुम, सरकारी मन्तरी तक सब जगह घूस-रिस्वत की बाढ़ आ जाती है। क्या किया जाए?

हमारी तो सीधी-सीधी अहिर की जात है। जहाँ कोई रस्ता नहीं दिखाई पड़ता, वहाँ लाठी से रस्ता निकालते हैं।

भैया : दुक्खू भाई, आजकल के अणुवाँ बम, तोप, टंक, बन्दूक, मसीनगन के जमाने में लाठी बेचारी क्या करेगी?

दुखराम : भैया तो क्या करें, गाँव में आधे लोगों के पास खेत नहीं हैं। जिनके पास खेत नहीं हैं उनमें हमहूँ हैं। खाली नाँव रखने के लिए दस परानी खातिर चार बीघा खेत है। चैत में पेट भरता है, बैसाख में सुमरिया हाथ खींच लेती है और बड़े मुस्किल से आधे असाढ़ तक आधा पेट देके लड़के-बालकों को जिलाती है। यही दसा गाँव के सौ में दस घर छोड़कर सबकी है। अनाज महँगा हो गया है, तो इससे लाभ है खाली ओही सौ में दस घरवालों को जिनके पास खाने से फाजिल अनाज है। कपड़ा खरीदने जाते हैं, तो दाम सुन के टाँग थहराने लगती है। लौट आते हैं, लेकिन लड़िकन को जैसे लंगोटी पहना के वैसे मेहरियन को तो नहीं रख सकते। अब तो नाक में दम आ गई है।

भैया : दुक्खू भाई, तुम समझते होगे कि गाँव के गरीब किसानों को ही नरक भोगना पड़ रहा है। यही दसा बजार के हजारपती नहीं कितने लखपती ही बनियों की भी है। भले तिनके आसरा पर मुनाफा नहीं मूल खा-खा के उनमें से कितने ही आज बड़े संकट में फँसे हैं। कलम घिसवइया बाबू लोगन की तो दसा हमसे-तुमसे भी खराब है। लड़का-लड़की के पढ़ाने के लिए पैसा कहाँ से लावें, जब तनखाह में से रुपया में बारह आना नून-लकड़ी में ही चला जाता है। लड़की सायानी हो जाती है, पैसा नहीं कि बियाह का इन्तजाम करें।

सन्तोखी : हम तो समझते थे भैया कि बाबू लोग बड़े मौज में होंगे, चोर-बजरिहा जैसे मुनाफा कमा-कमा के घर में रुपया गाँज रहे हैं, वैसे बाबू लोग घूस-रिश्वत ले-लेकर।

दुखराम : हाँ भैया, जब अंग्रेज लोग भाग गए और अपने देस के नेता लोग के हात में राज आया, तो बड़ी उमेद भई थी और घूस-रिस्वत लेने वाले बाबू-भैया डर भी गए थे, मुदा अब कुछ ना पूछो। दरोगाजी नम्बर दस में नाँव लिखने की धमकी देके घर का थाली-लोटा सब बिकवा रहे हैं। केतेक दिनवाँ, हो केतेक दिनवाँ, कब तक ई कुल सहना पड़ेगा। आगम तो अँधियारा मालूम होता है। भैया, अब तक हमारे जैसे लोगों को आखिर में लाठी का सहारा रहा, सोई तुम मना करते हो।

भैया : देस में जो लोगों को इतनी साँसत सहनी पड़ रही है और अंग्रेजों के जाने के बाद दिन पर दिन दसा और खराब होती गई, इसे देख के तुम कहोगे कि अपने भाई लोगों के हात में अब तो सरकार है, अब काहे ई सब होता है।

मँगरू : भैया, हम कहें। हमें तो बूझ पड़ता है कि जोंकें किसी के भाई-बहन नहीं होतीं। जिसका भी खून उन्हें मिले, उसके देह में मुँह लगा देती हैं, औ पेट भर जाने पर भी खून खींचती ही जाती हैं। वही जोंकें न हमारी सारी-सारी बिपदा का कारन है।

भैया : ठीक का मँगरू भाई, ई सरकार भी जोंकों की है, जोंकों के लिए है। काजल की कोठरी है न? ईमानदार कांगरेसी भी सरकार में गए थे। कुछ ने छः महीना अपने को रोका, कुछ ने एक बरिस और किसी-किसी ने कुछ और दिन, मुदा देखा कि उनकी तपस्या से कुछ नहीं होने वाला है। सब जगह 'राम नाम की लूट है, लूट सकै सो लूट।' जोंकों ने उनके सामने भेंट-सौगात, बेटा-बेटी के बियाह-सादी में पूजा-पतिस्ठा के नाम सोना-असरफी फैला दिया, हजार नहीं लाख-लाख के नोट हाथ में थमा दिया।

सन्तोखी : हाँ भैया, देखते तो हैं, कल तक जिनको फटा लतरा नहीं मुवस्सर रहा, आज ऊ अपनी मोटर चढ़े घूमते हैं।

भैया : कितनों ने तो सन्तोखी भाई, मोटर लेने को भी रोजगार बना लिया। कंठरोल में छः हजार की मोटर ली-औ चोर-बजरियों में चौदह हजार में बेच दी।

दुखराम : हमारी बूझ में आता है भैया कि घूस-रिसवत लेनेवाले और चोर-बजरिहा लोगों के मुँह से खून लग गया है, मुँह लगा खून नहीं छूटता? फिर बताओ लाठी छोड़ इसकी कौन दवा है?

भैया : दुक्खू भाई, हत्या का रस्ता ठीक है कि बेहत्या का, इसके बारे में हम यहाँ कुछ नहीं कहते। अतताई को जान से मारने में दोस नहीं है। इहै बात ठीक है। मुदा ई बात भी मन में गठियाय लो, जैसे अंग्रेज हमारे देस की जनता से डरते रहे, वैसे ई उनकी गद्दी सँभालने वाले हमारे नेता लोग भी डरते हैं। इसीलिए इन्होंने अंग्रेजों के समय के सभी कड़े-कड़े आईन-कानूनों को बनाए रखा। कांगरेस एक बेरा चिल्लाय के अंग्रेजों से कहती थी कि हथियार का कानून रद्द करो, उसे बनाके तुमने देस को निहत्था कर दिया। मुदा कांगरेसिया लोग जब गद्दी पर बैठे, तो ऊ कानून जैसा का तैसा आजहू काल चल रहा है। जो जंगली जानवर के भैया चोर-डाकू से बचने के लिए बन्दूक का लैंसन माँगों, तो पूछा जाता है तुम कै सौ एकम-टिम्कस देते हो, तुम खान्दानी हौ के बेखान्दानी।

दुखराम : तो इसका मतलब तो यही हुआ न कि दुक्खू के हाथ में लाठी छोड़ बन्दूक न आने पावे।

भैया : मुदा, बन्दूक क्या तोप और टंक से भी बढ़कर हथियार जनता के हाथ में आ गया है।

मँगरू : सो क्या भैया?

भैया : ऊ है इकइस बरस से बेसी उमिर के, सब मरद-मेहरियों को सरकार चलाने खातिर मेम्बर-पंच चुनने का हक मिला है।

दुखराम : पंचाइत के चुनाव में तो हम सब नान्ह जात के लोग इकवट गए रहे, औ कितना गाँवन में बाभन-छत्री-लाला लोग हमारी गोड़धरिया करते रहे, दाढ़ी सुहराते थे कि भैया हमको भी बोट दे दो, जे हम भी पंचाइत में चले जाएँ। मुदा रँगुवा सियारन को हम भली-भाँति पहचानते हैं। हमने जो बाभन-छत्री-लाला में किसी को पंच बनने भी दिया; तो उन्हीं जवान को, जो जोंकों को नहीं पसन्द करते।

भैया : बड़ी जात के गरीबों की ई मुड़ताई है दुक्खू भाई, जो अपनी जात का होने से जोंकों को अपना समझते हैं। फिर जिनको नान्ह जात भै अछोप (अछूत) कहते हैं, उनको तो सदा चूसते रहते, पनपने नहीं देते, देह पर मांस नहीं चढ़ने देते। अपमान औ बेइज्जती तो पग-पग पर करते ई हैं। इसीलिए पंचायत के चुनाव में छोप-अछोप, हिन्दू-मुसलमान सब नान्ह जात के लोग एक हो गए। जानते हो ना सौ में बीस ही बड़ी जात के लोग हैं। चाहे बाभन-छत्री-लाला हों, चाहें शेख-शैय्यद, मुगल-पठान हों। बाकी अस्सी नान्ह जात के लोग हैं जो नान्ह जात के लोग एक हो जाएँ, तो अपने बलबूता पर वह कमेरों का राज बना सकते हैं। समझाने पर बड़ी जात के कमेरे भी समझ जाएँगे कि जोंकों के साथ रहने में उनकी भलाई नहीं है। जोंकों ने उन्हें अपनी जात का कहके बड़ा जो बनाया, यह खाली ठगने के लिए।

मँगरू : लेकिन भैया, बड़ी जात के कमेरों की आँख में पट्टी बँधी है, हम कमुनिस्तों की बात नहीं करते वो तो तन-मन-धन से कमेरों का राज चाहते हैं। छरिया में हम रोज देखते हैं। वह जात-पाँत कुछ नहीं मानते। जो भी कमेरे हैं, उन सबको अपना भाई समझते हैं औ हम भी उनके खातिर परान देते हैं।

दुखराम : भैया तुमने जो जोंक पुरान सुनाया था औ कहा कि मरकस बाबा ने जोंकों से बचाने के लिए कमेरों को रस्ता दिखाया। उनका रस्ता तो हमें बहुत ठीक जँचता है। कमेरे खाली मरकस बाबा के चेलों पर ही भरोसा कर सकते हैं।

भैया : औ उनके हाथ-पैर तुम्हीं लोग हो, दुक्खू भाई, खूँट के बल पर बछरू कूदता है।

दुखराम : तो भैया, काहे नहीं हम सब लोग कमुनिस्तों को ही अपना बोट दे के सरकार में भेजें?

भैया : दुक्खू भाई हमारा देश बहुत बड़ा है। पैंतिस करोड़ आदमी रहते हैं। कमुनिस्त इतने अधिक नहीं हैं कि हर जगह पहुँच सकें, मुदा ई बात ठीक है कि हम उन पर ही विश्वास कर सकते हैं, वह जोंकों के फंदे में नहीं पड़ सकते।

मँगरू : भैया ऊ तो तपे हुए सोना हैं। हमने कोइलरी में देखा है, कैसे पुलिस उनके पीछे हाथ धोके पड़ी रहती है, हाथ में आते ही जेल में बन्द करके साँसत करती है।

साँसत ही काहे जेहल में उनके ऊपर गोली भी चलाई और कितनों को मारा। हमारे कोइला मजूरों के भीतर काम करने वाले एक जने का भाई तो उसी गोली से जेल में मरा।

सन्तोखी : काहे भैया हाथ-पैर बाँध के जेल में डाल देने पर भी उनको गोली से मारा जाता है?

भैया : सन्तोखी भाई, जो काम अंग्रेजों ने नहीं किया था, वो काम इस सरकार ने किया है। कमुनिस्तों का यही दोस है कि वह जोंकों का पछ नहीं करते औ जोंकों का टाट उलट कर कमेरों का राज बनाने के लिए काम करते हैं।

दुखराम : तो भैया हम तो कमुनिस्तों को ही बोट देना अच्छा समझते हैं।

भैया : बताया नहीं कि कमूनिस्त सब जगह के लिए नहीं मिल सकते, औ सब जगह वह खड़ा भी नहीं होना चाहते।

दुखराम : सो क्यों भैया?

भैया : वह चाहते हैं कि कमेरा-राज चाहने वाले जितने लोग हैं, सबका एक-एक गोल बन जाए और इसी गोल के गोल सब जगह खड़े हों।

दुखराम : जो हम लोग समझ-बूझ के बोट दें, तो कमेरा राज बन जाएगा भैया?

भैया : पहले ई विश्वास है तुम्हें कि कमेरा राज बनने से ही हम लोगों का दुख दूर होगा, रोटी-कपड़ा मिलेगा।

दुखराम : हाँ भैया, जब तक जोंकों का राज रहेगा तब तक उन्हीं के बेटा-बेटी मौज करेंगे।

भैया : तो कमेरा-राज बनाने का एक ही रास्ता है कि कमुनिस्तों के गोल का जो भी आदमी पंच (मेम्बर) होने के लिए खड़ा किया जाए, उसी को बोट दिया जाए। ई समझ रखो कि सौ में अस्सी बोट देने वाले नान्ह जात के ही हैं, जो जुग-जुग से पीसे औ सताए जा रहे हैं।

दुखराम : गाँव-पंचाइत के चुनाव में तो भैया कमूनिस्त नहीं दिखाई पड़े थे, अबहूँ कहाँ दिखाई पड़े हैं?

भैया : आजकल देश में दो गोल हैं। दोनों गोल चाहेगी कि जाके सरकार को अपने हाथ में ले लें।

सन्तोखी : एक गोल तो जानते हैं भैया, जोंकों की है, चाहे ऊ कांगरेस का नाम लें, गांधी बाबा का नाम लें, राम-राज का नाम लें, हिन्दू सभा का नाम लें। मुदा दूसरा गोल कौन है?

भैया : दूसरा गोल कमूनिस्त और उनके साथी-समाजियों का।

दुखराम : तब तो भैया हमारे पास जो भी आवैगा बोट माँगने, उससे पूछेंगे कि तुम कौन गोल के हो। अपनी नान्ह जाति के आदमी पर हमको भरोसा है, मुदा सेठ लोग सबको चाँदी के टुकड़ा से खरीद लेना चाहते हैं। हम कहेंगे कि तुम जो उस गोल के हो, जिसमें मरकस बाबा के चेला और जोंकन के दुसमन कमूनिस्त लोग हैं तब ठीक है। नहीं तो हम जात-भाई के फेर में नहीं पड़ते।

मँगरू : हाँ भैया, कांगरेस और गांधी बाबा के नाम के धोखा में अब हम लोग नहीं पड़ेंगे। झरिया में मजूरन की गली में तो गांधी टोपी देके जो निकल जाए, तो लड़के थू-थू करने लगते हैं। हमारी चमार की जात देखते हो न नान्ह जात में भी कितनी छोटी है, औ हमसे दुखिया दुनिया में कोई नहीं है। अपनी जात के एक जने को बोट देके हमने मेम्बर बनाया, अंग्रेज के जाने के बाद जब उनको मंतरी बनाया गया, तो खुशी के मारे हम लोगों की छाती फूल गई। मुदा का देखते हैं, ऊ सोरहो आना जोंकों के हाथ में हैं। सेठ लोग वैसे तो चमार को अपने ओसारे के पास भी नहीं आने देते, मुदा हमारी जात के इस मंतरी की सेठ-सेठानी लोग आरती उतारते हैं। ऊ भला कमेरा राज कभी होने देंगे? दुखराम भाई, अपनी जात के या नान्ह जात के आदमी को बोट देने में भी समझ लेना होगा कि वह जोंकों के हाथ में तो नहीं चले जाएँगे! सेठ लोग दस-बीस लाख रुपया देके मालामाल करेंगे। नान्ह जात के मंतरी की कोठा-अटारी खड़ी हो जाएगी, उनकी मेहरियों के गले में खाली सोना चमकने लगेगा, मुदा दस-पाँच लखपती बना देने से हम लोगों का दुख दूर नहीं होगा।

दुखराम : तो भैया, हमें बहुत ठोंक-ठाक के आदमी को परखना होगा।

सन्तोखी : दमड़ी की हँडिया खरीदते हैं, तब भी ठोंक-ठाँक के देखे बिना नहीं लेते।

मँगरू : औ 'दमड़ी की हँडिया गई कुत्ते की जात पैचानी गई' का खयाल करके हमें रह नहीं जाना चाहिए।

भैया : रह जाने के माने हैं, अपनी गरदन फिर उन्हीं खून चूसने वालों के हात में थमा देना। औ यह भी खयाल रखो कि अब की बड़ा राम-नामा तैयार हो रहा है। पाँच बरस तक लूट के घर भरने वाले औ देस को रसातल पहुँचाने वाले लोग फिर राम-नामा ओढ़ के बोट माँगने आए।

दुखराम : हम राम-नामा के फेर में नहीं पड़ेंगे भैया! हम राम-नामा के पितर के मुँह को पहचानेंगे नहीं क्या कि यह वही भगत है जो छप्पन चूहा खा चुके हैं, और अभी तक इनकी भूख नहीं गई है।

मँगरू : सुनते हैं भैया, अब कांगरेस वाले भी कहने लगे हैं कि हम भी कमेरों का राज चाहते हैं।

भैया : कमेरों का राज कैसा चाहते हैं, यह तो उनके छ: बरस के राज से खूब मालूम हो गया। जिमींदारी उठा देने की बड़ी-बड़ी बात करते थे, मुदा उसमें भी इतने छन्द-बन्द लगाये, कि पिहले तो उनका कानून ही गैर-कानून हो गया और अब जमींदारी उठाना नहीं बलुक जिमींदारों का तोंद भरना चाहते हैं और हम लोगों का हाड़-मांस कूट-पीस रहे हैं। कहते हैं कि राजा लोग अपने से अपना राज राजी-खुशी छोड़ दिये, और साधू-संन्यासी बन गए। मुदा, सन्तोखी भाई, राजा लोग राजी-खुशी से—राज छोड़ के चले गए, यह सोरहो आना झूठ है। परजा राजा को खाने को तैयार थी, सैकड़ों बरसों के उनके जुलुम और पाप को देखते-देखते वह अकुता गई थी। कांगरेस वालों ने जो किया, वह यही कि राजाओं को परजा के क्रोध से बचा लिया और साथ ही बीस-बीस, तीस-तीस लाख सालियाना उनके लिए पिन्सन दे दी, जमीन-महल-बँगला-धन-जेवर जो दिया सो अलग।

सन्तोखी : हम कब तक अपना खून पिला-पिला के इन सड़ी जोंकों को मोटी करते रहेंगे?

भैया : जब तक कमेरों का राज नहीं होगा, तब तक खून चूसने वाली जोंकें पहले से भी देसी दाँत पर सान चढ़ाए बनी रहेंगी। मुदा, अब समझ जाओ कि कमूनिस्त चाहे थोड़े ही हों वह जोंकों के खिलाफ जितनी भी पार्टी, दल, गुट हैं, सबका एक गोल बाँध के कमेरों का अपना राज बनाने का इन्तजाम कर रहे हैं।

दुखराम : तब तो भैया, हम नान्ह जात वाले अपने नेता लोगों को ही कहेंगे कि जो ईमानदारी से कमेरों का राज बनाना चाहते हो तो पहले मरकस बाबा का गुरमंतर ले आवो और कमूनिस्तों के गोल में मिल जाओ। जो कमूनिस्त कौनसल में डिल्ली पंचाइत (पार्लियामेन्ट) में ना जाएँगे, तो रास्ता कौन बतलाएगा।

भैया : रास्ता बतलाने के लिए दस-पाँच का चला जाना बहुत है।

दुखराम : तो भैया, कमूनिस्त लोग डिल्ली की पंचायत में अपने ही जाने के लिए ललायत नहीं हैं।

भैया : नहीं, वह चाहते हैं कि देश के सोसित, अछोप नान्ह जात भै दूसरे जो कमेरे हैं उनको गोल बाँध के भेजा जाए, तभी कमेरों की सरकार बन सकती है, तभी उन लोगों का दुख दूर होगा।

दुखराम : तब तो भैया, इसी गोल में नान्ह जात वालों का ठाँव है, जो हमारी जात के लोग कांगरेस वालों के फेर में पड़े, तो वही होगा जो इतने साल से हमने देखा।

मँगरू : लेकिन सुनते हैं भैया, कांगरेस की गोल और कमेरों की गोल से अलग भी गोल अपनी लोग बना रहे हैं।

दुखराम : मैं समझता हूँ भैया, जो मरकस बाबा के चेलों के गोल में नहीं हैं, वह जोंकों के फंदे से बच नहीं सकते।

सन्तोखी : परजा सोसलिस्त पार्टी, हिन्दू-सभा, संघ-सभा औ कितना-कितना नाम सुनते हैं।

मँगरू : संघ-सभा क्या सन्तोखी भाई?

भैया : संघ-सभा नहीं सन्तोखी भाई, राष्ट्रीय सेवक संघ, वह लोग अपने दल को कहते हैं। यह खाली सहर के रहवैया बाभन, छत्री, लाला की जमात के लोग हैं और दक्खिन में मराठे ब्राह्मणों का जो एक बेर राज हुआ था, वैसा ही राज फिर बनाना चाहते हैं।

दुखराम : बाभन-छत्री-लाला का राज अब हम नहीं होने देंगे। बहुत दिनों तक इन्होंने हमें नाकों चने चबवाया। लाठी में हमारे सामने कोई नहीं ठहर सकता। जाँगर और मसक्कत के काम में हमारे सामने कोई खड़ा नहीं हो सकता।

भैया : और बिद्दा पढ़ने का मौका मिले, तो उसमें नान्ह जात वाले पीछे नहीं रह सकते। मुदा, बड़ी जात वाली जोंकें हम लोगों के पास पैसा-कौड़ी कहाँ रहने देती हैं कि हम अपने लड़कों को पढ़ावें।

सन्तोखी : तुमने कहा था भैया कि हमारे देश में सौ में से अस्सी नान्ह जात वाले लोग रहते हैं, जोंकों के सबसे सताये यही लोग हैं, औ अब इक्कीस बरस से बेसी उमर के सभी मरद-मेहरियों को अपना बोट देके पंच और मेम्बर चुनने का अख्तियार है, फिर तो कमेरों की जीत निश्चय है।

भैया : सन्तोखी भाई, नान्ह जात वालों को बड़ी जात वालों ने बहुत सताया है। लेकिन बड़ी जात के सभी लोगों को इसका फल नहीं मिला। सब मजा जोंकों ने लिया। इसी वास्ते जात के कमेरे, कलमघिसाई करने वाले औ दौरी-दुकान रखने वाले भूखे-दूखे लोग अब एकवट कर जोंकों का राज खतम करना चाहते हैं। अखबार में छपा है कि कलकत्ता के पास चन्दरनगर शहर में बोट देकर चुनाव हुआ था, जिसमें चौबीस पंचों में एक भी कांगरेस नहीं चुना गया।

मँगरू : वही चन्दरनगर न भैया, जहाँ पहले अंग्रेजों का राज नहीं था?

भैया : हाँ, वहाँ फ्रांसीसियों का राज था और अभी थोड़े ही दिन हुआ, उन्हें छोड़ के जाना पड़ा। सहर का इन्तजाम करने के लिए पचीस पंचों को चुनना था। कांगरेस वालों ने अपने पचीस आदमी खड़े किये। 'उघरे अन्त न होंहि निबाहू' जानते हो न, कांगरेस वालों का परदा उघड़ गया है। इसीलिए उनका एक भी आदमी चुनाव में नहीं जीता और सभी जगह कमेरों की गोल के आदमी चुन लिए गए।

दुखराम : हमको भैया वही करना है, जो चन्दरनगर में हुआ। हम सोसित संघ लोगों से कहेंगे कि जो अपने भाइयों की भलाई चाहते हों, तो मरकस बाबा के चेलों की गोल में मिल जाओ।

मँगरू : और हम अछोप (अछूत) भाइयों से कहेंगे कि अपनी जात के भभीखनों पर भरोसा मत करो। जो तुम्हारा ईमान-धर्म ठीक है, तो उसी गोल में चले जाओ, जिसमें कमुनिस्त हैं।

भैया : हाँ, दुक्खू भाई, मरकस बाबा कह गए हैं कि कमेरों के पास अपने पैर की बेड़ियों को छोड़ हारने के लिए और है ही क्या? और जीतने पर सारी दुनिया का राज उन्हीं के लिए है।